白房子

朝歌/著

中国出版集团
现代出版社

图书在版编目（CIP）数据

白房子 / 朝歌著. -- 北京 : 现代出版社，2017.4（2024.1重印）
ISBN 978-7-5143-6004-2

Ⅰ．①白⋯ Ⅱ．①朝⋯ Ⅲ．①中篇小说－小说集－中国－当代 ②短篇小说－小说集－中国－当代 Ⅳ.①I247.7

中国版本图书馆CIP数据核字(2017)第071982号

白房子

作　者	朝　歌
责任编辑	李　鹏
出版发行	现代出版社
地　址	北京市安定门外安华里504号
邮政编码	100011
电　话	010-64267325 010-64245264（兼传真）
网　址	www.1980xd.com
电子邮箱	xiandai@vip.sina.com
印　刷	三河市京兰印务有限公司
开　本	710×1000　1/16
印　张	20
版　次	2017年7月第1版　2024年1月第3次印刷
书　号	ISBN 978-7-5143-6004-2
定　价	48.00元

目录 CONTENTS

笼 子

梦蝶说那天的那件事，常常让他耿耿于心，终身难忘，释怀不了。说这话的时候，他并没有瞅我，他的手正聚精会神地编着一只笼子。

笼子是由辐条般粗细的金属焊接成的，呈尖顶椭圆的蒙古包型，大小尺余。

确切一点地说，梦蝶不是在编笼子，而是在缠笼子。他不知从哪里弄来了一团各种颜色的塑料丝带，正用手指不停地往铁质的支架上逐条缠绕。

笼子的支架已缠了一半，缠上去的这部分像套上去了华丽的服装，显得五彩斑斓，颇为耀眼，没缠上去的这部分又像一具裸体，冰凉而单调。

梦蝶曾对我说过，他要编好多只笼子，这个数字也许是三十，也许是三百，也许是三千，也许……他确实不敢确定，他说这要视他的精力、健康状况、在这个世上停留的时日多寡而定，假设各方面的因素允许，他会一直编下去，直到寿终正寝。

听这话的间隙，我很惊讶。我早就听我们一帮大学同学说了，说咱们这个同学梦蝶脑子好像出了点问题，和人对话总是颠三倒四，语无伦次，似在呓语，谁也搞不懂他说话的真正目的。今天看来，老同学们的猜测有几分道理，梦蝶的脑子真的也许有了问题。

我和梦蝶话别是在凤城南台进行的，这个位置据凤城人说，是这个城的最南端，也是凤城这只凤凰的凤首。站在这里，我们除了四周被山阻隔，看不到凤城外的任何事物外，凤城内的事物尽收眼底。

我之所以选择这个地方话别梦蝶是有原因的。按照循环往复运动原理，开始就是结束，结束就是开始。梦蝶今天要走了，我在我们开始的地方送送他，这不能不说是有点意义的事情。我想，梦蝶定会对这个地方感兴趣。起码，他不会反感的。果然，我对梦蝶说我们相约在南台见面时，梦蝶欣然答应了，时间是中午一时半。

凤城四面环山，小城是建在川道中间隆起的一座偌大的土台上。台下的东西分别流着两条小河，西边的叫黑河，是从宁夏贺兰山的山缝淌出来的，东边的叫白河，是从陕北横山一带呼啸而来的。两条河在凤城的南头汇流成了一条河，叫葫芦河，向南而去并入泾河。

这座土台形如一只卧巢的凤凰，建在土台之上的小城人们习称凤城。

二十六年前，我和梦蝶还是青春年少、春风得意，双双从省城的一所师范大学毕业，被分配到了这座小城工作，实现了从农村到城市的重要转折。那天，阳光好得出奇，黑河、白河的水面被艳阳撩拨得滋滋作响，闪烁着诱人的金色光芒。河岸边农人挥着撸耙捞着柴儿，驾着舟儿撒着渔网。川道里的苞谷、糜谷、甜瓜已临近成熟季节，散发出了奶汁的清香味道。此刻，凤城仿佛也不安分了，要展翅飞翔了，闪耀着凤凰般圣洁的颜色。

我们没有急于去报到，而是上了据当地人说凤城风水最好的南台。也许未来的十年、二十年、三十年、一生，我们要在这座小城工作、生活、终老，也许……我们没有什么理由不来到这里。

梦蝶那天活泼得真像一只蝴蝶，他张开双臂，面对正午的太阳，飞跃了起来。他大喊着："凤城，我要骑着你这只凤凰飞起来，飞得更高、更远，飞到凤城之外的世界去。"

梦蝶的心情我是理解的。他这次被分配到了县府办工作，遂了心愿，是很激动和兴奋的。而我被分配到了文化部门，虽属不起眼单位，但在工作期间可写写画画，也算正业，与自己的爱好不冲突，心倒也释然。因此，我俩到了南台都很惬意。我们从高处俯瞰着凤城的人文景致、凤城传奇，感觉它此时的一切都很美、很迷人，这使我们对今后的人生充满了自信。

梦蝶夸张地飞跃动作和怪里怪气地呼喊，显然惊动了南台栏杆处的另几名男女游客，他们不解地、厌憎地摇摇头，向另一边儿晃去。我则对着那几个中年游客的背影挤眼睛、吐舌头，做着鬼脸：尔等安知少年狂。

梦蝶的驾凤之志从来就有的，只不过随着大学的毕业、工作的分配有点膨胀而已。

　　县府，在我们当时的理解，就是过去的知县衙门，是个出官的地方。进了这个衙门，只要你勤勤恳恳、励志敬业，总有一天会熬出头的，干得好的话走出凤城这座小城不是没有可能的。梦蝶曾有过多次这样的梦想，他的父亲也从小激励他出人头地。

　　梦蝶祖上是耕读世家、书香门第，曾出过举人，也出过县吏这样的小官。到了他父亲这一代，因成分问题，受了牵连，经常接受批斗。但他私下里对子女的教育没有放松。他始终相信，不管什么朝代，都是需要知识的。落实政策、恢复高考后，曾经头悬梁、锥刺股、挑灯夜读的梦蝶终于派上了用场，他以全县文科状元的身份成了自己那个村第一名大学生。这让压抑多年，吃尽批斗之苦的父亲扬眉吐气，出尽了风头，他也把光宗耀祖的希望寄托在了儿子身上。

　　那次离开南台后，我们在彼此的岗位上都比较忙，但隔几年还是相约到南台旧地重游，畅谈当年的趾高气扬、不可一世。慢慢地，随着时间的推移，我们谈理想、谈志向的话题少了，谈得更多的是家长里短、儿女问题。后来，相聚时已升任县府办主任的梦蝶总是情绪低落、闷闷不乐，全没了先前的激情。我说你现在已是一个大主任了，实权人物，要风得风，要雨得雨，在小县城也是头面人物，没有你办不了的事情，你还要什么呢？你还有什么不知足的？不像我，一个小科员，落魄文人，总是活在别人的阴影之下，老是展不开身腰，可我不照样活过来了吗？梦蝶只是说了一句：人和人是不一样的，便不再言语了。再后来，和我在一起，他不止一次地埋怨凤城，他说凤城根本不是只凤凰，而是只笼子。你看，小城四面被山围实，密不透风，你绝对没办法突围。我们都成了笼子里的鸟，没有出头的机会了。听到这话时，我有点惊骇：梦蝶从前的驾凤之志去哪里。凤城变成了笼子，这于他来说不是偷换概念么？他的这种前后不一、自相矛盾的悖谬出于何意？

　　在和同学们的几次交谈中，我才知道梦蝶在仕途上并不顺利。

　　前年，该县有一个外放副县长的缺。按惯例，县府办主任是顺排第一人选，其他竞争者必须排在梦蝶之后，也就是说，先提拔了梦蝶，后面的人选才能依次类推往上排，这是该县多年来形成的从来没有变过的规则。可闹来闹去，那位排在梦蝶之后的城关镇党委书记最后补了邻县副县长的那个缺，梦蝶却是原地踏步，未能进步。这让梦蝶非常沮丧，想不通个中缘由。

梦蝶明白，这官场上的事，过了这个村就没那个店了，再耗几年，年龄一过，一到红线，组织不说，自己也该请辞退居二线了。他为这次机会丢失非常惋惜。果然，机不可失，时不再来，该县几年期间偏没再产生副县名额，新来的县上主要领导也没再推荐他。这一搁，五年过去了，掐指一算梦蝶已过了任实职的年龄。

我送梦蝶那天，拎了一筐酥梨，这让我很滑稽，像个娘们，而我向南台攀缘那弯腰曲背的姿势又像个上了年纪的村妇。

我的住宅是建在南台之下的。大部分的时间，我都在这座宅院里生活。闲时，我在宅院中央的空地上，用红砖砌了一圈矮墙，中间的空地撒了花草种子，栽了梨树、桃树、杏树苗子，压了葡萄根，搭了葡萄架，种了丝瓜。平时勤于松土、施肥、浇水，几年过去，各种植物均长大长高了。每逢夏秋之际，成熟的瓜果、花儿喧闹开了，满院弥漫的都是诱人的清香。不知啥时候鸟儿来了，还在那几棵树的梢头筑了巢窠，啾啾的鸣叫，一时鸟语花香，诗情画意，颇有点儿田园牧歌式的味道。

梦蝶来了。他是县府办的司机小王开车送过来的。

为了能在我的寒舍与梦蝶一叙，我已经邀请过梦蝶很多次了，他都推说工作忙，来不了。这次，他竞争副县的事受挫，我猜想他一定心情不大好就乘机邀请他。他没再拒绝。

我们半躺在葡萄架下的竹藤躺椅上，面对园内含苞待放或者正开得艳丽的各色花儿，心情好得像这些花儿。竹茶几上放着茶具，茶盅里是我刚泡好的香茗。梦蝶欠起了身，端起茶盅呷了一口，品了品，有点儿奇怪地问："你这茶怎么有点儿特别？"

我说："怎么特别啦？是不是有点儿涩口，喝不惯。"

"不是，我是说，你这是毛尖吧！"

我说："是啊，你尝得不错。"

"可你这毛尖和我平时喝的那个毛尖味道不一样啊。"

"咋味不一样啦？或许你那毛尖和我的毛尖不是同一个产地吧！"

"咋能不是呢？"梦蝶反问："你的毛尖是不是都匀的老同学廖凯寄来的？而且是刚采的新茶。"

　　我说："是啊！"

　　梦蝶若有所思："这就对了，这就对了。可同是一种茶，你这茶喝起来爽口、清香，有一股暗香穿肠而过，顿时搅动心肺沁人心脾，久久涤荡，回味无穷。而我那茶，感觉涩口，下肚后清爽已失，余香皆无，已没了毛尖醇正清香的原味。"

　　我说："我也搞不懂这是怎么一回事啊！"

　　梦蝶又追问："你是怎么泡茶的，有啥秘方吗？"

　　我说："没有啊！我和你泡茶的程序是一样的。先给茶壶放少许毛尖，再用烧水器将水煎沸，将滚烫的开水倒入茶壶，待泡上三四分钟后，将茶水沏入茶盅，即可享用。"

　　"那就奇了怪了，"梦蝶嘀咕，"我也是这么泡茶的啊，我泡的茶水咋就没你泡的茶水上口呢？"

　　见梦蝶摇头晃脑，自言自语，迷惑不解，我忽然想起了什么似的，问了一句："你平日用什么水泡茶？"

　　"纯净水啊。"梦蝶不假思索地回答。

　　"哦！"我明白似的出了一口气，"也许是水的缘故。"

　　"怎么是水的缘故呢？"梦蝶盘问。

　　我解释道："你平日泡茶用的是纯净水，我用的是泉水，这两种水的水质不同，泡出来的茶味道也就有了出入。"

　　"是吗？怎么可能！"梦蝶不相信地摇了摇头。

　　我说："可能是哩。"我站起来，步入厨房，从水缸里舀来了半马勺清水，递给梦蝶说："你尝尝吧，和纯净水有没有区别。"

　　梦蝶端起了马勺，一口气便饮了下去，用袖口抹了抹嘴唇说："真爽口、清甜，和纯净水确实不同，与我儿时在老家乡下清泉里喝的水一样香甜！"

　　"这下谜就解开了，"我说，"茶是一样的，泡茶的水就成了关键。你想，纯净水是经过纯净剂过滤了的自来水，已掺入了人为的因素，而泉水是从千年矿泉里淌出来的，自然而然，纯正原味。两种水泡出来的茶，味道肯定不一样的。"

"噢，"梦蝶像明白了似的问："那你这泉水是从哪里来的？"

谈起泉水，我确实有一番感慨，我说："这泉水是我刨出来的！唉，梦蝶，你不知道，为了刨出这泉水，我的手都刨烂了，烂了好多天都不好。"

"这是咋回事？"梦蝶想听个明白。

我说梦蝶你那次在县府给我争取了一个福利房名额，我没用，为这事咱们不是谈崩了嘛，你骂我傻，其实我真正的原因是不想待在城内，城内整天人来人往、吵吵嚷嚷的，早已让我厌烦。我总感觉凤城像个鸟巢，将我关在里面，密不透风，我常想到城外去透透气，放松放松。我便没有听从你的意见，放弃了一次绝好的有楼的机会，辜负了你的一片苦心。那以后，我便到城外南台脚下，买了一处村民的旧宅，加以改造，成了今天这个样子。宅院建成后，有一天中午，我沿着距我家院子不远处的南台根下溜达，发现在台根阴面处有一个滴水窝，窝里向外渗水，我很好奇，蹲了下去，用手指抠，结果越往下抠那水渗出得越多，起初水线像游丝，后来像蚯蚓了。我欣喜若狂，整个身子俯下去，双手便刨了起来。我的两手都刨烂了，终于刨出了一个脸盆大的坑，那水不断向外渗，约莫有半个小时，那渗出的水聚了就有半桶多。我想，这大概是一处废弃的泉眼。我起了身，向周围观察了一下，原来这泉眼的上部就是陡峭的南台。出奇的是，南台其他部位都是厚实的黄土构成，唯独这一部分由坚硬的青石构成。石头也是潮湿的，渗着水花。我明白了，这地下水是由石缝流出的。隔日，我叫来了工匠，淘尽了滴水窝里的污泥，继续向下挖。下面就呈现出了青石板，那石板里渗出的水就大了些，工匠用废弃的石头砌了泉帮。第二天早晨我去看，那泉眼里渗出的清水足有两桶。我跑回去担了水桶，挑回泉水，灌进水缸。此后，水泉每天能聚集沉淀后的泉水大概有三四桶，这些水足够保证我一天之内的生活用水。

梦蝶听了我的叙述大为惊奇，他说："看来这泉水还有点传奇色彩呢！难怪这水这么清冽、甜润。"

他从躺椅上站了起来，沿着花园绕了一圈，丝瓜架下的丝瓜已拳头大小了，不时触碰梦蝶的头，这唤起了他的孩子气，他用手拨弄着那些串在一条藤上的丝瓜，像弹拨古琴一样，不忍释手。

酥梨熟了，触手可及。梦蝶伸手摘了一颗，咬了一口，嚼嚼，说："这梨怎么这么香甜，比早市摊点上卖的那些梨甜多了。"

我说："我这梨树施的是农家有机肥料，没有化学成分，浇的水也是泉水，矿物质多了，你说能不特甜吗？"

"是嘛，是嘛。"梦蝶应答着，俯首摘了一朵开得正艳的菊花，在鼻翼间嗅了嗅，感慨地说："真香啊，有股清新诱人的香味。"

我说："怎能不诱人呢？我这宅院远离闹市，没有喧嚣，只有树林，农民的庄稼，昼夜歌唱的白河，没有了污染，哪像你们城内，满是尘埃，连花儿也难逃一劫。"

梦蝶感慨地说："是的！看来那次和你的争论，是我错了。假如那次你将那套福利楼争取下了，今天哪来这神仙般的快活日子。"

我说："祸兮福所倚，福兮祸所伏。我那次错过了福利楼的机会，同事们都骂我二，煮熟的鸭子都会扔了，这不是神经不正常吗？连我的老婆为这事哭着闹着要和我离婚，幸亏我那丈母娘贤惠传统，对我老婆说嫁鸡随鸡嫁狗随狗，男人是天，女人是地，你就认命吧！别提那离婚的事，你要离，我就上吊！我那老婆平日里凶巴巴，蛮横不讲理，但在我丈母娘面前是个乖乖女，挺孝顺挺听话的，她最终顺从了我的丈母娘，没有和我离婚。搬到南台根下，时间一长，她习惯了，吃着环保的农家菜和水果，几年里她从没生过一场病，皮肤也变得水嫩光滑，这让她体会到了我当初选择逃离城内是对的，也就对我笑逐颜开，没再埋怨。"

梦蝶将那株菊花插到了爬满青藤的藤蔓间说："看来，我也得考虑考虑找一个世外桃源了。不然，我会被闷死的。"

我说："你不会的，起码暂时不会的！你目前还忍受不了清苦、寂寞、幽静的自然生活。"

梦蝶不服地说："我怎不会呢？"

我说："你正处于上升趋势，在官场风生水起，那地儿挺诱人的，能实现你的人生辉煌。我这地儿不是你向往的，这是退步之人的所在。"

梦蝶还要辩解，我说："不说了，不说了，我带你去看看我种的苞谷和豌豆。"

那天，梦蝶临走时，我给他带了一塑料壶泉水和一筐酥梨。因为我领他参观我的庄园时，他在感叹赞美田园的好处时，总在念叨泉水的香和酥梨的甜。

小王将泉水和酥梨放进后备厢，梦蝶坐上了轿车。分手时，我嘱咐梦蝶有空就来，梦蝶一再说好的、好的。

那次过后，梦蝶再没来过。我询问原因，理由是他太忙了，实在太忙了，我也就没再勉强他。但他打电话过来，一再感谢我，说那梨太甜了，是他这一生吃过最甜的梨，甜滋滋，水丝丝的，泻火润肺，他的血管都叫梨水软化了。见梦蝶对梨如此上心，我便抽空给他又捎了几筐。此后，每逢瓜果飘香的季节，我都会给梦蝶捎去几筐酥梨。

"唉，梦蝶栽了，被双开了。"有一天，大学同学，那个爱嚼口香糖的刘娜，偷偷打电话告诉我，她在县委机要室任秘书。她说："这事先不要对别人讲，县城的人还没有听到有关梦蝶的任何传闻。"

刘娜透露，本来按照案件性质梦蝶要被移送司法机关审理，那是要负法律责任的，梦蝶不被判个十年八年才怪哩，那就意味着梦蝶这辈子彻底完了。可他在他们那个圈子影响还好，头头脑脑们都愿意给他面子，他的问题是在秘密状态下调查的。最后，联合调查组将他的问题提交县纪委处理，县纪委经过慎重研究后给了双开，梦蝶的问题就算结了。本来要坐牢的事，化为党纪行政处理，算是给了梦蝶一条生路。

听了刘娜带给我的消息，我大为震惊，难以接收。梦蝶在官场顺风顺水，春风得意，正处于令人羡慕的事业巅峰，怎么就会栽了？况且他是个中规中矩、谨小慎微、原则性很强的人，怎么就会出了岔子，犯了错误？

过了几天，这消息就在凤城传开了。我的几个同学聚在一起，也证实了这事。梦蝶确实栽了，从一个官场牛人突然被贬为一介犯夫。

梦蝶要回乡下去了，他说他今天就要走。他说，凤城已没了他的容身之地，他又想起了儿时的田园，那海洋般荡漾的麦田，枕在奶奶臂弯里听奶奶讲故事的情景，打酸枣时被枣刺刺了的窘态……他说田园啊田园，他的根还是在故乡的黄土地上。

我说那我送送你吧！梦蝶说不送了，不送了，他想静静地离开。我说送，一定要送的！不送，我这辈子心不会安的！梦蝶说那就送吧，我们做个短暂的话别，然后，我就永远和凤城告别。我说好啊，我们就在南台话别。我害怕梦蝶不愿意在这个地方和我见面，就又强调说南台可是我们第一次到凤城第一次去的地方啊！梦蝶说我记起了，那时，我们青春年少，不知天高地厚，我还口出狂言呢。我说是的，你还打算骑着凤城这只凤凰飞得很高很高呢。梦蝶听了有些伤感，好一会没再言语。我知道我无意中刺痛了梦蝶，就说人嘛，三翻六转活人哩。没什么，栽倒了爬起来，我们从头再来。梦蝶沉默了一会儿说不说了，就按你说的，一点半在南台见面，他挂了电话。

我拎着一筐酥梨，吭哧着爬上南台，老远就看见了梦蝶。他显然比我先到了。我匆匆来到他的跟前，将酥梨递给了他，我知道他爱吃我的酥梨，我送他酥梨，他一定会高兴的。

梦蝶并没有像往常一样急切地接过酥梨，而是定定地注视着我手中的梨筐发呆。这是怎么了？有同学告诉过我梦蝶这病，不定时发作，好的时候和正常人没有区别，发作时，就和正常人不一样了。该不是他的病犯了？我猜想。

"嗨！你发哪门子呆，快接过筐子。"见梦蝶好久犯痴，我喊了一声。梦蝶似有所醒，他抬头看了看我，接过筐子，说："这筐子编得好精致哩，装梨多好呢，不知能否装人？"我听得云里雾里，莫名其妙。

梦蝶将筐子搁在一个石桌上，拉着我看凤城的四周，他说："你看，我们四周被遮得严严实实的，我们是不是出不去了？我们是不是笼中的鸟？可我这些年还犯傻呢，试图飞出这个笼子哩，我们能飞出去吗？"

看见梦蝶感伤的样子，我极力宽慰着他。

"唉——"他叹了一口气，一转身，又看见了那筐梨，他说："这筐子多好哇，编得多密实，我就是这个筐子里的梨，别人不去抓，我自己怎么会出去呢？绝对出不去的。"

到了此时，我才证实梦蝶的脑子确实出了问题。

送梦蝶回老家的出租车在不远处鸣号了。

我从石桌上取回筐子递到了他的手中。梦蝶将筐子拷到了臂弯，拉着我的手又向我絮叨，说他这次回到老家，要编很多笼子，像这个装梨的筐子，将自己装到笼子，他说自己本来就是笼中的鸟啊。

梦蝶喋喋不休说着筐子与笼子的话题，让我很后悔。我今天送别他，真不该给他带一筐梨子。这筐子肯定挑起了他的哪根神经，让他由筐子联想到了笼子，使他犯了病。

我将梦蝶送上车，叮嘱出租车司机照顾好梦蝶，开慢点儿，将梦蝶安全送回家。又嘱咐梦蝶说你回老家好好休养，隔段时间我会来看你的。

梦蝶拉着我的手，眼眶有些潮湿，依依不舍，他说："我等着你。"看来，此刻梦蝶的情绪已趋于稳定，不在胡言乱语了。

送走了梦蝶，我下了南台。想着梦蝶今天语无伦次的絮语，我还是认为他精神有了严重问题，我盘算着过段时间还是得看看他。

梦蝶的家在匡塬。我驱车来到梦蝶家后已接近中午，180里川路加山路足足跑了四个多小时。这个塬不大，方圆约有一平方公里左右，散落着一个村：匡村。就一个姓：匡。我将车停在他家门前，下了车。

这是一处四合院，与匡塬其他村民的建筑风格相似，所不同的是他家的门楼与房子由仿古式构件组成，房脊砌有脊兽，房顶撒琉璃瓦，这使他家的建筑在阳光的映照下金碧辉煌，古色古香。

当我准备向这个让人有点儿吃惊的院子往进迈时，我有点儿犹豫了：这是梦蝶的家吗？我还是二十多年前来过梦蝶家的。那时，他们家还是土木结构的旧厦房，一遇雨天房顶就漏水，我和梦蝶住的那一晚偏逢一声雷鸣，那雨铺天盖地倒了下来，约莫十分钟房顶就漏水了，我们睡不着，起来用脸盆接，用面盆接，可那水还是接不完，水还是漫了一地，我们也惶恐了一夜。

我向四周环绕了一眼，梦蝶家的房前屋后，却被果园掩映，矮壮结实的树冠已挂了青果，有的青果已套了袋。在果园行距的一块绿地中间，一个老妇人正弯腰屈背割韭菜。从背影上看，我认出了那是梦蝶的母亲白氏。

白氏的农事活动太专注了，以至于我的车悄然停在她家门前她也没有发现家里来了客人。

我向白氏走去。

当我距白氏还有四五步时，我叫了一声："干妈！"白氏显然听到了，她伸直腰，回过头定定地注视着我，有些茫然。

我又叫了一声干妈，我说："我是盒盒啊！小时候来过你们家的，你还给我煮过鸡蛋呢！"

"哦，盒盒，盒盒，"白氏咕噜着，似在回忆。忽然她说："想起来了，想起来了，盒盒，盒盒，就是那个装洋火的盒盒吗？啊，一晃二十几年过去了，你娃娃那时那个头真方，像个盒盒，天地方圆，干妈就说你以后能干大事哩！唉，你干大那天送你走了，干妈还偷偷落了泪。"说到此处，我看到白氏眼眶里滚下了一颗浑浊的泪，随后，她撇下了手中割韭菜的镰刀，向我颤巍巍地走来。

我赶快奔向前，抓住了白氏一双枯瘦干瘪的手，没再松开。

白氏明显老了，脸上满是沟壑、树皮似的皱褶，我有点儿惆怅：这还是二十多年前的白氏么？

我说："干大还好么？梦蝶还好么？家里啥都好么？"

白氏没有马上回答我的话，只是一个劲地用袖口抹着从眼眶里不断渗出的泪，默然无语。

过了一会儿，白氏平静些，说："盒盒啊，梦蝶咋了？从城里回来就不对劲了，怪模怪样的，整天却喊着叫着要编笼子，你说，编那笼子有啥用？你干大请来了医生瞧病，他却冲着医生不让人家瞧，让人家走，说他没病。医生临走时对你干大说你儿子得的可能是抑郁症。我也不知道抑郁症是啥病，只听见梦蝶嚷着说他没病要编笼子，每天如果没有笼子可编，他便不吃不喝。你干大看他这样儿，就在镇上给梦蝶焊了许多铁丝笼子，让他每天不闲着，有了笼子可编，他就安稳点。"

"梦蝶怎么能变成这样呢？"我自言自语。看来，那次我在南台送别梦蝶时，梦蝶说他要编好多只笼子，这话还真不是胡言乱语，而是梦蝶潜意识中早已存在的事。

我说："干妈，梦蝶这样了，你和干大真够累的，你们年纪也大了，要保重身体啊！"

白氏说："可不是嘛，你干大风湿病犯了，天气一凉浑身骨节疼得咬牙，躺在炕上没法入睡。他还要照顾梦蝶，每天要给他抓药熬药。唉，自从梦蝶病了，这家就败了。"

我劝慰说："干妈，这日子还得往前奔，梦蝶的病也会慢慢好起来的。"

白氏说："过啥日子呢？梦蝶病了，你干大的心劲儿一下松了，再没心思过日子了。从前，梦蝶好着时，他的心劲儿很强，栽了八亩果园，追肥、剪枝、喷药这些重活都是他一个人干的。这些年，果树挂了果，有了收入，原先的旧厦房拆了，盖了新房，眼看日子有了盼头，梦蝶却病了，这个家也就倒灶了，没指望了，唉！"

白氏一口气叹过后，忽然意识到了我们还在野外交谈，便拽着我的手往自家院子里拉。

看着满头白发、垂垂老矣的白氏，我感觉倏忽间我也像老了一样有些心酸，我赶快搀扶着白氏，我们一同向院子走去。

进了院子，白氏向我指了指靠南首的一间房子说："梦蝶平日里就在那间房子里住。这孩子太不敢惊动，一惊动就犯病，你自己悄悄进去看看吧。"

我沿着砖铺的院坪轻轻走了过去，掀开房子的门，看见了梦蝶。

梦蝶是坐在马扎上的，他正缠一个笼子，他的神情很专注，那团彩色塑料丝带在他手中缠绕得飞快，以至于我都有点眼花缭乱。

他并没有抬头看我，却出其不意地问了句："是孟盒盒吧？"这声音诡异而离奇，像空穴里钻出来的一丝冷风，寒森森的，让我吃了一惊，真神了，这看似病兮兮神经质的梦蝶，反应却比一个正常人还要灵敏。

我答了一句："是的，我看你来了。"

梦蝶却没再说什么，神情依旧凝聚在他的笼子上。我记起了干妈的叮嘱，没敢惊动梦蝶，也不敢和他对话，我确实不知道怎么开口，不知道说什么，我害怕出言不慎刺激了他的神经，犯了病，给干妈造成麻烦，就缄口了。

我扫视了一圈房子，陈设比较简陋，除了床、沙发、饮水机、写字台外，再无多余的陈设。可在房子的角落里，却堆着许多笼子。那些五颜六色的笼子倒给这单调的房子增添了不菲的色彩。

我不敢想也不敢看了，梦蝶的未来确实让人担忧。

这时，却听梦蝶咕哝着：那天的那件事，常常让他耿耿于心，终身难忘，释怀不了……说这话的时候，他并没有抬头。我真不知道他这话是对我讲的还是给自个儿说的，我又不敢问，问下去我猜不透会是什么结果。因为，面对一个精神病人，和其对话，一切好的结果或不好的结果都有可能发生。

可他说的那件事，那件事是怎么一回事呢？是不是那件事让梦蝶从此精神有了阴影，在他恍惚的意识里排除不了，是他不能迈过的一个坎？我揣测。

我不能逗留久了，在一切都猜不透未知的时候，我要尽量让梦蝶平静，让他做自己喜欢做的事情，而不要打乱了他的生活，使他情绪躁乱。

我记起了我来时带给梦蝶的梨，可我又怕他见到筐子联想到笼子，我想就不交给梦蝶了，还是交给干妈的好。

我悄悄退出了房子，拉了门，却听门内传出了一腔游丝般的声音："盒盒，你走了！"我大惊：这梦蝶到底是疯子还是个神人？

干妈正站在院子中间，不安地注视着房子的动静，见我出来，方才安心。

我对白氏说了梦蝶的情况。白氏说他整天都这个样，她接着说："你干大回来了，正在上房等你。"

听了白氏报的信，我赶快向上房奔去。

梦蝶的父亲匡文立见我进来，从太师椅上站起迎上，抓住我的手，连声叫着："贤侄，贤侄。"没再松开，眼里闪着老泪。

我激动地叫着干大干大，告慰他：你要保重！

他将我让到八仙桌右手的太师椅上，我坐定，他给我沏了一杯茶，坐下去，我们开始交谈梦蝶的事。

我说："干大，梦蝶这样了，你要想开点，你倒了，这家就完了，或许梦蝶的病慢慢会有转机的。"

匡文立说："贤侄，我也搞不清梦蝶回来后这病为啥就这般重了，他每天编编笼子，这病还能轻些。"

提起编笼子，我说："梦蝶以前跟我讲过，他要编许多笼子。他说他本来就是笼中的鸟，他要将自己装进去，不再出来，听这话时我颇觉诧异，我想，他是不是受了啥刺激？"

匡文立说："我也不知道咋了，总之，这娃回来后，天天吵着嚷着要编笼子，我就给他焊了许多笼子，让他编，我看他苦呢，就由着他的性子吧，不违拗他。"说到这儿，他让我喝茶，他也抿了一口，又对我说："这娃从小就是个乖孩子，接受的教育也是传统文化，这使他做事从来都是谨小慎微，很小心，不敢越雷池一步。他过于呆板，是不是对他的人生有影响？"

我说："干大，这个就不好说了。总之，梦蝶在凤城一干就是二十多年，这二十多年上下口碑皆好，大家都说他是一个守规矩、老实本分、爱岗敬业、起表率作用的好干部，不知咋就出事了？一出事人也变成了另一个人。"说到这儿，我觉得有些离题，怕匡文立伤心，就连连打岔："梦蝶本来就是个好人嘛，他的病慢慢会好的，我对他是有信心的。"

匡文立说："贤侄，你不说我啥都懂，像梦蝶这娃，轻易不会出事的，唉，一旦出了事，他是脆弱的，根本承受不了，他不像那些没有规矩的人，对什么事都不放在心上。"

我接过了他的话茬："是的，他对什么事都太认真了，结果把自己装了进去，出不来了。"

"这反而害了他，使这娃遇事钻牛角，唉——"匡文立叹了一声。

我们的谈话有了些时间，匡立文站了起来，对我说他让干妈给我做饭去，让我吃了下午饭再走。

我这才想起，在梦蝶家逗留的时间不短了，我该走了，我起身向匡立文告别。匡立文再三挽留，我说我下午还有事，我过段时间再来看二老和梦蝶。匡立文见我意决，只得将我送出上房客厅。

听说我要走，干妈白氏从厨房里走出来，拉着我的手硬要我吃了下午饭再走，我婉拒了。梦蝶这样子，二老如此辛劳，我哪有心思吃饭。

二老无奈，只得将我送出院门。我从轿车后备厢取出了带给二老的脑白金补品及带给梦蝶的一筐梨，嘱咐二老有机会让梦蝶吃，但不要让他看见筐子，他们说行。

和二老最后道别后，我上了轿车，一点火，加了油，车向前驶去，离开了梦蝶，离开了匡塬，向凤城而去。一路上，我百感交集，我怎么也想不通，梦蝶的身体竟这般糟糕。

日月如梭，白驹过隙，时光在不知不觉中悄然溜走。我每天除了上班就是回家。我喝着泉水泡的香茗，吃着津甜的酥梨，欣赏着满园竞放的花卉，吟着古人的词汇，倒也优哉游哉。只是，我不知梦蝶好些了吗？他还在编他的笼子吗？他那嘴里不时冒出来的莫名其妙的痴语到底是啥用意呢？唉，梦蝶真可怜。

我想起了梦蝶从前造访我宅院的情景。他喝着我的香茗，吃着我的酥梨，享受着田园生活的纯净，感慨良多。他曾说过他也该考虑幽静的田园生活了。可我知道他那时在官场正炙手可热，处于巅峰，根本不可能退隐山野，那种权力的角逐太诱人了。话说回来，假如梦蝶当初归隐之心已决，离开博弈之地，退居二线，做个清净之人，也不至于像现在这样整天编织那些笼子，还要将自己装进笼子里，那笼子里能装进去人吗？唉，可怜的梦蝶。

有一天，刘娜打电话过来，说她装潢房子，让我给她求一幅画。她知道我在文化部门工作，接触的书画家多。我说你过来吧。

刘娜过来了，我送了她一幅我收藏的山水画。坐定后，我给她沏了一杯茶，我俩聊起了梦蝶。

刘娜很想知道梦蝶的近况，我便将我上次见到梦蝶的情况，给她做了阐述。我说没想到，这次的事对梦蝶的刺激如此大，竟使他成了一个严重的精神病人。

刘娜说："可怜的梦蝶！他本来那次与副县失之交臂，心态应该平常些，可不知怎么了，一向淡定的他，变得反常了，成了另外一个人。"

我说："那只是一次机会的失去呀，梦蝶当时还有很多机会嘛！"

刘娜说："官场上的事就是这样，顺时，要风得风，要雨得雨，背霉时，一步一个坎，步步坎坷。总之，此后梦蝶再也没有等到那样的机会，在县府办主任的位子上一坐就是十年。按理说，退居二线后，会给他安排一个副县待遇的享受，可他有些急躁，沉不住气了，这是同事们没有想到的。"

"这是怎么一回事啊？"我问。

刘娜说："在县府，大家的印象中梦蝶是个老八股，只会工作，干什么事都亦步亦趋，谨小慎微，中规中矩，原则性很强。人们说他这人没一点儿情趣，有时候聚会，一帮同学都说他是装在套子里的人。事实也是这样，他说他就是这样的一个人，他很满足，他已习惯了这种生活，就像笼中的鸟，再没有什么高远的想法。"

刘娜说到这里，我才体会到后来和梦蝶见面时，梦蝶总说凤城是一只鸟笼，而不是凤凰的感叹了。看来，这些年的县府生活确实使梦蝶变化很大，确乎消磨了他当年的驾凤欲飞之志了。

我说："像梦蝶的这种处世态度，应该是稳妥的，照这样下去，他会平平稳稳、安全着陆的。"

"恰恰相反，"刘娜说，"有些人一生风风雨雨，看似动荡不定，到头来却能落个平安；而有些人半生平安，一时把持不住，老来却会晚节不保，抱恨终生！梦蝶就是这样的人。"

"那他这次犯事到底是怎么一回事啊！"我想起了梦蝶那天嘀咕的"那天的那件事让他耿耿于心，终身难忘，释怀不了"的这句话，我想，梦蝶说这话必有缘故，便问刘娜。

刘娜说："说起来，有些蹊跷，梦蝶这次犯事是受贿了，据说有三十万之多。这个数目县上没有公开，县纪委私下督促他退赔了，才没有将他提交司法机关审判。"

"当然"，刘娜又补充说，"梦蝶这次出事，领导和同事们都很吃惊，他们说再谁犯事，他们能想通，梦蝶犯事他们是万万想不通的。他们说梦蝶在县府多年，可是装在笼子里的鸟啊，从来没有非分之想啊！"

"那他怎么会出事？"我想知道究竟。

"说起来与他这个老婆有关。"刘娜说："梦蝶老婆在县剧团上班，爱慕虚荣，好打扮，好攀比。别看梦蝶在单位挺风光，有威严，回到家，是有名的'妻管严'。这主要原因是，一来老婆年轻漂亮，比梦蝶小十几岁，二来梦蝶爱面子，不愿后院起火，影响仕途。所以，他就一味忍让，以至于老婆的话有时就成了圣旨。"

刘娜讲的这些我都知道。一次，同学聚会，梦蝶喝得高了些，没顾得上接老婆董艳梅的电话，老婆寻了来，当场扇了梦蝶一记耳光，骂了几句脏话，便扬长而去。弄得梦蝶丢尽了面子，我们一帮同学都觉得扫兴，纷纷散了。以后聚会，叫梦蝶时都很慎重。

我问刘娜："梦蝶犯事与老婆董艳梅有何相干？"

刘娜说："去年，县府有一个建筑项目工程，指定由县府办主管。梦蝶是主任，就成了项目第一责任人。那些承包商闻风而动，其中，昊都建筑公司的老总杨大头最为迫切，大有将这一工程收入囊中的霸气。他一连到梦蝶的办公室去了三次，临走时落下一个包。走后，梦蝶一看，是一扎一扎的百元面钞。梦蝶不为所动，一连三次让办公室秘书小韩将包原封不动地归还杨大头。杨大头有些发急，托人打听梦蝶有什么喜好，以便投其所好，将其攻破。打听来打听去，梦蝶无其他嗜好，只是怕老婆，这让杨大头欣喜若狂。择日，他先将梦蝶老婆董艳梅的闺蜜巨娇娇俘虏，让娇娇邀请董艳梅赴宴，董艳梅果然来了。席间，杨大头珠光宝气，出手阔绰，很是让董艳梅羡慕。想到梦蝶的寒酸，她有点儿自卑。那桌饭，洋酒、国酒一起上，天上飞的，地上爬的，海里游的都吃遍了，整整花了8888元。这次董艳梅大开眼界，颇为开心。临走，杨大头送了董艳梅一张卡，那是梦特娇专卖店12000元的高级女装购物卡。从此，杨大头就和董艳梅熟了，就对她说了工程的事，董艳梅答应帮他。有一天，董艳梅晚饭后给杨大头打电话说我老公这会儿在家，你来吧。杨大头闻听后急急开着大奔来到了梦蝶家。梦蝶待要拒客，董艳梅说有礼不打上门客，你就让杨总坐坐吧。事情的发展和前几次一样，杨大头走后落下了一个大皮包，梦蝶知道是巨款，便要将那包归还杨大头。董艳梅说马无夜草不肥，人无横财不发。你看你还是个大主任呢，穷兮兮的，多窝囊。这事天知地知你知我知，只要我们嘴严，谁会发觉呢？梦蝶说不行，这是要犯罪的，我得还给杨总。董艳梅说这次你要把这包还了，我不但要告你受贿，还要和你离婚，让你在县城臭名远扬，不得安生。这么闹来闹去，梦蝶屈服了，收下了包。那工程经过几番暗箱操作，也到了杨大头手中。"

"包收了，事办了，梦蝶应该是平稳的。"我说。

"可在工程竣工后，上一级质检部门质检时工程质量不合格，部分工程要拆了重建，否则，将不予验收。验收不了，工程款拨不下来，杨大头就亏大了。杨大头算了一笔账，如果将不合格的部分拆了重建，他不但挣不到钱，还要亏损200多万元。这样，他就举报了梦蝶，他说，要烂一起烂。"

"啊？是这样，看来梦蝶这次是栽在一个土财主手里了。"听了刘娜的叙述，我算是知道了梦蝶犯事的根源。我恍然醒悟，梦蝶说的：那天那件事让他耿耿于心、终身难忘、释怀不了，该不是说的这件事吧！具体地说，也就是那天的那个包、他一连拒绝了三次第四次收下的包。

我问刘娜："梦蝶这事你是怎么知道的？"

刘娜说："这是梦蝶交代的，交代材料在县委机要室。县上领导念起梦蝶任县府办主任多年，没有功劳还有苦劳，便对他犯事的具体细节没在全县范围内公开，也算是给了他面子。"

一切明朗了。

我这个同学梦蝶啊，也许他就该钻在他自己给自己设置的那个笼子里，他为什么忽然想钻出笼子呢？唉，须知，笼子外的环境并不适合他哩。

送走了刘娜。我每天除了上班，便在自己的庄院里转悠，看着那些长得茂盛的树木、藤蔓、花朵、甜瓜，心情好了许多。我盘算着还得再去看他一次，如果他情绪好的话，我要好好开导他。我说梦蝶啊，梦蝶，你看田园，田园多好啊，我们的心态如果能像这永恒优美的大自然，自然而然，该是多么平淡而舒展。

白房子

　　白房子刚离开地面不足一尺，瘫子麻五就发觉心里空落落的，心脏也不听使唤了，直往下坠。

　　本来他在房子里面还坐得稳稳当当、踏踏实实的，可这房子一离地面，不知咋回事，他的心就跟着悬空了，虚脱了，开始乱了，像有一百只鸡爪刨似的，焦躁不安。

　　麻五曾固执地认为，这人一出世，随着嘴巴哇啦哇啦地一叫唤，你就得一世为这张嘴巴而奔忙了。除了安顿好这张嘴巴外，你还得有个窝。不管你是当官的坐轿的，还是打砖的卖菜的，不管你是在街头中了万元双色球大奖，还是被人在暗巷里揍了个鼻青面肿，只要你一回到家，心就安妥了，不再乱了，有了歇放的地方。

　　说白了，人一生忙来忙去，除了嘴巴而外，还得为自己奋斗一个栖息的巢窠，这是麻五后来的体会。

　　不久，麻五就有了这么一个窝——一间亮得耀眼的白房子。

　　三年前的早春里，北风怒嚎，天气阴郁，春寒料峭。早些时候，悬挂在梧桐树枝间雪水融化后结成的冰橛，不断被风吹折落在人行道上，发出了啪啪的响声，人行道上行人已是稀疏，只有大小车辆穿梭在大街上，显得忙碌。

　　瘫子麻五戴了一顶硕大的蓝色火车头棉帽，棉帽的两扇护耳拉了下来，系在下巴上，严严实实地包住了他的腮帮和双耳。整个头部就剩下脸部前区的部分露在外面，用来观察路人和呼吸空气。他的上身穿了一件民政部门救济的大号军用棉袄，扣子扣得整整齐齐的。棉袄里面套了两三件旧毛衣，从领口处看得出这些毛衣层层叠叠，参差不齐，衣裳套得厚了，这使他的上身显得臃肿而膨胀。他的双腿上着了一条婴儿穿的棉裤，是藏青色的，在棉裤外又套了两个护膝，以防风寒。他的脚上穿的是一双起码有40码大小的翻毛皮鞋，他的腿又细又短像个棒槌不足一尺。这样便使腿和脚出现了强烈的反差，显得别扭而不协调。看麻五主要是看他的上身，他的上身和正常人没有什么区别，如果注意到他的下身，才知道他确实和正常人不一样。

造物主确实没有委屈他的上身，麻五头大身子宽，看起来很魁梧很有力气，发育很正常，完全是一个青壮年的健康形象，如果注意到了他的下身，才发现他是一个不正常的人，上天实实在在亏负了这个人的下半部。

从麻五身上可以这样定性：上身是成年人的发育，下身永远处在两三个月婴儿的发育阶段。

麻五每天由邻居周明用轮椅推出来，放在旺多镇桐树街丁字路口的路沿石人行过道上，晚上天擦黑了又推回去。周明是个租住户，麻五也是个租住户，他们成了邻居，也成了朋友。周明是个瓦工，人年轻，老实，心还善，每天上工地。麻五就和他商量了一下，让他每天利用上班之前和下班之后的这一段时间接送自己，报酬是每天十元。周明没多考虑就答应了，这一接送就是两年。

麻五原先去桐树街是自个去的。他唤来木匠，给自己做了两面不大不小的木撑子，安了抓手，他一试，还顺手。第二天，一下床，他抓起木撑子，就支撑着向桐树街挪去。

他先抓牢木撑子，两臂向上一撑，像翻双杠似的身体便稍稍腾空了，再向前一跃，落了地，身体能向前挪一点。

他两臂主要支撑的是上身，下身那两条不足一尺长短、灌肠似的瘫腿，像断了筋骨只有肉皮连着似的，软塌塌的，轻飘飘的，根本没有什么重量。

桐树街距他租住地还不算太远，他这么慢慢挪动，需要一个小时过一点就会到达。后来，他两臂撑着身体移动，时间一长，上臂练出了力气，由原来的每支撑一次挪动半尺到每支撑一次挪动一尺，他挪动的速度明显加快了。这样，他每天去桐树街仅需半个小时即到了。

麻五到桐树街是去上班的。

两年前，他的父母相继过世，再也没人管他的吃喝拉撒了。这时，他也满十八岁，发育趋于成熟，除了那条腿生下来就再没有发育过而外，其他的男性性征都很突出。可他是个废物，没人照顾，就得饿死，而饿死了，他的亲属是要负法律责任的。同样，无能力照顾麻五的叔父，不愿落个罪名，和他商量后，将他放到"三马子"上，拉到市区，撒到了最繁华的小什字街头，让他讨条活命。

每天，麻五匍匐在路面上，见人就叩头，逢人便讨钱，一天下来，还能混个肚圆。晚上就睡在屋檐下的旯旮里，他觉得一点没有安全感。又一次，晚上下半夜，几个驴声马叫闹夜的小伙子看见了他，像闻到了腥味，眼里闪着绿光，冲上来，压住他，掏走了他白天讨的三十块钱。

也有他求爷爷告奶奶不给他钱的。

一次，他匍匐在光亮的地板砖上，低眉顺眼地讨好着路人，日头晒得他差点晕过去，可他的募捐纸箱里还没投下几张纸币，只有几枚硬币。他几乎绝望了，照这样下去，天热，行人稀少，施舍的不多，他今天注定要挨饿了。他正在发愁，忽然听到高跟鞋敲击地板砖的哒哒声，他斜眼偷窥了一下，见过来了一名手撑小花伞、臂挎坤包、身穿丝裙、脖戴项链的年轻女性。他马上意识到，这定是个阔太太，有钱的主儿，就赶紧爬过去，挡在这女人去路的前面，鸡啄米似的叩起头来。嘴里连声唤着：大姨，大姨，行行好嘛，可怜可怜吧！给口饭吃哪！我两天都没吃饭了！

正在拧着屁股，走着丁字步，像模特儿一样高傲的女人被麻五急促的唤声吓了一跳。显然，她的趾高气扬使她忽略了脚下还有个人，她停下来，低头看了一眼，见是个叫花子爬在她的脚下连连唤着大姨大姨地向她讨钱。

她明显生气了，花容顿时失色，杏眼含怒，瞪着麻五，套用电视上的一句常用语就是：我有那么老吗？麻五还在絮叨，那年轻女人奚落道：真不害臊，这么健康个人，干啥不行，出来要饭！像条狗似的！不知羞耻！

似乎，年轻女人没有注意到麻五的腿，只看到了他健全的上身，把他当成了讹钱的懒汉无赖了。

麻五待要辩解，还想抱那女人的小腿。那女人早不耐烦了，高跟鞋鞋跟狠狠地在街砖上磕了几下，恼怒地摔开了他，扬长而去。鞋跟还差点踩了他的手背。麻五被弄得有点尴尬、有点扫兴，他也闹不懂自己今天为何这般失态、这般低贱，也许是饿昏头了，或者是别的什么。

这样讨钱毕竟不是个长法。

在世纪大厦楼下有几个浙江鞋匠，每天和他一样，日出而作，日落而息。麻五已注意这些人久了，每当他讨不到钱或讨钱不顺利的日子，他就会想到这些人。想到这些人，还有另外一个缘故，因为这些人中间，还有一个和他一样的人，也是个瘫子，只不过他看上去远没有自己壮实，健硕，小头小脑，瘦不啦叽的，很不显眼。

麻五和这些人隔了一个十字。

他在十字的南头，这些人在十字的北头，他若一抬头，就能看到这些人。他第一次见到这些人，是在黄昏爬过十字街口，到世纪大厦楼下找自己的窝时遇上的。

那天，这些人还没有撤摊，还有生意。他就靠近观察起这些人来。他看到这些人和他一样，都是些残疾人。有男的，有女的，有聋的，有哑的，有盲的，有拐的，可没有发现有他这么个瘫痪的。

这些人很有意思，有的打着手语，有的嘴里呜里哇啦的，一会儿嚷得面红耳赤，一会儿又伸着大拇指互相吹捧着，嘿嘿地笑着。总之，谁也听不懂他们之间的交流。可他们对顾客的态度都非常的和蔼，脸上总露着笑。有的男人的妻子，到饭时，她们用饭盒提来饭菜，盛上米饭盛上菜，侍候自己的男人。

麻五觉得这些人整天吵吵闹闹，有说有笑，生活蛮有滋味的。

让他称奇的是，这些人里面还有一个跟他一样的瘫子，而更为称奇的是，这个瘫子竟然还有一个四肢健全、头脑发达的女人，这是麻五认识这些人不久后发现的，也是他万万没有料到的。

麻五发现这个瘫子时，正好这个瘫子也好奇地瞅他。

那会儿，他刚从楼檐下的水泥地板上睡起不久，叠了被褥后，活动着筋骨，待路人多了，再爬过十字到对面去讨钱。太阳正冉冉升起，阳光洒在麻五的身上，让麻五感到非常惬意。已阴沉了几天了，今天是个难得的好天气，麻五的心情也和天气一样变得晴朗。

这个时候，麻五就看见了一个女人推着一把轮椅走了过来。上面坐了一位不合比例的小人儿，身子像个成人，腿却极短，像个婴儿，软不啦叽的，在轮椅的半空悬着。麻五猛然明白了，这是自己的一个同类，和自己一样是个小儿麻痹患者，现在，这个瘫儿由家人推着放风来了。因为是同类，麻五有惺惺相惜的感觉，就多看了这人几眼。不过，看下去后，却让他多了份心酸。他想到了自己，想到了自己的处境，同样是个瘫子，人家还有把轮椅，有人照顾，而自己整天爬来爬去，吃不饱睡不暖，像条丧家犬似的被人遗弃，没个归宿，这么一对比，他对这个小儿产生了一种既嫉妒又仇视的情绪；可一转念：自己这是咋啦？竟然和一个风都能吹跑的瘫人儿比，真是可笑！麻五胡思乱想了一阵，心灰意冷，情绪复杂地强迫自己不去想别人，不去管别人的闲事，等筋骨活动好了，还是爬过十字找钱去。

其实，麻五瞅轮椅上这小人儿时，这人也注视着他。也许这人看到麻五时惊讶于这世界上怎么还有一个跟自己一样的人，或许是别的什么，总之，这人注视麻五的时间稍许长了些，这让麻五有些不自然，就将目光悄悄移开了。

却见那女人将轮椅推到世纪大厦楼底停下了，那儿正是这伙浙江鞋匠的地盘。这是麻五的目光尾随轮椅的去向后发现的。

实际上，他对那把轮椅和轮椅上的人从心里还是关注的。因着这个人是他第一次见到的和他一样的人，这让他萌生了极大的兴趣，只不过正面和这人接触时，他因自卑败下阵来。

麻五看见推轮椅的女人从轮椅的后座上搬下来一个大包，从里面提出来一架修鞋机器，支到路面上，又从包里掏出一副软垫，置放到机子旁，然后将轮椅上的那小人儿抱了下来，放到坐垫上。麻五发现，那小人儿很轻，像个幼儿。又见那女人向小人儿不知嘱托了什么，完了，放下大包，推着轮椅走了。

麻五倏忽明白了，这瘫子也是个鞋匠，和那伙浙江人是一伙的。不知为何，麻五对刚才自己的龌龊想法有些自责，不由对这个瘫子有了一种肃然起敬的感觉。

自从上次被那个他称大姨的时髦女人侮辱之后，麻五讨钱不顺或饿得头晕眼花的当儿，他总爱想十字对面的那伙浙江人，尤其爱想他后来发现的这个小人儿、和自己一样的瘫子。

他想他们在一起吵吵闹闹、说说笑笑的样子，他想他们给顾客修鞋满脸快活的样子，他想他们凑在一起吃饭其乐融融的样子，他想他们在一起谁也不黑猪笑老鸹的样子，他想那个小人儿那么弱的身体咋给人修鞋？他想推小人儿的那个女人为啥对小人儿那般好，她是谁？想得多了，麻五就老爱往这些人跟前凑。他每天下午会提前爬过来，蹲在一边，静静瞧这些人修鞋。

麻五发觉这些人都是笑脸服务，他们修鞋的技术也不错，价格也适中，因此，生意相当的好。而且，他还有了一个发现，就是健康人的生意赛不过这些残疾人。因为在这些残疾人的不远处，还摆了几副修鞋机，是几个健全人摆的摊，生意却冷冷清清的，远没有这些聋子、哑巴、拐腿生意红火。

麻五瞧见那些男男女女主动往这些残疾人摊上靠，他们根本不用招徕顾客。有时候修了鞋找的零头钱，顾客都不要了，甩手而去。相反，那些健全人大声吆喝着，拉拢顾客，顾客们却反感地走了。

麻五在这些人摊前蹲过几天后，这些人见他并无恶意，又是个同类，就和他搭起话来。首先和他搭话的是那个小人儿。

那天，小人儿忙得不可开交，正给一个女人钉鞋掌，还有一个女人等着换拉链。麻五看见先前推小人儿的那个女人推着轮椅来了，轮椅上架了个带盖的铝罐。女人见小人儿很忙，就停稳轮椅，帮起忙来。

他给小人儿递鞋钉、鞋掌、递线头线脑，待小人儿忙完了，打发走了顾客，她揭开铝罐的盖，从里面取出了盒饭，先递给小人儿，然而取出盒饭再分发给别的鞋匠，鞋匠们都暂停了手中的活，用起餐来。

麻五正看得出神，听那小人儿喊他：唉，伙计，过来一块吃饭！麻五以为他是在喊别人，就没有搭理。却又听那小人儿又在喊他，还向他挥着手。

麻五这才闹清楚了，小人儿真的是在喊他。麻五向小人儿摆了摆手，意思说不吃，你们吃吧！

那小人儿见他不肯过来，就对那女人说：翠翠，你给这伙计送只盒饭过去！

那女人就取了盒饭，走过来递给了麻五。麻五不想接，又经不住女人的坚持，他就接了。他揭开盒盖，用一次性筷子向嘴里猛刨了起来。

那天，那盒饭是他吃得最美最香的一顿，也是他记忆最深刻的一顿晚餐。本来，他还想吃一盒，无奈他真不好意思向人家讨了。他观察到那帮浙江人每人都吃了两盒。

经过盒饭搭桥，麻五算是和这帮人熟了，也知道了这些难兄难弟的一些底细。

原来这些人都是浙江的，但不是一个地方的，分属几个县、乡。最初，他们都是被家庭或社会抛弃的遗弃儿，为了生存，他们学了一门手艺，单打独斗，苦苦地挣扎着。可常常受人歧视、欺负。后来，相同的经历，相似的命运，迫使他们不约而同地走到了一起，一下变得强大起来。他们结伴浪迹了许多城市，也挣了一些钱，他们中间有的人还娶妻生子，有了家庭。像麻五眼中的这个小人儿，就娶了妻，那个推轮椅的女人就是他的妻子。

小人儿叫胡得科，浙江诸暨人，生下来就是个小儿麻痹。亲娘在时，还有人照顾他，亲娘去世后，父亲续了一房，后娘就将他推来推去不管他了。

小人儿人瘦小，志气却大。某天晚上，他偷偷爬出门，一个人离家出走了。在江湖上，他一边乞讨一边学艺。他人聪明，啥手艺一看就懂，一学就会，终于练就了一门顶呱呱的修鞋手艺，在街面上摆起了摊，生意逐渐红火起来。又一次，他们这帮特殊群体到了一个山区县城练摊。刚摆好摊不久，小人儿的摊子上就来了一个十七八岁的小姑娘，拎了一双烂皮鞋叫小人儿修。小人儿一瞧，那鞋鞋底从中间断了，鞋面也穿帮了，小人儿说这鞋划不来修了，修下来和买一双新鞋的价格差不多，还是扔了去吧！姑娘听了摇着小人儿的手臂，带着哭腔说：求求大哥，给修修吧！我爸说了，这鞋一定要修，修好了他还要穿哩。你不修，我交不了差，我爸可要捶我呢！

小人儿被姑娘的执拗打动了，就说，你先坐下，我试试看。小人儿拿出看家的本领修起鞋。他先将鞋底用牛皮细线锥了，又粘了一层轮胎胶皮，再用铁钉铆了，鞋底算是固定了。他将鞋帮烂了的部位用锉刀锉平，再用皮子缝上，又用黑漆刷了，抛了光，这双皮鞋看起来和新的一样。姑娘提着鞋，乐得笑了，问多钱？小人儿想了想说二十块。按平时的收费，这鞋得收三十元。不知怎么了，小人儿看这姑娘举止天真可爱，又未把他当残疾人看待，就少报了十元，谁知姑娘在口袋里摸来摸去只掏出了五元，捏着钱，尴尬地看着小人儿，不知所措。小人儿猜想这姑娘肯定家穷，也不想为难姑娘，就说，五元就五元吧，就算认识了你这么个熟人！姑娘听了，将钱递给小人儿，提着鞋，欢笑着跑走了。

小人儿没想到，第二天姑娘又来了，而且在小人儿的摊前一站就是大半天，痴痴地看着他修鞋。起初小人儿没有在意。往后，姑娘来得勤了，还帮小人儿干这干那，他就有想法了。小人儿腿残疾了，可这脑瓜一点也没残。他就慢慢和姑娘搭起话来，得知她叫翠翠，小人儿又偷偷试探她的心思。

正如小人儿猜测，这姑娘单纯天真少心眼，丝毫没费劲，姑娘就交了底：她喜欢小人儿修鞋的样儿。小人儿一阵狂喜，可一冷静，还是觉得不现实，癞蛤蟆想吃天鹅肉这是不可能的事！他就有意疏远这姑娘。无奈山里人倔强，认准的事儿不回头，这姑娘就是追着撵着不放。小人儿没辙了，就接受了这个现实、这块天上掉下来的馅饼。

不长时间，他俩在小人儿的租住屋同居了。一个月后，翠翠有了身孕，二个月后，翠翠已显了怀。小人儿不觉紧张了，赶快与翠翠商量对策。翠翠说这有啥商量的，明儿你就托人向我爸提亲！小人儿连夜打电话叫来头脑灵活、能说会道的同乡、也是鞋匠的独眼王二，求他明天带份礼品帮他提亲。

王二本是个热心人，爱帮助人，在他们这帮人中间以小诸葛自谓，就爽快地答应了。第二天，王二备了份厚礼，拎着去见翠翠爸妈。王二放下礼物后，开门见山介绍了小人儿和翠翠目前的情况，并说明了来意。

翠翠的老爸一听惊得目瞪口呆。他想，怪不得这几个月来，翠翠老往出跑，原来是和一个瘫子搭上了，这真是女大不中留，留下去丢人现眼。翠翠的老爸气得差点昏过去，清醒了后，他就要追着打翠翠！翠翠并不躲闪，说你打你打，打死算了，反正你不同意，我也就不活了。

王二连忙阻挡说：老人家，现今已生米煮成了熟饭，你还要等翠翠把娃娃生到炕上再放手吗？到那时，这事就不好办了！你这老脸往哪儿搁？翠翠的老爸已被翠翠的丑行气得说不出话来，面对这种既成的事实，他又没有更好的办法，缓了一阵儿他说：罢了罢了，由他们去吧！现今这世道也瞎了！就和翠翠的妈进了里屋。

过后，小人儿托王二给翠翠的老爸送去了五千元的彩礼，择了一个吉日，草草举办了婚礼。婚礼那天，翠翠的老爸没出席，只有翠翠的妈和几个亲戚陪着翠翠。小人儿这方这帮鞋匠都参加了，个个喝了个酩酊大醉，都赞叹小人儿有本事，够爷们儿。婚后没多久，翠翠生了个女孩，托给母亲抓养后，她就跟小人儿走南闯北了。

有关小人儿的这段婚姻传奇，这是小人儿的这些同伴给麻五炫耀的，小人儿胡得科也给麻五略略提过。

麻五和小人儿熟了后，又顺便问了第一次见到大伙儿他怎么没在场的情况，小人儿说，那几天，自己正在拉肚子，拉得都脱水了，就没出摊，你嫂子在家里给我接屎接尿的，人都熬得失了成色！麻五这才搞清了自己当初没见到小人儿的缘故。

周明每天将麻五推出送到桐树街后，从轮椅上搬下个大包，在里面取出修鞋机支好，再取出一副棉垫，放到机子旁边，这才将麻五从轮椅上抱下来，搁到坐垫上。麻五的婴儿腿很难自由弯曲，只能软塌塌无力地向前平放在地面上。麻五的上身宽大，坐下去，腿和身子形成了90°直角，看上去，像在街头放了半麻袋麦子，有点累赘沉重，而这半麻袋麦子会一直蹲到天傍黑，直到周明过来。

轮椅的前梁处焊了一节钢筒，里面插了一面杏黄小旗，上面用漆喷了几个蓝字：麻五修鞋。小旗像过去客栈门前旗杆上插的招牌旗，春夏秋冬向路人飘摇着。

每次，周明将麻五从轮椅上抱下抱上的光景，麻五就会想起小人儿的妻子将小人儿抱下抱上的情景。有阵儿，麻五惚恍间将周明当成了异性，感觉自己被抱的状态妙极了，充满了温情与柔媚，麻五都有些迷醉了。落地后，当腿和脚接触到冰凉的路面、飒飒的冷风吹向面孔的时候，他才清醒了，才知道自己还是被一个男人抱着，他一阵失落，不禁思念起小人儿和他的女人来。

小人儿和她的女人，是在城管局的一次集中整治侵占道路、乱设摊点的战役中离开的。那次战役之后，小人儿和他的女人就离开了，小人儿的那帮浙江鞋匠也离开了。

这些浙江人敏感地意识到，旺多镇城市的管理日趋规范，要想在繁华的闹市街头、人群密集的路口摆摊设点已实属无望。失去了黄金地段等于是失去了饭碗。于是，某天晚上，他们凑在小人儿的出租屋里，开了个会，商讨了一阵，决定忍痛离开这个既让他们失望又让他们留恋的地方，到下一个城市去淘金。

其实，这个小城应属他们的福地。在他们占领这个小城期间，这个小城还没有培养起真正属于小城的本地鞋匠，所以说，等于是他们这帮浙江人垄断了这个行业，生意特别红火，两年下来，他们都赚了个盆满钵满，笑逐颜开。好在他们天生就是一群候鸟、游击队，会随着气候和形势的变化而迁徙、转移，他们只难过了一阵儿，就挥泪告别了。临走，小人儿给麻五赠送了一台修鞋机，算是师傅留给徒儿的一份礼当。

小人儿走的那天，麻五趴在地上不停地向师父挥着手，眼里噙着泪不住喊着：师父，师父，你别走啊，你别走！不让师父离去。

小人儿坐在轮椅上，背对麻五也挥着手以示师徒离别之情，想必他也不忍心看麻五难过的样子，没有转过脸来。推着轮椅的翠翠向麻五挥着手，嘴里嘱托着：麻五兄弟，你多保重！

本来，这帮人也想带上麻五，可麻五死活不愿离开故土。北方人的观念和南方人还是有差异的，往往恋家使他们一生难有作为，麻五在关键时刻就显露出了这种本性。

自从和小人儿这帮人混熟了之后，麻五已无多少心思爬到对面乞讨了。他乞讨的当儿无精打采的，不像原来奴颜婢膝、死乞白赖的软脊梁骨样，他坐在街面的身子挺得直了，也不再匍匐、逢人便叩头作揖、一迭声地要钱；他只是见人投钱，就微微地向那人点点头示礼，若无人投钱，他就那么坐着，表现得气定神闲，非常坦然。实际上，在他心里，并不平静。

他的心已被小人儿和那帮鞋匠搅乱了，他似乎懂得了，像他这种人，除了要饭讨钱，还有另外一种活法。如果说那帮瘸子，哑巴，拐腿的修鞋人的出现，还没有过多地引起他的反思，（因为他总认为这些人和他比起来，健康多了），那么，小人儿后来的出现，让麻五心灵上有了一次强烈的震撼。

和小人儿比起来，麻五强多了。麻五不但强壮，还年轻，而小人儿瘦小单薄，比他大十岁，这么一对比，麻五觉得有了优势，有了一种优越感。可和小人儿的现状比起来，麻五又跌入自卑的深渊。小人儿靠自己的双手，不看别人的眉高眼底，自食其力，而自己长了双手，只能用来要钱、讨饭。小人儿是个自尊自强的血性汉子，而自己是个没有骨气的寄生虫、废物。这么一想，麻五越发自卑，更加憎恨自己的无能、无用，遇到讨钱不顺时，他真想一头撞死在街头的电杆上。

同样是个瘫子，小人儿不但能养活自己，还有了女人，而自己流落街头，孤孤单单，像孤魂野鬼一样，没有个立身之处。

麻五不是没有想过女人，像他这种人，除了生下来腿没有发育外，其他的发育都很正常。尤其在讨钱顺利的这一天，混个肚肚圆，晚上躺在街檐下睡实后，他会做许多关于女人的美梦，有时在梦中兴奋得会突然惊醒：原来他搂抱的却是一根水泥石柱，这让他扫兴沮丧！他明白了，什么女人，那纯粹是天方夜谭，自从见到小人儿和翠翠，特别是听了他的爱情传奇后，麻五的心里对女人又燃起了一点欲望。

而要想女人，就要改变现状，改变命运。像他整天蹲在街头卑贱的样子，不但不敢想女人，有一天还会被女人的高跟鞋踩个粉身碎骨，万劫不复。这样想着，麻五就没心思讨钱了，即使讨钱，也把身子挺得直直的，不再下跪，而他更多想的是，早点爬过十字，回到那帮鞋匠身边，尤其是小人儿的身边，看他和翠翠修鞋。

麻五看这帮人修鞋，说实在的是为了偷偷学艺。

和这帮人熟了，说说笑笑唠嗑，都行。可要说让他们给麻五传艺，这些人都免谈了。也许这是他们这一行行规：不轻易授徒，这是他们的忌讳。多一个鞋匠就多了一个抢食的，这是他们不愿看到的。麻五试探了几次，见没有门道就每天早早地爬回来，蹲在摊边，心摹手仿，慢慢体会。可得不到师父的言传身教，指点窍门，麻五终究还是对这门手艺入不了门。他多么渴望小人儿（他是这帮鞋匠里面手艺最好的）手把手地教自己啊！可唠嗑小人儿就来了兴趣，一提修鞋的事，小人儿就避而不谈了。

是一个秋天的下午，灿烂的秋阳照得这个小城很温馨，行人也穿梭似地来回经过，鞋匠们的摊前都有生意。小人儿刚打发走了一个顾客，他的摊前就来了两三个带有醉意的年轻人，其中一个摇摇晃晃的额前留一撮红毛的小伙子，伸出一只脚让小人儿给他钉鞋掌，那东倒西歪的身子都快要着地了，幸好后面有两个小伙扶着。这姿势明显是要小人儿给他亲手脱掉鞋，再钉铁掌。

显然，年轻人是带了酒，想借助酒劲"抽抽风"，如果小人儿不去脱，将会惹来麻烦。小人儿并计较，就替小伙子脱了皮鞋，给他脚上换了一双拖鞋，然后将皮鞋套在铁撑子上，钉了起来。

穿着拖鞋的小伙子晃荡着一只脚，坐在轮椅的扶手上，嘴里喷着难闻的酒气，胡乱地骂着脏话。

他无意中却看见了帮小人儿干活的翠翠，眼里马上放出了兴奋的绿光，一把将埋头整理边角料的翠翠提了起来。翠翠比较瘦小，冷不丁被一个壮汉提离了地面，吓得浑身发抖。

壮汉一手提着翠翠的领口，一手扳起翠翠的下巴，不怀好意地注视着翠翠的脸蛋。盯了一会后，壮汉放肆地用手捏着翠翠的脸蛋说：这小娘们还真鲜嫩呢，能掐出水来哩，真是癞蛤蟆吃了天鹅肉了，瘫子好福气啊！壮汉哈哈大笑着。

那两个小伙子也嘿嘿地笑着，煽风点火：不是吗？一朵鲜花插在臭狗屎上了！够败兴！这无疑起了推波助澜的作用。

小人儿已将这一切看在眼里，早撇下刚修的皮鞋，手里提着钉锤，怒目瞪着"红毛"。麻五也看见了这一突发事件，可他又不知该怎么办。如果硬干起来，他和小人儿都不是壮汉"红毛"的对手；如果不管，翠翠肯定要大受其辱。

翠翠早已被羞得面红耳赤，情急之下，她猛地扇了"红毛"一个耳光。这下可闯了大祸，"红毛"屁股挪开了轮椅，站直了，一手抓牢翠翠，另一只手左右开弓扇起翠翠的脸来，边扇边骂：我让你扇，你这小骚货，胆子还够大，也不打问打问老子是个干啥的！

"红毛"一打翠翠，引来了无数观众围观，但没人敢上前劝阻。邻近小人儿摊位的独眼王二，灵机一动，掏出手机，拨打了110，报了警。

王二的举动被"红毛"带的两个伙伴发现了，他们上前抢了他的手机，扔在地上，重重踩了两脚后对"红毛"说：大哥，咱们快走吧，那个残疾人报了警，这事闹大了可不好！

"红毛"也觉察到围观的人太多，这样闹下去，警察来了要吃官司，就放开翠翠，急着要开溜，翠翠见"红毛"打了自己还要溜，就上前去揪"红毛"，被"红毛"一拳打翻在地，压在了小人儿身上。小人儿连气带怒又面对"红毛"毫无办法，只能哭天抢地大呼冤枉说天不睁眼。"红毛"乘机抬脚要跑。

麻五的位置正处在"红毛"的脚下，他见"红毛"要溜，忽然生了主意，就双手紧紧抱住了"红毛"的一条腿。"红毛"待要抬腿，突然抬不起来了，他不知是何缘故，低头一瞅，见一瘫子抱紧了他的腿，不让他动弹。

"红毛"诧异刚制服了一个瘫子，怎么又冒出了一个瘫子？真是遇上鬼了！顿时大怒，恼恨地筛着腿想摆脱麻五，那两个小伙也上前扳麻五的手，但就是扳不开。

别看麻五的双腿毫无知觉，可麻五的双臂很有劲，这是麻五自信的。"红毛"又气又急，干脆甩开两腿，跑了起来。"红毛"拖着麻五跑了十几米，麻五的腿在地面上留下了一条拖痕，裤子也被撕开了，腿皮上擦出了血痕，可麻五始终没有松手。

"红毛"有点累了，他停下来，在喘气的同时，准备掏出腰间的刀子，给这个瘫子一点颜色看看。

此刻，110警车鸣着警报器过来了，停下后，下来了几名巡警，在群众的指认下，控制了"红毛"，麻五这才松了手。警察调查了情况，录了口供，"红毛"被押上了警车，独眼"王二"也被叫去作证了。观众也慢慢散去，麻五忍痛爬了过去，劝慰着号啕大哭的小人儿。

这件事过后不久，小人儿便将麻五收为爱徒指点起来，麻五再也不愿爬过十字讨钱了。他吃着翠翠送来的饭，学得非常用功。

麻五拄着木撑子在桐树街晃来晃去的身影，被管这条街的社区居委会主任王碌碡瞧见了。她见这个瘫子在桐树街支了个机子修鞋，很是不易，就了解起麻五的情况来。

小人儿和那伙浙江人走后，麻五用师父给他留的家当设了个摊点。小人儿在时，麻五跟着学，还让他干些小活，发点工资。小人儿走了以后，麻五没了依靠，就单独干了起来，也算是正式出师了。

一天城管局的人又来了，他们见清理不久的世纪大厦楼下又有人在摆摊，就轰的一下围了上来。城管局的人见是个瘫子，又问了麻五的情况后，就将麻五破例安置到了人流相对较少的桐树街。

王碌碡是个居委会干部，听了麻五的情况后，决定帮他。

她先和临街开店的赵四商量，将麻五的修鞋物件每天寄存到赵四的店里，赵四第二天再替麻五搬出来，晚上又搬进去。赵四先有些犹豫，后碍不过王碌碡的面子，就答应了。因为赵四开店时，王大妈是社区派来管这条街的一名干部。她跑前跑后与各部门协调，办理各种手续，省了赵四的好多事，他欠王大妈的情。

如此一来，解决了麻五摊子的搬运问题。之后，王碌碡又跑了工商、税务、环卫、民政等部门，免了麻五的管理费、税费、卫生费。还帮他办了残疾证，每月可领到六十元的抚恤费。逢年过节，王碌碡还组织社区慰问麻五。麻五的心一下暖了，他修起鞋来更有劲了。

是搬到桐树街一年之后了。一日，一个中风患者手摇着一辆轮椅过来了，后面跟着一个人，他并不推，只是跟着。也许他是为了让那患者自己用力，锻炼上肢的力量，或者还是有别的什么原因，总之，他只是上坡时才给轮椅上的人给点力。待上路沿石时，后面那人扬起车头，将后轮抬起，把轮椅送上了人行道，轮椅到了麻五摊前。

轮椅上的人是来修鞋的。麻五给那人换了鞋，埋头修了起来。

来到桐树街后，有了王大妈等好心人的帮助，麻五心里暖暖的，干活时方便多了，生意也越来越红火，麻五对生活燃起了新的希望。这条街上人流稀少，可只有他一个鞋匠，人们都乘便利，加之麻五鞋修的精心，价格也合理，都愿把鞋提来让他修。

一时以来，人们都知道桐树街有个修鞋的，是个瘫子，叫麻五，鞋修得好，人也诚实，一传十，十传百，麻五的摊子热闹了。

那些大姑娘小媳妇来的得了，在等待修鞋的间隙，都愿和麻五唠嗑，更愿打问麻五的私事，因为他们认为这个瘫子能把钱挣得咯巴响，肯定有故事，又因为他是个瘫子和正常人不一样，她们觉得好奇，就爱刨根问底。

有的小媳妇还故意问：你想女人吗？有"搭子"吗？没有女人，你晚上咋睡得着？见麻五听了一脸窘态，她们嘻嘻地笑着说：好好挣钱，等明儿姐给你介绍一个！麻五羞得脸通红，可也很受听。

慢慢地，他也习惯了这种逗笑，遇到那些厚脸皮的大姑娘小媳妇调笑他时，他也不再脸红了，而是说：想啊，咋不想，就想你那俊脸哩，啥时候陪陪我呀！女人们被逗得咯咯地笑着：你能行吗？瘫子？若是能行，我就愿意！麻五被这些不知羞耻的女人逗得没有办法，知道说不过她们，只好接受她们的耍笑，可也心里乐滋滋的，心猿意马。

这种在干活中的逗笑使麻五多了一份乐趣，多了一份自信。他盼望人多，盼望女人们来。他原来讨饭时老是悲观，常有自杀的念头，现在他觉得活着真好，害怕有一天自己真的会死去。这样的生活，也让麻五想起了小人儿和翠翠，想起了翠翠推着小人儿的情景。在这些女人挑逗他的时候，他心里会渴望有一个女人陪伴他、照顾他，像翠翠一样推着他出摊收摊，可这又是一个多么遥远的梦想。

当翠翠推着师父小人儿的画面在他脑海里再现时，他又觉得这不是不可能实现的梦想。因此，他对轮椅有特殊的好感，觉得轮椅几乎就是爱情的象征、温馨的摇篮、希望的未来。基于此，空闲的时候，他蹲在桐树街口，爱注意过往的轮椅，可惜过往的轮椅很少，几天也难得见上一辆。

见不上轮椅，麻五就想拥有一辆自己的轮椅。他每天早早拄着木撑子来到桐树街，晚上黑透了才回去。他的服务态度好，鞋修的又精又细，顾客络绎不绝，他累得满头大汗连汗也顾不上擦，可他每天的收入却越来越高，而他的开支并不高。他除了每月的房租，每天的饭钱，就基本上不开支了。每天的收入他都就近存在一个储蓄所里，缘由是害怕被偷被抢。

他距拥有一辆轮椅的希望越来越近了。

这天，麻五给这个中风患者修好鞋后，多了个心眼，在仔细观察这把轮椅时，就打问起轮椅的价格来。中风患者嘴扭了，说话不方便，那个推轮椅的人介绍了情况，说这患者是他的父亲，去年中的风，这把轮椅本来得三千六百元，残联给残疾人优惠，收了半价。还说，如果想买，就到残联去买。说完，那个小伙子推着他的父亲走了。

麻五听了，心里有了主意。

改日，王碌碡给麻五送证书和奖品来了，麻五就跟她谈起了这事。王碌碡将证书和一条毛毯递给麻五后说：没问题，你去年干得好，受到了市残联的表彰奖励，他们会支持你的。我明儿就给你去问这事。

第二天，王碌碡跑了一趟残联回来后，对麻五说，这事合适着呢，你准备钱！麻五就从内衣口袋里摸了好一会儿摸出了一个存折说：王妈，这是存折，你去取钱。王碌碡帮麻五取了一千八百元，又跑了一趟残联。

残联人听了王碌碡的情况介绍后，亲自开车将轮椅送了过来。这天，麻五提前收了摊，赵四将麻王抱上轮椅，王碌碡推着回了出租屋。街坊邻居知道了这事，赶来庆贺，有人还响了炮。麻五心里高兴，在小饭馆要了几个菜，上了啤酒，大伙儿乐了一场。

周明将麻王抱上抱下，麻五偶尔间会把周明当成异性，充满了快乐，当清醒后，他会有些失落，不过，失落是暂时的，大部分的时间，麻五是很受用的。他甚至有点成就感，就像自己是个老板，周明是他的员工似的！这么想着，他觉得有点不对劲，周明明明是他的好朋友啊，怎么会是他的下属？可他的的确确是给周明开了工资的呀！麻五这么胡思乱想着，思维又回到了轮椅上的那个小人儿、他的师父，想来想去，还是他的师父牛，不但有人侍候着，还是个女的，更不用开工资，真好啊！

白房子离开地面，慢慢升空，麻五心里空落落的，再也不踏实了。他弄不懂，这人一离开地面，和平时脚踏实地时怎么就不一样了呢？他不知道这房子会跟人一样，一离开地面也会空落落的，不实在了呢？他有时偶尔会看到天上的飞机，他想，飞得那么高，那才悬呢？人离开地面才这么高一点，就觉得恐慌，要是叫他麻五去坐飞机，打死他也不会去坐呢！

早春里，周明将麻五推出放到桐树街的空地上时，裹得严严实实的麻五还是觉得冷。冻得瑟瑟发抖，那面插在轮椅上的杏黄小旗，在北风里飘摇着，上面"麻五修鞋"几个字战战兢兢的，发出痛苦的呜咽声，使这个春天越发显得寒冷。行人已是稀疏，顾客明显减少，可麻五还是哈着气搓着手，耐心地等候着顾客，一点也没有离开的意思。

两年来，被周明推出推进的麻五，一点也不敢耽搁，不管是下雨还是下雪，他都要按时出摊。下雨下雪了，他将一把焊接的特制雨伞撑开，避雨避雪。

有了轮椅不久后，王碌碡有一次检查桐树街的卫生，顺便来到麻五的摊前对麻五说：好好干啊，把钱挣多了，焊一间铝合金房子，大妈我给你协调一下，就蹲在这片空地上，既美观环保，住上又舒适暖和，你再不用风里来雨里去的，遭这份罪了！说者无心，听者有意，麻五倒动了心思。

王碌碡的这话只是随便说说，也是给麻五打打气，鼓鼓劲，按她的猜想，一个钉鞋匠，牛年马月才能挣够那笔钱呢？最终也只落个逗逗而已。

麻五却自打王碌碡走了后，有了想法。他早就渴望有个窝了，一个属于自己的窝，随着收入的增加，生活的改善，他的这种欲望日益强烈。如果有间房子，住到里面，自己就是这个房子的主人，由自己支配，再也不受房主的气了，他可以扬眉吐气，成了一个半城市人了，他甚至还和师父小人儿比起来，如果房子的梦想实现了，那么他就高出师父一截，假如师父看到麻五的这间房子，也许还会难过得哭呢？麻五美美地想着，通夜都没合眼。

王碌碡撂下那些话后，再也没见人。麻五紧锣密鼓地实现起自己的计划来。他备足了修鞋的材料，叫王铁匠给他焊了一把加长的雨伞。作息时间也改变了，上班提前一小时，下班迟一小时，这样一来害得周明睡不好觉，吃不好饭，好在麻五答应每天再给周明加五元钱。

麻五人熬瘦了，腰包却愈来愈鼓了。

这个早春，这一天裹得严严实实被周明用轮椅推出的麻五，感到了异常的寒冷，火车头棉帽和翻毛皮鞋都不顶用了，他不断咒骂着这该死的天气。

他突然想到了王碌碡，就摸出手机，拨通了王碌碡的电话说：王妈，你说的话还算不算数，顶不顶事？

王碌碡说：小王啊，大妈说啥话了？

麻五说：你不是说让我好好挣钱，焊一间铝合金房子，给我协调地皮吗？

王碌碡噢了一声，似乎明白了，说那是啥年月的话了，大妈只是说说嘛，造房子可不容易哪，得好多钱呢？

麻五说你先别提钱，你就说地皮的事儿你能拿下吗？

王碌碡听麻五认了真，就说：小麻，你真的想造房子吗？

麻五说：真的！

王碌碡说：好，有志气！大妈这次豁上老命，也要把地皮给你协调到手！我这就去！

王碌碡跑了有关部门，得知这块空地是房管所的，因为还没规划好，就暂时闲搁着。房管所领导在听了王碌碡讲了麻五的特殊困难后，对麻五颇为同情，就同意房子放置到这块空地上，前提是这片空地遇到建设时，房子无条件搬迁。王碌碡想，这块空地闲置几年了，都无人建，先把麻五安插进去，以后的事以后再说。她回去后就将这消息告诉了麻五。麻五一迭声地感谢着王碌碡王妈。

麻五和王碌碡坐下来商量造房子的事。商议后，决定造一间十平方米的房子。里面支一张床，安几把座椅，再支上修鞋机器，放些零碎。又大概商讨了结构、样式。定下来后，麻五说，这房子一定要造成白色的，白色亮光光的，人心里也亮堂了。王碌碡说好，她就找造房子的人去了。

王碌碡好不容易找到了一个焊接铝合金房子的张师傅，一问价钱，得八千元，王碌碡吓了一跳，就八八九九地向那师傅说麻五的艰难，求他少价，张师傅不耐烦了，说：那就七千五，一分也不能少了，这间房子我就少挣一点，算挣个工钱吧！

王碌碡回去了，她想一告诉麻王，麻五会惊得吐舌头，不料麻五说：七千五就七千五，你告诉他，保质保量，三天后交货！麻五给了王碌碡三千元，让她先把订钱交了。

王碌碡去了。

三天后，一间亮得放光的白房子运到了桐树街，王碌碡叫来了房管所的人，让他们指定了地点。十几个工人将房子安放到了空地上，坐在轮椅上自始至终看着房子安放的麻五幸福得差点哭出来。

随着房子在空地上尘埃落定，麻五的心也踏实了。王碌碡又让人给房子接上了电，安了灯管，又支好了床，床上铺了民政救济的褥子铺盖，将修鞋家当全部搬进房子，里面的设施一应俱全后，麻五住了进去。晚上周明过来，麻五让周明回去后退了租房，他给周明结了工钱，又给了周明些钱，让他称了二斤牛肉，提了一瓶二锅头，他们两个喝了大半夜。

这一夜，周明和麻五都醉了，周明就没回去，睡在麻五的白房子里。

坐在白房子里的麻五，透过房子的窗玻璃，看见随着房子的不断升空，地面熟悉的物体、熟悉的人、街口的红绿灯逐渐离地面越来越高，他一阵惆怅。

麻五住进白房子后，找来广告商做了一面广告牌，上面喷了彩图，是一个头大身子壮无腿的人，手拿钉锤俯下身子给一位长发披肩、穿着裙装，有一条修长美腿的靓女修鞋，牌上的文字是：麻五鞋吧。

广告牌打出后，麻五的房子里每天都有三三两两的女人，有的是修鞋的，有的是家中的留守女人闲得发慌，来找这个颇有意思的瘫子拉呱、解闷的。

麻五发觉有好多女人有事没事爱往他这房子里钻，就置了一套功放机，爱听音乐的就给她们放歌听，不爱听音乐的就关了音响陪她们天南海北的胡吹冒聊。女人们觉得和这个瘫子聊起来无拘无束什么都敢聊，挺开心的，自己的男人也不会生疑就爱来，也顺便给麻五带来点生意，有些还给麻五捎点好吃的。麻五又买了电风扇、电暖，这样，不管是刮风下雨，还是天寒地冻，麻五的鞋吧都有顾客。

"5·12"汶川地震期间，这个小城也受到了波及，据知情人士说，这个地方近期有地震，所以许多人吓得晚上不敢在家住了，都露宿在街头广场。麻五的白房子一到下午也钻满了人，有修鞋的也有防震的。

有一天晚上，都十一点了，修鞋的和防震的都陆续走光了，却有一个女的还不走，麻五问何缘故，女人说，他男人不在家，她害怕地震一个人不敢在家里睡，想晚上在麻五这儿躲一晚上。

麻五也不好再说什么！就收了摊子，因为有女人在场，他也不便脱衣休息。不脱衣，又正值夏天，闷热，睡不着，他索性陪着这个女人聊天。

其实，这个女人也算熟人，以前修过鞋，不过，这女人不爱说话，她就在麻五心里没留下多少印象。麻五问了女人的家庭情况，女人轻描淡写的敷衍了。当麻五提及她的男人时，说要地震哩，你男人怎么不陪在你身边，还到外面乱跑！

这一下触及到了女人的疼处，她像遇到了娘家人似的，歇斯底里地扑在麻五的肩头上哭诉起来。她说，她叫杨桃花，十八岁就嫁给她的男人乌龙的，乌龙是个包工头，起初对她还好，挣了钱，在城里买了套房子，她生下儿子后，每天相夫教子，丈夫在外面包活，儿子都十一岁了，上五年级。去年，丈夫几个月都不回来一次，只给她们娘俩捎回一些生活费。她打电话，他只说忙，没空回来。时间长了，她也挺想丈夫的，就从乌龙的朋友处打听到了他的地址，就按地址找了去。

在乌龙的睡房兼办公室的席梦思上，一个暴露得很充分的姑娘正趴在乌龙的身上亲嘴。杨桃花这才醒悟了，丈夫有了外遇，女人的本能使她大闹起来。乌龙却发出了通牒：要么离婚，要么她就不要管这事，就这么过着！杨桃花最后妥协了：当睁眼瞎！目前离开乌龙还不是时候，她和儿子会被断奶的。

女人哭得很伤心。不知什么时候，女人的头从麻五的肩膀又挪到了麻五的胸前，嘤嘤抽泣。麻五劝慰着，又不失时机地给女人递了纸巾。女人擦去了泪痕，扔了纸巾，双手扳住麻五的肩膀，脸贴在麻五的脖颈间，轻轻低泣，浑身战栗，看似还没有从悲伤中走出来。

麻五长了这么大，第一次被一个女人贴得这么紧，他有点慌乱，不知所措，可那身子越贴越紧。夏天两人穿的都极少，麻五感觉到女人胸前两个饱满而柔软的奶子就贴在他的胸肌上，像有电流感应似的，传遍了他的全身。打一进门，麻五就瞥见了这女人穿着黄色小背心的胸部，那胸部像装了两个小兔子，随着女人身体的移动，还一蹦一蹦的跳呢。麻五知道夏天热，那女人没戴乳罩。电流传遍麻五全身的瞬间，他忽然迷乱了，本能地用结实的上臂箍住了女人的上半身。女人被箍紧了，停止了低泣，变得开心了，咬着麻五的耳垂说：没想到，瘫子还挺有力气的！麻五受到了鼓励，一手箍紧她，一手从背心的下部向上探去，一把抓住了女人的一只奶子，揣摸起来。女人并没反抗，而是舒服得有了呻吟声，麻五又抓住了另一只奶子，也摸着。这么两只奶子轮换揣摸着，女人舒服的声音渐渐大起来。揣摸奶子的快感给了麻五从未有过的愉悦，此时，即使为了这片刻的幸福让他下地狱都行，而女人的呻吟声又给他壮了胆子，麻五的手就向女人的腰部探去，向女人的神秘部位探去。

还在呻吟的女人突然止住了快活声，用一只手阻止了麻五的探索，说：瘫子啊，我今天恐怕遂不了你的愿了，我来例假呢！正在兴头上的麻五，像当头浇了一盆冷水，顿时凉透了，清醒了，兴味索然。他们互相分离了彼此的身体，恢复了坐姿。麻五被弄得极为败兴，蔫得像一只斗败的公鸡，头耷拉着，沉默寡言。麻五猜测，这女人是骗他呢还是真的来了例假？若是真的，为啥女人对他起先的逗玩并不反抗呢？还一副快活的样子！若是假的，在关键时刻，女人又为何坚决阻止了他的进一步行动呢？麻五百思不得其解。

见麻五不悦的模样，女人刮了一下麻五的鼻梁说："羞、真不害羞！你这个瘫子，性子还蛮大的！朋友一时，日月长在，不就几天嘛！等过了这几天，我给你还愿还不行吗？"麻五一下被女人的调皮逗乐了，有了笑脸。他伸手摸了一把女人的胸部说：嗨，你这个小妖，真拿你没办法！

这一夜，他们之间再没了实际行动，享的只是口福。他们从国际国内、天南地北、国家大事、社会奇闻到家长里短，男女的性事等秘闻毫无避讳地聊着，聊得兴味盎然，很是投机，直到天明。

女人说她该走了，麻五说有空你就来啊！女人说那是的，又暧昧地说：我还欠你一个愿哪，咋能不来呢？麻五嬉皮笑脸地说：是啊，是啊，缓好了你可得给我好好还啊！麻五招了招手，那女人闪身走了。

这一晚并没发生地震。

女人走了后，麻五变得忙了，他打电话叫来了洗衣店的老板，让她将自己的床单、被褥全部拆洗一遍，又叫来了喷漆师傅，让他将白房子喷一次新漆，并打蜡抛光。完成了这些工作后，麻五坐在舒适干净的白房子里一边修鞋，一边掐指算着时间。

顾客们夸赞麻五说你这房子真漂亮啊，真个是这条街上一道亮丽的风景，要是有个新人在里面，那才叫珠联璧合呢！麻五听得乐了，心里想得更为出神。

五六天过去了，那女人没有来。按时间推算，例假应该过了。麻五想，兴许她有事呢，脱不开身，她会来的！看她那天早晨临走时信誓旦旦的样子，就不是诓他呢！

不觉十几天又过了，那女人还没过来，麻五开始慌乱了。他猜想那女人一定有了什么麻烦，或者是她那个臭男人乌龙又给她要欺头她脱不开身。麻五后悔忘了给女人留电话，也忘了要女人的电话，他在忐忑不安中等待着女人的再现。

　　麻五没有等来这女人，却等来了王碌碡领来的几个人。经王碌碡介绍，麻五才知道这几个人是房产开发商白经理，拆迁办李主任以及拆迁队小张、小王等人。

　　王碌碡说，这片空地房管所卖给了白经理，市政府做出了规划，这里要建商贸城，由白经理承建，所以这事你麻五得配合一下。白经理说，你所有的损失费和搬迁费由我们公司出，我们还可适当给你多补偿一点。拆迁办李主任对麻五讲了搬迁后的安置点，并讲了政府关于拆迁的政策。

　　麻五听来听去，才弄明白了，这里要建设了，自己得挪窝，而挪的窝被放在了一个小区的院内。麻五弄清楚事情的来龙去脉后的第一反应是不搬，坚决不搬，舍了这条命也不搬！因为那个小区肯定人少，人还生，那有街面繁华，生意定是冷清。再者，他在这条街算来也有六七个年头了，人熟了，住习惯了，也有了感情，生意做起来非常顺手，要让他再换个地方从头开始，那是折腾不起的。

　　白经理和李主任对麻五做了大半天的思想工作，麻五也听不进去，就是不松口。居委会主任王碌碡也帮着劝麻五，让他积极配合政府，说政府不会亏待你，补偿款她算了一下，麻五半年没有收入，这些款也能抵得上！麻五并不为所动，王碌碡也不好再说什么。因为当初是她将白房子安置到这儿的，现在麻五住进不到三年，就要他搬迁了，王碌碡觉得有点碜牙。

　　见做不通麻五的思想工作，拆迁办李主任说：这样吧！给你三天的考虑时间，三天后，如果还不同意搬，我们就按照拆迁政策，强行搬迁了！说完，他们一伙人就走了，麻五没有理睬。

　　白房子还在继续升高，麻五的心在不断地下落，他感觉自己那颗心正坠向一个绝望的深渊，他所有的希望和梦想将要在黑暗的深窟里死亡，不再重生，他的思维有点错乱了，看那白房子时，不再白亮，变得模模糊糊，成了一团影子。

　　三天后第四天的早晨，白经理、李主任、王碌碡等一帮人来了，还开来了一辆四十吨位的大吊车，停在了白房子的前面。

　　李主任来到麻五跟前，给他讲明了政策，并问他想通了么？麻五还是那句话：不搬，除非你们把我活埋了！

王碌碡上前劝麻五，麻五说，王妈，这事与你无关，你不要掺和，我不会给你脸面的，我只和他们说！话毕，麻五关了白房子的门，将门倒锁了，躲在了里面。

李主任和白经理还要与麻五对话，均吃了闭门羹。

拆迁办的人没法，就用麦克风向麻五喊话：里面的人听着，如果你再不开门，我们就采取措施了！一连喊了多次，麻五也没有动静，像死了一般。

李主任和白经理没辙，就紧急磋商了一下，决定按第二套方案执行。

他们命令几个拆迁队员从吊车上取来一盘钢丝绳，拴在白房子底部四个角上，拴牢后，吊车的吊臂降下来，将钢丝绳挂在吊钩上，吊臂慢慢升空，房子渐渐离地。

他们原计划麻五不同意搬，就将麻五抬出来，将白房子用吊车搬到邻近的那个小区。结果麻五将门一倒锁，这个计划就落空了，就只好将人和房子一起搬离，尽管这样有危险性，也只能这样了，善后的事以后再说。

缩在白房子里的麻五，本打算和这些人死缠烂磨，又豁上一条命与这些人斗，这些人被他缠烦了缠厌了，就对他这个瘫子没治了，他们就会撤离，他就会守住自己的阵地。没想到这些人也豁上了，来真的了。

随着吊臂的徐徐升空。麻五感觉白房子成了一面白旗，向这些人亮了起来。

吊臂原来是垂直上升的，到了一定高度后，突然向右摆动了。

坐在白房子里异常惊恐的麻五，意识到了这一情况后，紧张得心脏快要从嗓子眼里跳出来了。他清楚，吊臂向右继续摆动下去，白房子和他将要永远离开这个地方了，他永远再也没有重返这个地方的希望了，他所有的愿望——重要的是，那个叫杨桃花的女人再也找不到他了，他相信，这个女人安顿好家里的事一定会来找他的，他甚至幻想她会和她那个负情丈夫离了婚来陪他的，这只是时间的问题。到那时，这条街上的新老顾客都会祝福他，都说这漂亮的白房子和人多搭配，而这愿望，多么美好的愿望都要飞离了。麻五想着，不觉冷汗淋漓，惊透了心。

惊惧的同时，麻五有了一个离奇的举动，他突然打开了白房子的门，爬出了房子，坐在门槛上，两条软塌塌的短腿悬空吊着，做出随时都要跳下去的样子，下面仰头围观的群众发出一片惊呼声。

麻五向下面喊着：吊车再不降下来，我就跳下去！

在下面指挥吊车行动的李主任与白经理，看到这一突发事件也惊呆了，马上命令吊车司机暂停操作。王碌碡看到麻五寻死的样子，伤心地哭了起来：麻五啊，你可不能这样哪，有大妈在，啥事都好说呀！

诧异了一会儿后白经理对李主任说，那瘫子吓咱们呢？让司机继续起吊，将房子近快搬离，要不，围观的群众多，你们拆迁办丢人不说，过后局面也不好收拾！

李主任想了一阵后说，白经理啊，你看，那瘫子明明是豁出去了，吊车再动，会出人命的，我可担当不起啊！

白经理有点恼火，说，李主任，那你说怎么办？耽误了施工期限，这损失谁赔？你们拆迁办陪吗？

李主任说，那总没有一条人命重要吧！两人争执不下。

王碌碡说，你们先将吊车落下来吧！那瘫子听我话哩！这事包在我身上！见王碌碡这样说，李主任就问白经理：这事咋办？

白经理说，这事我不管，误了工期我要你们拆迁办赔钱！

李主任说，那这事就先缓一下再说！他就命令司机将吊车的吊臂降了下来。

白经理甩手而去。

白房子落了地，王碌碡呼喊着向白房子奔去。

散　曲

　　无为瞥见箆儿的一刻，整个空气就凝固了，凝固的空气很滞重，有铅、铂一类的金属成分，最后就垂落下来了，砸得无为的两片心瓣儿异常难受，偌大一个人仿佛被千斤顶固定在一只狭小的匣子里，动弹不得，烦躁至极，恐惧至极。太阳被泼在稠黑的墨里，天空又愁惨又美好像个大祭坛，令人晕眩，这忽儿如果有自由女神的两扇翼翅，让他飞起来，飞向太空，飞向无极，那才轻松，那才是一种脱羁。

　　这是一个阳光灿烂的午后，利马河与往昔一样，依旧唱着歌儿，这支恒久的歌常唠叨不休，使利马川的人羞愧难当，因之，他们用勤快和智慧不断创作着一篇又一篇故事，给利马河讲述。已临近收割季节了，布谷鸟整天脆声鸣叫，麦子摇晃着金黄色的身段炫耀着自己的成熟，农人开始准备镰刀和箩筐，外乡麦客逐渐向上川和下川迁徙，孩童们手提着麦秆编织的雀笼追逐着逮捉蚂蚱，幸福地尖叫，远处博格峰巍峨挺拔的黛色峰影清晰可见，他的面孔永远是那样的慈祥冷峻，从高处庄严地俯视着利马川和利马川的人，把利马川的故事埋葬了又延续。总之，一切都是这样的祥和自然，正像萨福唱情歌的古希腊鼎盛时期一样，无比美好。

　　箆儿的父亲驼三肩背褡裢这时正前颠后闪地赶着他家的黑骟驴走在利马河的石板桥上。石板桥是青石铺砌的，青石铺的石板桥让利马川人的足履磨砺得透明可鉴，利马川的女子常在利马河洗濯后对着青石板的光影梳妆，据说此光在黑夜还可照亮指路，要不你会失足掉进河里，喂了利马河的王八。箆儿的父亲驼三是在声名显赫的黑城购物回来的。以前，利马川人是不敢去黑城的，缘由是该城多年来盘踞的都是一些被当局追捕的南腔北调的外来移民，成分很复杂，有杀人的、放火的、绑架的、放鸽子的、掷骰子的、抽大烟的……还惯出刀客，时不时火拼，刀光血影，令人胆寒。黑城一时成了藏污纳垢、蝇营狗苟之地，臭名昭著。后来，其臭名不知怎么传到了辫帅张勋耳里，此人为了在皇上老儿面前落一个勤政安民的口碑，就主动请缨，率领一营亲兵，外带一门洋炮，三十发炮弹，在一个月黑风高的夜晚，由一名管带指挥，发起攻击，当炮弹落地开花，炸得血肉横飞、鬼哭狼嚎之时，亲兵们再用刀枪收拾残局。昔日的英雄们在梦乡里就糊里糊涂的不再英雄了，只能等二十年后再英雄一回了。从此，黑城又恢复了往日的宁静，塞内塞外的商贾像候鸟一样重新麇集于此。东海人带着五光十色的珍珠玛瑙，杏花村人运来了整缸整缸的汾酒，牧主赶来了挑剩下的马匹，银匠支起锡炉烧得通红，苏杭客炫耀着狐狸皮一样光滑的绫罗绸缎，青海人将如冰一样晶莹透明的青盐兜售，赌博的带来自己的纸牌和一把会听话的骰子，卖春女子描眉画眼，招摇过市，旗袍开衩处的白光闪烁和高跟鞋鞋跟敲击古堡街面石板发出的回声，震得汉子们脸热心跳，心旌荡漾。每个人都在忙碌，到处是商人的气息。古堡被奢靡与浮华、欢声笑语淹没。这次，油光黑亮的黑骟驴从黑城驮回了两坨褡子盐坨，三丈六尺布匹，这些货物起码能用个对年。黑骟驴走得异常矫健，这是驼三晚上给其吃了半升豌豆的结果。弯腰曲背的驼三也吃力地背回一褡裢针头线脑，丝线香草之类女人们喜欢的用物，在他贴身的肚兜内还掖藏着一只檀木做的盒子，香气袭人，盒子里面盛的是粉饼胭脂，还镶有一面小巧的圆镜，这是给篾儿妈金针置的，这盒子是那天在老城隍购置的。

> 城隍庙，九里三，
>
> 各样买卖在里边，
>
> 上自绫罗和绸缎，
>
> 下至牛笼与马鞭……

这是一首民谣，说的是城隍庙当时的商业旺景，老客们也有："城隍庙里有货山，不到城隍庙货物办不齐"的说法。因此，驼三按照篾儿妈金针的嘱咐，一到黑城就牵着黑骟驴径直到城隍庙办货。城隍庙是个亦庙亦商的去处，香烟缭绕，钟磬鼓钹铮鸣，香客游人如织，百货商品琳琅满目，商贾摊贩叫卖之声不绝于耳，真个让老实的驼三开了眼界，饱了眼福。那天，驼三在城隍庙里一边转悠一边选货，却见一个俊俏的小妇人拿只精致的盒子照来照去，眉飞色舞，喜形于色。驼三出于好奇，就凑了过去。见那巧舌如簧的货郎给妇人介绍着这盒子的妙处。妇人按照货郎的指点，用拇指蛋在那盒子里蘸了一下，点在两颊，再用盒子里饼状的东西轻轻抹匀，妇人对着盒子里的镜子一照，妇人的脸颊上就有了淡淡的赧色，使她本来就美艳的脸更增加了几分妩媚，惹人怜爱。驼三看得奇了，想这盒子怎这般奇妙，就问这货郎这是什么玩意，货郎说是胭脂盒，是宫里格格们用的，驼三就想给篾儿买一件，一问价格，竟需一坨盐的价钱，驼三就有些心疼，但一想到这盒子能使俊样的人儿变得更加好看，牙一咬就买下了，他将盒子掖藏在贴身的红肚兜内，连晚上在驿马关客栈歇息，也没敢脱外衣，双手捂住肚兜，屈了一夜。

黑骟驴蹄板敲击青石板桥有节奏的嗒嗒声使驼三心花怒放，亢奋难抑。过了桥，翻一道岘子，就该到家了。驼三似乎看到了篾儿妈金针那如花的笑脸和风拂柳般飘摇的身影，他那袋鼠般佝偻的身形这阵儿就挺直了许多，他从脖颈的衣领处摘下三尺长的玛瑙嘴的铜烟锅，"得"的一声向黑骟驴的屁股敲了一下，黑骟驴一惊一乍，不满地低叫一声，向前一蹿，蹄声变得急骤起来，没了节奏。可怜的驼三，一颠一闪地向前撵去。

篾儿妈金针是从绿波荡漾的坡洼上飘下来的，她采了满满一背篓红果子，鲜艳欲滴的红果子像火红色的火苗，烧得她的心里暖烘烘的，她背着这些火苗，急急回家。坡洼上是一坡郁郁葱葱的野苜蓿，野苜蓿正开着紫色的花。绿绸缎似的野苜蓿，像一顷碧蓝的海水，海水在艳阳的映射下，闪着耀眼的蓝光；蓝光在柔风的抚摩下，懒洋洋地波动着、嬉戏着；波峰浪尖之上紫色的花，又像一些甜蜜的事物，惹得夏天里无比强壮的雄蜂嗡嗡地叫着，争相亲吻；有着一双小香粽般娇美小脚的金针，穿行于这片海水之间，两只小脚恰像小船一般，载着她在这波涛之间漂行，一忽儿被抛向浪尖，一忽儿跌入谷底。从洼底向上看，红衫绿裤的金针，在五彩缤纷色彩的映耀下，喷薄而出，千姿百态，宛如驾着五彩祥云的玉观音，从洼上飘然而下。

金针是早饭过后上山去的。山顶的平台处有一片枸杞林。绿杆绿叶的枸杞林挂满了果实，红红的果子像红红的灯笼，照得金针心里亮堂堂的。她每天都要上山采摘这些诱人的红果子，而且有一个固定的程式，早饭后即上山，摘满一背篓即下山，然后把这些红果子倒在场院里的晾布上，用银簪子拨拉均匀，再由阳光烘晒，烘干收缩了的果子肉，就是红红的金子啊。其实，她每天是可以迟一点下山的，这样可以多摘一些果子，但她不，她要每天都有果子可摘，一下摘完了，反觉怅然若失，正像一份可口的食品，要细嚼慢咽，慢慢享用，如果一下子吞噬了，反觉兴味索然。每天从洼底攀到山上，又从山顶落到洼底，再怎么艰难的苦旅，也不减她飘摇妙曼的身姿。红衫绿裤的金针，晃着两只小脚飘来飘去，像腾云驾雾，又似水上漂，成了利马川一道艳丽的风景。汉子们都怪异：这娘们近四十的人了，咋走起路来还像水漂船一样？他们不禁对这双小脚醉醉地痴迷起来。

娘子啊，

你的金莲长得小，

宛如冬天断笋尖；

又好比五月端阳三角粽，

又是香来又是甜；

又好比六月之中香佛手，

还带玲珑还带尖……

的确，篾儿妈金针的脚缠得既小又俊，在利马川上川和下川是出了名的，那白嫩玲珑的小脚配上二寸六分的船形绣花小鞋，就臻至完美，成了一件令人眼馋、爱不释手的宝贝。当那两只小脚船一样载着她水柳般的身形飘过川的时候，汉子们就像庙里的泥金刚一样瓷住了，人过去很多时了，才回过神来，再看那灵物一样的人儿，已遁得没了踪影。汉子们怅怅的，像丢了魂儿。那对小脚，就是川里的圣灵，惹得汉子们困不着觉，和自己的婆姨淘闲气；也使他们春梦连连：抱着那白笋尖似的小脚睡觉或含着那香佛手似的嫩嫩的尤物喷喷品咂。他们总想象那秀足可口、秀足可餐。那金莲是白嫩水灵、玲珑剔透的，可谓是增至一分则太长，减至一分则太短，不长不短，不胖不瘦，不赘不寡，不肥不腻，恰到妙处，还冒香气呢，闻到的人就醉了。这是川里的光棍汉李十三亲眼瞅见的给汉子们诌的。金针有个早晨浴足的癖好，每天早晨起床，先烧煎一锅热水，再用马勺舀到铜盆里，给铜盆里撒放二两自己配制的香料，待水稍凉后，搬来八卦形红木机凳，坐上去，微闭双目，双手合十，似在诵经，两足浸在水里，泡上一刻钟光景，然后出水，用羊肚手巾除去水渍，给水萝卜似的白里透红的秀足涂上一层自制的芝麻膏抹匀，穿上线袜，套上绣花鞋，再对着镀银的海兽葡萄铜镜开始梳妆。这成了金针多年的习惯，然而，不知这足浴癖好怎么让李十三给发现了，倒破解了这双秀足香美无比的奥妙。李十三，四十好几的人了，还是光棍一条。自从一个偶然的机缘，他看到金针足浴的圣景，他就成了一个"莲痴"抑或"足迷"。那是一个秋天的早晨，他又去找驼三唠嗑，这主要是想看一眼金针，每天不瞅一眼金针，他就心慌。他是川里有名的闲人，光棍一条，无牵无挂，有的是时间诌传、闲逛、转悠。那天，他起得早了些，太阳还没有翻上东岭，到了驼三家的篱笆院落，推开柴门，走了进去。驼三家的黑獒也不咬他，它早和他熟了，也不见驼三的影儿。他想，兴许他们还在睡呢，他突兀的有了个以前没有的想法，窥窥金针的睡姿。等这想法一清晰，他对自己这奇怪的念头挞伐起来：自己怎么有了这种肮脏的想法呢？以前，金针就是他心中冰清玉洁的圣灵、至美，这美是洁白无瑕的，一种纯粹的美，美得只能让你仰视、惊叹，而无垂涎、非分之想，是一种超凡脱俗的美。他是北塬人，上过几年私塾，读了一些才子佳人的笔记小说，懂点文墨。年轻时，来利马川攥场，自从看到川里芙蓉一般美的女子金针后，他就留住了。他像利马川半山处的那棵槐树，执拗地长在利马川里，听着利马河的歌唱，看着利马川人的衍蕃，追随着金针飘摇的身影，不走了。

现在，机遇就在眼前，稍纵即逝，李十三却为自己心里涌起的浊潮而自责起来。"不错，上天禁止某一些享受，不过有时能让它止步的，有一种学问，根据不同的需要，放松束缚我们良心的绳索，也能依照我们动机的纯洁，弥补失检的行为……"这阵儿，也许是借助于动机的纯洁，李十三放松了束缚自己良心的绳索，心里暗涌的浊潮渐次退去，他决定窥一窥金针的睡姿，或许这不算一种污亵呢。他知道金针是睡在西厢房的，驼三是睡在厢房下手的偏房。他们似乎从来不在一块休憩，这也是李十三多年来追踪金针的影迹所探到的秘密，别人是不知晓的。他径直踅到厢房的窗户前，用食指在嘴里蘸了一些唾液，轻轻涂在窗花纸上，窗花被濡湿了，用指头微微一捅，就露出了一个窗洞，整个过程没有发出一点响动。那时，黎明的晨曦已从窗棂的隙缝里钻了进去，厢房被曦光照得白亮。李十三合上左眼，将右眼贴在窗洞上，向里窥望。他没有窥到金针睡莲般的慵姿，却是另外一种情景，也就是金针足浴的全过程。他没有想到金针除去鞋袜的秀足竟是这样精致、完美，比他想象的还要美，那美是惊心动魄的，非仙界绝有。这是他这一生最值得称奇地发现，也是他这一生最值得夸耀的眼福。后来，落寞的李十三怅怅地离开了。从此，就有了金针秀足的传奇，也有了李十三这个"莲痴"、"足迷"，有媒婆给他提亲来了，他不问女方的乖蛮丑俊，先要问女方的脚缠得大小、肥瘦，待到见了女方，老是盯着人家的小脚傻瞅，不换眼，心里想象着金针的金莲，和金针的小脚做着比较，末了，叹了口气：蛤蟆咋能和天鹅比呢？这样比来比去，一晃十几年过去了，李十三也没有找到中意的"秀足"，索性不找了。反正天下女人的脚再没有出金针其右的了，再要找，恐怕只有上天去找了，还觅啥呢？如果每天能睨视金针那娇小的秀足飘来飘去的优雅，嗅到那凌波仙子般的氤氲的香气，倒不失为一种赏心悦目的舒畅，一种亦真亦幻的遐想的享受，这兴许也是人的一种别样的幸福呢。

牧师李约翰做完圣事从礼拜堂出来的时候，外面的天气异常的姣好，利马川上空的阳光正撒着欢子，使着性儿，热情得近乎疯狂。它那炙热的嘴唇直吻得教堂哥特式蓝色的琼顶闪耀出紫色的霞光，让信徒肃然起敬；教堂前被李约翰修理齐整的绿色草坪，沐浴在太阳雨中，又像一泓碧水，在仲夏里分外清凉、平和，踩水的白鸽在上面浮游；阳光也吻得李约翰心情无比美好，心里仿佛泊着一叶方舟，脸上挂满了欣悦的圣光。就是在刚才，圣事程式完毕之后，在密室里，他接受了一位教徒的告解。此前，这位教徒多次提出向主告解，但他觉得时机还未成熟，圣体还未发光，告解者还得等待。一年前他为这位教徒举行了洗礼仪式。他是从野狐岭下来的，五十上下年纪，下颏上蓄了一圈钢髯，脸庞瘦削，黝黑，刀砍斧凿，棱角清晰，豹眼环突，头顶还绾了个发髻，挺拔的身子，一搭眼就知道不是一个寻常之人。李约翰相面相得久了，知道这汉子定非一名良善之辈，但上帝是接受每一位有原罪的众生的，为他们的心灵洗礼，使他们获得重生，这是主的意旨，他最终还是为他举行了洗礼仪式。他沐手后，口诵礼文，用铜壶给这位受洗者额上注入少量的圣水，让水从额部泻下，并在其额前按抚了一下，当水从受洗者额部潺潺淌下的光景，他明显看到受洗者目光和善多了，他似乎沉浸在主的宽谅之中。礼毕，这位受洗者就正式成为耶稣的正式门徒了，他随之也把这位教徒忘了。但第二天，这位教徒又出现在教堂里，钻入了他的眼帘。这位教徒看起来很有力气，也很勤勉，他爬上壁架，把钉在十字架上受难的耶稣像上的灰尘，一口气一口气吹得纤尘不染；把每盏圣体灯擦拭得闪闪发光；把圣诞树摆得端端正正；把礼拜堂打扫得干干净净；李约翰有些于心不忍，说，孩子，回去吧，明儿不要来了，主会拯救你的。那教徒说，不，反正我有的是力气和时间！翌日，那教徒又来了，照样干着前一天的工作。似乎，这教徒比教堂里那几位执事强多了。后来，李约翰做礼拜或圣事时，这位教徒会提前把祈福、唱诗等用的道具提前摆置好；或者把圣水、圣餐等预备好，李约翰做起圣事活动就方便多了。这位教徒虔诚都到这份上了，按理说，李约翰应该接受教徒的告解了，但李约翰是个灵醒人，他清楚这位教徒罪孽深重，肉身虽然在忏悔，但要真正达到灵魂的忏悔还得假以时日，因此，这位教徒的几次要求告解他都谢绝了，他不声不响地注视着随后发生的一切。直到这位教徒入教刚好一年的时候，他通过观察，觉得各方面条件已经成熟，决定接受告解。而此时，这位教徒也被升为襄礼员，专司点燃教堂、祭台上的蜡烛、弥撒中唱福音、书信时执烛、圣体游行时执吊炉等工作，已正式成为黑袍加身的神职人员。李约翰就选在复活节这天，做完礼拜后，接受了这位教徒的告解。看来这位教徒已被主彻底感化，在密室里，他把自己的罪愆向主做了坦白，包括14岁时，跟小脚奶奶到镇上逛庙会，瞧见了菩萨殿里慈眉美目的玉观音，晚上睡在老窑里意淫而丢盔卸甲的事。正像李约翰当初推测的那样，此人非同小可，罪孽深重，光杀过的人就不下二十。原来这人叫丘巴虎，来时却有个极雅的名字叫丘善举。末了，这人还吞吞吐吐的，似有什么话要说，一时说不出来，只是啊啊，主啊……似在祷告，看起来非常难受，一时脸涨得通红。微闭双目听其告解的李约翰，其实将这情景早已览在眼里，他知道此人还没有将最后难言的罪愆向主告知，就用橄榄枝拂了拂这人的额际说，孩子，主知道你心中的痛苦，说出来吧，主会招去你的。那人看来做了最痛苦的抉择，额上渗出了晶亮的汗珠，坦白了自己最后一个罪愆：年轻时糟蹋了利马川老财东杨根隆的女儿金针，这事谁也不知道是他干的，因为他是蒙面去的。他还说，现在说出来，他心里宽豁多了，这事儿像一块巨大的山石，几十年来压得他喘不过气来，他杀了那么多的人也没有这样难受过。一向庄严冷静的牧师李约翰听了这位教徒的最后陈述，惊得差点跌倒在圣座上，他不停地在胸前画着十字，嘴里胡乱念叨着：主啊……金针啊……阿门，你对自己的孩子咋这般残酷？啊，啊……

这教徒不知牧师嘴里哼些什么，吓得赶紧扶正乱了方寸的牧师，轻抚着牧师的胸口说：主啊，我犯的罪孽太大了，把主都惊吓了，我真该下地狱！此时，李约翰已恢复了常态，他毕竟是英国传教士马礼逊的入门弟子，还是颇有自制力的。他重新面对足下的教徒，庄重地行了按手礼，他说：我以主的名义将终生为你保守秘密。并说，孩子，你犯的罪孽太重了，要补赎罪过，你须终生侍奉圣体左右，才会得到天父的赐谅！末了，他说，孩子，起来吧，主已接受了你的悔过，阿门！于是，一个不安的灵魂在他这里得到了安妥，那教徒脸上有了喜色，连声向牧师道谢。

出了教堂的李约翰，匆匆蹚过草坪，上了通向川道的田埂。田埂两旁是一蓬一蓬的金针菜，金针菜因为阳光照射的充足，极其茂盛，那绿油油的叶丛中间，各竖立着一支箭杆般挺直的茎秆，茎秆的顶部缀着一个棒槌形的苞蕾，苞蕾已绽开了黄色的花，娇艳欲滴的黄花，在艳阳的抚摸下，分外乖顺，特别惹眼；而花粉溢出的香气，又沁人心脾，令人欲醉。这些开满田埂的黄色的花，在阳光灿烂的午后，与利马川金黄色成熟的麦子遥相呼应，镶满了金贵，仿佛一个圣体发光的时刻就要到来。掩映于这些黄色植物中间，被金针花夺目的娇艳刺疼了眼球的李约翰，心里有些慌乱，六神无主，不知怎么，竟破例哼起了颠三倒四的圣歌：

> 基督复活了
> 马车掉了一个轮子……

他是要到三十里开外的利马川的下川去给杨根隆老爷举行终傅礼的。前几天，杨根隆老爷派人捎话来，说他快不行了，在临终前，无论如何要把终傅礼办了，以减轻自己的神形困苦，赦免罪过。李约翰对杨根隆老爷的请求非常重视，他预备好了橄榄油，祈祷经文，决定在复活节这天，把一个虔诚的基督徒最后的愿望满足了。

杨根隆老爷五年前经过李约翰的洗礼，已成为一名教徒了，人到暮年的杨根隆，纵有良田百顷，牛羊千只，庄园数处，也难以抵除他心中的烦恼。自从二十年前，道学思想根深蒂固的他，将干了丢人事儿的金针赐死之后，多年来，这事儿像一柄双刃剑，刺得他身心憔悴，苦不堪言。一边是所谓道学上的胜利，一边是亲情的完全沦丧，两头都在折磨着他，使他一刻也不得安生，而上了几年洋学堂的儿子，又是一副玩世不恭的样子，还起了个怪怪的名字：杨无为，连他给赐的名字杨家驹也不要了，整天像野魂似的在上川和下川游荡，不是逛窑子，上赌馆，就是进烟馆，半个家当都快被踢完了，他宠幸的小妾小桃红也骗了他的银钱，跟人跑了；而此时，精神了一辈子的杨老爷又不幸患上了肺痨，整日的咳嗽、唾痰、吐血丝，使他肥胖的身子迅速消瘦下来，川里几个有名的老中医来遍了，也无济于事。游魂似的儿子偶然回来一次，不是要"袁大头"，就是要地契，对他的病视若无睹，他一上气，一发火，病就更重了，咳嗽得半晌直不起腰来，杨无为却嘿嘿地偷偷笑着说，报应，报应！便风卷似的不见了。恰在这时，传教士李约翰来了，他是传教到杨老爷家的，看到杨老爷痛苦的样子，李约翰说给检查检查，李约翰在北京南堂跟英国传教士马礼逊传教时学了一点西医，懂点医术。杨根隆稍一抬眼，就瞧见了李约翰，杨根隆奇怪：这不是李俊杰吗？咋成了李约翰？他就更不让检查了，他本来就不信西医。而此刻，病榻上的杨老爷咳嗽得更厉害了，面部涨得青紫。管家杨二说，老爷，你就让看看吧！到了这般光景，杨根隆也不好拒绝了，因为他实在是太难受了，再咳嗽下去非把他憋死不可。李约翰从红十字药箱里取出了听诊器，为杨老爷诊断。李约翰传教时总背个小药箱，以备教徒生病时用。教徒每每吃了他的药，打了他的针，那小病就好了，比灵丹妙药还灵。教徒们说，这是主在拯救他们。杨二替异常虚弱的老爷解开了外衣，露出了其干瘪的胸肋，李约翰用听诊器听了一会儿，用手指敲了敲，一切症状显示，杨根隆患的是肺痨，西医称肺结核，这应该说是绝症，中医是无法治疗的，西医治疗能暂时延缓病情，减轻病人痛苦，有时偶尔还会有奇迹出现呢，只是需要大量的链霉素，而穷乡僻壤是没有这种贵气的药品的。李约翰手头只有十几支这种针剂，那是英国人马礼逊委派他到利马川传教时给他的赠品，他一直没舍得用，现在，他决定用这些药品拯救这受难的人。他从箱子里取出针管，吸满药水，给杨根隆消了毒，做了注射。约有一刻钟光景，不停咳嗽的杨根隆平静下来，青紫的脸也有了浅浅的红晕。情绪特别紧张的杨二，情绪也缓和了，赶紧给李约翰沏茶。李约翰说不了，他还要到别处传道，明天再来。杨二还要挽留，传教士坚辞。杨根隆简短地说了声，上礼。杨二就从密室端上来一个托盘，上面苫了一块红布，揭开红布，是用麻纸裹好的十个一坨的十坨银元。杨二弯腰将托盘举过头顶，请李约翰笑纳。李约翰摆了摆手，背起红十字药箱，飘然而去。第二天，李约翰果真来了，除了给杨根隆打针外，还给服了西药片剂，临走，给杨根隆留下了一部27卷本的《圣经》。如此治疗，过了七日，病入膏肓的杨根隆病情竟减缓了，卧床不起的他已能下床走动。第八日，李约翰为其治疗完毕，正准备离开，杨根隆挥了一下手，叫住了：俊杰，咱们谈谈！他只好坐在右手的太师椅上，杨二端上了两份极酽的盖碗茶，檀木质的镂花黑漆方桌上，每人面前搁了一份。气色好了许多的杨根隆发话了：俊杰，这几天，有句话憋在心里，堵得慌，伯父想问你，你怎么叫成李约翰了？怎么做了教士？唉，唉，过去伯父对不住你和金针哪！……他像一个虔信的教徒一般语不成句痛悔的样子。李约翰打住了：杨老爷，这里没有李俊杰，只有李约翰，那个什么李俊杰，死了，灵魂已随主升天了。主志愿招去每一个受灾受难的众生，你愿意聆听主的教诲吗？于是，李约翰在杨根隆面前讲起了《圣经》，杨根隆静静地听着。此后，每天李约翰为杨根隆治疗完毕，必讲一段教义，天堂、地狱之类的善恶报应故事，杨根隆逐渐被感染。马礼逊赠给他的药品眼看也要用完了，他捎信给西安福音堂杨牧师，杨牧师看了信后，就给寄来了一整件药品，他继续给杨根隆用药。两个月后，杨根隆的痨病就基本痊愈了，经历了世态的炎凉，家庭的变故，他也悟透了人世的真谛，被主同化了，请求李约翰为其洗礼。鉴于杨根隆还是一个病人，行动不便，李约翰决定就近为其洗礼。李约翰认为利马河是条圣河，千百年来养育了利马川的众生，用利马河水为其洗礼，会涤除杨根隆根深蒂固的污秽。在秋天的一个早晨，太阳爬上博格峰顶，向川里倾洒阳光的时辰，一向坐轿的杨老爷随李约翰步行来到利马河边，面向河水屈膝而跪，李约翰用金盆舀来了圣水，将水轻轻注入杨根隆的额际，水沿额际缓缓流下，李约翰微闭双目，诵读礼文，礼文直诵了一刻钟光景。末了，用手指在杨根隆额头按了一下：起来吧，你已成为了上帝的儿子，阿门。从此，杨根隆正式成为一名基督徒了。世事经历多了，又受了基督的启蒙，就把钱财看得淡了，他乐善好施，救济穷人，遇到灾年，开仓赈灾。李约翰在川里的传教工作始获成功，教徒已有五百之众，这么多的教徒礼拜、祈祷，没有一所教堂咋行？他将这事向马礼逊做了汇报。马礼逊指示，在利马川建一座秦陇驰名的教堂，北京南堂资助部分资金，并提供图纸，其余资金李约翰筹集，李约翰具体负责此项工作。这是一项神圣的事业，李约翰信心百倍，给教徒们通了气，教徒们举手支持。杨根隆知道了这事，在第五天悄悄把五百亩水田卖给了北川的财主何子常，手里攥着一张银票，交给了李约翰。利马川杨姓是个大姓，杨根隆是当然的族长，很有号召力。一下就召来了许多义工，再加上那五百名教徒，教堂的工地上一下热闹起来。川里最好的匠工和石匠来了，从远处跑马山底采来了上等石料，工匠们按照马礼逊提供的图纸垒砌着，一切在按部就班的运行。不到一年时间，一座尖顶的哥特式风格的美轮美奂的教堂就在利马川向阳的坡地上矗立起来了。马礼逊带着一批基督教知名人士专门从北京来到利马川为教堂剪了彩，还带来了一架钢琴，赠给教堂礼拜时唱诗用，杨根隆作为教堂的执事之一也参加了开堂典礼。从此，每个礼拜日，杨根隆会准时来到教堂，参加礼拜，并真诚祷告。传教士李约翰为有这样的教徒而感到光彩，他常常思量：主的力量真是无穷啊。

走在干涩得近乎冒烟的川道上，李约翰想象着利马河清澈的河水和病恹恹气息奄奄的杨老爷，那可怜的人正期盼着他的敷油礼呢。他要用圣油细细敷擦杨老爷的耳、目、口、鼻和手足，口诵最美的经文，然后，让这可怜的人安安静静地升天。李约翰的步子迈得更快了。

当四月的甘霖渗透了三月的根须，淋濯了丝丝茎络，触动了生机，使枝头绽放出了探头探脑的花蕾；当春风莅临，使得山林莽原遍吐嫩条新芽；灿烂的朝阳跃上博格峰，用它那至尊的眼媚悦着山顶，金色的脸庞吻着青碧的利马川，把奔腾的利马川河水镀成一片黄金；百鸟复活了，齐声合唱，赞美一个充满生机的季节的到来。这时候，一副学生装束的李俊杰回到了利马川。他是在西安住了两年师范学校归来的，他先是搭了一辆开往兰州的邮车，到风陵渡下车，再雇了一匹骡子，驮着他的两皮箱书籍和行囊，由赶骡人吆喝着向利马川李家坳进发。走在利马川的川道上，李俊杰又看到了熟悉的利马川：逶迤跌宕的群山，奔腾不息的利马河，千里沃野的平川良田，朴实的村庄和川民，头顶上空的蓝天白云，高亢激昂的谣曲……这一切都使李俊杰心潮澎湃，激动不已。这次回来，他打算向双亲请过安之后，在拜访下川的伯父杨根隆，顺便见见金针，如果时机成熟，就和金针完婚。婚后，办一所学校，金针相夫教子，自己与儿童为伍，整天书声琅琅，其乐融融，终生与利马川厮守，这是他多年的愿望。一想到乖顺的金针，他的心里就涌满了甜蜜。

李俊杰的父亲李孝廉与杨根隆是世交，他们的父辈就是老朋友，互以亲家相称。俩人出生在大户人家，从小在一个私塾里启蒙，稍大些俩人都中了举人。因为俩人耳鬓厮磨，性情投契，就义结了金兰，成为拜把兄弟。后来，俩人都成了家，内人相继有了身孕。有一次，他们在一起饮酒吟诗，兴之所至，竟指腹为婚，结为儿女亲家。等李俊杰与金针相继出世后，两家走动的更勤了。从儿童到少年时期，李俊杰与金针几乎从来没分开过。有时，金针到李俊杰家住上一段时间，有时，俊杰又到金针家玩上个把月，两小无猜的俩人，天真烂漫，亲密无间，像一对小天使一样，玩得很开心。两家大人看在眼里，喜在心头。后来，金针还跟李俊杰上过一段私塾呢。那时，少年老成的李俊杰总笑话金针的脚太小，小得跟洋火匣匣似的，金针羞得脸红红的，还觉是缺陷，第二天就穿了一条拖地绸裤，刻意遮住那双小脚。只是杨根隆认为，女子无才便是德，金针只上了一年私塾就辍学了。到了青春期，俩人都知道了指腹为婚的事，见面时都有些拘谨，没有先前那样的随意了，但心里却无比的甜蜜。杨根隆虽道学思想严重，尊崇"男女授受不亲"，但还是允许两人在一起。那时，他们两家已是川里的望族，每个假期，李俊杰可以和金针在一起。他们常漫步于田间地头，徜徉于利马河边，醉心于利马川两旁的群山。人与自然和谐地融汇在一起，感到无比美妙。有时，李俊杰还给金针朗诵一些洋诗，金针听得云里雾里，但心里也甜滋滋的。县里的学校读完，李俊杰要到省城去读书。金针将李俊杰送过了利马河，塞给他一双亲手绣的鞋垫。李俊杰说：金针，等着吧，上完学我就娶你。金针幽怨地说，奴家等你。

纯洁的盟誓，甜蜜的回忆，长久的亲热。

李俊杰不知想起了谁的诗句，触景生情，更勾起了他对金针的强烈思念，他让那赶骡人把牲口吆得快些，自己也跟了上去。

黑骡子拐上了岔路，上了通往李家坳的村道，自家的庄园遥遥可见。一切是这样熟悉，一切又是这样陌生，听不见鸡鸣狗叫，看不见妇孺童叟，村庄仿佛被死寂笼罩。李俊杰有些怪异，昔日欢声笑语的村庄今天怎么了？他催促着赶骡人急急向他家赶去。到了他家门前，他让赶骡人将骡子拴在门前的拴马桩上，就去敲自家那朱漆铜钉狮头的大门，敲了半天，才有人开门。开门的人管家王老实一看是少爷，什么也没说，竟蹲在地上悲嚎起来。

原来，昨天晚上，黑城的刀客余疯子带了一帮人洗劫了李家坳，全村各家所有粮食和值钱的东西都被装在马车上拉走了，七八个青壮年也被抓了壮丁。土匪们将李俊杰的父亲李孝廉绑在一棵巨大的干燥的木树桩上，用皮鞭拷问两缸银子的下落。他们得到线人的情报，李孝廉祖上给他传了两缸银子。他们翻箱倒柜，也没有找到那两缸银子。李孝廉被抽得皮开肉绽，血流如注，几次昏死过去，被水泼活，也没有说出银子的下落。土匪们眼看没了指望，天也快亮了，就给那树桩上抹了层厚厚的獾油，用火把点燃，那树桩与李孝廉就成了火球，一直等李孝廉燃成了炭团，他们才离开，李孝廉内人王氏早已昏死过去。经过这场劫难，全村人骇得失魂落魄，害怕土匪再来，连气也不敢出，白天也窝在家里，不敢出门。

　　听了王老实断断续续的叙述，李俊杰骇得目瞪口呆，这利马川上空的天就塌了，他陷入迷茫混沌之中。等他醒转过来，已到了下午时辰，王老实守在他身边，轻轻唤着：少爷，少爷。真是天有不测风云，世事无常啊。怎么办？母亲还沉浸在悲伤之中，不能自拔；父亲的丧事还未办理，自己再栽倒，这家也就叫倒灶了。李俊杰强打精神，每天宽慰着母亲，请来了阴阳先生划定了穴地，选定了葬日。出殡那天，杨根隆也来了，跪在李孝廉灵前，烧了几刀纸，挤出了几滴眼泪，临走，拉着李俊杰的手说，贤侄，节哀！就匆匆的飘然而去。金针也曾捎话过来，让他想开一些，别伤了身子。但她已不能过来了，杨根隆说男女有别。李俊杰每天守在父亲的灵堂前，安慰着他的灵魂。有一天，来了几个"黑狗"警察，来抓李俊杰，说是革命党，上司有令。王氏拦挡，被一脚踢翻，李俊杰被五花大绑捆走了。据说，李俊杰上学期间，在西安街头参加了学生游行，喊过打倒袁世凯的口号，与革命党联系密切。丈夫惨死，儿子被抓，王氏几近精神崩溃，待稍微平静一些，她唤来王老实，让他去找自己的一个远房亲戚，此人在县衙当门子，走走此路。王老实骑着黑叫驴来到县城，找到了此人。在小酒馆里，此人仰脖喝下一口烧酒说，世风日下，人心不古，黑，黑啊，新来的县长是北洋派人物，袁党啊。这事要办妥，得使大量银子。王老实回来，将这话学给王氏。王氏知道自从那次遭劫之后，李家的家底空了。其实，那两缸银子是不存在的，那是人们的一种传言罢了。她偷偷地从上房的夹层里取出了自己的首饰盒，让王老实变换成银元，又卖了上百亩良田，凑足了一千块大洋，交给王老实，让打发县长。果然钱能通神，使了银子后不久，李俊杰被释放了，上面说查无实据。关了两个月的俊杰，患上了疟疾，皮包骨头，虚弱不堪，王氏给儿子请来了川里的中医，每天治疗，在家静养。

一天，杨根隆那边传话过来说，金针与俊杰的婚约随着李孝廉的仙逝也随之解除，请李氏后人俊杰另觅高枝！病情刚有起色的李俊杰听到这消息一下又病倒了。后来经王老实打听，杨根隆毁婚的原因主要是看李家败落了，李俊杰还有革命党嫌疑，又是个书呆子，能有什么出息？恰在此时，县长的公子张大川派人求婚来了，他就索性把这婚给毁了。

　　张大川从省警察学校毕业，县长张子仪就给儿子任命了个县保安大队长。这小子整天挎个盒子炮，带着一帮弟兄横冲直撞，耀武扬威，煞是神气。一日，他骑着高头大马，带了一排大兵到利马川吴家堡禁烟，路过白桥镇，这里正过三圣庙会，人流熙攘，车马骡轿如织，这些大兵吆喝着给其开道。这时，张大川就瞥见从三圣庙里出来一对母女，非常显眼，后面还跟了个丫鬟，一看就知是大户人家妇人。那年轻女子瓜子脸，柳叶眉，葱鼻樱桃口，不施胭粉也脸白细腻如瓷片，水柳细腰，舟形小脚，走起路如风摆柳一般轻盈。张公子看得瓷住了：川里竟有这般美的女子？待要再看，那一老一少两位妇人已坐进了抬轿。抬轿走得远了，他还定定地痴瞅。回到县公堂，他就托人打听，去的人打听清了，原来是利马川大财东杨根隆的女儿，叫金针。张公子茶不思，饭不想，竟害起了相思，县长张子仪就打发媒人向杨根隆提亲。杨根隆决定把这亲事答应下来，如果能和县长结亲，他这个土财主就变成洋财主了，余疯子再给十个胆，也不敢打他杨根隆的主意。在临近五月的一个吉日，他收下了县长张子仪的聘礼。

　　病中的李俊杰思谋，这婚定是杨根隆作怪，金针肯定是不知道的。他等病稍稍轻了些，就骑了一匹驮驴和王老实到下川去找杨根隆。杨根隆的财势看来更大了，宫殿式木制飞檐斗拱门庭，两边还有回廊，朱漆铜钉大门，大门的台阶下，左右各蹲着一只利马川青石雕刻的大石狮，狰狞恐怖。王老实上前叫门，门开了，王老实对门子说，李家少爷俊杰要面见杨老爷，请通传一下。门子说，什么狗屁少爷，杨老爷不在，去，去，去……就把王老实推远了，关了大门。李俊杰下驴，上前打门，门不开，他就咚咚咚的狂打起来，门终于开了。门子说，说了不在，捣什么乱？说毕，就要关门。李俊杰急了，就要往里闯。门子呼哨一声，就上来几个如狼似虎的家丁，将李俊杰一顿暴打，打得鼻青脸肿，口鼻出血。然后，扔下了石台阶，撂下话：再要来，抽了你的筋，剥了你的皮。王老实扶起浑身是伤的李俊杰，上了驮驴，牵着驴，回了李家坳。

　　杨根隆的门进不了，要见金针，更是难上加难，据说杨根隆也把金针关起来了，李俊杰心灰意冷到了极点。不久，母亲王氏也忧病交加过世了。李俊杰匆匆办了丧事，将他家剩余的地产和房产卖了，遣散了长工，除给管家王老实发放了养老金外，另给了他一笔辛苦费，让他在四时八节修理坟院，烧些纸钱。一切安顿妥当后，在夏天的一个凌晨，李俊杰给黑叫驴背上放上去了他的两箱子书籍和行头，当一切还掩藏在黎明前的黑暗之中时，他赶着黑叫驴悄悄离开了利马川。别了利马川，别了，这块土地上的人们，李俊杰的泪珠沉重地砸在利马川的大地上。

此后，他浪迹了几个城市，最终来到了京城。那时，英国传教士马礼逊在北京南堂传教，每天听主教诲的人很多，他百无聊赖，就走进了教堂。十字架上受难的耶稣和自己的遭遇何其相似？他决定追随主的左右，脱离苦海，请马礼逊为自己举行了洗礼，马礼逊为他赐了个亦中亦夷的名字李约翰。他将卖地下剩的银钱全部捐给教堂，成了主的门徒。尘世的一切他已了无牵挂，他干得很勤勉，虔诚，从最初的普通传道员干到了执事，牧师级别。为了把主的博爱洒向尘世的角角落落，他开始谋划着回到利马川，他要用主的宽宥拯救那里罪孽深重的人们。

丘巴虎这两天心事重重，焦虑不安。躲在小客栈里，像一只囚在铁笼里的困狮，走来走去，狂躁咆哮。他从野孤岭下山，潜入利马川下川已两日了，但一切并非他想象的那样简单，他的计划一再受挫。杨根隆的庄院在杨家集，杨家集是川里众多集市的一处，是三、六、九的集日。这街市有烟馆赌馆窑子各一家，商铺酒肆客栈各二处，铁匠铺染房各三座，小摊点十几个，无集日人较少。只有川里的闲人、逛三、烟鬼、嫖客、窑妓晃来晃去，令人厌嫌。偶尔街面显现一个生面孔，很是惹眼。丘巴虎是县里悬赏1000大洋通缉的要犯，头像画在通缉令上，贴遍了上川和下川，如果贸然在街面晃荡，是相当危险的。因此，两天来，他没敢到临街那个醉八仙小酒馆，与线人王六斤接头，只好窝在小客栈里，通过二楼的这个窗口，观察杨根隆庄院的情况。庄院宫殿式的大门老是紧闭着，偶尔洞开一下，又匆匆合上了；庄院西北角有一座楼子，晚上灯就亮了，他已注意了两个晚上；庄院周围的高墙，是利马川青石砌筑的，坚固无比，看来很难逾越。怎么办？丘巴虎急得抓耳挠腮，钢髯微微抖动，而这地方又是不能久留的。上次他绑了东川财主朱老八的肉票，家人没有将肉票奉上，他豹眼一突，钢髯一翘，大手一剁，就撕了肉票。事后，将朱老八的肉头用红丝绸布裹好，盛在桐木匣子里，打发人献给朱府。这事让利马川的老财们大骇，人人自危，他们齐聚杨根隆府上，共襄义举，齐心铲匪，决定赞助县府一万银元，请求县府剿灭野狐岭悍匪丘巴虎，保一方平安，此事全权由杨根隆衔接、办理；另外，各财主给自己的家丁装备武器，加强自身防范。果不其然，杨根隆见了亲家张子仪，奉上一万银元，表述了老财们的请求，县府对这事就非常重视，在全县及周边地区张贴了通缉令，并由县保安大队与县警察局联合组成剿匪部队，张大川任总司令，多次对野狐岭实行进攻，也经常在上川和下川实施拉网式搜查，一时民心稍安。

丘巴虎决定明天集日无论如何要在小酒馆与线人接上头，并在实地看看，弄清杨府的情况。

第二天，是逢集之日，杨家集人山人海，叫卖之声不绝于耳，热闹非凡，又恰是麦收之后，难得的休闲日子，杨根隆请了一台大戏，在街北的土地庙唱神戏，这人就更多了。早饭一过，丘巴虎穿上鞋袜，打好裹腿，掖了短枪，戴上竹篾编的竹笠，将笠沿压至眉梢，下了楼，来到街面。他匆匆穿过人群，行至十字街口醉八仙酒馆，低头跨了进去，拣了角落的一个位置坐了下来。喊来跑堂的，要了一斤牛肉，二斤猪肘子，一壶百老泉，自斟自饮起来。按理说，这线人王六斤是该来的。王六斤是杨府的一名家丁，半年前被他收买，成了线人，已领走了野狐岭 10 块银元，下山前约好，三日之内在小酒馆接头。前两天的接头机会已失去，这是最后一天了。丘巴虎低头喝着闷酒，拿眼却瞄着酒馆内外。这时，他瞥见尖嘴猴腮的王六斤进了酒馆，转着一双斗鸡眼四处乱瞟，他就悄悄挥了挥手，王六斤看见了，赶紧过来坐在丘巴虎的对面，压低嗓音向丘爷介绍情况。原来，杨根隆已加强了防范，二十几名家丁全部配了长短枪，昼夜巡逻。杨根隆贴身有四名保镖，均颇有武功，每人配一把二十响快枪，晚上两人一班，守在杨根隆卧室的门口，谁也无法接近，据说杨根隆的睡榻设在密室，一般人不知机关。线人提供的情况使丘巴虎非常沮丧，王六斤这时就要急急离开，丘巴虎张开大手，扣住王六斤头颅，压在桌面上：爷且问你，西北角那楼子甚人居住？王六斤低声说，杨根隆千斤金针。丘巴虎挪开了大手，王六斤兔似的窜了，丘巴虎也出了酒馆。

利马川上空的阳光白光光的，像一些闪烁的金属，刺得人眼也睁不开，街面上人头攒动，像一窝蜂似的乱嗡嗡的，各自忙着自己的事情，丘巴虎压低笠沿，乘机来到庄院的墙下，他目测了一下，这墙足有两丈高，墙面也被打磨得光滑可鉴。他沿着庄院的四周，看似不经意的转悠，却在暗暗察看着。在楼子的南手，他有了个惊喜的发现，墙内有一棵巨大的石榴树，向墙外伸出了枝枝杈杈，那红绿相衬还未开启嘴唇的石榴，向墙外的世界炫耀着自己成熟的到来，外面的人却可望而不可即。丘巴虎没敢逗留，赶快回了客栈。

今天得到的消息实在让他沮丧透顶，杨府警戒森严，县长张子仪的黑狗队又如影随形，眼看几年来行刺杨根隆的计划就要落空，丘巴虎竟有些英雄末路的无奈。

丘巴虎是下川的丘家峁人，母亲白氏生下他刚三个月后，他父亲患上疟疾就过世了，剩下母亲悲苦地拉扯着他。一日，杨根隆的管家杨二来了，让白氏过去给杨根隆少爷杨家驹当奶妈，杨根隆太太袁氏生下杨家驹后就不上奶。面对每月十块大洋的酬劳，白氏答应了。她每天给杨家驹喂三次奶，早中晚各一次。每天，她颠着小脚，晃动着硕大的奶子，从丘家峁到杨府，再从杨府到丘家峁，这样来回要奔波六趟，足有六十里的路程，对于一个妇人来说，已辛苦之至。但那十块大洋实在太诱人了，她义无反顾。三个月过去了，一切在按部就班的运行，她用自己的天乳，两头奔波，喂养着襁褓中的两个孩童，孩童被哺育得白白胖胖，欢声笑语。一日中午，她给杨家驹喂过奶，披上衣襟，把家驹交给丫鬟，丫鬟抱走家驹后，她正要离开，从屏风后蹿出了头戴瓜皮帽，身穿长袍马褂的杨根隆，拦腰抱住了她，羞得她满脸通红，喃喃求饶：别，别这样，老爷，老爷……看起来杨根隆非常有力气，两臂箍住她的腰肢使她动弹不得，两只手像两条巨大的蚯蚓，盘绕住她两颗肥硕柔滑的奶子，在上面贪婪地骚动。其实，杨老爷注意她的奶子已很久了。自从第一天进门，他就透过白氏的衫襟儿感觉出这是一对无与伦比的尤物，白氏一走动，那奶子就颤悠悠的一惊一乍的，仿佛把那丘家峁的峁头都能摇落似的，看来杨二选择的奶妈确实出色。白氏每天给杨家驹喂奶时，杨根隆都躲在屏风后面偷窥，端详着这精致的白嫩膨胀的尤物，口水都流出来了，几次想扑上去，据为口中美餐，但都强忍住了，这杨家驹实在太小，还需要这双美乳。此刻，白氏可怜地挣扎着，又不敢大声吆喝，这是多丢人的事啊。杨根隆已把她挪至太师椅上。黑漆方桌上方杨根隆供奉的老子像的角度正好对着他们，杨根隆已无暇顾及，几把扯下白氏的绿裤，绿裤滑落到白氏的脚踝，杨根隆又撕开衫襟，用口含着那奶子的乳头狂咬，一手掀起白氏的一条丰腴白皙的大腿，白氏感觉有一股巨大的冲力，使她纯洁的灵魂跌入耻辱的黑洞，她天啊一声，就猝然晕了过去。外面阳光异常姣好，后院葡萄架下，袁氏晃动着摇篮里格格傻笑的杨家驹，笑脸如花。当天晚上，白氏就吊死在了自家枕梁上，川里人议论了几天，也就过去了。襁褓中的丘巴虎则由奶奶抚养，在丘巴虎六岁的时候，他奶奶也过世了，他就像那些没人管的野狗一样，到处流浪。

一日，余疯子路过白桥镇，看见了这小乞丐，就把他带回了黑城，收为义子。余疯子已收养了这样的孤儿九个，他们皆是他的义子。大凡土匪，宁愿嫖妓，也不愿娶妻生子，他们害怕没有善终，后代遭殃。余疯子收养了这些孤儿，按照自己的逻辑训导他们，他让他们懂得滴水之恩当涌泉相报的古训；他训练他们武功枪法，他培养他们杀人不眨眼的胆量和视死如归的豪气。长大了，这些没有爹娘的孤儿就把他当成了亲人，他们常常冲锋陷阵，把生命视如粪土。在余疯子这些义子中，丘巴虎却是最为出色的一个，他胆识过人，武艺高强，天生就是黑道上的材料，余疯子最为赏识。可是，有本领的人有时就会桀骜不驯，狂妄自大，在好多次的行动中，丘巴虎擅作主张，不听指挥，引起了余疯子的不满。加上丘巴虎的威信日隆，弟兄们都听他的，余疯子渐渐感到了来自后生的威胁。余疯子是个心眼狭小、权欲很重的人，没有了权力，别人把你当个屁，你还风光什么。既然丘巴虎欲取他而代之，那就置他于死地，等到来生再篡权吧。在一次远征行动中，他密嘱义子秋哥借机行刺丘巴虎。不料，丘巴虎为人义气，有恩于秋哥，秋哥把机密泄露给了丘巴虎。既然义父对自己有了猜忌，起了杀心，自己还留在黑城干啥？于是，他带着那支远征队伍上了野狐岭，另立了山头。此时，他也知道了自己的身世，伺机寻杨根隆报仇。

这会儿，从二楼客栈窗口，他又看见了杨府西北角那座楼子。他遥望了一阵，脸上倏地忽闪过了一丝狡黠的笑容。杨根隆的狗头暂寄，他要实施新的计划。

当天晚上，月亮像一只银盘子，白灿灿的，又大又亮，下川的人在月光的抚慰下，陆续进入梦乡。丘巴虎穿上夜行衣靠，裹好蒙面黑巾，推开客栈二楼的窗户，轻轻一纵，落了地，腾挪到了杨府围墙之下，瞅准那棵石榴树，抛上绳钩，拽了拽，绳钩钩在树杈上稳定后，他拽住牛皮绳卟卟地跃上了高墙，卸下绳钩，沿石榴树哧溜下滑到地面，隐身到一蓬花丛后面。这时，院子的甬道上，报更人敲了三下木更：平安无事！走过了。这是个后花园，草坪的行距间，藏着不知名的齐蓬蓬的花卉，在皎洁的月夜，发散出一股一股诱人的香气。丘巴虎闪身来到楼子下面，听听没有动静，拧身上了楼。楼子上一间正房，另带半间小耳房，紫檀木镂刻的门窗，上面贴着花鸟虫鱼窗花。丘巴虎估计耳房是丫环的睡房，就蘸了一点唾沫，戳开窗纸，向里一瞥，见里面点着长明灯，床上睡着一个十五六岁的小姑娘，发着微微的鼾声。为了稳妥，丘巴虎取出竹管，拔开管帽，将竹管噙在嘴里，向窗内吹进了迷药，丫鬟睡沉了。他又来到正房，捅开窗纸一望，见里面也睡着一个姑娘，他估计是金针无疑，就照原方吹进迷药，一切便寂然无声了。他再走到门前，拔出锋利的匕首，撬门关子，哐当一声，门轻轻开了，丘巴虎进到房间。这是一间女人的闺房，飘荡着氤氲的香气，长明灯把闺房照得亮光光的。透过纱帷，绣床上的少女隐约在目。丘巴虎上前卷起纱帷，一位美轮美奂的少女明晰地展现在他的眼前。丘巴虎一下僵住了，他上世来没见过这么美的女子，这女子有一种端庄圣洁之美，她睡得安详，平静，脸庞像一朵幸福的花，在睡靥中开放；她又像那睡观音，美得容不得人有半点的杂念和污亵之意。整个品赏过程，让丘巴虎目瞪口呆，他甚至想放下纱帷，退出闺房。他又想起了早死的父母亲，想起了杨根隆，想起了这些年人不人鬼不鬼的亡命生涯和财主们的奢靡生活，他的心中燃起了愤怒，他卟的一声，吹灭了长明灯，向那睡观音扑去。

完事后，他点燃长明灯，给金针整理好睡衣睡裤，按原来的姿势扶正，然后，再看了一眼，他大骇。金针平静如前，那脸庞照样像一朵花幸福地开着，面容端庄圣洁得让人不敢存半点非分之想。丘巴虎想：这女子是神不是人了。他惊骇得像一条卑琐的狗忐忑不安地溜出了闺房，下了楼，翻过高墙，上了野狐岭。

卑贱的云彩遮住了皎洁的月亮，利马川的夏夜充满了阴郁。

驼三已烧制成一只陶罐了：古朴、醇厚、木讷、静默。利马河从二百里长的利马川穿过，把一马平川的利马川切成东西两半，东川和西川，像两个分了家的孩子，各自过着自己的日子。利马川尽头的河湾处，由于河泥的淤积，在河西形成一片滩涂。滩涂被开垦成了一片良田，驼三侍弄着这片田畴。他种上了麦子，苞谷，糜谷，还栽上了二亩西瓜，养了一头黄牛和一只黑獒，这些农作物的耕种要由他和黄牛完成，不过，除了留给自己食用和出售外，他还要给西川地主高发家交租子或租金，这地是他租种的，黑獒则用来看护他的劳动所得。在河湾处，泊着一叶木舟，木舟用麻绳拴在河桩上，很少启用。只有涨河时捞柴捉鱼或偶尔渡个过客启航。大部分的时日，驼三佝偻着身子都在地里忙碌，艰辛的劳作使他变得沉默寡言，不声不响。而这地方又没有什么可交流的，只有群山、河流、庄稼、天上飘过的云朵……极少有人。更多的时候，他都在看、听。川的尽头，两侧的山就收分得很厉害，川被夹得较狭窄，利马河出了川，进入了另一个山系的谷地，利马川就终结了。驼三每天看两旁收拢的山，总感觉那山向他挤来，有一天会把他挤扁，他心惊肉跳；而这时，眼前晃动的麦穗、谷穗、玉米棒缨子，瓜秧上活泛的蜜瓜，又使他充满了鲜活的气息。在有星星的夜晚，他听利马河叨叨的絮语、农作物滋滋的拔节声响、地气的沉重喘息，像那些美妙的音乐，他激动不已，幸福难抑。他不是利马川当地人，是黄泛区河南人。几年前，黄河肆虐，他侥幸逃生，而他的父母亲家人都被洪水卷走了。他担着一副挑子，一头装着铺盖锅碗，一头装着小百货一路叫卖着北上，来到了利马川，就落脚了。前背锅后罗锅的他，也不知叫什么名儿，只知他排行老三，人们就叫他驼三。近些天来，西瓜长成了头大，玉米也抽开了穗，驼三也神情紧张、忙乎开了。他在地头搭了窝棚，棚架上拴了黑獒，棚外燃了一堆篝火，隐在窝棚里，睁着眼，仄着耳朵，注视着野外的一切，听着秋夜的响动，整晚也不敢睡眠。

　　秋收季节，这野物就活跃开了，有时，农人前半年的辛苦，就被这些贪婪的家伙毁于一旦。危害最大的野物有两种：野猪、肥獾。一只成熟的野猪，一个晚上可以摧毁四五亩玉米林，三四亩西瓜地，而肥獾比起野猪来，毫不逊色。这些兽们啃起玉米、西瓜来，像进餐珍馐美馔，吃得吧叽吧叽很有节奏，像一些快乐的和声；而这些和声却刺激得农人们心疼不已，肝肠寸断。驼三守在窝棚里，有时也在外面转转，察看动静。一连几个晚上过去了，倒也相安无事。这天晚上，窝棚内燠热难耐，驼三出了窝棚，提了一柄西瓜刀，顺势彳亍到岸边。利马河波波澜不惊地流淌着，清凌凌的河水蒸腾着凉爽的水气，舒服多了，他坐在河边木船上，感受着河水给他带来的惬意。这时，河的上方漂来一块不明物，似条木排，木排上驮了一个物体，木排上还燃着一簇火飘忽不定。驼三是一侧头向上游张望时发现这怪事的。他大骇，惊得丑脸不住地颤动。

　　这晚是中秋圆月，照得波光粼粼的水面白亮白亮，所以，他才隐约辨清那是条木排。他继续惊异地观察着这木排，只见这木排，像一条醉舟似的，左右冲撞着，缓缓向他漂来。漂得近了，他才看清，这确实是条木排，而那木排上驮的物体是个人，被紧紧地束缚在木排上。驼三一看木排上有人，坐不住了，他懂点水性，下了水，向河中间蹚去。木排这时刚漂到他跟前，他抓住排头，踩水向岸边牵引。矮小的驼三费了很大力气，才把木排拖到岸边，用麻绳固定到河桩上，他坐在木船上大口地喘着气，歇会儿。这刻，他才有机会仔细端详木排上的人。这是一个披头散发的女人，脸部被水激得有些肿胀，身体被麻绳密密地捆在木排上，排头放着一只大老碗，老碗里盛了满满一碗猪油，油里插着一根粗壮的捻子，那捻子一明一灭燃烧着，可怕极了。驼三看得呆了，他想，这也许是个死女人，谁家行了水葬，他就有些晦气：救死人干啥？他想解开河桩上的麻绳，让木排自由地向下游漂去。想着，就去解缆绳，这会儿，那女人竟抖动了一下，咯的一声，嘴里吐出了一股河水。驼三大为惊异，这竟是活人。他赶紧抓起西瓜刀，几下劈开麻绳，把女人抱向河床的坡洼处，头向低洼处，他双膝跪地，用双手轻轻挤压揉动着女人的腹部，女人咕噜咕噜吐出几碗水。这些程序他是熟悉的，他就曾被别人这样救过。女人肚子里的水被清理出来，就清醒了许多，脸上有了鲜活的颜色。驼三背起女人，向瓜棚挪动，他背一段，停下来歇一阵，河岸到窝棚不到四五十米的距离，驼背的他竟费了两个时辰。驼三把女人放到窝棚里的床铺上，看女人还没有醒转过来，身上的衣服湿漉漉的，他就脱去女人的外衣，在篝火旁两手撑开翻烤，黑䝙䐐着驼三的一切，乖乖地卧着。此时，女人像大梦初醒似地叫了一声，坐了起来。驼三看女人活转过来，赶快奔向窝棚，女人借着马灯的亮光，瞅见一个骨骼样丑陋的男人向自己蹙来，哇的一声吓得魇了过去。

丘巴虎上了野狐岭后，金针就有了病痛，先是慵倦无力，精神萎靡，后来吃什么吐什么，形容枯槁，花容失色。老妈子崔氏慌了，看小姐的病情一天比一天严重，就把小姐的疾病向杨老爷作了诉说。杨老爷叫管家杨二请了川里的几个郎中，他们观了容，切了脉，对杨根隆说，营养不良，调理调理就好了，然后开了一些药，就急匆匆地走了。金针吃过这些药后，丝毫不见好转，而且病情一天重似一天。杨根隆也慌了：这得的什么病嘛？药物都不顶事，那是不是外交上的病？该不是毛鬼神窃了魂，入了身？杨根隆就叫杨二请来了川里有名的法官阴阳先生，安宅祛邪，结果也不见效。杨根隆急得抓耳挠腮，毫无办法。一日，杨二悄悄对老爷说：看来治小姐的病只有请御医王懋贤老先生了。

杨根隆听了，踌躇不安。王懋贤出身中医世家，为人耿直，自幼习医术，纯尚孙思邈"大医精诚"理念，医术奇绝，用医术济世救人，深得川民尊敬，被誉为神医，善人。特别是光绪帝患服药服下来，光绪帝病好了，郎中王懋贤就被人尊称为御医。但此人术精人傲，不好请。前年，杨根隆自己患疾就没请来，原因是请的人出言不恭，以为是杨老爷有请，还有谁不趋之若鹜呢？结果王懋贤偏不来，气得杨根隆大发其火。这次，金针的病川里的郎中都诊遍了，也不见效，杨根隆狠了狠心，抹下了脸子，决定重礼聘请王懋贤诊病。他让杨二备一头骡子，褡裢里背了二百银元，上门好言诚请王老先生。

在一个秋天的早晨，太阳刚冒花花的时辰，杨二把王御医请来了。王懋贤下了骡子，向迎接他的杨根隆拱了拱手说，人在哪里？杨根隆指了一下楼子。于是，御医就被金针妈袁氏领到了楼子的闺房。王御医给那伸出纱帘的手腕切脉，切了一阵，又隔着纱帘望了望小姐面色。然后下了楼，和杨二来到了杨根隆的上房，坐在右手的太师椅上，哑了一口杨二端上来的香茗，向杨根隆通报病情：杨贤侄，恭喜，恭喜，令爱有喜了，可贺可贺！杨根隆惊得盖碗砸到了地面，摔得粉碎，刹时气得山羊胡也撅了起来：这老朽，你是承心作践我哩！杨二，将这老东西赶出去。王御医待要细说，已被杨二和几个家丁撵出了院门，掀下了石台阶，王懋贤也气得连声叫屈：糊涂，糊涂啊！

金针的病没治，自己倒气得患了一场病，杨根隆对王懋贤恨得咬牙切齿：这老东西总和我作对！过了一段时间，这金针的病还未见有好的迹象。杨根隆却对王懋贤的话思索起来。他叫来袁氏，问起病状，也问起了女人家怀娃的反应。袁氏和杨根隆细细分析起来，咋觉得那老朽说的话有几分道理。但自己养的女儿自己最清楚，金针怎么也不会做出那样丢人的事。杨根隆说，莫非金针和李家那学生娃约会了，但近来他戒备森严，金针没出过杨府一步，咋能约会呢？杨根隆百思不得其解。最后，他对袁氏说：你去套套金针的口风，看能不能套出点情况，再查查金针的身子，看有没有什么异样。袁氏去了，娘俩在一块睡了几夜，也没问出什么情况。金针睡熟了，杨氏偷偷摸她的肚子，感觉那肚子有些膨大，她就很惊慌。她又偷偷问金针的经事，金针说两个月没来例假了。一切的迹象表明，金针似乎怀孕了，这可是脸面丢尽的事啊。袁氏把这一情况告诉杨根隆。杨根隆眼前一黑，一下瘫软到了太师椅上。

近年来，杨根隆财势愈来愈大，已成了利马川的首富，被财主们公推为维持会的会首。再加上他已和县长张子仪结了亲，出了这种事，他怎么面对各位会董，怎么发号施令？怎么向张子仪交代？而张子仪已传话过来，九月十九日办合卺之礼，让他提前预备。几天来，他被这事压得矮了许多，人也一下苍老了，而此时，探子来报，说杨老爷千斤金针有孕的事在川里已传得沸沸扬扬，有声有色。杨根隆知道是那老朽传出去的，但也无可奈何。他决定动用家法，让金针跪搓板，说出那人，金针弄得云里雾里，也说不出个所以然，连跪了几个晚上，腿都跪肿了，也没问出个眉眼。杨根隆气得吹胡子瞪眼睛：家门不幸，家门不幸啊！不久，张子仪派代表来退婚。出了这种事，杨根隆还有什么理由维持婚约，就退了婚。临走，那代表说：县长说了，让你把那会首辞了，比免了光彩些！杨根隆觉得已无颜面再当会首，就向维持会交了辞呈。眼看金针的肚子一天比一天大，这就预示着更大的耻辱向杨根隆逼近。杨根隆一时觉得天塌地陷，已到了穷途末日。某日，他进了香堂，跪在列祖列宗像前，跪拜祷告，求祖先助自己渡过难关。列祖们阴森地对他凝视着，他看到了那条祖训：对辱门风者赐死！杨根隆沉思了几天，看来冥冥中祖先在暗示自己，要挽回颜面，只好遵从祖训了。赐死有两种方法。一种是背金龟，就是受死者面朝下，背部绑一块200余斤的青石板，由四名壮汉抬起来沉入利马河底，受死者立毙，并永世不得翻身；另一种叫点天灯，就是把受死者面朝天，绑在木排上，在木排上点燃灯碗，然后，放逐木排，任由木排向下游盲目的漂流，如果受死者罪孽深重，阳寿已完，木排行不了多远，一个浪头打来，掀翻木排，沉入河底，就喂了利马河的王八；如果天数未尽，命不该绝，兴许漂到下游的某个滩涂上或者有人救了，活了下来，这时，赐死者没话说了，这是天意。要挽回颜面，拾回丢失的尊严，两者必取其一，杨根隆决定中秋节这晚执行祖传家法。

八月十五日这天晚上，一轮圆月爬上半空，月宫中的桂花树清晰可见，利马川的山川河流被照耀得灿如白银，纯净如圣坛。前多天，杨根隆放出话要在中秋节晚上执行家法，因此，杨家集的川民举着火把，早早来到利马河的杨家渡，聚集在河岸，不久，杨根隆和太太袁氏坐四抬大轿来了，后面跟着男仆女眷及抬着金针的众家丁。杨根隆下了轿，杨二和众男仆摆上神案、神位、香炉、襄祭供品。杨根隆面对河神神位跪了下去，点燃三炷香，朝天朝地拜了，又拜过祖先，将香插进香炉，而后叩了三个头说：我杨门出了不肖之女，实属不幸，今天我杨根隆要执行家法，以正门庭，请众父老乡亲作个见证！说毕，摆了摆手，家丁们搀出了脸惨如白纸的金针，后面两条大汉抬上了一块青石板。"老爷，金针不能死啊！"袁氏一下跪倒在杨根隆的脚下，她清楚"背金龟"金针就死定了，永世也翻不得身了。后面的男仆女眷也跪下了，杨家集的老少男女都陆续跪下了，"金针不能死啊！"他们齐声祈求。这和声在空旷寂静的月夜回荡，吓得杨根隆心跳肉颤，头发直竖了起来。俄顷，他冷静下来，他想：这众人的请求还得考虑，自己的颜面还得挽回，就说：承蒙诸位请求，"背金龟"就免了，马上执行点天灯！说完挥了挥手，几名壮汉拖上来一条木排，把金针面朝天绑在大排上，点燃了猪油灯，架在木排上，随后蹚下河，将木排推至河中央，任由木排向下游漂去。袁氏已晕死过去，岸上的人们哭成一片，齐声叫喊着金针的名字，有人举着火把，喊着金针，跟着木排向下游奔跑。在杨家集川民心中，金针美丽心善，贤淑得体，死十个杨根隆也不能死一个金针！然而，这可怜的女子，怎么就干出了那样倒霉丢人的事啊！真令他们匪夷所思。

当阳光注满窝棚的当儿，金针醒了，夺目的阳光刺得她睁不开眼睛，她用手揉了揉眼眶，才看清了周围的一切。她看见了自己住的窝棚，棚口拴的这条黑獒，以及棚外的玉米地、瓜地，稍远处的山、河流。她似在现实又在梦中。她恍惚想起了昨夜那惨烈的一幕，吓得双手捂住头，把头吊在胸前，再抬起头，那一幕早已不见了。是不是自己在另一个世界？她想起了老妈子给她讲的那些神话故事。正想之间，一个驼背、面容异常丑陋的男人提了一个瓦罐，拿了一只碗，一双筷子进了窝棚，她吓得向窝棚里手缩了缩，那人放下瓦罐碗筷就走了，许久再没见来。她悄悄向瓦罐挪了挪，瞧了一眼瓦罐，里面盛了一瓦罐面条。这时，她肚子咕噜噜地叫了起来，经过一个晚上地折腾，她已经饥肠辘辘了。她极想吃那热乎乎的面条，但有些不放心，她忽然看见了那条黑獒，就提起瓦罐给黑獒食槽倒了些，黑獒几口就吞完了，给她友好地摇了摇尾巴，卧在了棚外。约莫一个时辰后，她才将面条倒在碗里吃起来，她一共吃了两碗。吃过饭后，觉得有些疲惫，就躺在床铺上睡着了。醒来后，太阳已经西斜，时辰已到下午，窝棚的条桌上放着蒸馍、菜、米汤，可是不见那人，她觉有些饿意，就吃了饭菜，不久，困意来了，又睡着了，醒来后，已是翌日清晨。一连几天，都重复着这些事情，有时见那人，有时不见，但饭都会按时送来。这种情景的一连再现，使她觉好似在梦中，又似真的在另一个世界，自己不是曾经死了吗？有一天，那人放下饭后，正待要走，金针叫住他问：你是神是人？那人很惊异，张了张嘴，啥话也没说就走了。金针有些纳闷。这天，就走出了窝棚，黑獒并不咬她，摇了摇尾巴。外面的天气真好，天高云淡，秋色宜人。这是一片滩地，种着苞谷、糜谷、西瓜，田地的中间修成水渠，引来的溪水吱噜噜地浸润着植物；河水袅袅地摆动身段，漾着微波，岸边泊着一叶小船，似在守望。真是一派纯朴的田园风光。金针沿地埂漫步，不久，她就看到了那人，那人困难地弓起腰在瓜地里侍弄西瓜，动作难看极了。在地埂边还有一间石头垒的房子，她信步走了进去，里面陈列一些简单的灶具、米面和自产的菜蔬等，她才弄清了那人原来每天在这里给自己造饭。走出房子，房子的侧面是块土墩，土墩被修理得方方正正，上面种了一墩菊花，这时正开得鲜艳疯狂，一下吸引了她的眼球。看着这黄金甲般灿黄的菊花，嗅闻着黄色里渗出的芬芳香气，金针不忍卒离。这时，她才确乎相信自己在现实中间，在人世。后来，驼三一上地，金针就悄悄挪进了石头房子，等驼三早上下地归来，她已烧好了热腾腾的饭菜，驼三香美地吃着，金针则坐在外面的马扎上，双手托腮，看那黄黄的菊花出神。

驼三见那女人爱看菊花，每天给菊花施的肥更足了，浇水更勤了，菊花因了水分和肥料的滋养，更鲜嫩娇艳了，开的花又大又黄，骄阳下一片耀眼的金黄，娇弱的金针，被这墩香气袭人的菊花感染着，每天呆呆地看着，心情也好了许多。驼三每天吃着天仙般美的金针做的美食，心里美滋滋的，倏忽间，好似自己就成了牛郎，那女人是七仙女下凡了。哎，自己积的是哪辈子的福！驼三平时在金针面前低眉蹙眼，不敢说话，只是埋头干自己的农事活动，心劲更足了。他想，那女人就是神，自己是丑陋的俗物，他怕一张嘴，一正眼看她，吓着了这女神。金针的肚子是愈来愈大了，连马扎也坐不下去了，驼三觉察了，就偷偷地给菊花墩旁放一条竹躺椅，金针每天半躺着看菊花，金针浑身被菊影覆盖。金针也明显感觉有了胎动的迹象，她自己也弄不清怎么就有了身孕，她不觉一天天紧张起来。驼三也觉察到了金针肚子的变化，几次想问，但他还是缄口了。一日，驼三掮了一张木犁，又要下地，竹藤上半躺着的金针叫住了他。驼三放下木犁，弓着腰立在金针的旁边。随着金针记忆的恢复，身体的康复，心情的好转，她对自己的死而复生充满了好奇，她极想知道那离奇过程的谜底，而要解开这个谜底，眼前这个丑陋的罗锅肯定是最大的知情人。

这是一个秋天的中午，阳光好得出奇，菊花怒放着，让金针笑靥如花。在这个时刻，天使与丑鬼，女人与男人开始了第一次交流。驼三支支吾吾，语无伦次的叙述了那晚惊心动魄的一幕，也说出了自己的名姓。金针听了，那如花的脸上就滚下了晶亮的泪珠，砸到了金针的脚下，铿锵有声，震得驼三心疼不已。驼三此时又看到了金针隆起的肚子，他也极想知道这肚内的秘密，一则，如果是病，他就得请郎中赶紧治疗；二则如果是身孕，那每天就要调理，静养，等待临盆；三则，这女人被绑在木排上等死，一定有什么缘故，他也想弄清。但他有什么资格问这女神般美的女人呢？驼三想着，就要离开。终于平静下来的金针发话了：可怜的人，你是我的救命恩人，你也可能极想知道我的身世、遭遇，那我就说给你听。驼三听完了金针的哭诉，惊得丑脸变得更难看了，她没想到这女人遭了这么大的罪。早就传说杨根隆有个女儿叫金针，是仙女下凡，果真如此。特别是听了金针无缘无故有了身孕的事后，这罗锅更相信金针是女神显世了，这身孕肯定是神赐的，要不，怎会平白无故的怀娃？驼三发誓要善待这女仙，不能有丝毫污亵之念！转眼到了冬至，金针有了分娩前的阵痛，驼三解开木船的缆绳，摇过河东，请来了东川的接生婆吴妈。金针肚子痛得一头一头出汗，吴妈等了几个时辰后，到午夜子时，金针方才产下了一个女婴，吴妈剪了脐带，包裹好了，给金针讲了一些育婴的注意事项，第二天早晨驼三用船送过河，吴妈就回去了。驼三每天除了在地里忙乎，还要给金针侍候月子。驼三把稀饭熬得油香，把馍烙得脆酥，金针吃得很可口。隔三岔五，驼三还摇着木船，到下游的平缓处捕鱼，捞上来的利马河鲤鱼熬成汤，给金针滋补身子。金针的奶水充足，女婴被奶得白白胖胖，煞是可爱。一个月后，金针出月了，能下厨做饭了，驼三就专事在地里劳作。金针每天抓养孩子，给孩子唱儿歌、讲故今；给驼三造饭，那饭做得喷香，新盖的两间蓑草屋里的摆设，也被拾掇得井井有条，驼三在地里干得更起劲了，一年下来，收成不错。来年春上，那女婴由大人扶助，已蹒跚着能走路了，见了驼三张开小嘴傻笑，嘴里似咕噜着什么，驼三开心极了。五月间，一个阴雨天，驼三在蓑屋里把竹篾削得细细的，编织竹筐、竹笠，在空闲时拿到集上换钱。金针拉着女儿逗玩，这时，女儿挣开金针的手，跑到驼三跟前，拽住驼三的衣襟，抱着叫：爹爹！驼三和金针一下瓷住了，竟羞得低下了头。俗话说：宁娶大家奴，不娶小家妻。说的是财东家能把日子过至人头里，自然就懂规矩，有一套管理办法，连那些丫环看得久了，也能学一些。金针大户人家出身，知书达理，处事懂得轻重，该花的钱就花，不该花的钱就一分不花，把个驼三的家操持得井井有条，日子过得有声有色。驼三像跌在蜜缸里，整天甜蜜蜜的。金针平时也给女儿教一些口语，譬如，爷爷、奶奶、爹爹、娘等。今天，女儿看见了驼三这个男人，就顺口叫起了爹爹。

驼三继续编着罗筐，明显慌乱多了。金针没有驼三那样拘束，沉思了一会儿，她把女儿抱在怀里说，驼三，我是个苦命人，你是我的再生恩人，如果你不嫌弃，我就给你洗衣做饭，一辈子侍候你，但我们只能有夫妻之名，不能有夫妻之实。如果你能做到这一点，我们就以夫妻相称吧。金针自从李俊杰出走之后，已对男女之事绝了意念，她像一个修女，决意一生固守自己的清净。驼三早把金针当神看了，他本来就对金针不存一丝污亵之念，他就像那水蛤蟆，能看到白天鹅的影子，他都满足了，还哪敢生别的企求？听了金针的话，驼三连声说：行，行！金针指了指女儿说，那今后，孩子就叫你爹，叫我娘。你就给孩子赐个名。驼三不识字，也起不出好名儿，忽然看见了手中的篾条，就说：那就叫篾儿吧。金针说，能行。从此，一家三口和睦地过着日子，这河湾里有了笑声。

两年后，地主高发家要收回滩地开沙厂、挖河沙卖钱。驼三和金针卖了木船及一些带不动的家什，黄牛牵着牛车，上面装了粮食、家当，金针和篾儿坐上去，驼三赶着牛车，后面跟着黑獒，一家人去了上川。

杨无为已经疯了，他像一条野狗似的，四处乱窜，到处嗅着，哪里有了污秽、肮脏的气味，那里就有他的身影。烟馆、赌馆、窑子、跳大神……刚过饱了烟瘾，又下赌馆，赌馆出来，又进窑子，还参与巫神马脚们的抬神舞蹈活动，堂堂的杨家大少爷，已成了彻头彻尾的下三烂、丧家犬。他常常被人追杀、勒索。他把那手中撑开的唐伯虎绘图的扇面刷的一下合上，伸出兰花指，对那杀手一声戏剧中的花旦腔：公子，你不就缺钱花了吗？还要命不成？小女子给你奉上！他从青衿中取出银票，填上数字，盖上图章，杀手们烟似的窜了；有时遇见索债者，没银票，就打上欠条，债主千恩万谢地找杨根隆去了。他每天一身青衿的读书人装束，手中摇把扇子，哈哈地笑着，钱啊，真是他妈的好！他从上川窜到下川，无忧无虑，一身轻松，胡乱念叨着：

> 房是招牌
> 地是累
> 攒下银钱是催命鬼

利马川的人像躲疟疾似的避让着他，又像狗面对一泡臭屎样的离不开他。那些烟馆、赌馆的老板，窑子的老鸨、庙里的巫神见了他亲切地喊着杨爷，杨爷；

正经的川民们见了他却躲开了，低眉低眼，侍弄着自己的庄稼。

少爷杨家驹从县学堂读完书回府后，却没发现妹妹金针，他问管家杨二、老妈子崔氏，他们都不肯说，最后，他进了母亲袁氏的厢房，袁氏流下了眼泪也不愿说，他就跪在了母亲的面前，他说娘你不说我就不起来。袁氏就讲了杨根隆对金针"点天灯"的事。杨家驹听了，当时眼前一黑昏厥过去。他从小和金针就合得来，感情甚笃，金针常把他当保护神，受了委屈就来找他，他也无微不至地爱护着妹妹。现在，娇弱可怜的妹妹被杨根隆残杀了，他已伤心至极。醒来后，他就去找杨根隆，杨根隆说大人的事，娃儿们懂个屁。杨家驹掀翻紫檀木八仙供桌：你这个魔鬼、畜生，就奔出了杨府。杨家驹一连找了金针十几天，也没金针的踪影，善良的川民们对杨家驹说：甭找了，金针到另一个世界超生去了。杨家驹每日被悲痛和烦恼笼罩着，开始酗酒，撒酒疯，寻求解脱。一日，川里来了个戏班，在白桥镇演出，杨家驹前去听戏，一下被千娇百媚的青衣小桃红迷住了。戏毕，他捧了一束花去后台见小桃红，被班主挡在了门外，他就通报了自己的名姓，班主说了声请，他就进了后台。小桃红正在卸妆，卸了装的小桃红看起来更为诱人、清纯、艳丽，十八九岁的年纪，轻盈的身姿，充满了青春的朝气。马班主给小桃红做了介绍，杨无为献上了一束红玫瑰，小桃红欣喜地收下了，请杨家驹坐下。坐在小桃红身边的杨家驹，嗅着小桃红身上发酵的芬芳香气，听着那银铃般悦耳的娇声，不禁心猿意马，浮想联翩。此后，戏班走哪里，家驹就跟到那里，成了小桃红的跟班。那一日，戏演完，卸了装，杨家驹对小桃红说，咱们到外面走走。小桃红就跟了出去，外面月光如银，银光泻满了利马川，利马河水滋润着庄稼，庄稼发出了拔节的动人声响。他们沿着田埂来到了河难的一片柳树林，背靠一棵百年柳树，坐在草地上。那阵，杨家驹瘦高的个儿，着一袭连身青衿，清秀飘逸，读书人模样，小桃红对他也很着迷。她听他讲古今中外的故事，偎在杨家驹的胸前，发出百灵鸟一样开心的笑声。杨家驹被少女的声音感染了，抱紧了小桃红，小桃红并没拒绝。杨家驹一时浑身燥热，心旌婆娑，更加紧紧搂住小桃红，喃喃自语：小桃红，我爱你，爱你……这声音在空旷岑寂的月夜，听起来那样美妙、动人，小桃红被迷醉了，娇声说：我也是……杨家驹轻轻放倒了小桃红，两人像河蛇似的交缠在一起……

不知怎么，杨根隆打听到川里来了戏班，就打发杨二请戏班到府上唱戏，祝贺自己五十大寿。杨家驹就不能随戏班了，他也不想去，他对那老东西充满了憎恨。他和小桃红道了别，约好演完戏两人相会。小桃红随戏班去了杨府，他则在利马川转悠，打探金针的消息。一连十几天过去了，再也没了戏班的踪影，他急得像被掏空了心脏似的，六神无主。到处搜索戏班和小桃红的影子。经过八九天的探寻，他才获得了消息：戏班已回了关中，小桃红被杨根隆花了一千银元纳了小妾。这消息无异于晴天霹雳，惊得他目瞪口呆，头皮欲裂。此后，杨家驹就更不回家了，他抽洋烟、赌钱、玩女人，连杨根隆给赐的名字也不要了，改成了杨无为。偶尔回家，不是摔碟子拌碗，大闹一通，就是交给杨根隆一摞欠条和当地的契约。杨根隆气得吹胡子瞪眼睛，对这个唯一的根苗无可奈何。杨无为像上苍派来的索债厉鬼，这一辈子索债来了，糟蹋着杨根隆的财势和灵魂。彼时，那娇艳无比的小桃红，偷了他一张五万两的银票，在钱庄兑成银元，雇了一辆三驾马车，和小白脸向西安逃跑了。杨根隆真是内外交困：我这是作的哪辈子孽啊！像鬼魂似的在川里漂荡着的杨无为却偶然发现了金针的踪迹。某一日，他专程到上川的刘家岔与金针做了相认，哥妹一时抱头痛哭。金针讲述了自己被救过程，并把驼三介绍给了哥哥，杨无为感到了世事的无常，唏嘘长叹。以后，他时有过来，给金针接济一些银钱，金针用这些银钱盖起了上房、厢房，买了牛驴，驼三在地里忙活，金针抓养篯儿，操持家务，日子倒过得相安无事。

这日，杨无为从庙里出来，他刚与庙首举行了抬神仪式，襄祭麦收日子的到来，并给祖师庙上了二百大洋布施。庙外是上川地界，距刘家岔近了，他就想看看金针与篯儿。利马河像往昔一样，不紧不慢，婆娑着自己的身段，向下游娉婷而去，一望无际的麦田，晃动金色的头颅，发出吱啦的声响，农人们都在忙碌，准备着开镰前的农事，太阳像一只金盘子，昭示着成熟季节的莅临。走在刘家岔的村道上，杨无为的心情颇为舒朗。

金针的庄子在塬畔上，庄下是一条干沟，是山的夹缝形成的，比较隐蔽，颇为狭长，能伸向邻近的宁夏。战乱时，这条干沟就成了输送军队的通道。过了崾岘，杨无为就能看见金针家的庄子了，那庄子被一片枣树掩映，青砖瓦房清晰可见，他攀上小路，上了塬畔。这是个独院，院墙是用枣树刺编起来的篱笆墙，安个柴门，掀开柴门，就可进到院子。院子外有块空地，是用来打碾用的，他已经看到了晾布上那片鲜艳的红果子，在夏阳的烤晒下，已渐次萎缩。他没有听到任何响动，没有鸡鸣狗叫，没有鸟雀的啾啾声，一切静悄悄的，静得让人疑惑。杨无为推开柴门，院子里也浑然无声，他睁大惊疑的眼珠扫视着，他看到了黑黢，黑獒就躺在狗窝旁，黑獒的身下有一摊血，肠肚溢出了体外，鲜红的血和肠肚惹得一大群苍蝇嗡嗡的在周围盘旋。院中间用青砖支撑着一块青石板，是夏天权当饭桌用的。此刻，上面仰卧着篾儿，她的两腿搭在石板的边沿上，裤子吊在脚踝处，缠得极小的脚一只光着，一只脚尖上挑着一只绣花小鞋，全身光裸，白裸的身子在太阳的映射下发出瘆人的亮白。肚腹处插着一把刺刀，那刺刀处汩汩地向外流着殷红的血，殷红的血开着一朵一朵喷薄的血花。杨无为惊惧得不敢看了，他宁愿自己是个盲人，也不愿看到世间这惨烈的一幕。空气仿佛凝固了，砸得他喘不过气来，他烦躁至极，悲情至极，恐怖至极，他不知所措。最后，他跑到了院外，来到庄后的枣树林，想缓缓神。他看到了又一幕可怕的场景：院畔下干沟里，正黑压压地过着马队，带枪的马队正向南行进，摘了马铃，没有声响，杨无为像陷入了混沌迷蒙的世界，眼前黑了下去。太阳照旧红彤彤的，四周静得出奇。

尾　曲

　　不久，马鸿逵的一个骑兵团与陇东军阀陈珪璋展开了新一轮的军阀混战。第二年，是民国十八年年馑，一时，兵燹纷起，疟疾流行，哀鸿饿殍遍野，利马川川民死至十之七八，福音堂被马回子一把火点燃，轰然倒了。李约翰和灾民一起流离失所。兵荒马乱之年，人人自危，无暇顾及他人，文中的人物不知所终。

　　只有远处的博格峰，听着利马河的絮语，默然无声。

梅　丽

　　有一次，梅丽小姐给我打电话说她一个人在伯爵酒吧喝酒，问我过不过来一块陪她喝酒？我说，你等等嘛，我马上过来！

　　十分钟后，我已出现在了梅丽的面前。醉眼迷离的梅丽用飘忽不定的眼神瞅着我，像是不认识我似的说你是谁呀？我感到莫名其妙，不是她打电话让我过来的嘛！怎么又不认识我啦？我说，我就是那个你打电话叫过来陪你喝酒的人，那个你称无常的人！噢，无常……无常，梅丽像是想起来似的喃喃絮语着：就是那个来无影、去无踪，行事鬼鬼祟祟，出没无常的人吗？我感觉我的人格受到了莫大的侮辱。我说梅丽呀梅丽，尊敬的梅丽小姐，你怎么这么说话呢？口无遮拦的，你的嘴巴也该安道门吧！梅丽说，那你说我该怎么说话呢？你不就是个无常么？专勾人家魂魄的无常！你还真以为你是谁了！我有些恼火了，遇到这么个醉意汹涌、蛮不讲理的雌性酒鬼，真是秀才遇上兵了，再纠缠下去，定会受到更大的侮辱，我欲抽身离开。我说梅丽小姐，你好自为之，自便吧！我还有事，咱们改日再聊！说毕，我抬脚向吧门挪去。梅丽见我要开溜，突然暴怒了，她狂甩了一下头，一头瀑布似的垂直的披肩长发变得散乱了，像一堆柴禾，一双杏眼瞪得圆直，像一双铜铃，有金属的质地，她倏地断喝一声：贼人，哪里去？嗖的一下，就抬手扔过来一只果盘，我闻声回头一瞧，那果盘像一只飞碟似的已旋转着飘了过来，我大惊，头一侧，那盘子擦着我的耳根已飞了过去，哐的一声，撞在了酒吧的玻璃门上，声音颇大然后落地了，当啷啷一路欢笑着在地板上滑行了好长一段距离，才终止了响声，不动了。那扇玻璃门是6厘米的有机玻璃，挺坚硬，与果盘"亲吻"后并没留下"吻痕"，安然无恙。那时候果盘落地的声音也

71

没有过多的引起客人们的注意。服务生托着酒具果盘来回穿行酒桌之间不停地应酬，客人们则在昏黄的暖昧的灯光下昏昏欲醉，均无人操心与自己无关的事，而酒吧内柔媚的靡靡之音更大程度地吸引了人们的注意力，这就使刚才瞬间上演的一幕打斗戏有惊无险，有险无妨，以圆满收场。那个唱美国乡村音乐的歌手，沙哑着嗓子狂号，一个即兴表演的吧女甩着大腿扭着臀部狂舞，悠然自得的客人们呷着泡沫自我陶醉，有人打着节拍哼着生日歌慢慢走来，并吹灭了蜡烛……一切按部就班，一切按常规运行。

我不敢造次了，也不敢说离开的话了，也不准备离开了，我发现梅丽喷着怪异的目光瞅着我，像是随时都会有惊人的发作一样，这个时刻，我只好选择顺从。我拉了一把椅子，坐在了梅丽的对面，站着的梅丽也坐下了。她从手包里掏出了一把梳子，一面圆镜，对着圆镜，理顺了头发，又取了一块粉饼，扑了扑脸，从化妆盒再取出面膏，眉笔，口红涂了脸，修了眉，染了嘴，算是画了个淡妆，修复了仪容的梅丽也平静了下来，像一泓碧蓝的湖水，盛在了我的面前。面对这样一泓静如处子的碧水，我该怎么呢？我只有静静的观赏、享用，也忘记了刚才的不快。很多的场合，我都在说，梅丽在这样的时刻才是最美的，最富有诗意和诱惑力的，我甚至把她当作大师们笔下的一件艺术品来欣赏，而不忍卒离。她的清奇、纯净、平静、脱俗，使我恍惚觉得世界上原来还有这么美好的事物，她甚至让我有了写一首诗或写一篇小说的冲动，但我也知道，这种美只是一种暂时的存在，也许它会瞬间就被粉碎，所以每次在这种美还存在的时候，我会贪婪的紧紧攫住，毫不浪费地浏览，直到这种美突然碎了，我的心也跟着碎了，这个世界依然支离破碎时，我才醒了过来，才知道这个世界上原来美好的东西只是昙花一现，只是逗孩子们乐的万花筒，虚无缥缈。

创造这个美打碎这个美的依旧是梅丽，因为不久她就会歇斯底里的。我已经无数次地吃了这种歇斯底里的苦头和尴尬了，可我又无数次地愿意品尝这种苦头面对这种尴尬，也许品尝这种苦头面对这种尴尬之时，我又会得到某种启示，这就是疯狂之后的平静，平静之后的美，这种美虽然是短暂的，但对于我来说，却是一种莫大的慰藉，这就是梅丽每次打电话来让我陪她喝酒我都会来的缘故。

坐下来的梅丽显然平静了许多，她的淡妆也化得恰到好处，和她此时的心态很协调，我静静地端详着她，不敢有丝毫的奢望，害怕打乱了这难得的静谧。

梅丽要了两杯扎啤，我们举起桶型啤酒杯相互碰了一下，慢慢品呷着。接下来，我知道梅丽又要向我述说她痛苦的根源了，这是她每次喝了酒必须絮叨的话题，我劝了她多少次，我说，与其你这样痛苦，还不如离开那人，可梅丽不听我的，她说即便那人是个魔鬼，她也要与魔共舞，离开了这个魔鬼，她的寿命也就结束了。我能有什么办法呢？我的话她是断然听不进去的。以后，我就不再劝了，可她这种每次絮叨我还得耐心地倾听，要不，她会爆发的，爆发之后的她就显得很狰狞，她先前的美便一下荡然无存。

有时候，她喝酒后打电话唤我，我下定决心不再来，而到了最终下决心的关键时刻，我又鬼使神差地答应了她，并且在十分钟之后便会出现在她的面前，出现在她面前的我，又会遇到无与伦比的尴尬。这样的处境就这样循环往复进行着，梅丽和我的故事也这样不断地上演着，我们都想打破这种局面，可我们又都不能。

又一日，我忽然想，我为什么不能打破这种局面呢？譬如，梅丽唤我时，我可以因故推掉，慢慢地，我们俩就不会有这种瓜葛，我们俩这种说不清道不明的暧昧也许就会结束，这种没有什么结局的约会也会随着次数的减少而渐渐淡去。

是一个细雨霏霏的日子，梅丽又来了电话，说她还在伯爵酒吧喝酒，让我来陪她喝。伯爵酒吧是她的定向酒吧，她在这里与我品酒已无数次了，老板娘服务生都和她熟了，她许多的怪异举止她们都见怪不怪了，都能原谅她。我接到这个电话整整迟疑了30多秒钟，去还是不去？这确实成了个问题，本来朋友们已约好，下午在丽都酒店聚会，这会儿已是下午五时，我正在做着赴会前的准备工作，梅丽的电话就来了，这让我很闹心。这个赴会也许是推辞梅丽的借口，也是疏离她的机会，可在我预备推辞的时候却犹豫了。那边的梅丽似乎看出了我的犹豫，不耐烦了，她说不方便吗？那就算了，让我自个儿糟践自己吧！说着就挂了电话。

我不再犹豫了，赶快向朋友们回了电话，推掉聚会，打了的就向伯爵赶去。我弄不懂我的这种条件反射般的快速反应是处于一种什么目的。

结果，和预期的结果一样，我遭遇了又一次的迎头痛击。最让我心寒的是她总说我是个来无影去无踪、行为诡秘、勾人魂魄的无常，这让我的自尊心受到了极大的伤害，我本来自认为走得端行得直，没有什么遮遮掩掩、见不得人的丑事，她却这样评价我，这令我不可理喻，伤心欲绝。

而这个无常都是她随传随到，在她生命里或许是一个举足轻重的角色，因为在她的所有不愉快的日子里，她用酒精麻醉的时刻，这个无常都会如影随形，如期而至，而她看起来又异常憎恶这个无常。她是一个怎样的女人，我有时候觉得我的智商偏低，永远也读不懂女人，尤其是梅丽这样的女人。

然而，我甘心做梅丽的读者。

我知道我和梅丽的相逢，除了享受她那平静之后短暂的美之外，就是听她重复了无数遍的絮叨，而这样的絮叨，她说除了向我絮叨之外，再没有向第二个人絮叨过，因为她认为这些絮叨是她应该封存心底的秘密。

她说她发现那个人实际上并不爱她，原因之一就是那个人背过她与别的女人勾搭，我说你不要道听途说，捕风捉影了，那都是没有根据的事儿，你这样胡乱猜疑会伤彼此的感情的。她说是真的，是她的好姐妹告诉她的。她说，她的一个姐妹说，她有一次看见那个人与一个女人在美食城吃过饭后，从美食城出来，手拉手在街道上溜达，那时已黄昏了，路灯昏黄，从背影看，他们真像一对亲密的恋人。当时，她听了这话，怎么也不能接受这个事实，她在心里一遍一遍重复，他不是一个这样的人。与此同时，她的心也在滴血，她被嫉妒的火焰烧得快要焦灼了。冷静下来之后，她细一思量，这姐妹说的也许是真的。联想到他近期的举动，这是极有可能发生的事情。因为她约了他几次，他总借故说公司的事多，脱不开身而不愿见面。她先是很生气，后来想，这个人也不容易，既要面对她又要面对家中的糟糠之妻，还要处理公司那么多的棘手之事，而他现在又正处在事业的黄金时期，所以，她就原谅了他，她爱这个人就不愿拖这个人的后腿，成了他的包袱。几次不愿约见之后，她每天就看看电视，和姐妹们玩玩麻将，打发时光，她幻想着，这个人忙完了就会和她见面了。没想到，一个月过去了，她也没有见到那人的身影，她发急了，心慌得很，像是有什么不吉利的事发生，果然，她的姐妹给她带来了他私下和别的女人约会的消息，她一下蒙住了，她开始对他们的爱产生了怀疑。就是从那个时候起，她心情糟糕的时候，就去伯爵酒吧饮酒，酒醉了之后，就撒酒疯，酒醒了之后会平静上一会儿，这会儿她会给我絮叨她的心中的秘密和那个人之间的故事。当然，我是她忠实的听众。有我这么一个听众，她相当受用。每个人一生心中都有尘封的秘密，而这种秘密谁也不愿带到棺材里去，可这秘密又不能公之于世，但他需要生前将这种秘密倾诉给除他之外的第二个人，而这个人必须是一个可靠的人和保守秘密的人，在梅丽眼里，我就是这么一个人。

为此，梅丽就瞄上了我。我不知道梅丽为什么会瞄上我？而且会在较短的时间内就把我玩弄于她的股掌之中。我也不知道她为什么在我面前肆无忌惮，非常放肆，虽然我的自尊心在梅丽面前一次又一次受到斫伤，可我一次又一次的忍辱负重，原谅了梅丽，这都是为什么呢？这个女人于我来说带不来丁点的实际意义，可我一次又一次的愿意听从这个女人的调遣，愿意备受她的侮辱，这都是为何呢？难道就是为了她那平静之后，那种无与伦比的短暂的美吗？

　　其实，梅丽是我们小区里的一位住户。她住在15号楼，我住在2号楼，在未认识梅丽之前，彼此都是这个城市里的一名普通蜗居者，毫无瓜葛。那是一个星光灿烂的夜晚，我迈着大步向家赶，因为妻子打来了电话，说儿子又上网去了，让我赶紧回来商量一下，分头去找。走到了小区楼与楼之间的拐弯处，忽然听到前面有女人的惊呼声，抢人啦……我闻声奔了过去。见一个女人一个趔趄扑在了地上，一个黑影已狂奔而去，我没有管那女人，向那黑影追去。我是一名体校的田径教练，对于普通的逃离者，我还是有足够的胜算的。果然，不到一分钟，我的优势已显示了出来。我距那人已不到一步之遥了，在我伸手要抓那人之时，那人突然扔掉了坤包，飞离而去。我没再追那人，我不愿惹出一些不必要的麻烦。我拾起了坤包，回身去找那女人。那女人已战战兢兢地站在了有路灯的地方，看来她还没有从刚才的惊吓中解脱出来。我伸手还给了她坤包，并嘱咐她晚上走路要小心，特别是没有灯光的楼间的拐弯处。她感激地扬起头，定定地瞅着我说谢谢！也许她想对我这个恩人的印象深刻点，所以她注视我的目光专注了一些。正是这一刻，我们的目光对接了，我才发现这是个异常清丽纯净的女人，这是我从她的脸蛋和那一双单纯的眼睛里读出来的，这种女人通常会令男人怜惜的。我又借着灯火再打量了她一眼，发现她不单脸蛋清纯俊俏，难以挑剔，就是身材也高挑匀称，有着一种曲线的美。我不敢再看了，我得赶快回家，因为美确实有时候会给人带来罪恶。我说，你也该回家，我也该回家了，我们告别吧，以后一定要小心！她却没有就此分别的意思，也许在她看来，这样的相逢颇有电影中的那种浪漫情调，而我却没有将这种浪漫延续下去的意思，这肯定令她很伤心（这是我后来的猜想了）。她嘴里不停地咕噜，我也不知道她咕噜了些什么，因为我还有儿子上网的事，心烦意乱，想急着回家。只听她说她很感激我，不知怎么感谢我，还缠着要我的电话号码。本来，我不会给陌生女人我的电话的，在我认为，给陌生女人留电话，纯粹是一种麻烦，也带有某些暧昧的暗示，而暧昧发展下去就是危机，况且我和妻子的生活风平浪静，虽然平庸了些，但还不至于一点情趣没有，麻木不仁，可今天这个女人是个例外，我不知我怎么不由自主地就给她留了电话，她才放了我。

不久后的一个下午，她打来了电话，她说要约我吃饭，感谢我那次对她的搭救。电话打过来的光景，妻子正为一件琐事和我拌口舌，我异常烦躁，结婚十多年来，我们就这样平平常常地过着，婚后的生活激不起一点波澜，连房事也成了一种例行公事，这样的生活使我失去了斗志，没了志气，和大多数的国人一样，准备将平凡的人生进行到底。

她的这个电话是我偷着到卫生间接的，当时，妻子和我拌嘴赌气进了卧室，甩手关了门，我就赶快进了卫生间。她的电话很明确，是要感谢我，她说她确实非常感谢我，她还有许多话要对我讲，而那些话只有等我来之后她才能说。说真的，她的这个电话使我有些受宠若惊。本来一件小事，现在却升级了，弄得让人心怀揣测，想入非非，我好久都没有这种胡思乱想了。而妻子和我的舌战或许就是这种胡思乱想的催生剂。聆听着对方那柔媚的轻言细语，最后我就答应了。

我们的第一次见面是伯爵酒吧，我按照她说的那个方位赶到伯爵酒吧的时候，她已坐在靠窗口后的一个小包厢里等我，我是在刚进门时就看见她的，因为她太显眼了，她是这个酒吧里女性中最耀眼的一个，她也看见了我，向我挥了挥小手。我向她走去，她从包厢里站了起来，并向我伸出了手指，我握了一下，我们共同坐了下来，她问我吃什么，我说随便吧。实际上，我有点饿了，可这个酒吧是卖酒的地方，能有什么好吃的呢？我弄不懂她请我吃饭为啥把我约到这种地方。她也看出了我的疑惑。她说，我和他的第一次见面就是这个酒吧，所以，我就选了这儿，还请你多加谅解。我都有醋意了，这证明除我之外，他还惦记着另外一个男人，我纯粹是她的一个陪衬、替身，在她眼里无关紧要。可又是人家请我吃饭，我也只能客随主便了。她向服务生要来了法式面包、甜点、牛排之类的西餐，我用刀叉笨拙地吃着，显得很狼狈。她吃得很优雅，也很上心，不久，我们用完了所谓的晚餐，服务生撤去了餐具，她向服务生要了两杯扎啤，我们碰了一下，慢慢啜饮起来。这时候，她的话就多了起来。

她说，上次我不是说对你有许多话要讲吗？好，今天我就讲给你听，我这话可从来没有对第二个人讲过，你可要给我保密哦！她能给我讲些什么呢？我胡乱猜测着，她该不会对我有什么想法吗？我有些心猿意马，急切地等待着她的口述。她又啜了一口啤酒，似乎有点激动，眼眶有点潮湿，脸涨得通红。她说她叫梅丽（到此，我才知道她的真名），你是不是看我很光鲜，活得很滋润，其实这都是表面现象，真实的我活得很苦、很累。听了这女人的开场白，我大失所望，这似乎又是一个女人常见的唠叨、诉苦，没有多少引起男人兴趣的内容，但我得忍着头皮听下去，我不能在一个女人，尤其像梅丽这样优雅的女人面前失了风度。我就帮着腔说是呀，当今这个社会每个人的压力都大，活得都不轻松。梅丽说可我和别人不一样啊！我的经历太复杂了，我早已不想在这个世上活了，多少次预备好了安眠药，准备在无知中结束自己的生命。可我后来遇到了他，就打消了死的念头。他使我第一次品尝到了幸福的滋味，但也使我更加痛苦，因为他像影子似的只有在有阳光时才能看到，他是一个有家室的人。听到这儿，我原先对她的许多幻想全部破灭了。我不觉有些心灰意冷，我原来成了这个女人的倾诉对象，而我又能怎样呢？我只能把期望值降到最低。起码，这个女人还信任我，愿把心中的秘密讲给我听，冲这一点，我还得耐心地听下去。于是，我和她又碰了一下啤酒杯，她继续讲述。她说她从小姊妹多，共有兄弟姊妹十一个，父母的担子重，无暇顾及他们，在她十四岁时，她的姐姐领回了一个男朋友，那是一个江湖游医，能说会道，早哄转了她的姐姐，可她怎么也没有想到，这个老男人不知啥时已瞄上了她。有一天，家中的大人们都出门了，剩下她一人守家，那个男人不知道啥时溜进了院子，关了大门，向她走来，她看见这个男人，还吃惊地问：姐夫，你咋回来啦？那男人没有答话，迫不及待地冲向她把她抱了起来，向床上扔去。她脚乱蹬着，嘴里乱嚷着，不知这个男人要干啥，那男人几下就除去了衣服，揭起她的短裙，就扑了上去。事后，她觉得下身很疼，也没敢告诉任何人，只觉得很丢人。直到过了很长时间，姐姐打算要和那人结婚了，她才偷偷地劝告姐姐说那个人是个坏人，你千万不要和他结婚，姐姐说你胡说八道，她无奈就给姐姐说了那人欺负她的事。没想到姐姐听了后，不但没憎恨那个男人，还说她是个小骚货，问她什么时候和姐夫勾搭上的！还追着她把她往死里打。从此后，她觉得世上的男人和女人都没有好人。十五岁那年，她离家出走了。听到这儿，我大为惊讶，没想到这么一个看起来清丽脱俗的女人还有这么一段羞于启齿的往事呢！从这一点上看，人是复杂的，从表面判断一个人是很难的。渐渐地我对她的故事来了兴趣，我喊服务生又上了两杯扎啤，我们饮着啤酒，她继续向我述说着。

她说她去过很多城市，出入过许多灯红酒绿的场合，阅尽了无数男人。可她对男人从来没有动过心，从来都有戒备心理，她所关心的只是男人们的钱包。直到前年，她的母亲去世了，她回去奔丧，她对男人的态度才改变了。那次奔丧后，她不预备出远门了，她想等她的母亲头周年过了，她再出外闯荡。因为寂寞，她就来到了本市，临时坐坐台。那次在帝豪舞厅，来了一拔客人，歌厅的妈妈（领班）挑了她们几个最靓丽的小姐说，今晚上这些客人是本市最有钱的款儿，你们可要精心侍候，侍候好了，有大把大把的提成呢，听完妈妈的话，她们说好嘞！就跑进了一号豪包。她们使尽了招数逗客人们开心，她们骑在客人们的腿上，搂着脖子陪客人喝酒，拉着客人们的手陪客人们唱歌，客人们放得很开，玩得也很尽兴。可其中有一名客人，不愿接受小姐们的服务。他自品着红酒，听着音乐，她当时也没在意，正常进行着自己的工作。直到荧屏上出现了苏联歌曲《莫斯科郊外的晚上》，这个客人才站了起来，接过麦克风，唱了起来。他那带有抒情成分的浑厚的男中音，立刻征服了包间里的所有男女。男女们都立即停止了暧昧动作，听他的歌唱，一曲终了，大家都鼓起掌来，都喊着说再来一个，可那个客人说他还有事，要先告退了，请大家尽兴地玩，就离开了包间，她也怔住了，她还从没听到过这么富有磁性的男中音！他偷偷地问身旁的一个客人说这人是谁啊？那客人说你还不知他呀！他就是我市大名鼎鼎的全省优秀企业家，宏达集团的老总张伟成。哦！她若有所思。

　　过了几天，张伟成来了，专门点了她的台，他在她面前很规矩、礼貌，这使他们之间的相处很尴尬，他给她讲了很多人生道理，说你这么年轻，应该干点别的事，而不应干这行，等你人老珠黄了怎么办？她对这些话根本听不进去，以前，就有很多客人给她讲过类似的话，但他们谁也离不开她，都要和他上床，她认为男人均是伪君子，可这天，这个男人说的话她倒不怎么反感。因为那天这个男人的男中音还是给她留下了一丝好感。那晚她感觉和他在一起有父爱的感觉，他们的第二次见面就以尴尬的局面匆匆收场了。她回到后台，妈妈说，这一个月，你不用坐台了，你清清闲闲的拿你的台费就得了。她有些意外：这是为何？妈妈说，你真傻，那个张总看上你了，把你这个月包了，台费都交了，她有点纳闷：这张总怎么会看上她？可按规矩，人家交了台费，就得听人家的。于是，她静下心来，打扮了自己，专等那人的到来，同时，再也没有别的客人打扰她了，她也落得个清闲。可一连十几天，也没见那人来，她倒有些思念起那人来了。她叙述到这儿，我顺便问了一句，你真的有点思念他了吗？她说，是真的，她不知道出于什么原因，她还从来没对一个人这样思念过。

直到了月底，她才见到了那人的身影，梅丽说。那一天，是她的生日，妈妈兴致勃勃地跑来告诉她，说你遇上贵人了，张伟成为了给你过生日，包了整个歌舞厅，这天歌厅的所有人员的费用都由他承担，光给你订的蛋糕就有两米高，姐妹们羡慕得不得了，都说你前世里修下了。她有些自豪，她知道是虚荣心在做怪，她也算是在姐妹们面前挣足了面子。那天，那个人一袭笔挺的西服，生日晚会派对开始后，挽着她，吹熄了蜡烛。并当着大家的面，交给了她一把钥匙，那是一套房子的钥匙，他说是送给她的生日礼物，姐妹们不知是羡慕还是嫉妒，目光很复杂。那一刻，她的眼里都有泪光在闪烁，她都有了跟那人走的冲动，可那人一脸严肃，并没有领她走的意思。

生日过后，她住进了那套房子，里面的陈设内置一应俱全，住在里面，她有了家的感觉。可她心里空荡荡的，总觉得缺少点什么，她一连几次给那人打了电话，那人都说公司忙，没有过来。有一天，她重感冒了，已烧到40℃，她都快要昏迷了，她想，在没人救助，她就要死了，她就给那人拨了电话，告诉了自己的病态。那人听后赶紧开了车过来，扶起她，把她背到了楼下，放到了车上，送进了医院。一检查，她是急性肺炎，挺严重的，需要家人陪伴。那人一听，就留下来了，一连三天，都陪在身边，给她取药、喂饭、搀扶她上厕所。三天后，她病情减轻了，他才回了一趟公司。出院那天，他开着奥迪把她接回了那套房子。一进门，关上房门，她就搂住了他的脖子，不让他离开了。这次他没有拒绝，留在了她的住处。他说，他早已看上她了，她的清丽让他着迷了，还从来没有一个女人让他这样着迷。所以，他就为她做了他该做的，目的是为了打动她，这让她很感动。

从此后，他们相爱了，她说这人每周有两天是在她那儿度过的，虽然短了些，但她也很满足，这些年的漂泊终于结束了，她终于有了停靠的港湾。可是半年后，这人来的次数少了，从一周来两次到一周来一次，以后，一个月才来一两次。她问这人的原因，这人总说公司忙，脱不开身。她已明显感觉这人厌嫌她了，可她又怎么也离不开他。为此，她心情不好的时候，就去伯爵酒吧酗酒，酒醉了就不由自主，失态了。

到此，这个女人故事的脉络我已基本清晰了，我实际上听的是一个在当今已不怎么新鲜的故事，不是吗？老板和佳人们这样的故事每天不是都在发生着吗？只是，这个故事从梅丽嘴里出来，我还是感到有些吃惊，我想不通外表清纯的女人为什么就没有纯清的经历呢？我也联想到了维娜斯，如果揭开维娜斯的内心，她也许也有一段难于启齿的经历呢？因为美的东西其实是很危险的，这缘于有许多人想占有它或打碎它。但毕竟我还是知道了一个佳人的一些秘密，这个人就是梅丽。

这样的倾听对于我来说，也不失为一件好事，我甚至有些沾沾自喜，一个丽人能把内心的苦衷告诉一个男人，起码是对这个男人的信任。而我们的第一次相会似乎应该结束了，我打算从此与梅丽再无纠缠，因为她该说的已对我说了，我们再相见，还能有什么说的呢？没有了，一点也没有了！这时，酒吧也要打烊了，我与梅丽告了别。

没想到，不久后，梅丽又给我打来了电话，她说她一个人在伯爵喝酒，问我能不能过来陪她喝酒，我知道那是一个没有什么结局的相会。再听那些重复的故事，已经没有什么意义了，可不知出于何种原因，我还是去了。梅丽的丽影，那种说不清道不明的诱人醉态，那种平静下来纯净的美，总像磁石一样吸引着我，我就去了。她没有再说她和那个男人的故事，她只是一遍遍唠叨着说那个男人已不爱她了，好久都不到她那儿来了，我说，不爱你了你就离开他算了嘛！梅丽说离开他我就不打算活了，只要那个人没有死，我就不离开他，即便他不爱我了！我没辙了，只能顺着她的话，也预备着她酒醉后对我的侮辱。

以后，梅丽喝醉了，总打电话叫我，我有些犹豫，但最终我还是去了。其实，我遭遇她的侮辱要比享受她的那种美要多得多，可我总不愿扫她的兴而不去。时间长了，梅丽在我面前竟口无遮拦了，说我是一个来无影、去无踪，行事鬼鬼祟祟的无常，这叫我很伤心，可我知道她每次喝醉后总离不开我这个无常。

我不知道我们之间的这种PK要进行到何时，会是一种什么结局。

人与狗

一

在旺多镇的 W 街十字，临近黄昏，行人已是稀疏。拉胡琴的哈二本能地止住了琴声，止住了琴声的间隙，路灯居然亮了。环卫工人开始清扫路面上的垃圾，刷、刷的声音，由远及近，逐渐向哈二逼来。

哈二知道该收摊了。他从马扎上费力地抻起了身子，垂手拔掉了手提扩音器插孔里的插头，将连线盘了，与胡琴一起装进胡琴套子里，拉上了拉链。他将装在套子里的胡琴轻轻地倚在房檐下的台阶上，才下意识地瞅了一眼躺在自己脚下的"白白"。

"白白"懒散地卧着，像瞌睡了似的，眼皮耷拉着、眯缝着，懒得瞅任何事物。哈二微微地叹了口气，这口气刚叹过，他马上伸直脖子，头向前倾着，双眼探照灯似的机警地朝周围扫了一圈，他扫这一圈的光景，头和身子像陀螺一般跟着旋转，给人的感觉是头和身子仿佛被焊接死了一样，显得僵硬、死板。

他发现，不远处有个人影，竖起了衣领，夹紧了屁股，甩开两腿，走得极快，像害怕寒冷似的或急于归巢，正在向越来越远的方向逃离。就近的两个穿橘色环卫标志服装的女工，每人脸部捂着一副大口罩，将双眼以下的部分罩了起来，双手各执一条大扫帚，有一下没一下，像老爷画胡子似的有气无力地清扫着街面，根本没有兴趣顾及他的存在。

这个空当，哈二迅速地捧起盛钱的纸篓，胳膊使劲地抖搂起来，借助路边惨淡的灯光，他伸缩着乌龟似的小脑袋，眼睛瞪得佛珠似的溜圆，专注地看着纸篓里翻滚的纸币。在纸币煮沸了般翻滚的过程中，哈二对当天的收入基本有了底。因为纸币的多少、票面的大小，他已一目了然。

接下来，哈二要将当日的收入进行更为精确的统计。这件工作需要一张张清点钞票，得费上些工夫。他将纸篓放回原处，再试着慢慢向下蹲。

坐下去和站起来一样，对哈二来说同样是件极其艰难的事情。

他的头极小，小得像小孩儿再怎么吹也吹不大的气球。他的腿很短很细，短得像棒槌，细得像龙虾的触须。他的脊背却显得特别阔大，似乌龟的龟盖。他站起来和坐下去腰背都是溜直的，这就使得他坐下去和站起来的样儿，像一只直立的乌龟，只不过坐着的时候，这只乌龟的下肢收缩了。不管是坐着或是站着，哈二的头总是向前倾着，这又使他成了一只刚上岸的乌龟，探头探脑。

二

哈二终于坐到马扎上后，双手开始在纸篓里翻腾，卧在他脚下的"白白"此时眼睛陡然亮了。

"白白"是一只五岁大的母犬，全身耀州瓷似的白得耀眼。它身形胖小，体格玲珑，头脸像一只微缩的熊猫，圆圆的、憨憨的，鼻子阔阔的、尖尖的，眼睛毛茸茸的、花花的，极招人喜爱。它属于宠物族一类的犬科，看得出是那种永远也长不大的品种。假如这小东西有一天能长大，它定能出落成一只不错的、摇摇晃晃走路的大熊猫，谁见了都会喜欢。可惜，他的主人当初收留它的时候，压根就没希望它长大过。他们看上的就是它的这种小爱物的身形，这正像一个憨态可掬的儿童，怎么看都是可爱的，一旦长大成人了，人们反而讨厌它了。

虽然"白白"身形胖小，像个幼崽，可按照年龄推算，它的各方面应该成熟了，不管是体格还是思维之类。不幸的是，这么一只相当不错的犬类，一条后腿却残废了，软塌塌的斜吊在后裆部，显得邋遢而多余。它的全身靠其他三条好腿支撑着，这使它走起路来一颠一颠的极不方便。为此，它很少在街面上走动，大多的时光都躺在哈二的膝下，听着哈二重复了又重复的胡琴曲，一动不动，每天只有在哈二结束了一天的演奏之后，吐着唾沫星子数钱的当儿，它才像活过来一样，眼睛有了亮色，全身才开始动上一动。

此刻，"白白"的两条前腿稍稍使上了点劲，撑起了前肩胛，让自己的头颅扬了起来，它的眼睛睁得圆鼓鼓的，像装着两颗转珠，正随着哈二点钱的动作上下滚动。

有阵儿哈二很纳闷，这小东西是不是通人性呢？你看它瞅自己数钱的样儿，简直和爱钱的贪婪商人没有什么区别。再看它此时精神抖擞的神态，又和平时养优处尊惯了的"白白"截然不同，这是为什么呢？哈二曾在夜深人静时，仔细琢磨过这事，但最终也没想明白。

三

哈二两只鸡爪似的瘦手，在纸篓里不停地翻腾，随着手的动作，他那颗乌龟样的头向前一伸一缩颇为机械。他的头只能向前伸缩，不能左右转动，要转动得和身子一起转动，这使得他整个人变得木然，因此他的头部动作大部分时间是向前而不是向左或向右。

他将纸篓里的钱按照一角、五角、一元、五元、十元的票面拣出来，再整成五沓，然后从一角一沓的票面数起，直到十块一沓的票面结束，数完这些票面用不到十分钟。

在此期间，"白白"都是哈二数钱过程中忠实的见证者。它的眼珠上下滚动，滚动得极快，这让人联想到只有机器才有这么快的频率，因为哈二每数过一张纸币，"白白"的眼珠都要跟着抖动一下，而哈二数钱的速度像风车吹过的风一样快，顷刻就将纸币翻过去了，这是哈二多年练就的本领，也是他引以为豪的手艺。可"白白"的眼珠总能跟得上，就像专门训练过的一样，配合得相当默契。哈二数钱时，"白白"的眼珠在转动，身子却一动不动，唯一的动作只是偶尔伸卷一下湿漉漉的舌头或者耸动一下短粗的尾巴。

"白白"这些微妙的动作，哈二显然没有注意到，他的注意力全部聚焦到了这些票面上和这些票面对"白白"磁铁般的吸引力上来了。

哈二数钱的样儿，显得有点儿做作，格外夸张，手里好像攥着的不是票子而是一面面胜利的旗帜，让他那勺瓢似的小脸儿涨得通红。他将票子翻得啪啪响，就像劲风扯动旗帜一样，惹得"白白"的眼珠疯了似的跟着那一面面的"旗帜"飘舞飞旋。

四

这样的时刻，哈二想起了梅子的眼神。

春天里，房东胡老五给孙子过满月，哈二随了情。喜宴散后，一帮房客们还不尽兴，簇拥着脸被抹得五颜六色的胡老五谝闲传。

今天似乎错过了出摊的机会，难得的清闲日子，哈二摇着短腿过去凑热闹。见过来个"矮巴子"，胡老五一下子来了兴致："嘿！小朋友，没学会爬还像鸭子似的想飞哩！给爷喘一声，爷把你抱过来不就得了，瞧把你费事的！"胡老五是个文盲粗人，他的两个兄弟都混了个大学文凭，他在他们面前总自认低人一等，矮人一头，没脸面。因此，他总爱拿哈二这类人取笑，在他们面前，他觉得有一种居高临下的优越感。

众人也被胡老五的话逗乐了，哈哈大笑起来。

几只攀在大杂院中央杜梨树上的麻雀被粗陋放肆的戏谑声惊飞了，落在了院后的电线杆上。

哈二并不在意。起初，人们拿他取笑，他颇觉尴尬羞辱。时间长了，他明白了这些人并没有多少恶意。这些下苦人，忙碌了一天，累得心烦，骂天骂地，怨爹怨娘，只是拿他开开心、打打趣，如此倒能活跃一下气氛，带来一些乐子呢。所以，对于胡老五这样的讥笑，哈二见怪不怪。

"摇啊摇，摇到外婆桥，你总算摇到爷跟前了。"胡老五那张彩脸兴奋得放光，房客们一下乐了，这先天不足，五形不正的哈二瞬间成了他们取乐的对象。

他们夸张地将哈二斜瞅瞅、顺瞅瞅、上瞅瞅、下瞅瞅、左瞅瞅、右瞅瞅，观察完了，有人说他像王八，有人说他像蛤蟆，有人说他像"屎爬牛"，还有人说他就是秋后的软腿蚂蚱……不管怎么说，得出的结论是：他像人的成分少，像动物的成分多，不管是何种比喻，换来的都是这帮人龇牙咧嘴的破笑。

哈二不羞不恼，只是跟着他们也嘿嘿地笑着。

闹够了，笑够了，能哼几段秦腔、唱几首小曲儿，在乡间红白喜事上当"乐子"的小段突然像发现了秘密似的做个暂停的手势："你们别小看了这人不人鬼不鬼的'矮巴子'，他可是个艺人呢！比你们这些打砖蹬三轮的强多了，他靠手艺吃饭哩。有一次，我在小十字看见他拉二胡呢，那琴声动听极了，比咱县剧团的'王二胡'拉得都好！"

"啊？是吗？"大伙儿这才回过神来一脸惊讶。

原来他们每天看到的这个背个皮套子、拎个扩音器、后面跟个小白犬、摇摇晃晃早出晚归的矮子，是个卖艺的，还真不简单哩。有人开始封住自己继续欲向哈二吐脏水的嘴巴。有人提议，何不让哈二给咱拉曲儿，让大伙儿乐乐！

好啊！大家齐声附和着。

见此，胡老五命令道："小段，去把哈二那家伙拿来，让他给大伙露两手！"胡老五是这个大杂院至高无上的皇帝，他的命令就是圣旨。

"好嘞！"小段噔噔地就向哈二的租屋跑去。

小段捧来了胡琴，不由分说塞到了哈二的手中，有人给哈二屁股下面垫了条机凳，大家围了一圈。

拉什么曲子呢？有人要听秦腔，有人要听眉户，有人要听道情，还有人要听流行曲，一时争执不下。

哈二对小段说："你也是行道里人，干脆，你唱，我给你伴奏，你唱啥，我就给你伴奏啥。"

小段思索了一会儿，说："行！那就唱《背名声》吧。"这是陇东乡下流行的一首酸曲。小段走村串户"顾事"时，乡棒子们最爱点这首曲子。

不过，小段迟疑了一下，对哈二说："哈老师，不知你熟悉这首曲子不？"一听哈二说都是行道里人，小段已改称哈二为哈老师了。

哈二说："没听过，只要你吼出第一声，我就能听出个道道来，过门就能跟上，调调就能合上！"

小段暗自吃惊，也有些疑惑，就先拉个台架，鼓起腮巴，亮一亮嗓子，模仿李玉刚，先用女声唱：

　　　　山神庙里头响锣哩

　　　　我的表兄哥

　　　　空名声背的我咋活呢

　　　　我的表兄哥

小段一张嘴吼出第一腔，哈二胡琴的调子弦音已合上了，歌声和琴声配合得紧紧凑凑，天衣无缝。

如泣如诉、缠绵悱恻的意境，引得汉子们陶醉其中，不能自抑。会唱的跟着哼哼，不会唱的随着节奏拍着巴掌，脸涨得像猪肝。

小段又用男声唱：

你把唛名声先背上
我的干妹子
咱两个终究会有一场哩
我的干妹子

"咱两个终究会有一场哩，我的干妹子……"唱到这一段时，会唱的不会唱的都跟着小段吼了起来，一时间，大杂院被汉子们震耳欲聋的吼声几乎抬了起来。

小段接着又唱第三段：

麦草窑里我等你呷
我的表兄哥……

这本是这首酸曲最惹汉子们脸红心跳、兴奋难耐的段落，哈二在倏忽间却听不到了汉子们的吼声和巴掌声了，最后连小段的唱腔也没了，只有他的胡琴曲单调而幽怨地吱吱嗡嗡着，像在粪便上旋来旋去的苍蝇。哈二有点儿奇怪，他从低头拉琴的迷醉中恢复了常态，微微扬了扬头，却看见汉子们都鸦雀无声，目光均投向大门洞子，连唱酸曲的小段也不例外。

哈二就将头和身子一起拧向大门洞子，却见从大门洞里急急慌慌走进来一个女人。

女人四十岁短出头，长得白白净净，脸儿还算周正，身材也匀称，留了个齐耳剪发头，碎花布格子上衣，蓝色毛呢裤，平绒平底布鞋，从穿着打扮上看，这是一个乡下女人，从整体效果上来评估，算是一个土气而耐看的女人。

哈二思量，自己在这个大杂院里住了多年了，怎么就没见过这个女人呢？这个大杂院虽说角角落落都塞满了人，但大体上他还是认识的，莫非是来租房的？

"看什么看？瞧够了吧？瞧把眼珠子再瞪出来了，掉到地上，让老子当炮踩！"哈二听见胡老五冲这帮房客吆喝着，讥诮着。他这才发现，他瞅这女人的时候，这帮房客眼睛也直勾勾地盯着这女人不换眼珠子地瞅着，甚至那女人走到了大院北首的那个租房，用钥匙开门时，他们还在瞅着。

胡老五说："这下解馋了吧？真是美扎了，你看那腰身，你看那屁股，你看那胸，喷喷，保准你们这帮如狼似虎的饿汉想得晚上睡不着觉，跑马了，第二天看见太阳眼睛不冒花花才怪呢！"

蹬三轮的栓牢向胡老五打问："这娘们干啥的？咋没见过？"

胡老五说："是吧？你娃是不是还真想了？我告诉你们，这女人叫梅子，才来两天，是七郎铺子沟里人，听说在超市里打工哩。"

他又画了个圆圈手势，这帮房客头立时凑在了一起，他压低声音说："据她原先的房东秃子说，他的男人耍钱哩，把家输烂杆了，可她的儿子却争气，考上了本地的二本教育学院，她就出来一边打工，一边陪读。"说到这儿，胡老五做个鬼脸，嬉皮笑脸地说，"这女人还那个呢。"

刷白的来福傻不拉叽地问："啥那个？"

胡老五骂了一句："真是个愣种！"然后神秘地说："就是这样啊！"他用两手做了龌龊动作。

"是吗？看不出来啊！"这一帮房客异口同声地说。

胡老五补充说："这事千真万确，是秃子亲口透露的，她出来打工挣的那点儿钱根本不够儿子的学费和生活费，于是她就向房客们借，尤其是爱向男房客借，还不上了就用身子抵。起初这些出门在外见不上老婆的饿汉憋不住了，还上她的床，时间长了，发现给家里寄的钱没了，妻子那头又催得紧，就再也不敢上她的床了，见她就躲开了。这女人见借不着钱了，换了地，搬来了。"

"哦，原来是这样。"众房客们明白了似的，嘘了一口气。

胡老五的话他们似乎信了，因为胡老五和秃子是哥们，三六九都在一起。胡老五又嘻嘻鬼笑着说："弟兄们，别让这女人哪天找上门来，捧两个白晃晃的馒头给你们啃，你们忍不住，光图裆里那罪魁祸首快活，弄得舒服回不了家，最后钱没了，让家中老婆孩子受了恓惶！哈哈！"

众房客们听了胡老五的劝导，不觉哄然大笑，都说："未必！未必！只怕你憋不住，爬上了人家的奶子山下不来！嘿嘿。"

胡老五花脸红得变形："我才不贪那一口呢？"

怎么不贪呢？胡老五身边跟了个雌老虎，整天看得紧，他虽想，也白想，也只是嘴上的劲。房客们很清楚，故意逗他。

胡老五一低头，发现台阶下哈二竖起耳朵偷听，不觉恼怒，又继续奚落："小朋友，听什么听，你是不是也想让那婆娘找你喂奶呢，告诉你，你可不是人家犁上的铧，那娘们也不可能找你！就你那小样儿，爬到人家肚皮上让人家把你不簸了麦衣耍了杂技才怪呢！嘀嘀，你还是跟你的小爱犬恋爱去吧。"胡老五开心地大笑着离开，早忘了刚才哈二的胡琴曲给他带来的快乐。众房客们也大笑着散了，只留下了被笑声淹没的哈二。

五

回到自己的租屋，哈二并没有被胡老五的讥讽惹恼，却第一次认认真真地想起了女人，想起了这个在胡老五看来专给男人喂奶的女人。

哈二不是没有想过女人，在许多个夜晚，他曾幻想过女人，呼唤过女人，描摹过女人。女人是什么呢？在他41岁的年龄段里，他有过不同的猜测和臆想，女人是爱物，是漆黑的夜晚，是源源不断的涓流，给你滋润，是刮骨的钢刀，使你强健不再，是鲜花，是毒刺，使你既爱又怕……不管女人是什么，哈二委实没有真正亲近过女人，玩赏过女人，他只不过在脑海里想象过女人那羊脂玉般晶莹滑腻的肉体，那圆润绵软的奶子，那腹部以下森森神秘的源泉……

梦境中的女人曾使哈二几度涌潮般的亢奋、激动，又使他多少次像跌进了黑魆魆的深渊，万劫不复。他有过短暂的慰藉、放松、舒适，但过后留下来更多的是空虚、追悔、自责。因为对一个活生生的人来说，这毕竟是咎由自取的画饼充饥、望梅止渴、不合情理的权宜之计，从心理上给人带来的是雾里看花、瞎子摸象、模模糊糊、虚幻缥缈的感觉，而不是人来到这个世上应该经历的男人与女人之间一场真正的云雨巫山之战。并且，哈二在短暂的放松之后，他懊恼的是自己久积沉淀多日的精华撒在了荒地上，结果是颗粒无收。

这于他来说，无疑是一种浪费，多少有些不值，假如这些精华撒在丰润成熟、鲜艳欲滴、含苞待放的花蕾上，那会是怎样的一种效果呢？会开出怎样好看的花朵呢？哈二有过这样美好的幻想，有过这样殷切的期望，但很快还是打消了这样的念头，他悲观的确信，自己这一辈子不会有那样的经历了。恍惚间，他似乎看见，女人们都将他视为怪物，对他指指点点，花容失色，四处奔逃，唯恐躲之不及。

现在，胡老五的一句这女人专给男人喂奶的话重新点燃了哈二对真实女人的幻想和渴望。在他的眼里，这女人应该是属于他的那块肥沃的良田，那朵含苞待放的花蕾，能给他以慰藉的、无比温柔的载体……按照哈二对女人衡量的标准，这女人的条件完全符合他的审美要求，并且是绰绰有余。他的所有精华就应该播撒在这样的良田沃土上面。如果再能假以时日，开花结果，那他哈二也算真正做了一回男人，不枉在这世上走了一遭。哈二想得美了有阵儿差点儿飘飘欲仙了。可这女人会看得上自己吗？会找上门来吗？会敞开胸怀吗？会接受他婴儿哺乳般的渴求吗？她以前喂过奶的那些男人，虽属粗人、下苦人，可个个都发育正常，身强体健，精力充沛，如狼似虎，自己这么一个灯影似的风一吹就能倒的"牛皮人人儿"，怎么能与那帮人比呢？

整个下午，陷入臆想的哈二心急火燎、胡思乱想、唉声叹气。他不断地肯定自己，又不断地否定自己，不断地燃起希望，又不断地浇灭希望。有一阵子，走火入魔想女人的哈二不断拷问自己：今天到底是怎么了？几十年来，面对女人，他可从来没有出现过这样的"走麦城"啊。他曾将一曲《走麦城》拉的悲悲切切，声情并茂，他知道关老爷当时的窘境。

当"白白"汪汪地娇叫着跑进屋子里来的时候，哈二才从妄想中稍稍清醒过来。

"白白"亲昵地咬咬他的衣角，舔舔他的鞋尖，嗅嗅他的鼻息，蹭蹭他的头脸，抓抓他的手指，不停地撒着欢子，使着性儿，顽皮地逗着哈二。

哈二有些烦躁，伸出短腿踢了"白白"一脚。"白白"怪叫着滚向一边，缓了一会儿，它又翻起身子向哈二跑来，惹得哈二欲哭还笑，哭笑不得。

哈二这才明白，这畜生跟了自己两年了，已驱不散赶不走了。

六

这几天一到黄昏，夕阳西下，华灯初上，哈二便被一群四处流窜、到处突围的狗们闹心。这些大小不等品种各异的畜生，被几十个拿着棍棒、手执长杆尼龙套圈的人驱赶至 W 街十字，"羊羔疯"般疯狂地跑着"旱船"。他们一会儿像有组织有纪律似的，聚拢在一起，背靠背，形成一道坚不可摧的铜墙铁壁；一会儿又被大棒驱赶得嗷嗷直叫，分散开来，落荒而逃。有些在逃命期间被一棒子打倒，被落下的套圈罩住，几个身强体壮的汉子便用麻绳将受伤的狗绑了，扔到皮卡车上。

狗们像"跑旱船"似的来回窜着，分分合合，聚聚散散，惊乍不安，恐惧异常，但怎么也突围不出W街十字。

显然，这伙人已对狗们形成了拉网式的合围之势。

W街十字不大，分别向东西南北四个方向辐射而去，是四条极窄的巷道。这巷道的路两旁栽满了梧桐树和皂角树，路沿石上面是居民的宅院。一到傍晚，住户们便早早关了大门。据说旺多镇的治安不太好，临到黑夜，便有一帮撬门扭锁的飞贼出没，胆小怕事的居民便大门不出二门不迈了。

这样，便给一些谈恋爱的小青年们带来了福音。

旺多镇不大，是E县政府所在地。全镇只有一处公园。公园七点后就闭园了，这使恋爱中的青年们很尴尬。后来，恋人们相伴着在旺多镇街面上漫步。走着走着，就发现了W街十字延伸出去的这些小巷子。经过实地考察体验，这些小巷子于情侣们来说，确实是个不错的去处。

于是，他们像发现了新大陆似的，惊喜参半地频繁地相约在小巷子里见面。

小巷布满了树，一到夏天傍晚，浓荫蔽天，清风拂来，梧桐与皂角树叶飒飒作响，像妙曼婆娑的手风琴曲，悠扬而舒展。这时，攀在枝杈间、树根部的蛐蛐儿不失时机地纵声合唱，浪漫而飘逸的小夜曲开始了。

置身于这样的环境，恋爱中的男女均感到无比的惬意和放松。这里除了微风、树、蛐蛐儿、暧昧的路灯、头顶上空的月老，就剩下相依相偎的恋人了。没有了世俗的眼光、父母的不解、亲友的惊讶、凡世的喧嚣，这里只有两个人的世界以及撩人心魄的夜曲。

如果是在雨天，那就更妙了。恋人们会撑起油纸伞，抢着为对方遮风避雨，演绎一支浪漫而动人的雨中曲。

待雨中曲演腻了，他们相拥来到静悄悄的门庭。这时，能够挡雨驱寒的门庭，又成了他们彼此亲热的机缘和借口。

不知什么时候，这样的一个好去处被旺多镇几对骚动不安的狗们嗅到了，一到傍晚，它们也相伴来到小巷子，彼此追逐着，吱吱地叫着，互相撕咬着体毛或者耳朵，传导着对对方复杂的信号。

这些新的闯入者，显然破坏了恋人们的情绪，他们颇感头痛，深感不安，他们想换地儿，选来选去也没有更为理想的去处，最终，他们决定还是留在这儿。

过了一段时间，男女对脚下跑来跑去的狗们习惯了，甚至狗们的一些亲昵动作还会焕发起他们藏于心底的某种欲望。

人找人伴，狗找狗伴，互不干涉，各不掺和，倒也不失为一件美事。想开了后，人与狗和谐处之，倒也相安无事。

只是，巷子里的婆娑多情的小夜曲中多了一些吠声，听起来有点儿弦外之音的味道。

七

可是不久，这地儿的生态格局改变了。先入者退却了，后继者不断涌来，渐渐壮大，逐步控制了这块领地。

这是恋爱中的男女首次进入这块领地几个月之后的事了。

那些天，在布满浓荫的巷子里，依旧谈情说爱的情侣们，突然诧异地发现巷子里多了一些陌生的狗们面孔。这些倏忽从天而降的狗们，看起来并不像蠢蠢欲动的恋爱中的动物，相互也不怎么熟悉。和此前巷子里那几对互相追逐嬉戏、无比亲昵的恋犬有本质的区别。它们显得焦虑、不安、迷茫、彷徨，窜来窜去，茫无目的。雄雌之间也不亲热，很冷漠。只是，它们都有一个特点，很机警，见恋人们过来嗖的一下窜得老远，躲到了树荫下的某个角落不再露面；待恋人们过去了，又钻了出来。

第二个晚上，这些有同样特点的狗越聚越多，先前见了这些搂搂抱抱的情侣过来，还躲躲闪闪，回避一下，后来见他们过来，它们就熟视无睹，懒得躲闪了。

到了第三个晚上，恋人们再相约来到这儿，看到的是密密麻麻的狗阵。狗们或蹲或卧或站或立或走或停，都很放肆、傲慢、霸气，像在自己的庄园里闲庭信步似的，全然不顾这些热恋中的男女们的存在。它们的眼里释放出的是不欢迎他们在自己新占有的领地里晃来晃去的信息。

显然，强大的狗阵有了和人叫板与对峙的底气。

白房子

目前的环境和气氛，已使恋人们颜面尽失，扫兴透顶，心情极差，再也没有从前小夜曲的温馨抒情了，有的只是混乱嘈杂的狗的奏鸣曲。

恋人们到另外三条巷子里视察，情况和这条巷子大致一样，巷道都被狗们占领，狗的奏鸣曲如出一辙。

看来，昔日浪漫的"伊甸园"再也不属于恋人们了，人退狗进，最后恋人们消失了。

八

被驱赶至 W 街十字的狗们，无疑影响了哈二的生意和情绪。

在此之前，每逢黄昏，华灯初上，他还能在收摊儿前再拉上几段胡琴曲，招徕听众。运气好的话碰上一些善男信女被他的胡琴曲感染了，会大把大把地向纸篓里扔钱，运气差的话也能收入一些角币。

现在，四处乱窜、到处突围的狗们占据了十字，行人早没影了，哈二非常沮丧。

同时，那些被驱赶得走投无路、来回奔逃的狗们，晃得他眼花缭乱，心绪烦乱，很不舒服。有一次，一只狮子般的金毛犬刚逃过一个手持棍棒大汉的追杀，一头向他撞来，只有三尺三寸高的哈二，竟被撞了个四脚朝天。他腿短臂短，身子又宽，躺在地面上腿脚不停地朝天蹬着，支撑点与身子不合比例，怎么翻也翻不过身。待他翻过身子爬起来的时候，已费了半个时辰。

哈二恨透了这些突然像从地缝里钻出来的无头苍蝇一般到处乱窜的狗，也恨透了这些手持大棒、套圈的大汉们：你们闲得没事干，和这些畜生较啥量呢？真是世界大了，什么怪事都有。

一只白得显眼的小犬很是刁钻、机灵。城管局陈龙队长手持长杆尼龙套圈，瞄准后一连套了三次，都被它巧妙地闪身躲过了。套圈内空无一物，陈队长很觉恼火、晦气。

他从口袋里摸出一支烟，点燃。他想，照这样下去，清网行动很难如期完成，自己定的军令状等于白立了，怎么向张局交代？

陈队长越想越急，忧心如焚，一支烟没抽完，他掐灭了烟头，又手执套圈、瞪圆双目，继续寻找着那个白得晃眼的小畜生。

九

一条新闻上了省城晚报的头条：E县县城发生狗患，城管不作为，居民怨声载道，不堪重灾。

读到这条新闻时，沈伟县长刚刚主持召开完县政府常务会议。他恼怒地打电话叫来了城管局长张文，将报纸甩给了他："你看，你看，这都啥子事嘛！都上了头条，这下我们县可出名了！"

张文接过飞旋而来的报纸，匆匆扫了一眼，当即明白，原来是那些狗惹的祸。

这些天，张文也为这些狗头疼。

受禽流感的负面影响，原先热衷于养宠物的居民纷纷将他们的小宠物遗弃了。狗也是禽兽的一种，既是禽兽，就有可能滋生禽流感，滋生禽流感，就很有可能传染，传染上了就有生病之患、性命之忧，想到这些，他们害怕了，不敢收留这些他们视为生命的宠物了。怎么处理这些畜生呢？他们一时没了主意。吊死？勒死？毒死？这些他们于心不忍，下不了手。须知，这些宠物和他们朝夕相处，已有了感情，甚至比对自己的爹妈或者子女都有感情呢。而要将它们留下来，显然又是不可能的事情。在关系到生死存亡的重要抉择时刻，只能舍弃感情，舍小我而顾全大局。他们思来想去，最后决定把它们带到街面，找个机会遗弃了，让其自生自灭，早早脱生而去！这样，对天对狗对良心都应该说得过去。唉，说来都是禽流感惹的祸，要不是禽流感来袭，一切秩序都不会被打乱，他们也不会遭受这生离死别的纠结！一切不都是斗转星移、随遇而安嘛！

某些被遗弃了的宠物，又沿途寻了回去，但主人再也不开门了。在门洞里蹲了两天两夜，饿得汪汪乱叫，挖墙、抠门、哀鸣，主人们也不为所动。那门就是不开一条缝缝。想起以前主人对它们的百般宠爱、万般呵护，狗们也想不通，这些菩萨般心肠的人，现在是怎么了？万般无奈，狗们为了活命，最终还是离开了它们无比熟悉的巢穴，来到了街头。

那些不识途的狗，就在街面上胡窜乱闯，看能否幸运地遇上自己的主人，把它们带回家，再过那衣食无忧的幸福生活。结果，他们的主人像在人间蒸发了一样，再也找不到了。

白天，这些狗在街面上流浪，屎尿撒得到处都是，环卫工人怎么也清扫不净；晚上，这些同命相怜的同类，就不约而同成群结队来到 W 街十字附近的巷子里，共同探讨今后的命运和出路。

有爱心的张彩梅开了个狗场，专门收养流浪狗。她唯一的儿子前年出车祸没了。她对人世的一切便淡漠了。她用儿子车祸的补偿款开了个狗场，收养了几十条无家可归的流浪狗，积德行善献爱心，口碑不错。

旺多镇发生狗患后，张彩梅已收养了二三十条流浪狗，只是街面上被遗弃的流浪狗越来越多，她的狗场面积有限，资金短缺，已无能为力收养更多的流浪狗了。看见这么多的狗无家可归，心软的张彩梅找过民政局。但这是个社会问题，目前国家还没有明文规定这些狗由何种机构何种组织专门救助、收容，民政部门也无能为力。回到狗场后，张彩梅只能以泪洗面，茶饭不思。

这就是旺多镇狗患的现状。

这些影响市容、破坏县城形象的流浪狗让张文局长烦恼透顶，寝食难安。实际上，他已部署了几次综合治理流浪狗的专项整治行动，但收效甚微。整治人员一来，狗们消失了，整治人员一撤，狗们又在街面上露头了，让整治人员防不胜防，如履薄冰，战战兢兢。

张文将新闻的内容仔细读完了，暗骂了一句：这些狗仔队，吃饱了撑的，净找事！

他如实向沈伟县长介绍了旺多镇狗患的根本缘由，并谈了治理狗患的想法。

沈伟县长说："我不管你怎么想怎么做，我要的是结果！限你一周内将狗患事件平息。不要让这事再炒得沸沸扬扬，影响咱县今年申报全省文明县城的工作！否则，我拿你是问！"

"是，是的！"张文唯唯诺诺离开了县长办公室。

十

回到局里，张文当即叫来了城管局一大队大队长陈龙商量这事。

陈龙参加工作二十余年，从起初的临时工干到正式工，再干到大队长的位子，这一切都源于他工作扎实有魄力，处理问题有一套。只是他这个大队长是城管局内部任命的，也就没有任何级别，看到能力素质都不如自己的同事早干到了科级，陈龙常耿耿于怀。

最近城管局有一个副局长的位子，张文多次对陈龙做了暗示，让他多跑跑，官是等不来的。可陈龙总是无动于衷。按照他的思路，除了工作还是工作，工作成绩上去了，自然会被提拔，提拔了也心安理得。说白了，陈龙这人就是很典型的一根筋式的干部。

张文局长对陈龙传达了沈县长的指令，完了，他征求陈龙的意见：老陈，你看这事咋办？

对于旺多镇的狗患问题，陈龙是亲历者和见证者，他当然最熟悉不过了，也最有发言权。作为一线管理人员，他经过几天的调查摸底，心里有一套比较折衷和应急的方案，只不过这个方案实施起来有些难度和无奈。所以，张文局长问他的意见时，他有些吞吞吐吐。

"说嘛！"张文催促道。

"这……"陈龙有些欲言又止。

张文火了："你平时是个爽快人，今天咋啦？都火烧眉毛了，还卖关子？我看这狗患治不了，沈县长把我撤了，你这大队长也跟着辞职吧！"

见此，陈龙只得向张文全盘托出治理狗患的方案，讲完了，陈龙问张文："局长，这样干不知妥当否？但又没有别的办法，时间又紧！"

张文听了有些迟疑，考虑了一会儿说："我看行，非常时期特事特办嘛！只是，捕获的那些狗要妥善处理，别又闹出个公众事件来！"

陈龙说："这个你放心，我会处理好的。"

陈龙已想好了，他事先联系了环卫局的四辆垃圾车，准备将捕获的这批狗装到垃圾车上封存，然后运到一百多公里外的山林里放生。他认为狗本来是从大自然到人间和人做朋友的，现在既然危害到了人的利益和安全，那就让它们回归大自然去。从理论上讲，这也不失为一种人性的处理方式。如果将它们送到屠宰场，剥夺了它们的生命，这是不人道的；假如惹起众怒，被某个多事的人捅到媒体上去，再引起一个公众事件来，那小县城才算真正出了名呢。

陈龙最后向张局长请示："这个行动就称'3·13清网行动'。我们打算从3月13日晚上开始行动，利用三个晚上，将这些狗全部清理掉，你看行吗？"

张文说："好，就这样定了，你部署安排吧。"

十一

陈龙对这四条巷子的狗进行了实地调查，根据掌握的数据，这批狗有200多条。陈龙所在的城管一大队有30名精壮队员。他另外在劳务市场以捕获一只狗奖励50元的作酬劳，聘请了50名壮汉，这样，全体参战人员共有80名。

陈龙定做了80个套圈，订购了80根木棒，每人一个套圈，一根木棒。

这种尼龙套圈是很有特点的，口是喇叭形的，狗被套住后，越挣扎网就收得越紧，最后，狗就被完全控制了。

3月13日晚上，陈龙将全体队员分成四组，每组20人，排成一列横队，八时整，一声令下，四个行动小组分别从东西南北四条巷子的入口处同时出击。

队员们手执大棒、套圈，将狗们向W街十字驱赶，形成合围之势后，再一一进行捕获。

十二

陈龙与小白犬周旋的滑稽场面哈二显然看到了。他多少有些弄不明白，这个平时干练、精明、敏捷、执法严明的陈队长，今天面对一个小得有点儿可怜的白犬竟变得如此笨拙、愚蠢，甚至头痛，再看看那些比小白犬大好几倍、与城管队员较量上几个回合之后，便乖乖当了"俘虏"的巨犬，哈二竟对这小东西特别地关注起来。

尼龙套圈又一次扑空以后，陈龙变得非常气恼，他索性放弃了对清网行动的暂时指挥权，专门对付起这一只小白犬来，他发誓要亲手捕获这条狡猾异常的小东西，将它"绳之以法"。

正当他又一次将套圈投向小白犬时，小白犬却不和他玩了，它嗖的一下，像一道白光闪烁了一下，向哈二的摊位奔去。

气急败坏的陈队长像被犬耍了似的，气喘吁吁地执着套圈也紧跟着向哈二的摊位奔来。

小白犬奔到哈二的摊位后，像死了似的闭上眼睛，一动不动静静地卧在了哈二的膝下。

哈二看到这小东西此时的状态，有点怜悯。

在哈二的眼里，这小东西已没有能力和人高马大的陈队长周旋了，周旋下去最终也是被生擒，只有无奈地窜到同样小得可怜的哈二的摊前，看有没有一丝回生的转机，或者就这么闭着眼睛，可怜巴巴地任凭命运的判决，别无选择。

无疑，这场人狗大战，人应该是最终的胜利者。

哈二猜到，随着陈队长大踏步咚咚向他的摊位逼近的脚步声，这小东西的命运和"皮卡"上那些体格健壮的"俘虏"的命运一样，会被送往鬼才知道的地方，将很难复返。

十三

在旺多镇发生狗患的混乱季节，三年前，哈二曾经居住过的城市C镇也发生过人患事件。

C镇也是个县府所在地。地方官们的政绩不错，经过几年的努力，竟奋斗了一个全国财政收入百强县的称号。这个称号一颁发，就意味着该县率先进入了小康县，全县人民已摘掉了贫困的帽子，提前过上了幸福美满的富裕生活。

获了百强县的称号，上级部门每年都要组织验收。朱县长陪同上级部门的同志，进村入户，看了很多点，进了很多企业，访问了多名带头致富的能人，验收组的同志很满意。事实证明，这个百强县的称号不是虚的。城乡居民都富了起来，百分之六十以上的人有车有房有稳定的收入，另外的百分之四十也是不愁吃不愁穿，老有所依。三天的验收行程就要结束了，只等当日的通报会一开，验收组的同志便要启程回返了。

验收组的同志被安排在县政府宾馆居住。经过几天的考核，验收组的小倪逐渐喜欢上了这个风景秀丽、物产丰饶、民风淳朴、人民富裕的小县。年轻人精力充沛，中午根本没心思休息，他想利用午休这段时间在县城转转，留下一些更加美好的记忆。

吃过午饭，他就一个人踱出了宾馆。

县城确实不错，高楼大厦鳞次栉比，馆所会堂比比皆是，大街上车水马龙，人流熙熙攘攘，商场林立，超市遍布，货物多样，品种齐全，凡是首尔，或者中国台湾、香港、上海、广州等大城市能买到的商品，在这里应有尽有。小倪不觉讶然：这小县城的繁华水准绝不亚于一个中等城市的水平。

小倪信步在县城的街头转悠着、浏览着，到了一个十字，他顾了瞅对面百货大楼顶上一个很有创意的广告牌，不小心脚下被什么东西绊了一下，差点儿栽倒。他低头一看，是一个胸前挂一副纸牌，上面写着因父母双亡、无钱上学、只能辍学等内容的少女头接连坠地，嘴里念叨着："大叔，大叔，行行好吧，救救我吧……"向他行乞。小倪从口袋里摸出十元纸币，投向了纸篓，晒得皮黑肉糙的少女连连叩头，不断地说着感谢之类的话语。

小倪继续转悠着，浏览者。这次他发现十字街头不单是这一个少女乞讨者，在十字周边繁华地段还分布着不下二十个或小或老或正常或残疾的乞丐，见人就叩头，逢人便要钱。在这个县城的中心地段之一，有这么多的乞讨者，实在是让人很不舒服的事。

小倪再没心思浏览县城的风景了，他要利用在街头转悠的机会，再发现一些端倪。

小倪观察到在人行道上还游荡着一批蓬头垢面的疯子、傻子、抑郁症患者、背着脏兮兮铺盖卷的流浪汉。他们的融入与这个县城美丽的市容建设极不协调。

小倪又转到了另一个十字，星罗棋布的乞讨点和上一个十字的情况基本一样，并且乞讨者均很"油"。

一个腿残的中年乞丐趁小倪不注意，一下抱住了他的右腿。小倪惊了一下，近视镜差点掉落。那乞丐却抱住他的右腿死不放手，叫着："大哥，大哥，行行好吧！给点吧。"小倪没辙，只得又掏出十元纸币，那腿残的乞丐才松了手。

无疑，县城最亮豁的地方均被乞丐和疯子占据了。

本来一个城市有一部分乞丐存在也不奇怪。这是一个群体，这个群体有他们存在的理由和方式，但只有几万城市人口的小县城，一下出现了这么多的乞丐、疯子、流浪汉，这就让人有些匪夷所思。这还是一个全国财政收入百强县吗？社会保障机构就这样低能？这个"百强县"是不是注入了极大的水分？

带着这种疑问，小倪将看到的情况和想法向组长做了汇报。组长有些恼火、生气，就在下午的验收通报会上，对该县的乞丐现象进行了问询，并对该县"百强县"的称号提出了质疑。

朱县长被弄得很扫兴，脸上无光。

几年来，为了这个百强县，他废寝忘食、呕心沥血、殚精竭虑，终于带领全县人民走上了致富之路，换来了"百强县"的称号，现在却被几个乞丐弄得一叶障目，名声被毁，不好收场，真是有些荒唐。

通报会一散，他马上叫来了城管局黎局长。

他向黎局长反馈了下午会上考核组的意见。完了，生气地问："你们怎么弄的？街面上一下怎么有了那么多的乞丐、流浪汉？不是还有救助站、收容站吗？你们是干什么吃的？"

黎局长说："救助站、收容站人满为患了，况且有些乞丐你怎么劝他也不去救助站，他们就喜欢乞讨生活。你今天安排进去，明天他就跑了，你根本没办法。"黎局长又向朱县长解释说，"我调查过了，这一段时间乞丐、流浪汉突然增多，是从别的城市过来的。"

"怎么是从别的城市过来的？"朱县长问。

黎局长说："别的城市也在搞市容市貌整治，他们的救助站、收容站也有限，根本救助、收容不了那么多的乞丐、流浪汉。这些漂流在市面上的人，一见城管来了，就躲了，城管走了，他们又在市面上晃。他们像韭菜似的，割了一茬又一茬，根本割不完。最后兄弟城市的城管没法子，就想出了一个招数，在天黑之后，他们组织队员，将这些盘踞在城市各个角落里的乞丐、流浪汉偷偷装上车，运到几百公里外的地方，然后悄悄扔掉。这些稀里糊涂的乞丐、流浪汉没处去了，就近又漂到了咱们县，这就是咱县城乞丐、流浪汉人满为患的原因！"

朱县长说："我不管这些，这次'人患'事件已造成了上级的极大不满和批评。你们要高度重视，限期整改治理，平息'人患'事件，迎接上级部门的下一步检查验收。"

因为这次乞丐事件引起了上面的关注，朱县长已敏锐地意识到了此事的特殊性，在关键时刻，就临时将这件事定性为一个事件了。

黎局长说："行，行。"就退出了朱县长办公室。

十四

哈二属于那种不甘命运、生性倔强的人。他一生下来就先天不足，五形不正，是个侏儒。

他的爹娘没有遗弃他，兄弟姐妹也没有歧视他，都抢着照料他。可他就是好强，自己能做的事他从不麻烦别人。有时候，为了倒一杯水，被开水烫了，或者为了给自己洗衣服、泼脏水摔倒了，跌个鼻青脸肿，他却一声不吭。时间长了，家人对他这个犟人儿也没治。

他的父亲是河南商丘乡下方圆有名的琴师，常在乡间的红白喜事上吹拉弹唱。卖艺的收入往往成了一家人的生活费。哈二看得出，父亲卖艺的那点儿收入对一大家子人的支出来说真的入不敷出。

哈二虽说身体残疾，脑子却很聪明。每当父亲练琴时，他就静静地听着，那美妙的旋律飘进他的耳膜，他已牢牢记住了那些音符。父亲平时除了拉琴，没有什么别的爱好，却收藏了好几把质量不错的胡琴。那几把放在橱柜里的胡琴，常常成了哈二梦寐以求的宝贝。父亲不在时，哈二偷偷地翻出来练琴。不长时日，哈二已将那胡琴拉得非常娴熟，余音绕梁。在他十八岁那年，他给家人留下了一张歪歪扭扭的字条，带着父亲的一把胡琴离家出走了。因为他认为虽然家人不嫌弃他，但留在家里，对于经济拮据的家来说，毕竟是个拖累。

他的父亲和兄弟姐妹找了他多日，也没有找见他。

哈二背着胡琴流浪了好多个城市。在流浪生涯中，他和城管打过阵地战、游击战、麻雀战等，在不断的周旋过程中，大多数的结果是他或者被偷偷运往另一个城市，或者被强行逐出这个城市后自己想办法流浪到了一个新的城市，或者这个城市的听众太吝啬，他混不下去，自动离开这个城市。总之，在不断的迁徙中，哈二还是活了下来。

三年前C镇的那次"人患"事件，哈二并不知道根由内幕，但城管局黎局长平息事件的结果是：在一个漆黑的夜晚，哈二在楼檐下拥在民政救济的棉被里做梦时，便被几个大汉连人带被子抬到了面包车里。待要挣扎，有人按住了他。不久，车子开动了，不知道过了多久，车子停了，车门一开，他和他的行囊被扔下了车。扔下车的还有几个脏兮兮的流浪汉，随后，车就开走了。

这是什么地方啊？借助半掩半映的月光，哈二看到了周围黑乎乎的怪兽样的山和随着风声不断发出呼啸的黑森森的密林。不久，嘎、嘎，不知什么动物的怪叫声相继传来，在旷野里回荡。哈二第一次感到了恐怖的莅临。他明白，这一次他们被扔进了永远走不出去的山大沟深林密的野外了，而不是通往城市的交通要道。

几个疯子、傻子还不明就里，嘴里咕咕着、叨叨着，走来走去，似乎这里的一切与城市并没有什么区别。

几个神志比较清楚的老乞丐感到了危险的逼近，不约而同地抱在一起，以减少恐惧和无依。

哈二和流浪汉们好不容易挨到了天明，才发现他们被扔到了砂石路边的一个土坎上。土坎的周边就是深沟。

怎么办？要活命就得走出这荒山野岭。哈二和几个老乞丐相互搀扶着站了起来，备齐了行囊动身了，那几个疯子和傻子已不知去向。

他们沿着砂石路前行，走了几个小时也不见人烟。一伙人饿得身流虚汗，眼冒金星。有个老乞丐实在走不动了，就说在这儿等死吧，反正都是一死。他一屁股坐在铺盖卷上再也不走了。

能走的人也顾不了老乞丐了，继续搀扶着向前蹒跚而行。

快到中午时，他们翻过了一个山豁口，竟意外地听到了音乐声。他们循声望去，不远处半山腰处的一户人家在过事。哈二侧耳一听，听出旋律是喜庆的音乐，就知道过的是红事。哈二说："天不绝咱们，这下有希望了。"

那些老乞丐听到音乐声，脸上也露出了疲惫的喜色。

他们爬上了山腰，来到了这户人家，见门上贴了对联，挂的彩旗，院里放个柴油发电机发电，音响不停地放着欢快的乐曲。打问后方知这户人家给儿子娶媳妇。

总管见来了一群蓬头垢面的乞丐，赶快将他们让进席口，招呼上了饭菜。这伙饿极了的人狼吞虎咽吃了起来。

山里人有个规矩，凡过红事，来的不管是达官贵人还是傻子乞丐，他们都视为贵宾，来的人越多越是吉兆，他们认为能给他们带来喜气和吉祥。

不一会儿，鞭炮响了，新娘子娶了回来，送新娘子的大客红光满面，来了二十几个，音乐的分贝更高了。哈二发现，这家过事只有音乐，没有乐班，他也弄不清楚这到底是何原因。

哈二在行乞生涯中认为自己和别的乞丐有本质的不同，他是用自己的手艺挣钱，不是寄生虫。

他这人生来固执，不吃嗟来之食。比如，别人向他的纸篓投了钱，他总要将一首曲子狠命地演奏完方罢，不管投钱的人愿听不愿听，或者早就离开了。

现在，白白地吃了事主家的饭，他就有些坐立不安，情绪低落。他想了想，向总管招了招小胖手，总管过来了。

他冲事主说："不知道咱这方人爱听啥调调？我会拉二胡哩，拉几曲给大家助助兴。"

总管没有想到这个小矮人还有这一手。他这才从头到脚认真地瞅了瞅他还没有正眼瞅过的哈二，然后不信任似地摇摇头，打算走开。

哈二有些急了，说："你就让我试试嘛！"

旁边的几个老乞丐也抢着证明："你别小看这矮巴子了，他二胡拉得可好哩！"

见乞丐们都这么说，今天又是喜事，不好扫了哈二的兴，总管就说："那就试试吧！"

哈二从胡琴套子里取出了胡琴，让"代劳"的将连线连到音箱上，他问总管："爱听啥调调？"

总管说："我们这方人爱听碗碗腔，你会拉吗？"

哈二说："会。"哈二走南闯北，不管是南腔还是北调，都懂一些。

哈二给琴弦上涂了滑粉，用琴弓调了调音，才正式拉开了碗碗腔《梁秋燕》。悠扬婉转的碗碗腔一下吸引来了好多客人，连送新媳妇的大客都凑了过来。

大家听着这土巴巴的听惯了的碗碗腔，无比受活，有人还不由自主地跟着吼了起来。一曲完了，大家拼命地鼓着巴掌，都被哈二精湛娴熟的胡琴曲征服了。有人不过瘾，要求再拉上一曲。哈二又拉了第二曲。山里的小青年想听流行曲，哈二又拉了几首流行曲。

人们都想不到这个"矮巴子"还这么有本事，有人嘀咕着："真是人不可貌相，海水不可斗量。"

无疑，过事的氛围被哈二的胡琴曲掀起了高潮，喜庆的气氛达到了沸点。

事后，事主对哈二的现场助兴很是感激，要赏钱酬谢。哈二谢绝了，他说："我是个到处飘荡的人儿，腿脚不灵便，这大山眼看也走不出去了，很焦急。你们若要谢我，就想办法将我送出这山区，我会铭记你们的恩情的！"

事主说："这好办！你啥时候走？"

哈二说："我现在就走！"哈二说这话时，已是当天下午六时左右了。

事主说："能不能住一晚上再走？"

哈二说："不住了，我得尽快回到城里去。"

对于哈二他们这一类人来说，城市是他们生存和依附的土壤，离开了城市，他们会六神无主，无依无靠。

见哈二态度坚决，事主唤来一个后生，让他开来了一辆"三马子"，将哈二和他的行李抱上车厢，那几个老乞丐也跟着上了车。

"三马子"连夜将他们送到了山外的小镇上。

后来，经过多日的辗转奔波，哈二才来到了旺多镇。

十五

陈龙奔到哈二的摊前，见小白犬一动不动地躺在哈二膝下，就伸臂将长杆尼龙套圈投向了卧地不动的小白犬。

这时，哈二突然大喝一声："陈队长，你干啥呢？"

陈龙正聚精会神地将注意力集中在小白犬身上，完全没有意识到这里还有个小矮人的存在。他被哈二的当头断喝惊了一下，手中的套圈停了下来。

见是这个"矮巴子"又在捣乱，陈龙有些恼火：老哈，你想干啥？

几次的城市整治，哈二让陈龙非常闹心。这哈二仗着是个残疾人，又走州过县，见多识广，加之对一般的法律常识背得滚瓜烂熟，你根本拿他没办法，成了城管眼中有名的"钉子户"，多次整治，都没有拔掉。

哈二说："我问你，陈队长，你说你想干啥？"

"我干啥？你没长眼？"陈龙反问。

"我是没长眼，我真的不知道你想干啥？"哈二调侃道。

"那我就给你明说了吧，我要捉这只狗崽！"

哈二说："那就是你陈队长的不对了，这小狗崽可是我的私有物品，你捉可是侵权！"

"你什么时候养狗啦？你连你自己都养不了，还养狗？真是天上掉了个白猪娃，奇了怪了。"陈龙揶揄着，又一次将套圈伸向小白犬。

哈二将身子向前倾了倾，遮住了小白犬："陈队长，要套你就套我吧，反正我的狗你休想捉去。"

陈龙试了几次，可这哈二将白犬护得死死的，怎么也得手不了。无奈之下，陈龙愤怒地骂道："你这矮巴子，我总有一天会戳穿你的谎言的！还私人物品呢，私人个屁！"说完悻悻地离开了哈二的摊位。

见陈龙走了，哈二才挪开了身子，那小白犬也突然间活过来了一样，睁开眼睛，跳了起来，咬哈二的衣角，蹭哈二的脸，顽皮地逗着哈二。

哈二喃喃自语道："这小东西挺会装哩，装得比人还像！真是白骨精转的。"哈二方才拾掇摊子。

收拾完摊子，哈二轻快地喊了一声："走喽！"

小白犬马上跑前跑后，簇拥着摇摇晃晃的哈二，离开了 W 街十字。

十字街头的人狗大战，还在继续。

十六

哈二每次数钱时，他的头都在不停地耸动，好似出洞的蛇头，捕捉着什么，忙个不停。这是他一天最累的时刻，也是他一天最快乐的时刻，随着票面一张张从他手中翻过，他并没有因脖颈不停伸缩给他带来的不适，反而有一种别样的幸福和快感。因为他看见了"白白"那圆溜溜的眼睛正定格在他捏在手中的那一沓沓票面上，不换眼儿。

那一沓沓票子似乎有无限的吸引力和磁性，惹得这小东西的眼睛放出异样的光芒，对哈二充满了依赖和迷恋。这个时候，他恍惚觉得自己高大了许多，英俊了许多，强悍了许多，他不再感到自己的矮小和懦弱，而是有了一种做人的勇气和信心。

有了这种感觉，他在白日里会将那胡琴拉得更欢，那曲调儿更优美，旋律更悠扬，引来的观众更多。

哈二将票子整好后，分别按照票面大小一沓一沓用橡皮筋扎成一小捆一小捆，装进贴身的腰包里，然后开始收拾摊子。

"白白"知道该回家了，它欢快地立了起来，汪汪叫着，拖着一条瘸腿，一蹦一跳地颠来颠去、嗅来嗅去，生怕落下什么似的，异常卖力。

不久，哈二已将胡琴挎到了肩上，折叠了马扎，收了纸篓，拎了扩音器，预备回家。

他再一次下意识地环视了一下周围，见那两个环卫女工已不知去向，只隐隐地还传来刷、刷的声音。起风了，有树叶跌落街面的响动。哈二有点儿冷了，他缩了一下肩，瞅了一眼"白白"，见"白白"仰着头，瑟缩着身子，巴望着他，他轻轻地唤了一声："白白，走喽！"

哈二肩背胡琴，右手拎着扩音器，左手提了马扎和纸篓，向前摇晃着。走了一会儿，他感觉落下什么，向后一望，"白白"没有跟上来。

平时，哈二出摊或者收摊，"白白"都会摇晃着短尾巴，一蹦一跳地跑前跑后，一会儿低头咬下他的裤脚，一会儿窜起老高舔他的手臂，这样的时刻，他总能听到"白白"那呼呼的喘气声。可今天晚上收摊，他走了好一会儿了也没有听见那熟悉的喘气声，也没有见到"白白"那顽皮的一前一后撒欢的样儿，哈二意识到了什么。

近两个月，他总心神不安，在每晚收摊回家的路上，总觉得黑暗处有一双眼睛在盯着他和"白白"，他和"白白"的一举一动都在那双眼睛的视野之内和监控之下。究竟是一双什么样的眼睛呢？哈二也说不清道不明。总之，他有时候会无端的恐惧和莫名地惊疑：后面总像有个人影在夜幕的掩映下悄悄地尾随着他和"白白"。他拧转身子向后看时，却什么都没有。再向前走时，好像那影子又悄悄地跟着。以至于哈二在每晚梦中都梦见那个影子，那个影子终于露出了狰狞的面孔，伸出魔爪一样的手，掐住了他的喉管。他魇住了，怎么也醒转不过来。

哈二驻足停了下来，四周很空旷，空旷得使人有点儿疑惑和不安。刚进入秋夜，这十字街头连个人影也没了。虽然不时有风飘过，可这风不是透骨的寒风，不至于让人都不敢足不出户，车辆也极少。在哈二收摊子的这段时间里，还是没见一辆车驶过。哈二很畏光，每当车的大灯从他的脸部晃过，他的脸好像被镀了一层银粉，感到无比的难受和不适，所以，他宁愿人多一点，也不愿车灯太刺眼。今晚这样的情景，哈二却宁愿人少一点，车灯亮一点，把这十字照得亮堂堂的，让这十字暴露在光天化日之下，让他哈二看个真切。

可并没有车辆驶过，这使哈二多少有点失望，只有附近的路灯眨巴着幽暗昏黄的眼睛，提示着这条街的存在。哈二伸缩着那颗小脑袋，旋转着死板的身子，四处搜索着，却怎么也发现不了"白白"的影子。这时，他一遍遍地诅咒起这漆黑的夜和怎么也亮不起来的路灯了。

正在哈二东张西望、忧心如焚的时候，隐约听到远处传来机器的轰鸣声。不久，从十字西口驶来一辆"皮卡"。"皮卡"驶得很快，车轮甚至将十字街面的树叶碾得飞旋了起来。"皮卡"到了哈二面前，慢了一下，驾驶室传来了一阵小青年开心的格格的朗笑声。然后，"皮卡"突然加速，飞驰而去。

恍惚间，哈二仿佛看到两年前W街十字的那场人狗大战，大战中运送那批"战俘"的"皮卡"车了。哈二被一阵不祥的阴影笼罩，眼前一黑，差点儿栽倒。

十七

两年前的"狗患"事件最终平息，县府申报全省文明县城的事宜涉险过关，获得成功。张文局长为沈伟县长挽回了颜面，得到了沈县长的赞许，而这次事件平息过程中的最大功臣——陈龙，也如愿被提拔任用，补了县城管局一个副局长的缺。

一切看似风平浪静，一切似乎按人们预期的意愿和想象运行。

可掀起"狗患"事件轩然大波的省城小报记者并不甘心，总认为E县最终被树为省文明县城里面有猫腻，注入了较大水分，他凭自己的推测和假设，不时在网上发一评、二评、三评的网评文章，对此事进行质疑。他的那帮生活在小县城的刀笔狗仔小兄弟们也遥相呼应，搜集一些不利于E县城市容市貌的素材在网上晒出。

"狗患"事件刚过，网上的"口水之战"风云再起，战火不断，E县城又一次成了网民关注的焦点和问责的对象，这使E县城再度陷入了窘境，狼狈不堪。

网上的"热闹"，无疑给E县的头头脑脑们造成了巨大的压力，使他们非常被动，几乎被推上了风口浪尖，备感焦虑。

张文局长已被沈伟县长叫去了几次，回来后，脸成了铁青色，"芙蓉王"被他哂得嗞嗞响，一言不发。

被秘书唤去，滞留在了张文局长办公室的陈龙，见局长这个样子，坐也不是，站也不是，心像被灌了铅似的，沉重得差点儿坠落。

事实上，张文和陈龙都明白，E县城的市容市貌不像网上炒的那样糟，也不是人们理想中的那样好，能管理到今天这个水平，已实属不易，对得起政府每月的那份薪水。理想与现实毕竟相去甚远，这正像一个空想家，不出屋子，会把现实世界中的一切想象得无限美好，浪漫迷人，以至于现实世界中的事情简单好办，迎刃而解。当他走出屋子，面对现实，到了走投无路、遭人白眼、束手无策的地步时，先前的美好想象会被残酷的现实击得支离破碎，苍白无力，不复存在。此时，他才会知晓，现实与理想永远是两条并行的轨道，很难接轨。

陈龙就曾在心里不止一次咒骂过省城那个小报记者："真是不当家不知柴米油盐贵，要让你这狗仔来管这'城管'，我看你这十个狗仔也抵不上我一个陈龙呢！没事撑的！咋不跌进黄河淹死哩！"

旺多镇是由一个乡镇集市演变而来的小县城，居民城市意识弱，文明程度差，虽然每天有 180 名环卫工人扫个不停，但那街面总是飞尘不断，污泥满街，原因是一逢雨天四轮拖拉机、"三马子"进城，车轮将农村郊区的泥水都带进城市了，天一晴，太阳一晒，落在街面上的泥水就化成了飞尘。环卫工人扫得尘土飞扬，云天雾地，自己连自己也看不见了。

一逢集日节日，进城购物做买卖的农民兄弟，像在自己的承包地里一样出入自由，不亦乐乎。卖黄杏的、卖苹果的、卖酥梨的、卖土鸡蛋的、卖水萝卜的、卖笤帚的、卖扫把的……哪里热闹就在哪里摆摊设点。城管一来，他们马上作鸟兽散，城管的人一走，他们又啸聚而来，照摆不误。害得城管人员腿跑断，道理讲尽，他们也不放弃所占领的阵地。

集散了，买卖做完了，将那卖完了的水果和鸡蛋筐一覆，筐底的碎麦草就倾倒在路沿石上了，虽然不远处就有垃圾回收箱，但他们总觉得那东西用起来不太适应，还是就地一倒方便。

城管来了，要罚十元钱，他们宁愿寻死觅活抹脖子也不愿交十元钱，反正钱在我兜里，我不交，你也没辙，你总不敢抢吧？几个小时后，城管被磨皮了，也就不罚了之。

更有甚者，那些长期盘踞在 W 街十字的"钉子户"更是了得。他们像是牢牢地钉在了十字街头，任城管怎么拔也拔不掉，闹市中，他们像一道独特的"风景"，屹立不倒。本地人已习以为常，外乡人怎么也弄不明白：这道"风景"是这个县城丑陋的标志呢，还是这个县城贫穷的象征？E 县为什么会允许这道"风景"的存在呢？

这些"钉子户"大多是一些鞋匠和乞讨者，人员主要由侏儒、小儿麻痹患者、聋哑人、瞎子、缺胳膊少腿的残疾人构成，都持有民政局颁发的残疾证，每月可领取政府几十元的救助金。

陈龙率领的城管一大队，在对重点区域的整治中，对 W 街十字的这道独特的"风景"取缔过几次，但均无果而返。原因是这些残疾人比正常人难对付。

有一次，他们清理一个腿残者的摊点，小潘去提摊位上的钉鞋机，冷不防那腿残者一把抱住了小潘的右腿，死死不放，小潘迈不动腿，急了，右腿提脚用力甩了一下，没料到那腿残者就势倒在了地上，口吐白沫，好似不省人事了一样。见此情景，周围那些摆摊设点的残疾人不依不饶了，有敲着钉锤抗议的；有敲着脸盆抗议的；有哑着嗓子哇哇抗议的；有用手拍着地面抗议的……残疾人的哄闹立时招来了围观的市民，不明真相的群众对城管的行为指指点点、说三道四。

陈龙只好收队。

陈龙以为这场风波就这么过去了。孰料，第二天一早，县政府办公大楼前围了几十个或坐轮椅或匍匐而行或一跛一拐走路的残疾人，打着横幅，鸣屈喊冤。县政府被吵闹得办不成公，治安民警劝阻也无效。

张文局长被沈伟县长叫去狠批了一顿，他觉得冤屈，待要申辩，被沈县长制止了。

沈县长说："今天能闹成这个局面，还是你们在对待群众问题上有疏漏，处理不当！解铃还须系铃人，你就代表城管局向群众道个歉，至于清理乱摆摊点的事嘛，先暂缓一下。现在根本要务是平息群众上访这件事和'维稳'！"

张文听了沈县长的指示，走了出去，在政府大楼前，向上访者们鞠了一躬，道了歉，并保证清理摊点的行动暂缓一下。

这些残疾人也不傻，张文局长话说到这份上，说明城管软了，也得给政府点面子，如果硬和政府撑下去，不一定能讨到什么便宜。于是，他们合计了一下才散了。

不管陈龙在心里怎么千万次地诅咒省城那个小报记者，但眼前的坎总得向过迈。自己刚刚被提拔，恩人当然是张文局长，还有沈县长，在这种关乎 E 县文明县城荣誉称号存与失的关键时刻，自己应该横刀立马，成为荣誉的捍卫者，而不能让老领导丢脸。

陈龙分析了 E 县城管形势。这几年经过城管部门的宣传、引导、城市管理的规范化，E县城市容市貌发生了根本性的变化，以前的脏、乱、差得到了改善，市民的文明意识逐渐得到强化。问题主要出在W街十字。网上的那位狗仔记者的矛头对准的也是W街十字。只要W街十字得到有效治理，网上的风波自然就能不攻自破，文明县城的称号就会得到稳固。基于这些因素，E县城的市容市貌整治总体上还是比较乐观的。

陈龙和张文局长商量了一个上午，拿出了一个方案。

他们在胜和轩农贸市场开辟了一段摊位，然后动员W街十字这些摊主进驻农贸市场。进驻后，摊位免收管理费。

初进后，生意肯定没有W街好，考虑以上因素，前三个月，城管局从城市管理费中给每个摊点每月补助1200元，三个月后，待市场形成规模收入稳定，由摊主按市场规律自行经营。

这个条件，对于W街十字的摊主们来说，还是比较优厚的。W街十字虽说繁华，人头攒动，但有些摊主拼死拼活每月不一定能挣到1200元。

陈龙他们每两人包一个摊点，先从外围入手，分别突破。最后再拿下最难缠的哈二。

这些年，在城市管理的多次较量中，陈龙已深深感受到了来自哈二的巨大阻力。这个人，看似其貌不扬，丑陋不堪，但点子稠，见识广，能言善辩，是个老江湖。他不同于其他W街十字的残疾人，那些人多是周边农村或其他县过来的乡下人，没文化，没见过世面，胆小怕事，唬一唬就能奏效。他粗通文墨，走南闯北，各种人都见过，各种事都经过，人生阅历丰富，遇事沉着冷静有主见。据说，那次县府残疾人闹事就是他出的主意。

他想好了的事不是唬一唬或者利诱就能奏效的。所以，陈龙这次对哈二采取的是迂回战术，他先不动哈二，待清理完周边那些摊位后，再最后突破哈二。

事实证明，陈龙的方案是有效的。他们两人一组，找摊主谈心、疏导，并阐明优惠政策：谁要先签了协议，马上就能领到三个月的补助款3600元；谁要是拒签，最终将按有关规定强行搬迁。经过工作人员八八九九的反复疏导、动员，有的摊主开始动心了。

他们算了一笔账，入驻农贸市场后，在雨棚下摆摊设点，不管天阴下雨都能营业，有收入。而在W街十字，天阴下雨就不能出摊，这笔收入就没了。前三个月的生意不景气，有政府的补助。三个月后，熟客们慢慢知道了摊位，就会主动找来的，收入将会上升。而且再也不用东躲西藏、担惊受怕了。细想，城管们说的有道理，有人首先签协议了，有的摊主也准备与城管洽谈。

不到十天时间，哈二周边的摊位像北风扫过的落叶，居然没了。W街十字只剩下孤零零的哈二和"白白"，以及那多少显得有些单调的胡琴曲了。

十八

梅子是在春夏之交一个细雨霏霏的雨夜来到哈二的租屋的。

那时候哈二正在灯下用绸帕反复擦拭着亮的发光的胡琴，"白白"卧在哈二的膝下，慵懒得昏昏欲睡。哈二不时用琴弓轻敲一下它的小脑袋，提醒它现在还不是睡觉的时间。每当此时，"白白"会睁开微微眯缝的双目，"汪"地小叫一声，似乎在不情愿地答应哈二："知道了，真烦！"其状矫情得像个被宠坏了的小媳妇。

梅子的短发被细碎的雨水淋得湿漉漉的，顺着发际滴着水珠，碎花的布格子上衣也被雨水浸湿，透着潮气，脸上蒙着一层细密的雨雾，雾气障目，让她有些面目凌乱，不堪雨负。见到梅子进了屋，哈二有点儿吃惊。

在此之前，哈二已多次看见梅子了。

他是透过窗玻璃看梅子的。

自从那次胡老五说这女人专给男人喂奶哩，哈二陷入臆想后，哈二的行为举止发生了变化。

从前，一到晚上八点，哈二便将租屋的门早早关了，将他和"白白"锁在屋内，或看电视，或练琴，或逗"白白"取乐，一切都在封闭的状态下进行，之所以这样做是出于安全的考虑。

旺多镇经济繁荣的同时，也存在着不小的治安隐患。去年的一天，哈二临近黄昏时刚收完摊，几个贼眉鼠眼、流着鼻涕涎水的青年娃子便悄然围了上来，摁住了他，从他的贴身腰包里搜去了当天的收入285元。

"白白"发疯似的扑向这几个劫匪，却被他们踢飞了。"白白"最终也没有阻止劫匪的行劫，哈二和"白白"都很懊丧，回家的路上悄无声息。

坊间也有传言，说你别小看这矮巴子，这矮巴子可是个有本事的人哩，他攒的钱足够买一套楼购一辆车呢！这些传言使哈二很担忧，他害怕这些误传会招来心怀不轨的不法之徒，使自己遭遇不测，"白白"成了孤犬。因此，他将平常的收入除了每月寄给父母的之外，都会定期存入银行。每晚回到租屋，便早早关了门，很少外出。

自从陷入臆想后，哈二不再早早地关了租屋的门。他的门长时间地开着，直到每晚的十一时后才关闭。门框上挂了一条网状门帘，可隐约看到大杂院的来往行人。但大多的时辰，他关注大杂院的来往人影，不是透过门帘，而是透过窗玻璃来完成。

窗子高了点，哈二矮了些，够不着，他搬来一张靠背椅子，费了很大的劲才爬上去，然后直立着，拉了灯绳，屋子里便黑了。

胡老五在院子中央安了一支 200 瓦的节能灯。一到晚上，灯一亮，大杂院的角角落落被照个通亮。

透过窗玻璃，大杂院的一切便一目了然。

哈二拉灭租屋的灯是害怕有人发现他偷窥。

每晚八时左右，哈二便能看见梅子急匆匆进院的身影。她走起路来是小碎步，步子交换得极快，从进院门洞走到她住的北首租屋，用了不到三十秒。这是哈二这几天通过观察得出的结论。接着，梅子开门锁、进屋，啪的一声，灯亮了。不久，租屋里便传出了锅碗瓢盆碰撞的交响乐和油烟呛人的咳嗽声。待喧闹声静寂后，灯还亮着。哈二猜想，梅子饭做熟了，一个人也许正在用餐。偶尔，他还看见梅子搬个小方凳，坐在租屋的门前洗衣服，那些让她在搓板上洗了几遍的内衣、三角裤被她偷偷搭在屋檐下的晾绳上。第二天，天未明她就悄悄收了。

有那么几个晚上，哈二观察到，梅子似乎心神不安，好像遇到了什么麻烦，来回走动，差点乱了方寸。这一情景是哈二从自己租屋的窗玻璃再透过梅子租屋的窗玻璃，看到灯影下来回晃动的梅子的不规则的剪影猜到的。

哈二暗想，这女人是不是像胡老五喧的那样，沉不住气啦？

果不其然，接下来的几个晚上，梅子开始敲大杂院房客们的门了。

她先是敲了距自己最近的蹬三轮车的栓牢的门。那阵儿，大杂院已悄无人声，只有院中央 200 瓦的节能灯泡亮得耀眼，劳累了一天的房客有的早早关灯睡了，有的在看电视，有的在灯下闲聊，但均关门闭户。

白房子

哈二清晰的睃到梅子在敲栓牢的门之前颇犹豫，她徘徊不前。好不容易挨到租屋门前，圈起食指与中指，伸臂欲敲门时，又仓皇收了手退回去。她不停地在原地换着脚步，却停滞不前。思虑了好一会儿，才鼓起勇气上前，伸臂敲响了栓牢的门。

栓牢租屋的灯亮着，栓牢人在。听见当当当的敲门声，栓牢问了一句："谁呀？"

"我——"梅子细腻而胆怯的女声在静夜的大杂院里显得冗长而微妙。

栓牢将窗帘掀开一条窄缝，见是梅子，便慌慌地回了一句："哦，我睡下了，有事明天再说吧！"便匆匆拉严了窗帘。

梅子见状，有点儿失态："你，开开门，我有要紧话对你说哩！"其腔泪兮兮的像是在求栓牢似的。只听得屋内"啪"的一声，灯灭了，再也没有了声息。

见此，哈二有点儿诧异，他没想到栓牢对梅子会是这种态度。

梅子像是受了羞辱一般，捂着脸几步便奔回了自己的租屋，"咣"的一声关了屋门，拉了灯绳，把自己藏在一片黑暗之中。

到此，哈二知道没戏了，他吭哧着下了椅子，吆喝着卧在床头下迷糊的"白白"，预备睡觉了。

第二天晚上，待房客们回巢了，院子里静了下来，哈二依旧爬上椅子，站在上面，透过窗玻璃，观察着梅子。

这些天来，通过对梅子的窥视，不知不觉中他对这女人的奇怪举动有些着迷了。不管是这女人迈着轻快的碎步急于回屋的姿态，还是她洗衣裳双手用力搓揉时波峰般耸动的胸部，甚至是她敲栓牢屋门那一刻一惊一乍小鹿似的受惊的怯色，都让哈二感到了一种美的存在。梅子那脚踏实地、乡下女人走路的步态，在哈二的眼里也是摇曳多姿、风情万种。梅子前一天晚上捂着脸羞羞的逃回租屋的狼狈样，在哈二看来，也是梨花带雨，楚楚可怜，勾魂摄魄。梅子像哈二卖艺时演奏的保留节目南音，美妙而动人，幽婉而绵长。

哈二在演奏南音时，常常感染着听众，自己也每每被感染，有时拉得泪眼婆娑、浑身颤抖。

有阵子，哈二看不见梅子，竟有了一种心慌的滋味。

在夜深人静的当儿，梅子和前一个晚上一样，经过一阵子的思虑，最终又敲响了亮着灯的来福的屋门。看来梅子并没有受前一天晚上敲栓牢屋门受挫的影响。

敲门声当当当响了几下之后，哈二睁大了再怎么睁还是显得有些小的眼睛，紧张而饶有兴致地等待着将要发生的故事。

接下来发生的一切，让哈二颇感意外，刷白的来福像蹬三轮的栓牢一样，同样拒绝了来访的梅子。

在来福关灯之后，梅子连羞带臊地逃回了自己的租屋，摔门关灯睡觉，其情其景与前一天晚如出一辙。

哈二颇感意外，他下了椅子，这才逗起一直在黑暗中注视他的"白白"来。

其后的几个夜晚，哈二窥视到的情景和前两个晚上大致相同，只是细节略有不同，梅子的遭遇却殊途同归。

这个大杂院有二十多户房客，拖家带口的十几户，单身男房客包括哈二在内共有七人。哈二计算了一下，梅子已造访了六人，剩下的只有他这个特殊男人了。

哈二弄不明白，这些单身的饿汉是听了胡老五那天的警告，害怕这女人将他们兜里的钱弄去而躲避她，还是这本来就是一帮坐怀不乱、不闻声色犬马的正人君子。总之，他们在对待梅子的态度上却是不谋而合。不管这些身强力壮、精力充沛、平时色相十足的单身男人，在面对梅子时是如何态度坚决、让他如何费解，但哈二还是欣喜的。他隐隐地感觉到了一种机会与机遇的临近。他暗自鼓励自己：一定要把握住这种机遇。一个真实的女人也许能唾手可得，也许转瞬即逝。这个机遇如果抓住了，有机会对女人做一次真正意义上的解密，让他了解女人的奥秘。这个机会如果丧失了，那就意味着已四十一岁的他再也无缘搞清什么是女人及女人异于男人之处是什么。这样的话于他来说，活在这个世上，是一种严重的缺陷。想到这些，哈二就增加了更进一步觊觎梅子的信心。

可偶尔透过玻璃镜片，看到自己这人不人鬼不鬼的怪模怪样，哈二大吃一惊：自己这是怎么啦？竟然对一个健康而美丽的女人有了龌龊之心、非分之想！想想过往的岁月，还从来没有一个女人正视过他、青睐过他。有的只是女人见了他惊讶得大呼小叫、紧张得花容失色的境遇，哈二就在心里不断地讥讽自己：你这死矮子，吃错药了吗？竟昏了头，你配吗？你配想女人吗？你配对女人有想法吗？你这模样，活下来已实属不易，算是老天睁了眼睛，还吃了五谷想六谷，想得五花六花！你真该遭报应！真该下阴曹地府！

哈二狠命地责备着自己，诅咒着自己，可不知为什么，梅子的影子像是在他心里落了地、生了根，怎么涂也涂抹不掉，这让他痛苦万分，备受折磨。

他一低头，总会瞥见"白白"，这小畜生一直以来就静静地卧在他的膝下，对他不离不弃，似乎对他充满了无限的依赖。

哈二曾往坏处想过，假如自己有一天不在了，这小畜生谁来养活？谁来照顾？该怎么生活？每当看到街面上那些流浪犬，小犬被大犬咬得撕心裂肺地号叫，或被路人追打得走投无路、亡命奔逃，或饿得在垃圾场觅食中毒口吐白沫，或被醉车撞飞横尸街头……哈二就暗暗告诫自己：要好好活下去，要好好拉琴，要好好挣钱。

他有空总会将藏在床底下的旧雨靴里的绿色硬皮银行存折取出来翻看，一遍遍地计算着存折上面不同时间存进去的几十元、几百元不等的小额存款。当计算出存入的余额已有22110元时，他的丑脸会窃笑得变了形，愈加难看。他偷着乐的情绪往往感染了"白白"，"白白"耸动着短尾，围着笑得挤出泪的哈二奔来奔去，呜呜地欢叫。

哈二在计算存款的数额时，自然会想起每回寄给父母的那笔生活费。他思量，如果将这笔钱再加上去的话，他的存折存入一定会有一个惊人的变化，定会让那些对他不屑一顾的正常人艳羡不已。

当他甜蜜地想象着白发父母在收到他每月寄去的生活费，怀着复杂而喜悦的心情念叨着他这个身处异乡，到处流浪的儿子时，哈二忽然觉得自己是个有用之人，很健康，很强大，不再是个侏儒、废物。他随即产生了一种对女人、对梅子强烈的占有欲，让他重拾起了对女人对梅子自卑得几乎丢弃的信心。

哈二的偷窥还在继续。

正如哈二预测的那样，梅子在那些单身男房客面前接连受挫后并不死心，她只蜗居了一个晚上便蠢蠢欲动了。像哈二期盼和担心的那样，她向哈二的租屋蹑来。

无疑，前六名单身男房客的拒绝，将陷入窘境的梅子推向了毫无实力可言的哈二，这让哈二有些沾沾自喜，但也有点儿不知所措。

梅子的步履显得沉重而缓慢，每迈出一步，像是经过反复的考虑之后才迈出的。这让哈二有稍许的失望。

哈二在黑暗中心情开始变得紧张而复杂。

梅子的租屋在院子的北首，哈二的租屋在院子的南首，两间租屋形成对角线状。

灯下的梅子，直线状向哈二的租屋缓缓移动着，充满了机警。她不时环顾四周，见院子里大部分房间灯黑了，几户亮着灯的门也紧闭着，听不到一点动静，她的步子快了起来。

屏住呼吸观察梅子的哈二，见梅子逐渐向自己的租房靠近，他的心怦怦跳了起来。

原先期望梅子造访的哈二，却突然害怕梅子隔帘唤他的名字或一下子闯了进来，让他猝不及防。

他担心的是梅子发现他在黑暗中窥探她的秘密，会看不起他，对他产生一种鄙夷而厌恶的情绪后震怒，斥责他，让他下不了台，颜面丢尽。

他吭哧着下了椅子，因为紧张，椅子弄得咯吱响，头上竟然渗出了冷汗。挣扎着爬上木床，和衣躺在床上，假装睡着了，侧起耳朵，静听屋外的动静。

哈二听到了梅子静夜里来回走动的足音，甚至还有梅子那急促而不规则的喘息声。他感到了一种希望的莅临又体会到了果真面对一个活生生的女人时的不知所措。

哈二在脑海里快速地思考着应对梅子的呼唤或者梅子突然闯入的对策，心情一下变得慌乱起来。

他反复思考着，耳朵也变得异常灵敏。

屋外的喘息声悄然止了，他只隐隐感觉到梅子的脚步声好像改变了方向，朝着离自己租屋越来越远的地方而去。后来，脚步声没了，一切变得静悄悄的，复归于沉寂。

哈二不明白，梅子咋就没唤他的名字？咋就没闯进来？梅子的离开让哈二非常抑郁，心情极差。这个夜晚，哈二破例失眠了。

第二天晚上，哈二照例爬上了椅子，关了灯，延续着前一晚上的窥视。他相信梅子会来的。只要这个女人还在这个院子里居住，他相信她会来的。

果然，夜深人静后，梅子打开租屋的门，四下察看了一下，又向哈二的租屋蹩来。

这次，哈二断定，梅子定会唤他的名字，闯入他的租屋。单就这女人并没有放弃造访他的决心，他就敢这样肯定。

哈二又赶快溜下椅子，爬上了硬床，和衣躺在床上，像前一个晚上一样闭上眼睛假寐，暗等梅子的到来。

一切有些奇怪，一切有些让人费解。

哈二伸直耳朵等来的声音不是梅子那轻盈的呼唤声，而是走来走去最后又逐渐离去的脚步声。她没有呼叫哈二也没有进屋，这让哈二琢磨不透个中秘密。

第三个晚上，哈二复又爬上椅子，在黑暗中窥视。他失望地看到梅子从外面回来后，早早关了灯，睡了。

这个时候，哈二才知道梅子再也不会造访他了。他心情郁悒，下了椅子，上了床。他像梅子一样，早早睡了。可他翻来覆去也睡不着，他在思索着一个问题：梅子来了两次，为啥没有唤他？没有进他的租屋？

到了第四个晚上，哈二已无心窥视梅子了。他将租屋的灯开亮，将门帘落下，这样院子的人知道他在，也能透过网状门帘看见他和"白白"的身影。他在灯下或练琴或擦拭琴身或逗"白白"玩或看电视，一切和从前一样。只是，在生活恢复常态以后，他心里总好似缺少点什么，郁郁寡欢。

梅子那像做贼似的向他的租屋蹩来的影子，那不规则的沉重的喘息声，老是在他的脑子里回放，让他充满了回味和幻想，但他知晓那样的情景只是昙花一现，不可能真实地再现了。一想到梅子以后不会造访自己了，哈二痛苦地诅咒起自己来，他甚至怨恨起自己的爹妈来。"白白"不知道哈二烦躁的由缘，呜呜叫着上前舔哈二的手背，以示亲热，被哈二的短腿使劲地踢了一脚，"白白"滚在租屋的一角，再没声息。

梅子的突然从天而降，是哈二万万没有想到的，他简直被弄蒙了，擦琴的手霎时僵住了，人愣在马扎上。

梅子的一头雾水，不断地浸润着他的眉目、脸面，使她看人时有点儿障目。她用手背揉着眼睛，待眼里的水分干了，才看清了屋里的摆设。

租屋的陈设很简单：一副很低的硬板床，一把椅子，一张桌子，一只皮箱。角落里堆着放杂物的纸箱，再就是手提扩音器，哈二手中的胡琴。

梅子没想到哈二的屋子如此简单，这和她的想象有些出入，看到此情，她欲言又止，瓷住了。

哈二从愣怔中清醒过来，梅子的变化他已饱览无余。他敏感地猜到梅子看到租屋的寒碜后，已丧失了对他的信心，准备退却了。

哈二懂得，梅子之所以探访他哈二，肯定不是男女之事，她一定是经济上出了问题才来找他的。这和之前胡老五给房客们透露的一样，这女人是个缺钱的货色，她家的事就是多，她家里是个无底洞，钱永远填不满。

现在，这女人看到哈二租屋的寒碜和同样寒碜丑陋的哈二，大概已不忍心开口了。哈二偷看瓷在屋中间的梅子，这么想。

机会稍纵即逝。哈二已无须多言，也不敢向梅子发话了，他怕一开口，惊骇了梅子，梅子惊鸿似的翩然飞走，从此影踪皆无。

哈二心里有了法子。

他将胡琴倚在床头，假装没看见梅子，好像随意处理着自己的事。他低头拉开了皮箱的拉链，取出了一只人造革皮夹，从里面翻出了一沓大额的纸币，捏在手中，朝手心唾了几口唾沫，点了起来。

这是哈二前几天的收入。这几天老是下雨，行走不便，哈二给父母寄的钱也没有寄出去，该存的钱也没有存进去，就先放在皮箱里了。

哈二将闪着红光的一百元面值的纸币数得啪啪响，纸币在他手中翻飞，像一面面旗帜，在哈二眼中飘舞，让哈二的丑脸有了红光。

他暗自庆幸：真是天助我也。前几天卖早餐的巨胖子为了找零方便，找上门将他的零钱全换了去，没想到，今晚派上了用场。平时他身上全是各种面值的小额纸币。

数钱的过程中，哈二眼睛的余光一刻也没有离开梅子。

他发现，当他翻动那一沓不菲的大额钞票时，梅子蒙着雨雾的眼睛陡地亮了，不再云遮雾罩，她的眼睛盯着翻舞的纸币不错眼珠儿，这情景让哈二想起了"白白"在他数钱时，那专注的眼神。

"真是钱眼里有火哩！哼，他妈的，狗日的钱！"哈二在心里骂了一句粗话。

不知是哈二数钱的啪啪声惊醒了"白白"，还是习惯使然，本来在床下假寐的"白白"突然睁开了眼睛，扬起头，也紧盯着哈二手中翻飞的纸币，眼珠儿上下滚动，像装了转珠。

梅子和"白白"都盯着他手中翻动的纸币入神，他成了人和畜高度关注的焦点，哈二顿时来了精神。他装作将这些纸币没有计算准确似的，又接连数了第二遍和第三遍，然后预备将纸币装入皮夹，放进皮箱。

瞧见哈二将纸币向皮夹装的手势，从进门就犹疑不定欲言又止的梅子，有些沉不住气了，她终于开口："老哈，我……你……"梅子语无伦次，话语断断续续，谁也听不清她在扯些什么。

听见梅子唤他，哈二这才抬起头，像乍发现屋子里还有一个人似的，说："哦，是你啊！有事吗？快坐，快坐！"

梅子并没有坐到哈二指给她的那个椅子上，依旧站着，脸憋成了酱色，本来还耐看的脸几乎扭曲。

哈二说："有事说嘛，何必客气！"

梅子平缓了一下情绪，没有那么紧张了，吐字也清楚了，说："老哈，是这样，我婆婆中风了，要住院。儿子上大学，学校催生活费。我那死鬼耍钱哩，十几天都没回家了，一回家还向我要钱，唉……"

哈二听着梅子的倾诉，果如所料，这女人遇上了麻烦事，需要一笔钱，她东奔西跑在凑这笔钱。如果凑不上，她婆婆的病就会耽误，她的儿子就会被退学，而据她讲她又是个有孝心的儿媳和有责任心的母亲，不救婆婆，她的良心搁不下，没办法了她才向他张口。

瞅见梅子无助的眼神，哈二感觉自己不再是一个靠卖艺行乞的乞者，而变身为一个施舍者了。他陡地长了精神，不愿听梅子絮叨，慷慨地说："你需要多钱？"

梅子说："你借我 500 吧，过段时间我给你还。"

哈二没再多言，他从手中抽出五张 100 元面值的纸币，递向梅子。

梅子弯腰接过了哈二手中的纸币，如释重负，轻轻舒了一口气，朝哈二笑了一下，千恩万谢地扭身出了哈二的租屋。

这个晚上，哈二做了许多关于梅子的联想。

这之后，梅子还来过两次，她从哈二的手中分别又借去了 500 元。这样，加上第一次借的，哈二已给梅子借了 1500 元。

很长一段时间，哈二也没见到梅子了，哈二有些失落。听胡老五老婆说，梅子在外打了几份工，很忙，有时回来，有时好多天不回来。

哈二不是急着催梅子还钱，也不是心疼借给梅子的钱。梅子有求于他，他就觉得自己活得像个人样，有价值。梅子不来求他，他就觉得自己乏人问津，成了个无用之人。

夏天是一个闷热难耐的日子，哈二在租屋里热得难受，不停地用蒲扇扇着凉风驱热。梅子像一只翩然飞舞的花蝴蝶降临了。这已是梅子第三次向哈二借钱二十天后的事了。

胡老五的雌老虎闲得没事在宠物市场购了一只法国种的名犬，命名叫"拉登"，养着玩。这几天"白白"跟着哈二收摊回来，就找"拉登"去了。

租屋只有哈二一人。

梅子穿了一件碎花带拉链的连衣裙，花里胡哨的，看起来质地很差，是早市上几十元一件的那种。连衣裙将梅子绑得紧紧的，这使梅子的臀围显得大而圆，腰身显得细而微微隆起。她的双乳本来就很骄人，现在被开口很低的裙子一裹，露出了白晃晃的半个乳沟。她好像没戴乳罩似的，胸部显得饱满而膨胀，随着喘息声，双乳在不时地跳动。

梅子的装扮俗气而性感，一看就是不会打扮没有档次的那种，但也透着撩人的热辣和野气。

梅子伸臂关了屋门，拉下了窗帘。

摇着蒲扇的哈二被梅子的举动惊得从马扎上站了起来。

站起来的哈二只够到梅子的腰部，梅子伸臂抱起了哈二，将哈二放在靠背椅子上。站在靠背椅子上的哈二便和梅子一般高了。

梅子说："老哈，你是个好人，你帮了我，我无以回报，我只有这贱身子了，今晚你想干啥就干啥！"说着，梅子伸手拉下了后背的拉链。

"扑嗒"一声，连衣裙落了地。

灯下的梅子，像一截丰腴而圆润的白笋尖似的裸露在了哈二的面前。

哈二惊讶地发现梅子竟然没戴乳罩没穿裤头。整个躯体白光光的散发着诱人的光泽。他没想到，这看似普通的女人卸妆后，却有着惊人的完美肉体。

哈二第一次看到女人的裸体，他激动得险些哭了。原来人体是这样美，这样完整，这样鲜活，这样富于生命力。

平时，哈二不敢瞅自己的裸身，他睡觉前总是先关灯，再脱衣服。有一回，他得了皮疹，痒得不行，便脱了衣服，在玻璃镜前查看。结果，他自己被自己吓了一跳。这还是人吗？是人的躯体吗？扭曲得变了形的躯干，像烧秃了的黑木桩，龟板似的皮肤，鸭掌般的手足，核桃样的丑脸……从此，他再也不敢正视自己的裸体了。

面对梅子的肉体，哈二有一种神圣而膜拜的冲动。

梅子向哈二跟前靠了靠，她便与哈二面对面了。她抓住哈二短骨节的粗手，按在了自己的乳房上，哈二感到乳房温软得像熟透了似的，冒着诱人的香气呢。哈二的手由梅子引导着，滑向了腹部，那肌肤滑腻丰腴得像涂了层板油，让哈二感觉相当舒服，爱不释手。

梅子的手又引导着哈二的手向腹部以下的部位游移而去。哈二意识到自己可能要做一回真正的男人了。

他紧张而激动，丑脸儿红个通透。

梅子的手到此不动了，她在等哈二的进一步探索。

梅子的手停止了引导，这让哈二有点怪异。他猜不透：这女人是不是不愿他再进一步行动了？还是有了其他想法？总之，梅子的被动，让哈二很悲哀，甚至有点儿伤心。

以哈二的胆量，他绝没有勇气主动去抚摸梅子的肉体的，他很不自信，今晚只有在梅子的引导下他才有了信心。而梅子的中途暂停，对哈二的打击委实不小。

哈二站在椅子上和梅子并排高。这时他才顾得上察看梅子的粉脸。他敏感地看到这女人的眼睛一直闭着，好像不愿瞅他似的。

哈二突然像一只艳阳下晒太阳的灰鼠，受到了惊扰，有些紧张地对梅子说："你快穿上衣服，快走吧！"

哈二对梅子说："你穿上衣服，走吧！对不起，我、我是不是冒犯你啦？"

听到哈二说话，梅子睁开了眼睛，她弄不明白哈二的意思，说："老哈，你……"

哈二说："别说了，你走吧！以后有啥事，吱声！"

梅子不情愿地穿上了连衣裙，没有急于退出租屋，似有话要对哈二说，哈二摆了摆手，梅子负气地退出了租屋。

第二天一早，哈二摇晃着身子出摊，站在台阶上俯视哈二的胡老五，脸上漾着坏笑，对哈二说："矮子，奶子吃美了吧？好艳福啊！"梅子频繁出入哈二的租屋，胡老五显然发现了。

哈二并没有理睬，他似乎看见胡老五嘴角流着涎水，满脸的醋意和嫉妒。于是，他的胸挺得高了些，步子迈得快了些，人也神气了许多。

这让胡老五非常不解。

十九

陈龙一伙人清理Ｗ街十字摊位的行动哈二看到了，起初他并没有在意。城管们这种例行清理行动他见得多了，开始都是大张旗鼓、风风火火，到后来还不是虎头蛇尾、不了了之。不该清理的清理了，该清理的依旧存在。可这次他发现有些不对：首先是，在这条街道上和他一样被城管们清理了几年也没有清理掉的算命的"马半仙"搬了，接着是钉鞋的缺一只眼的余瞎子不见了，紧跟着，装疯卖傻的"李疯子"移了位……昔日哈二那些坚定不移地盟友们相继离开Ｗ街十字，使他胆战心惊、冷汗直流。他没想到人情是如此淡漠，那些对他信誓旦旦、不离不弃的Ｗ街十字的守卫者，现在纷纷倒戈背叛了他、抛弃了他，他恨得咬牙切齿、伤心欲绝。他知道，这一切都是陈龙使的坏。

他从来没有感到如此的孤单，如此的无助，如此的恐惧。随着最后一位盟友"武大郎"彭三的搬走，预示着陈龙的下一个目标将会是他，一想到不久后那些虎视眈眈的城管将要向他围拢来，他倒坦然了。

陈龙的部下给摊主们讲的优惠政策，他大概听到了一些，说句良心话，那些政策还是挺诱人的，他也曾心动过。他盘算了很久，觉得那个地方与Ｗ街十字相比还是有天壤之别。

Ｗ街十字是旺多镇最繁华的地段，人流量最大，一千个人里面只要有几个心软的，也会使他赚个盆满钵满，凯旋而归。如果搬到新地方去，一整天也许不会碰上几个人，碰上人了，不一定就是那菩萨心肠的。想到搬迁后所面临的绝境，他都不敢往下想了。

他曾有过许多假如。

白房子

假如搬迁了，到了一个新的地儿，人生地不熟，坐冷板凳。收摊后，两手空空如也，他再也难有钞票可点了，那钞票翻得啪啪响的美妙的声音再也难以听到了，"白白"不错眼珠儿盯着钞票的贪婪样儿，再也难以看到了，他是多么的难受！

假如他去了新的地儿，两手空空再无钱可点，父母每月收不到他寄来的生活费，会是多么的焦急和失望！

假如到了那新地儿，尽管他出摊儿很早，琴拉得更欢，但人流量少，总是无人听曲，收摊儿后仍是两手空空，他面对还会来造访的梅子，将会是多么的尴尬！

假如……他有想过许多假如，假如过后总会骇得他一身冷汗。过后，慰藉他安抚他的只有一句话：不能离开 W 街十字。

这些年，扎根于 W 街十字，他几乎成了一道风景，过路的人都要看上他一眼，听他的胡琴曲，因为他们觉得这小人儿有趣，跟前还卧个白犬，像他的侍从或者忠实的听众似的，温情脉脉。如果少了这道风景，人们倒有些落寞。

他每天的行程路线基本上就是租屋——W 街十字，W 街十字——租屋。假如有人问起他对什么地方最熟悉，他会毫不含糊地回答，就是这两个地方。甚至 W 街的路灯、护栏、一草一木、街砖、广告牌……他都能一一报上名来。

自从梅子造访后，他出摊更早更勤了。他的心里一下装了三个人一个犬，感到压力无形大了。为此，他在有雨的天气也会出摊。他让李三给他焊接了一张大雨伞，撑起来遮雨。

本来他打算和其他摊主团结起来与城管打一场 W 街十字的保卫战，现在盟友们的纷纷倒戈将他孤立起来。他想靠别人肯定是靠不住，只有靠自己了。面对只剩下一个摊位的自己，他反而坦然了，他坐禅般在 W 街十字静观着陈龙的动作。

陈龙的部下在搬走最后一个摊位后，并没有急着向他的摊位而来，而是都上了面包车，收队了。

这不意味着陈龙他们不来了，该来的还会来，他想。

W 街十字清理乱摆摊位的战役接连告捷，证明陈龙的方案实施后奏效了。张文局长很满意，他和陈龙商量了一下，决定第二天趁热打铁，搬掉哈二。他说："你们这几天的行动已将哈二孤立了起来，从心理上造成了震慑，这是个好机

122

会，尽快发起攻势。"陈龙说："是。"

像往日一样，哈二早早出了摊儿，他将纸篓、扩音器放好后，拉开琴套拉链，取出胡琴，费力地坐在了马扎上后，便拉响了胡琴，招徕顾客。"白白"卧在膝下，眯缝着眼睛，认真聆听。

上午十时左右，城管局的三辆面包车驶来了，停稳后，从车上下来了身着制服的陈龙和他的城管队员。哈二并没有表现出惊讶，他好像无视他们的存在似的，依旧拉着胡琴。旁边的几位听众见城管来了，便躲开了。

陈龙上前向哈二阐述着政府对搬迁户的政策，做着耐心的思想工作。他和张文局长研究后决定，对哈二采取先礼后兵。先和他好好说，如果不听，强行搬离。一个哈二，好办多了，再也不用怕别的摊主起哄抗议、引起事端了。

陈龙向哈二阐述完优惠政策，又苦口婆心劝着哈二，让哈二放弃 W 街十字，说人挪一步活，草挪一步死，说不定到了新地方比这老地方好呢！哈二好像没听见陈龙的话似的，对陈龙不理不睬，照旧拉着胡琴，那胡琴此时拉得怪怪的，声调也变了味儿，难听极了，很不舒服。

看到哈二阴阳怪气的样儿，一个愣头青的城管协管员看不下去了，扑上前就要夺哈二的胡琴，这时，一直眯缝着眼睛、卧在哈二膝下的"白白"猛然跃起，张口咬住那个年轻队员的裤角，死不松口。小伙子抬腿甩了几下，甩不脱，弄得很扫兴。情急之下，他抽出警棍狠力向"白白"砸去，警棍砸在了"白白"的后腿上，它疼得嗷嗷直叫，遍地乱滚，才松开了口。小伙子还不解气，骂道："这小畜生，够坏的，等我闲了再收拾你！"

看见疼得哀鸣的"白白"，哈二挣扎着站了起来，欲和那协管员拼命。几个城管队员见状，冲上前提哈二的扩音器，抢哈二的胡琴，抬哈二，他们想将哈二强行搬离。

趴在地上哀鸣的"白白"又跳了起来，扑向了那几个城管队员，只是它的一条后腿斜吊着，身子很不稳。

矛盾瞬间激化，局势变得很混乱。

陈龙一时难以掌控。

"退后，退后，都退后，要不我就点了！"几个提了扩音器、夺了哈二胡琴的队员准备揪哈二时，被哈二声嘶力竭的喊声震住了，停止了动作。

不知何时，哈二从裤兜里掏出一只娃哈哈瓶子，拧开了瓶盖，将瓶中的液体浇在了身上，右手还执一支液体打火机，打火机冒着蓝色火焰。

陈龙已嗅到了汽油难闻的呛味，形势霎时严峻了起来。

陈龙想，要是进一步采取行动，这矮子也许光脚的不怕穿鞋的，会自燃，酿成恶性事件来，将无法收拾。

他拨通了张文局长的电话，同时命令队员退后。

全体队员退向了十米之外。

张文局长驱车赶过来后，陈龙上前与他紧急磋商。

面对举着火机、丧心病狂的哈二，张文局长向陈龙交代："现在最紧要的是控制哈二的情绪，避免不该发生的事情发生。我们可以先撤离，别的以后再说！"

陈龙有些不甘心，说："张局长，那样，我们这些天的治理成果不是前功尽弃了吗？"

张文说："沈伟县长在多次的会议上交代过了，要妥善对待群众问题，要维稳。上前年，县政府在城郊强行拆迁村民的违章建筑时，一个寡妇就浇了汽油，自燃了。抢救后，全身烧伤70%，政府赔了三十几万元的医药费不说，伤好后，这女人年年上访，成了全县有名的缠诉户，弄得县领导非常头疼。"

"那遇上这些难缠户，政府就怕了，法律政策对他们就形同虚设吗？"陈龙还是有些不服。

张文说："不是这样，这要依情况而定。你看，今天这现场火药味很浓，一触即发，弄不好，引起一个恶性事件来，你我负得了这个责？况且，W街十字只剩了一个哈二，已无大碍，不是省城那个记者在网上再没有炒作了吗？这就好！我们先将哈二的事放一放，精力集中到治理别的街道上去！"

见张文局长这样说，陈龙没话说了，命令全体队员撤离。

晚上回去，哈二换了上衣，见"白白"的一条后腿瘸了，他打电话叫来开诊所的何大夫，给"白白"包扎了，方才睡去。

二十

哈二病了，缩在床上瑟瑟发抖。开诊所的何大夫一连给哈二打了几天点滴，病势略有好转。何大夫对前来探视的房客们说，哈二的病不要紧，主要是急火攻心，怄气伤身，再加上劳累过度，受了点儿风寒，高烧不退，药用上，将息将息，就好了。大家听了，适才放心。

胡老五的雌老虎白凤梅这几天给哈二送饭送汤，忙前忙后，极尽妇道。房客们都想不通，这泼妇怎么变得贤惠啦？这婆娘平时泼得在这巷子里出了名的啊！

白凤梅私下对栓牢说："别小看这矮子，丑得比老鸹还难看，心可好着哩，比我那死鬼好多了！人又出门在外，无依无靠的，好可怜哩！"栓牢听得出来，这女人貌似凶悍，心肠还软着呢。

哈二有时发着呓语，嘴里咕哝着："白白，白白。"神情变得狂躁不安。有一回，他竟念叨起梅子的名字来，让大伙吃了一惊。

胡老五怪里怪气地说："听到了吧？这矮子病成这样了，不但念想着狗，还念想着人哩！看不出来吧？他还是个情种哩！嘻嘻。"

白凤梅听了，骂道："你这老不死的，人家病都这般重了，你还没个正经的，还狗啊人啊的，你这不德性的毛病啥时能改哩！"

探视完哈二，房客们陆续出了租屋。

"白白"失踪之后，哈二便没心思摆摊了。他以每天150元的价钱雇了栓牢的三轮车，载上他在大街小巷寻找"白白"。多日寻找未果后，他又让栓牢载着他去了趟张彩梅的狗场，将狗场的狗逐一辨认，也没有"白白"。哈二不死心，又去打印部印刷了一百张寻狗启事，让栓牢在旺多镇每条街上的便民栏逐一张贴，一周时间过去了也未见"白白"的消息。

这晚，小段顾事回来对他说："最近听说有人在镇上套了一批流浪狗，卖给了屠宰场赚钱花。"哈二听了，有点儿不相信。小段说："这事千真万确！"哈二便没话说了。

陷入"白白"失踪煎熬中的哈二，不知怎么想起了梅子。他这才记起他已多天没看见梅子了。原先，最多是三两天不见，三两天后，梅子出入大杂院的影子就闪现了。他知道，梅子不在的这几天，定是回老家安顿家中的婆婆去了。

那晚，支走梅子后，他相信梅子还会来，因为他在梅子眼里是个有用的男人。她对梅子充满了信心，他每天出摊也是乐滋滋的，胡琴拉得格外有劲。

可是，梅子已十多天没有露面了，这让哈二很是生疑。

是那晚他支走了梅子伤了她的心，梅子躲着他？还是这女人手头紧，暂时没

白房子

能力还他的款而不见他？还是像胡老五说的这女人借了男人的钱专用身子抵，身子抵不了就准备诳了他？还是……哈二想了很多，也搞不明白，他决定借机打听打听梅子的去向。

中午，他碰见雌老虎拥着"拉登"在房檐下晒暖暖，便趋到跟前故意问："嫂子，你们北首那个房客，叫什么梅的，咋好多天不见了，是不是家里出了事？"

心直口快的白凤梅并没在意哈二的意图，连珠炮似的对哈二说："哦，你说的是那个叫梅子的吧？哈，你这几天急着在外面找狗，她早搬走了！"

哈二忍不住问："你知道她搬哪儿去啦？"白凤梅说："谁知道啊？她想搬哪儿搬哪儿去！这些女人都是些到处漂的野货，根本没个固定的窝儿。"

哈二听了，离开了白凤梅。

回到租屋，想了半晌，他还是决定再出去一趟。

晚上回来后，不知怎么就病倒了。

二十一

陈龙率领着城管局大队人马来到 W 街十字，已是哈二那次"自燃事件"几个月后的事了。

上次城管人员撤离后，几个月来，还算风平浪静。省城的狗仔记者像是蒸发了一样，在网上没再露面，舆论压力随之减除。陈龙有时间和精力对别的街区进行了认真治理，市容市貌焕然一新，市民的满意度逐步上升。

这几天，省文明委的人要到 E 县城来验收。据说，要不打招呼明察暗访。沈伟县长很重视，千叮咛万嘱托，要张文局长千万不能掉以轻心，要以文明整洁的面貌迎接上级的检查。

张文叫来陈龙，研究了一下，认为县城其他的区域问题不大，问题大的还是 W 街十字，具体说，还是哈二这个屹立不倒的摊位，在闹市区特别显眼，会引起上级的不满。

他们商量了一下，决定趁此端掉。

反正哈二这个摊位迟早要动，迟动还不如早动。现在，县城已进入文明化管理了，各种摊位都入住了市场，让哈二继续存在，这是不合理的。

为了稳妥起见，张文局长与卫生局长协调，调来了一辆救护车，配了两名医护人员，以防生变，及时救人。

一切准备好后，陈龙的人马便开到了Ｗ街十字。

在Ｗ街十字，却没见到哈二。陈龙派人在临街门店打听，门店老板说哈二一周多时间没来摆摊了。陈龙颇觉奇怪：这哈二生病了？还是离开了旺多镇？

他深知，Ｗ街十字就是哈二的命根子，这个阵地他是不会轻易放弃的。

不过，话说回来，哈二没有在Ｗ街十字出现，对陈龙来说，毕竟是个喜讯。如果这颗钉子不拔自掉，那再好不过；如果哈二临时有事，没来出摊，他要亲自去哈二的租屋拜访哈二，对他好好开导。他想：人心都是肉长的，哈二定能改变态度。

陈龙喊来了城管队员小黄，让他去打听打听哈二的住址。然后上了车，让大家回单位。

择日，陈龙与小黄去见哈二。小黄向哈二的那些摆摊朋友打听清了，哈二住新民巷21号胡老五家。

陈龙来到了胡老五的大杂院。雌老虎正在大杂院的杜梨树下逗"拉登"玩。见来了两个大盖帽，以为是派出所查户口的，便撇下"拉登"，迎了上去，将陈龙与小黄向客厅招呼。

陈龙说："不了，我们来找个人。哈二住哪个屋？我们想见一下。"

见陈龙打问哈二，雌老虎白凤梅一下来了兴趣，说："噢，快别提了，这矮子丢了狗，急得生了一场病，狗没找着，病一好就嚷着说他没心思在旺多镇待了，他要到很远的地方去。这不，只过了一天，他就退了房，屋里的零碎东西也不要了，只背了把胡琴、拎了个扩音器就走了，是蹬三轮的栓牢把他送到车站的。"

"哦，是吗？"陈龙应了一声，若有所思。

"嗬，不信，你去他的租屋看看。"

雌老虎领着陈龙向租屋走去。

陈龙见租屋的门紧锁着，透过窗玻璃，见屋内有一张桌子、一把靠背椅子、一张小低床，再就是一些乱扔的纸箱杂物。

陈龙和小黄有些茫然。

"哦！"雌老虎像想起什么似的说："前一天，哈二的父亲也来找过他。"

看来这女人是个热心肠、爱唠叨的人。

雌老虎说："这死矮子，简直是个野货，不着家，他父亲十几年了都没见过他的面了。说每月都能收到他寄来的钱，可就是见不着人。这次，哈二的母亲病重，想见哈二的面，就按汇款地址找了来，结果，扑了空。"

陈龙听着这女人的絮叨，不知怎么的，哈二的离去使他有些失落，对哈二竟然有了一种迫切想见一面的想法。

此时，张文局长的电话过来了，问陈龙对哈二的安抚工作做得咋样了。

陈龙说："哈二的工作不用做了，旺多镇从此没有哈二这个人了。"

张文局长听得一头雾水，想问个究竟，陈龙却不愿说了。

陈龙挂了电话，和小黄向面包车走去。

人与猫

母猫白白一醒来，掀开被角，发觉赵阿姨已经不在了，她有些讶然，愣愣地发了一阵儿呆，然后不情愿地从被筒里钻了出来，伸了伸懒腰，捧起前爪在脸上匆匆地抹了几把，算是洗了脸。

她的目光在房间里来回扫视了一圈，房间倒没有什么变化，最后，这目光就定格在了搁在茶几上的食盘里，食盘里啥也没有，食盘的碟子里也没有牛奶，白白有点失望，弄不清这到底是怎么一回事。

往日，白白还窝在被筒里贪恋黎明前的这一刻光阴的时候，她的耳膜里就会传来赵阿姨轻轻呼唤她的声音，呼唤她为何呢？

这个白白当然明白，但她假装还在熟睡，故意不搭理赵阿姨，直到赵阿姨急切的呼唤声带有哭腔了，她才"喵"的一声，发出醒来的信号。

白白这样做，不是有意整赵阿姨，她只是想给这个单调的家增加一些气氛，一些乐趣，同时也是为了让赵阿姨的情绪经常处在紧张波动之中，这样也许有利于她的脑细胞活跃，不至于思维僵化，只有赵阿姨不老年痴呆，思维永远处在清醒之中，白白就能享受到来自赵阿姨无微不至的关怀，享受到人类对动物的爱惜之情；赵阿姨则在白白对她的依恋之下，也能享受到心灵的慰藉和精神的依托。

这些，白白是清楚的。

这个家，实际上很简单，就是人与猫，她们在相处中形成了一种微妙的相互依存的关系。

白白每天在赵阿姨急切地呼唤下，会感觉到从来没有过的快感与满足，这种感觉太美妙了，这与其说是被宠爱，倒不如说是对自己身价的一种证明，一种对自己尊贵的诠释。

白白从来在自己的那个家族都没有这样被侍奉过、爱戴过，在那个同类充斥的地方只有相互抢食、相互诋毁、相互下套子使伴子，所以，白白更多的是与人类相处，而远离她那个险恶的家族。

白白有时也看电视，看到古代皇帝们仆从如云、奢靡浮华的生活，她也就联想到了自己目前的这种好光景。就受敬奉的程度而言，尽管与古代的皇帝们不能相比，但作为一个猫科，一个动物，被敬奉到如此程度，谁能说这不是有点古代皇帝的礼遇和味道呢？于是白白就很受用，虚荣心得到了极大地满足。

为了把这种美妙的感觉进行到底，她每天早晨都要假装熟睡，以便聆听赵阿姨那急切的呼唤；而赵阿姨也不知哪根神经出了毛病，时间长了也知道白白在假睡在糊弄她，赵阿姨依旧是每天早晨一声接一声呼唤着：白白，快醒来、醒来呀，吃早餐了……乐此不疲。

呼唤，成了她每天早晨的必修课。这种早课已持续了三年零二个月二天了。

白白知道赵阿姨呼唤她时早已给她准备好了丰盛的早餐，那必有她爱吃的香肠、牛排、鸡肝、兔心之类的肉类食物，也有增强免疫力含有锌、钙之类的滋补品，而碟子里则盛满了热热的鲜牛奶，这是赵阿姨订购的。送奶的张师傅每天早晨都会准时把一斤鲜奶送来，赵阿姨用电磁炉加热后，一半自己喝，一半留给白白。白白的食量不算大，赵阿姨却能把白白喜欢吃的品种都糅合进去，准备这样复杂的饭食，赵阿姨往往得费半个小时的工夫。

白白也知道，在她"喵"的一声醒来之后，赵阿姨开始给她进行就餐前的准备工作。

赵阿姨首先挤好牙膏，她只需将嘴巴张开，赵阿姨便将牙刷伸进她的嘴巴，在她的上下牙床之间来回轻轻地刷着，随着牙刷的重复运动，她的嘴巴里便产生了许多白色的浆沫。完了，赵阿姨用搪瓷缸盛来净水，白白咂一口，噙在嘴里，将这些浆沫一涮，漱了口，吐出污水，她感觉清爽多了。然后，赵阿姨用消了毒的热毛巾给她敷擦了脸和嘴唇。这会儿，她就悄悄地闭起了眼睛，在床上静静地卧着，等待着赵阿姨实施的下一个环节。赵阿姨给白白梳理毛发。

不知从何时起，赵阿姨就有了一个每天早起溅唾液梳理头发的嗜好。她每每会费上一个时辰，用牛角梳将头发梳理得整整齐齐，油光黑亮，然后把一头秀发挽起一个发髻，将牛角梳插在发髻里，才去干别的工作。这个习惯，赵阿姨也不清楚从何时起养成的。

她只知道，小时候，她记忆中的母亲，每天早起就用这种办法梳理毛发，常常会用上一炷香的时间。为此，母亲的头发到了晚年还浓密漆黑，像缎子似的柔滑发亮。父亲很爱自己的妻子，有一半源自于母亲那一头骄人的秀发。她曾不止一次偷窥到父亲捧着母亲那并不好看的脸蛋，对母亲的头发赞不绝口。时间长了，赵阿姨充分意识到母亲这种保养头发技术的好处。一则，它省时省力又实用；二则也很简捷，而得到的实效却是事半功倍。赵阿姨虽说已经五十多岁了，但她常感到耳聪目明，神清气爽，而她那一头浓密光亮的黑发，更是让那些整天去美容院美发的年轻女郎都很艳羡。只是，她的丈夫去世得早，面对自己的一头美发，她不再像自己的母亲当年还有父亲这么个痴情男人欣赏，她只有孤芳自赏了，但她还是忠诚地继承了母亲的衣钵。譬如，进城了，用水方便多了，她从不用水溅湿梳子梳理头发，依然吐口唾液梳理头发。这些都是当年母亲的用法。她知道，他们那时生活在农村，吃水要由父亲每天下到很远的沟里去挑，挑一担水回来往往需二三个小时，真是水贵如油哇，母亲这样做肯定是为了省水，而她当然不是为了省水。这是效仿母亲的习惯使然。再譬如，梳理头发用的梳子，也是扇面形的牛角梳，这是母亲当年传给她的。记得母亲临咽气时，将这把自己用了几十年的牛角梳交给她时说："女人头发要长，见识要短，用心保护自己的头发，将来好好侍奉自己的男人，一切听男人的话！"说完，就咽了气。那年，她才十三岁。母亲一世辛苦，生了十个儿女，她是最小的一个，一个个儿女拉扯大了，自己不到六十却早早走了。母亲因为坐月子多了，劳累过度，得了一种长血不止的病，每逢经期，下身就血流如注，长流不止，人疼得脸都变了形。她知晓，母亲每次坐月子，都是父亲用筛子将晒干的黄土仔细筛成细面，然后倒在土坯炕上，母亲坐上去，在阵痛中分娩。在黄土的簇拥下，母亲生下了她们兄弟姊妹十个，其中两个产下后就夭折了，也因此得了这种月子病。起初，父亲认为是月经不调痛经之类的病，请一些乡村的郎中给母亲诊治，但总不奏效，后来没办法了，就卖掉了家里仅有的一头耕牛，再在亲戚家凑了些钱，将母亲送到地区人民医院做了检查，一查，却是子宫癌晚期，人是没救了，父亲痛悔不已。母亲过世后，父亲也老了一截。不久，也随母亲去了，稍大后，她才明白了，母亲临咽气时给她嘱咐的那句话的道理。母亲一生温顺贤淑，再怎么贫穷再怎么累，很注意自己的仪表，尤其对那一头秀发的护理更是用心。她很听父亲的话，凡事由父亲主张，父亲也很爱自己的妻子，他们一生从没有红过脸，吵过嘴，现在想起来，赵阿姨觉得这还真是个奇迹。从此后，她将那把梳齿有些秃了的牛角梳从母亲手中接过后，就再也没有离过身。还有，就是她头顶的那团发髻，这都是每天早起梳理后精心盘起的，这也是母亲在世时的功课。虽然已20世纪了，街上早已没了盘发髻的女人，但赵阿姨还是沿袭着母亲的那个发型，乐此不疲。街上的人看到了，有些惊愕，可仔细一看赵阿姨头上的髻子，和身上的对襟大衫，觉得这妇人朴素大方，挺谐调耐看的，与电视剧中二十世纪三四十年代旧上海街头的大妈没什么区别。于是，有些女人刻意注意起赵阿姨来，颇有新鲜和时髦的感觉。

白白还知道，赵阿姨给她梳理体毛的程序，跟赵阿姨梳理自个儿的头发的过程是完全一样的。

她先是从发髻上抻下那把牛角梳，吐口唾液在上面，用指尖将唾液抹匀，让每根梳齿充分湿润了，再在白白的身上顺毛梳理。这时候，白白知道她的幸福即将降临，便受活地闭起了眼睛。随着梳齿一回回从她的体毛间轻轻掠过，她快活地发出咕咕的低吟，似在吟诵。在咕咕地吟诵声中，白白的体毛与梳齿摩擦之时，不时地发出吱吱啦啦的响声，在光线较暗处，这种吱啦的响声就变成闪烁的火花了，这让赵阿姨兴奋不已，她就愈加用功了，她清楚她的努力奏效了，便将梳子更加欢实地从白白身上耙过，白白舒服得纹丝不动，似要迷醉了，嘴里不断地发出受活的呻唤声。

在赵阿姨看来，这呻唤声无疑是白白虔诚吟诵的经文，是为她祈祷的谶语。她每每听到这些她认为是吉祥的经文和是为她祈福的谶语，便感到非常的动听，非常的美妙，非常的不可思议，她所有的烦恼都会随着白白咕咕的吟诵声顷刻间而化为乌有。她甚至觉得人生是如此的诱人，如此的美好，如此的不再孤寂，非常值得她活下去，好好地活下去。鉴于此，她更加意识到了白白的重要，白白的可爱，白白的不可替代。只有白白的存在，白白的健康，白白的活蹦乱跳，她才能享受到白白那种不同凡响的吟诵声和身上迸出的火花，才能体味到白白所能带给她的精神慰藉和快乐。于是，白白的生活起居成了赵阿姨每天最为重要的工作日程，她的工作目标是不能让白白受到任何委屈，哪怕是一点点。

有时候，赵阿姨觉得这样做是不是有点过分，是不是对白白的溺爱有点过头，但一想到白白对于她来说的特殊性，她还是坚定了自己的做法。有一次到了早起的时候，赵阿姨魇住了，醒不来（这是她的一个老毛病，大概是脑供血不足引起的吧，她也私下认为自己将来要坏事于这个毛病上），白白着急了，用前爪抚摸着她的胸口，在她的耳边喵喵地叫着，在睡魇中怎么也醒不来的她，恍惚间觉得有人在呼唤她，那声音熟悉极了，极像她那早已故去的丈夫的声音，她陡地惊醒了，一看是白白喵喵地叫着，她当时就挺感动的，一下便抱紧了白白，生怕她跑走了似的，不停地在白白的脸上亲吻着，那样儿仿佛白白是她的救命恩人一样。

有阵儿，赵阿姨一个人坐着，不知怎么就想起了她那故去的丈夫，眼泪就忍不住掉了下来，这会儿，白白就跑了过来，悄悄地卧在她的腿胯间，眼里还似有泪光闪烁，陪着她，一同伤心落泪。并且喵喵地唠叨着，又似在劝慰她。多通人性的猫哪！每当想到白白为她做的一切，赵阿姨感动得直想掉眼泪。这乖顺的白猫确乎比她那个唯一的丫头花花强多了。

三年前，花花刚满十八岁时，就南下打工了。当时，她说什么也不同意花花出门，因为她那恩爱的丈夫猝然离去后，备受打击的她，就只剩花花这一位亲人了。可这孩子从小就倔，她哭得昏天黑地，也没拦得住女儿，花花最终还是成了南下妹。一年后，花花领回来一个高颧骨、深眼窝、黑皮肤、又矮又小的广东小伙，说是她谈的对象。赵阿姨打心眼看不上这个操南腔、瓦刀脸的南方人，就给她们吃了闭门羹。花花的倔脾气又犯了，也没进门，当夜就带上那小伙住了宾馆。赵阿姨被气得寻死觅活、差点步入了黄泉，多亏了这个白白上蹿下跳，跟前跟后喵喵地吵嚷着，才使她不至于失去理智。

白白是三年前赵阿姨花五十块钱在宠物市场购得的。

那是花花南下不久后的一天，心烦意乱的她在宠物市场瞎转悠，无意间瞅见了白白，她顿时眼睛一亮，就聚焦在了这只白猫身上。

这是一只纯白的幼猫，像裹了一团刚摘的白棉花，浑身毛茸茸的，银光闪烁，没一根杂毛，眼睛花花的、水潋潋的，像晶莹的露珠，纯真又可怜，嘴唇是嫩红的，透着稚气。一切都显得这小家伙既弱小乖巧又听话。赵阿姨竟一下喜欢上这只小白猫了，卖主要了五十块钱，她也没还价给了钱就抱走了。

正如赵阿姨当初推测的那样，这是一只乖顺听话的猫，也是一只善解人意通人性的猫。赵阿姨除了隔三岔五给白白洗澡外，就是给她每天晨起梳理皮毛。赵阿姨用牛角梳像梳理自己头发的方式一样，将白白的一身白毛梳理得像白绸缎一样光滑、柔软、质感、谁看了谁都有想抚摸一把白白皮毛的想法，因为在人们想象中那感觉肯定是妙不可言，无法比拟的。

每当赵阿姨进行这些工作时，白白都是很听话的任凭赵阿姨的抚弄，尤其是她给白白梳理皮毛时，白白那舒服得节奏得当的咕咕声，简直像赞美诗、牧师的圣歌一般让她心花怒放，喜不自胜，忘乎所以。她甚至忘记了她早逝的夫君，她那一意孤行不听话的女儿——他们所给她带来的悲伤与烦恼，而完全沉浸在了独自对幸福的感受之中。

花花从小就不听话、不乖顺、顶嘴还舌、不省事，这使赵阿姨伤透了脑筋，吃尽了苦头。赵阿姨在花花小的时候，就企图在她的头上传授技艺，就像自己的母亲口溅唾沫用牛角梳给自己梳理头发启蒙一样给花花教导。结果，她的方式屡屡受挫。倔强的花花总是让她的心愿无功而返。花花嫌那种方式不卫生、脏，她喜欢给头发上打啫喱水、发乳、发胶；用电吹风定型；她想让花花的头发盘成髻子，那更是天方夜谭。花花喜欢将头发扎成羊角辫、马尾巴或做成拉丝烫、鸟巢。这些发型赵阿姨一点也看不顺眼，但想让花花做成她喜欢的式样，她今生又是一点也都不敢指望。至于让花花穿上传统的淡蓝色的对襟大衫，赵阿姨则想都没敢想，因为，花花总是穿得很露。夏天露肚脐眼、露胸、露背、露大腿，冬天则外披人造裘皮半髦、貂毛围脖内穿粉红的小汗衫，露出了饱乎乎的粉白的胸。这些，都让赵阿姨很难堪，可她又不敢去干涉的，她懂得干涉会惹出祸端的，这丫头也许会因此几天不归家或玩失联。她也幻想过花花将来听她之命，媒妁之言，嫁一个像花花父亲那样老实可靠的男人，过安安稳稳的日子。可花花初中没毕业，就跟一个额头前有一撮红毛的半打小子眉来眼去的谈起了恋爱，她忍不住，煽了花花两巴掌管教，结果是花花竟跟着那红毛跑了，彻夜未归；以至于后来，花花辍了学二次恋爱，跟着那个黑不啦叽的南方人走了，再也没有回来，一年后，有消息传来，说她和那南方人生了一个丑女，在外租房居住。想到这些，赵阿姨真是黯然神伤，烦恼透顶。

她的愿望在花花身上一次也没有兑现过，换来的却是对自己一次次的伤害。她太累了，她需要平静，需要一种柔顺的生活，以使她的人生顺风顺水，不起波澜。这种愿望，自从白白来到她身边，一天天长大，才有了转机，她的精神和意志才从此有了一些寄托和慰藉。更有趣的是，赵阿姨感到，当她梳理白白的皮毛时，白白那咕咕的念经声，就如同一枚银针，突然刺中了她的某个穴位，让她久已麻木了的神经处在了亢奋之中，她的情绪也随之好转。她似乎觉察到了白白是个有灵性的动物，是上天派来佑护她的、陪伴她的、和她说话儿的一个性灵。你单听白白那诵经的咕咕声，真是有板有眼有韵有味的，这是没有修炼到一定火候的修行者诵读不出来的。

　　想到这些，赵阿姨对白白更是敬若神明。

　　这个早晨，对于白白来说，是相当沮丧和灰暗的。因为她一觉醒来，没有见到赵阿姨，这使她非常失落，也非常伤心，她没捉没拿的，六神无主，异常焦虑地来回在床上走着猫步。可以说，因为一个人的不存在，打乱了白白整个的生活秩序，她不知道该怎样做起，安排自己一天的饮食起居。她来回不安地踱着一字步，焦急地盼望着赵阿姨的影子，可是，直到过了两个小时，也就是上午十时左右，不见赵阿姨的身影。

　　这时候，外面的阳光透过窗玻璃已折射进了房子，将室内照得透明光亮，也把白白的皮毛照耀得放射出了银白色的光，她再次用目光将室内扫视了一遍，室内除了她司空见惯的那些内置外，她没有发现赵阿姨给她准备的任何食物。而此时，她的肚子咕咕地响了起来，这响声让她翻肠倒肚、胃肠空空荡荡的极为难受。这可不是她每天早晨在牛角梳抚慰下那种从嘴里咕咕地发出的快乐的响声，这是让她这个早晨也不得安宁，生不如死的响声。看样子赵阿姨是一时半会回不来了，得有所行动啊。已被饥饿困扰的白白，决定自力更生，丰衣足食，她想爬出户外，到厨房里去看有没有供她充饥的食物。她瞄了一下房门，房门是紧锁的，想从房门出去显然是不可能的，她的眼睛又向上一仰视，她望见了房门之上的合头，双扇的合头一扇是分开的，这是赵阿姨为了防止她们俩不被煤烟呛着了而特意打开透风的。要想走出这个房子，只有这里是唯一的出路了。可从房门爬上合头，还有一段距离，而且是90°角，这对白白来说，确有难度。

　　上次，赵阿姨喂饱了白白，锁了房门做家政去了，养尊处优惯了百无聊赖的白白想走出户外，晒晒阳光，吸吸新鲜空气，看看外面的世界，就不听赵阿姨的警告，私自爬上合头，跳出了户外，户外活动一完毕，她想从外面爬上合头，再进到室内，乖乖地蹲在床上，这样，赵阿姨回来了，肯定不会觉察她曾出过户外，就不会生气了。

结果她发现她再怎么努力也爬不上合头了，她的身体像一双沉重的翅膀，怎么也飞不起来了。爬不上合头就等于进不了室内，进不了室内，等于她善意的出逃将会露馅，白白急得抓耳挠腮，跃跃欲试。在赵阿姨眼里，白白可是个乖顺、听话、诚实的母猫呀。白白一点不想在赵阿姨眼里改变自己的形象，而让赵阿姨伤心。

白白凝神静气，接连奋力跳跃着冲刺了几次，但最终也没有爬上合头，最后，无奈的白白像一只泄了气的汽车内胎，瘫在了院坪上，喘着粗气。她知道，她再怎么努力，今天是绝对爬不上这个合头了。在她从室内向合头爬的时候，就已经出现了困难，她接连爬了几次，才勉强爬上合头，有一次还差点掉下去，掉下去那是什么概念？按她目前这么肥胖的身坯，不摔个稀巴烂才怪呢！那一阵儿，她甚至有点埋怨赵阿姨，她为什么要给自己营养过剩呢？以至于废了自己的蹿房越背、伶牙利爪的功能。

但也只是一刻的工夫，这种念头就断掉了。白白想得更多的是，有再多的功能实际上也没有多少用场，自己又不经常到室外去。那天，白白算是颜面尽失，不再绅士，她像一条癞皮狗似的只有等待着马上就要回来的赵阿姨发落。

不久，大门哐当一声开了，进了院子的赵阿姨看见白白卧在院中间，惊得目瞪口呆。她根本不会想到白白会溜出室外，她印象中的白白是听话而乖顺的。而她之所以将白白关在室内，是处于白白的安全因素考虑，要知道，白白可比她那不听话的女儿花花重要多了。如果白白走失了或被别人偷走了或被别的动物伤害一下，那赵阿姨认为自己活下去实际没有多少意义了。

那天，是白白最窝囊的一天，也是赵阿姨最愤怒的一天。赵阿姨将白白抱进室内，扔在了床上，她检查了一遍房子，发现白白是从门窗合头上逃出去的，就踮起脚尖，伸手关闭了那扇开着的窗扇，然后咚的一声关了房门，就瘫坐在那副旧沙发上，独自垂泪，一言不发，沉默了几个小时。白白知道这种沉闷的气氛是最恐怖的，是赵阿姨最伤心的表现。她也没再敢喵喵的对赵阿姨撒娇，卧在床上一动不动。

从那天起，整个夏天，闭合的门窗合头再也没有打开过，白白被室内闷热的空气所煎熬，却没再动过逃出室外的念头。直到冬天，架起了烤箱，赵阿姨害怕她们俩被煤烟所熏，才打开了一扇门窗合头。

白白再度审视了一下这扇开着的合头，联想到前次从这里通过时的难处，她还是有点发怵，自己能迈过这个坎吗？然而，这会儿肚子不听话了，不停地咕咕叫唤开了，白白明白如果自己再不进食，肯定会虚脱的。

她壮着胆子，用利爪紧抠门缝，向门窗合头攀缘。要爬上合头，这对于白白而言，确实是一段艰难的旅程。白白的体形较胖，利爪向上抓攀时，起不到相应的效果，她的身体显得累赘，总向下垂，让她的攀爬很不谐调。她爬上一小段的距离，也要费上很大的力气。白白的四只爪子酸麻，感觉毫无力度，总抓不牢门缝，悬在半空中的身体老有向下垂的倾向，稍不谨慎，就会自然落体。

白白几次想放弃攀爬，回到地面，可一波接一波的饥饿煎熬及强烈的进食欲望促使她不得不继续攀登，白白恰像碌碡拽到半山间只能上而不能下了。她的前爪紧抠门缝，后爪蹬在门框上使足力气，一程一程向上输送身体。为了避免向上攀登时不慎掉下去，她甚至用上了牙齿。她将牙齿咬紧钉在门框上的一根木橛，以减轻身体向下垂的重量。当她爬完最后一个门框时，她的前爪终于搭在了合头的门梁上，此刻，她像一个运动员似的悬在单杠上，稍事休息了一下，向上一跃，就翻上了合头。

她蹲在合头的门梁上，匀着气儿，缓着神儿，调整着几乎透支的身体。太阳已悬在半空里了，它的光辉刺得白白看物体时也是黑蒙蒙的，不甚明晰。白白用前爪揉了揉眼睛，将阳光避开，将目光扩散。

这是一小片平房区，居民只剩几户了。在高楼林立的城市，这种平房已很少见了。因此，陷在高楼的夹缝中的这些旧平房就显得很另类，仿佛是旧生活与新生活的一种新旧对比。白白缓过气后，就跳下了合头，到了院子。

现在，她唯一的目标是赶快进到厨房。她一路小跑，来到西南角的这间破旧的厦房，这是赵阿姨家的厨房，白白就头不抬眼不睁的一头向门里闯去，咚的一声，她的头被撞得生疼，她抬头一看才发现门是紧锁着的，她很失望，她又看了看窗子，想从窗子翻进去，可窗子也是紧紧关闭的。此时，她才意识到，自己饥肠辘辘，急于进食，疏忽了一个极为重要的问题，就是怎样进到厨房的问题。

她知道赵阿姨是个小心谨慎的女人，平时出门总把门窗关得紧紧的不留一丝破绽。今天，自己真是饿昏了头，虽然逃出了室外，可如何进到厨房，却成了最大的难题。白白蹲在厨房门外，可怜无助地望着厨房，忧心如焚。时间在持续，白白的空腹也快到了极限，肠胃在紧缩，纠结，像要拧成一根麻花似的，让她有牵肠挂肚的痛苦。她的一双猫眼紧张地四处张望着，看有没有其他的办法。而四周却是砖砌的高墙，按它目前的身体状况，要想逃到外面的世界去寻找食物，那几乎等于零。

她再次将目光投向厨房，看来只有厨房才是她的救赎之地。

她想象着厨房里有鲜奶，有她爱吃的香肠、牛排、鸡肝、兔心之类的食物，她的口水就不断地流下来。赵阿姨就是每天在厨房里将这些食物调和好端给她吃的。这会儿，在白白眼里，厨房就是百宝箱、宝葫芦，要什么有什么，比天堂还要美好，比国宴还要丰盛，是能带给她美餐和幸福的源泉，而要摆脱痛苦体味幸福，只有进入这个厨房才能实现。

白白的眼球来回渴望地打量着厨房，寻觅着进入厨房的通道。就在这时，她的眼睛一亮，在厨房门槛的下沿，她发现了一个小洞，她明白这是老鼠打的一个鼠洞，是用来进入厨房偷吃白白的那些食物的。白白有些生气，这些卑贱的鼠辈算什么东西，也配吃我尊贵的白白的食物。不过，那气也只是一刹那间的工夫。现在重要的是不管是鼠洞、猫洞、狗洞，得想办法从这个洞口进入厨房。

白白缩身潜到洞口边，试着想将头部钻入洞内，可那洞口实在太小，根本容不下她这个肥硕的猫科。白白就用前爪刨着地基，想把洞口扩大。刨了好大一会儿工夫，洞口也未见扩大。因为洞口处在砖缝间，周边都是硬砖。白白的前爪刨得渗出了血，疼得直哈气，洞口还是老样子。

白白这才明白，自己天生就不是刨土的料，只有那些鼠辈才是土里刨的吃饭的动物。况且自己也是急昏了头，那洞本来是见不得阳光的鼠们出入的地方，自己偏要钻，猫岂能是钻鼠洞的呢？想到这些，白白就不刨了。她挪身到房檐下的向阳处蹲下来，缓一缓神，静观洞口的变化。

她有了另一个想法，这厨房今天似乎是绝对进不去了。而这个洞既然是个鼠洞，那必然有偷粮的老鼠活动。如果有老鼠出来，她准备扑上去逮住吃掉，以解此时肚肠的燃眉之急。

以前，白白是没有这个想法的。上次，她偷偷逃出室外，在院子散步，就发现了一只亚麻色短尾巴的杂毛鼠。这是一只健硕肥大的老鼠，它机警、狡黠、胆子大，俨然不像光天化日之下的过街老鼠，他在院子里窜来窜去，却似闲庭信步。白白从来没有见过这么放肆的老鼠，就扑上去想将其制服。这只硕鼠极为灵敏，嗖地躲开了，还蹿到了屋顶上，蹲在屋脊上俯视着她，眼里透着嘲笑，和她对峙着，目光里丝毫没有畏惧和躲避的意思。

白白大为惊骇：这世道变了，连老鼠也不怕猫了。

后来，白白决定放弃和这只老鼠的对峙，这是出于多方面的考虑。白白清楚，自己自从被赵阿姨爱护以来，根本就没有进行过捕鼠训练，可以说对捕鼠毫无经验。最糟糕的是，自己营养过剩，臃肿的身子使许多动作做不到位，当然就没有制服老鼠的狠招。如果真正和这只经常运动异常灵活的杂毛鼠较量起来，谁胜谁负还真是个未知数。与其自己和杂毛争斗起来，意外被误伤或者体力不支败下阵来还不如自己毫发未损的不介入战斗合算。这样，大路通天，各走一边多好。

最关键的是，白白压根就没有捕食这只老鼠的欲望。她想既使把这只老鼠捕到了，她也不会马上吃掉。因为赵阿姨给她喂食的食物在她的胃里还没有消化掉，她没有一丝儿的食欲。另外，再看看这只丑陋而卑琐的杂毛鼠，丝毫都激发不起她的胃口，这丑物哪有赵阿姨给她准备的那些食物香美呢？所以，白白就放弃了。她最后看了一眼那只虎视眈眈异常嚣张的杂毛鼠，将目光移开了。

她想：你瞅什么瞅，你还要辛辛苦苦土里刨的吃哩，而我却衣食无忧，有人供奉呢，你怎么能和我相比？想到此，白白有了优越感，杂毛鼠对她不尊所带来的不快烟消云散了，她有了一种阿Q式的安然。

蹲在向阳处的白白，在回想往事的间隙，也聚精会神地盯着洞口。这次，她暗自向下定了决心，她的捕鼠计划一定要成功，如果失败了，就意味着作为一个猫科，她的捕鼠功能已丧失了，她也面临着生死的考验和新的抉择。

杂毛是在洞口露出嘴唇和鼻尖时看到白白的。

杂毛这几天的收获颇丰，它不仅吃到了赵阿姨给白白准备的食物，那些食物真是美馔珍馐，是卑贱的杂毛从来都没见过的，而且它还将这些食物一次一次搬运到他们的住所，那里有他的尚小的儿女。有一刻，它还把儿女们召唤来一起搬运，它要为它们储备充足的过冬的食物。

自从杂毛发现了这个藏有宝藏的厨房后，这里可煞是热闹非凡，群鼠们出出进进，吱吱的欢叫着，这里成了它们快活的乐园。

上一次，杂毛看见白白，本想马上躲开，毕竟猫是鼠的克星。它发现白白盯视它的目光游移不定，扑朔迷离，没有一点令其胆寒的杀气，它就抱着试一试看的心理，壮着胆子硬撑着头皮，跟白白抗衡。它想，如果胜利了，杂毛的家族可以在这块地面畅行无阻地活动；如果失败了，也不失为一种壮烈。杂毛是处于生存跟白白叫板的。因为随着钢筋混凝土物体鳞次栉比地矗立，杂毛和他的家族一步一步被逼到了这片平房区，已无退路了，如果再失去这块地方，他的种群将面临死亡的危险。

而最终的结果连他自己也没有料到，这只比自己大几倍的白猫，竟然被自己逼走了，这是杂毛怎么也搞不懂的。

杂毛思量，只要这只白猫那会儿再跟自己对峙下去，再硬气一点，自己肯定要落荒而逃的，自己可不是傻瓜，不会乖乖让猫们束手就擒的。

杂毛在洞口窥见白白的瞬间，白白也看见了杂毛。

白白没有马上行动，她要等杂毛钻出洞口，到了地面，地形对自己有利了再冲上去，用前爪扑倒，用利齿咬断喉管，将这讨厌的家伙再一口吞食掉。因此，她静静地观望着，等待时机。

杂毛也没想到，今天会和白白再次遭遇。它刚才单独对厨房又进行了一次偷袭，这次的战果是咬烂了尼龙袋，偷食了袋装的精米，用于白白进食的那些食物则已被它和它的儿女们，在昨天晚上美餐一顿后剩余的全部搬走了。现在，饱食后的杂毛唯一的愿望是离开厨房，这个厨房今天于他来说已无留恋之意了，因为这会儿它还不断地打着饱嗝哩。可白白就在地面，它已看清了，白白今天的目光可不比上次，露出了一股杀气和捕杀它的渴望，杂毛有些胆怯了。而就这样窝在洞里或躲在厨房里，总不是长久之计，等一会儿，那个老婆婆再一回来，自己岂不成了被关门打的狗，瓮中捉的鳖，就更无逃生的希望了。目前要做的工作是，赶快逃离洞口。

杂毛将身子向洞外探了探，一双小眼机警地盯着白白，观察着她的变化，它要试探一下，今天自己的这个对手是不是和上次一样，使它有机可乘。然而，它的身子刚露出洞口半截，白白就发出了嗡嗡的沉闷的怒吼声，因为愤怒，她往日的那种喵喵的公公腔都变了，而且像怒狮一样扑了上去。杂毛赶紧钻进了洞内，杂毛懂得只要自己躲在洞内，白白拿它没有任何办法。

白白见杂毛躲进了洞内，就离开洞口，蹲在稍远处继续狩猎。白白也懂得如果蹲在洞口边，杂毛绝对不会出来的，杂毛不出来，她就逮不到杂毛，逮不到杂毛，她就复不了仇也充不了饥，只有蹲在远处，寻找机会或许还有一线捕获杂毛的希望。

藏在洞内的杂毛也备受煎熬，它没料到今天堪称自己最倒霉的一天，以往出出进进，畅行无阻。而今天，自己却要首次受阻。自从上次避开白猫以后，它就再没见到白猫，它以为白猫再也不会显形了。但它万万没有想到今天和往日一样肆无忌惮的偷食后，正要大摇大摆地离去时，却碰上了白猫，真是冤家路窄哪。总不能坐以待毙呀，杂毛又一次爬出洞口，将头探了探，白白就呼的一下冲上去了，杂毛就又躲进了洞内。这样一连尝试了几次，杂毛都是无功而返，怯生生地躲在了洞内。

白白也是饥饿难当，丝毫拿这个丑陋的但现在她认为是她的救命稻草的杂毛没有一点办法。实际上，即使杂毛上到地面，白白能否擒住杂毛，能否将其制服，还是个未知数。白白已意识到自己很笨拙虚弱了，远没有杂毛灵活矫健，这一点杂毛是不清楚的，白白心里最清楚。杂毛的这几次探头探脑，使白白接连扑空，颜面扫地，白白觉得这是杂毛对她的羞辱、耍笑，这场猫鼠大战，在白白眼里，倒像成了老鼠戏猫的一场鼠猫游戏。时间过得很快，白白与杂毛的对峙已持续了两个小时了，还是不能解决问题。

被饥饿和羞辱强烈折磨着的白白，这时，不知怎么又想起了赵阿姨。她想，今天这个非常时期，只有赵阿姨才是她的救星，才能帮助她渡过难关，捍卫尊严和荣誉。假如赵阿姨回来了，她守住厨房门，白白自己守住洞口，看这个无耻的杂毛还怎么逃脱。而赵阿姨，她现在又在哪里呢？

躲在洞内的杂毛，也是焦急万分，坐卧不宁，它思考着各种逃生的办法，也酝酿着再一次的冲锋，总之，对于杂毛来说，洞内是万万再不能久留的。

坐在大巴内急慌慌向家里赶的赵阿姨，此时，她的脑子才有点灵醒，她发现自己今天绝对是犯了个大错误。那就是早晨急于出门，却没管白白的吃喝拉撒。她不知道白白这会儿还好吗？她这会儿在干啥？她最担心的是，白白因为吃不上早餐而饿肚子跑到室外去寻找食物，这样的话，危险因素就多了，会走失，会被人偷走，会被车撞，更要命的是，如果捕鼠吃，被那群厉害的老鼠群起而攻之，咬伤了，白白该多疼痛！该多不值！

赵阿姨越想越害怕，越想越不断地谴责着自己：自己不该早晨急着出门，就没管白白，唉，自己冬天时节也不该把合头的那扇窗户打开！嗨，自己也真是老昏了头，什么事也办不好，真是成了个废物了。

晨起，赵阿姨看了一眼还在呼呼熟睡的白白，没有忍心叫醒她。她像往常一样先到厨房给白白准备饭食，饭食做好了，再叫醒她，再给她梳洗，再给她喂食，自己再出门做家政去。

她步出院外后，来到厨房，打开厨房门，里面的场面让她惊呆了。案板上扣碗的碟子飞到了一边，碗里的食物被洗劫一空，有一只碗还被蹬下了案板，摔碎了，满地都是瓷片。

面袋和米袋被撕咬开了，撒得到处都是面粉和米粒。她昨天在早市上托熟人购回的新鲜鸡心、兔肝之类的肉食，装在一个环保塑料袋内，塑料袋也被咬烂，肉食被吃得一干二净。赵阿姨猜想，这是硕鼠们干的。

一个月前，她就发现厨房有老鼠出没，她放的米袋会被咬破，她蒸的馒头会被啃成半块，蔬菜也会被咬得支离破碎。有一次，她打开厨房门，在案板上蹿来蹿去扫荡的几只大老鼠，见来了个人腾的一下跳下案板不见了。那沉重的落地声连她也吓了一跳，她知道这些老鼠有些年岁了，也非常的膘肥体壮，打那一次，她就决心灭鼠。

想到灭鼠，她就想到了白白，这白白应该是捕鼠的最佳选手，自古猫是老鼠的天敌，猫捉老鼠一物降一物。可赵阿姨有些犹疑：白白能行吗？

这些年，白白被娇宠惯了，活动范围从来就是狭小的室内，相处的永远是猫与人，从来还没有捕鼠的经历。况且，这些硕鼠都不是省油的灯，一只只膘肥体壮，非常好斗，白白能战胜他们吗？与其白白有什么闪失，还不如不让白白投入战斗合算。白白可比那些受损的粮食物品值钱多了。想到此，赵阿姨就把白白排除了。

赵阿姨继而就想到了鼠药。据说市场上的灭鼠灵非常灵，老鼠们一闻那气味，就会三步倒地，俗名也叫三步倒。

第二天，赵阿姨利用买菜的机会，在市场上打听鼠药，结果市场上根本没有卖鼠药的，一问，有人告诉她，国家已明令禁止销售鼠药了，原因是许多人将鼠药买回去寻短见。

赵阿姨大失所望，但也不甘心，因为把这些老鼠不灭掉，毕竟是她的一块心病啊。她就继续打听，终于从一个和她一样被鼠害闹心的老太太口中探听到了销售鼠药的地方。老太太偷偷对她耳语说，在旺多镇有个灭鼠大王，叫白天光，外号人称白日猫，他的鼠药很灵，据传东岭市百分之九十九的老鼠都是被他的鼠药毒死的。自从国家打击鼠药销售以来，他就转入了地下发售。他的具体地址是旺多镇阳雀村二组，如果要去，坐班车先到旺多镇，再转乘"三马子"可到。

赵阿姨打听清了以后，谢了老太太，一阵兴奋，想即刻去寻访那个灭鼠大王。可冷静下来一想，这几天实在太忙，完全脱不开身。她做家政的那户人家的女儿要考大学了，她的母亲加班加点帮助女儿复习功课，因此，这家人的吃喝拉撒搞卫生全搁在她一个人肩上了。她准备这几天忙完了再去乡下寻找鼠药。可是，目前局势的急剧变化，使她陡地改变了主意，她不得不提前给老鼠们准备毒药了。

晨起，已被厨房一片狼藉的场面气昏了头的赵阿姨，不知怎么就忘记了白白，也许她心里装的只有老鼠，只有鼠药，她急急锁了家门和大门，撇下白白，就向车站奔去。她要马上购回鼠药，教训这些欺人太甚的老鼠，让他们断种。

她到了车站，坐上了第一辆通往旺多镇的班车，下车后，又转乘了"三马子"。开"三马子"的人对灭鼠大王的家很熟，径直将她拉到了白日猫的家门口。上前一敲门，门开了，出来了一个灰塌塌满脸败象的妇人，问：你找谁？赵阿姨说：这是灭鼠大王的家吗？我找白天光。那妇人说，还灭鼠呢？他都被人灭了，去去去！赵阿姨被弄得莫名其妙，还想盘问，那妇人早进了大门，咣的一声将大门关了，把赵阿姨隔在了外面。赵阿姨不甘心，嘭嘭嘭地敲着大门，而里面再也没有动静。

无奈的赵阿姨只得回返，向村口走去。路上碰见了一个拾荒的老者，她就谦卑地向他打问灭鼠大王的影踪。老者一看她面善，就悄悄告诉她：白日猫昨天被公安局的人抓走。听说他偷偷售出的老鼠药把人给闹死了。公安追来追去那死者是在白日猫那买的药，白日猫就受了牵连。

赵阿姨听了，知道自己的灭鼠计划今天显然泡汤了，她很沮丧，四处找着"三马子"，她要快点回家，因为她这样转来转去，已耗去了两三个小时了。终于过来了一辆通往旺多镇的"三马子"，她挥了挥手，"三马子"停下来，她坐上去，嘱咐着师傅开快点，她要到镇上去赶班车。师傅开得飞快，把她送到了车站，还好，一辆开往东岭市的班车正要发车，她迈了上去。

坐在班车上的赵阿姨，头脑逐渐清醒过来，寻找鼠药未果的沮丧慢慢散去。这时，她才意识到自己今天犯的这个错误非常大，那就是把白白没有经管好就出门了。她这会儿也不愿多想了，多想也是白想。她只有在心里默默念叨：司机将车开快些，再开快些，让她快点回家，快些见到白白。

不巧的是，正值下班高峰期，这辆蓝色的班车怎么也开不快。赵阿姨焦虑得捶胸顿足。可班车照样开得不紧不慢，慢条斯理的，像头田间里拖犁的老牛。

也就在这时，她的小灵通响了。她一接听，竟是几年未见的花花打来的，她颇感意外，也很生气，就说，你不是连娘都不认了吗？怎么这阵儿又想起了老娘了？没料到，电话那头的花花竟哭了，哭得还好伤心。

花花向她哭诉着说，她经多方打听才打听到她的电话，就给她拨了电话，说世上没有一个好人，还是老娘最亲。她恨当初没听她的话，就跟了那个瓦刀脸，还给他生了个女儿，时间长了，因为言语、饮食习惯的不同，他们经常发生吵嚷，后来，那瓦刀脸在外面有了别的女人，就把她娘儿俩一脚踹了。现在，她已到了东岭市的车站，她对这地方现在很生，希望娘来把她接一下。

听了花花前言不搭后语的哭诉，赵阿姨明白了，这丫头是走投无路了，才认她这个娘来了。赵阿姨气愤归气愤，但听着花花的抽泣，她后来又心软了。花花再不好，毕竟还是自己身上掉下的肉哇。

现在，六神无主的她又面临着一个新问题：是先回家照顾白白，还是先去车站接花花，她一时拿不定主意。但不管这两者谁先，目前最主要的问题是先赶回东岭市，赵阿姨这样斟酌着焦虑不安。可这车怎么也跑不快，照样像条老牛似的，不急不慌。

正在这时，这辆老牛似的破车嘎的一声刹住了。原来，前面出了车祸，一辆白色"广奔"与一辆大货车相撞，堵了路面。"广奔"的车头被拧了麻花，看来车祸不小，一时半会肯定清理不了路面。司机晦气地摇了摇头让旅客全部下车，自讨方便。

赵阿姨下了车，向前走了一段，越过了出事地点，在路边挡车，来来往往飞奔的车辆晃得她眼花缭乱，头晕目眩，她不断地挥着手，里面都坐满了男女，没有一辆车肯停下来。她足足挡了四十分钟的车，却没一辆愿载她的车停下来。

她在小灵通上看了一下时间，已十二点五十分了。她心灰意冷伤心到了极点，心里说，完了，白白肯定完了，她自己从早晨到现在没吃饭，都快支撑不住了，何况白白呢？

　　想到这儿，她最后看了一眼来回飞奔的但不愿停下来的车辆，绝望地一下瘫坐在了路沿石上放腔哭开了，再也起不来了。此刻，她的小灵通又响了，她想，那肯定是花花打来催她的，她没有去接听。她耳边似乎又响起了喵喵的声音，她想，那肯定是白白可怜的呻吟声，她无动于衷，她的思维已处在了一片混乱之中了。

　　只有她头顶的太阳，照在她瑟缩的躯体上，异常闪亮。

B街的变奏

一

在旺多镇的B街，总有那么多的商铺、店面，每天一逢黎明，便陆陆续续营业了，这期间，街面逐渐有了行人。彼时，店面、商铺的嘴巴蠕动起来，开始吞吐顾客，到了中午行人熙攘，街面已显拥挤，不时有人的脚被踩了，头被撞了，胸被摸了，臀被掐了，手机被掏了，钱包被窃了……那会儿吱哇乱叫声、咒骂声、打斗声、劣质商品的撕裂声，蚊子、苍蝇的嗡嗡声……充斥于耳，非同凡响。游客们的情绪受了影响，即刻警觉起来，有左顾右盼提防嫌疑人的，有压紧胸袋裤兜保护钱币的，有赶紧缩胸收臀夹紧屁股走路的。总之，人们不再大摇大摆、趾高气扬的像在自己的领地里闲庭信步似地逛游了，而是有了一定的压力，有人在心里还酝酿着尽快逃离这条街。

B街是一条不大的街，长不过五六百米，宽不过三四米，呈S形，这就使它有了蛇的形状，它掩藏于城市中心位置的一隅，不显山不露水，有点"大隐隐于市"的气象，却有着不俗的造化。凡是在这里"托钵化缘"的商家，个个都会赚个盆满钵满，眉开眼笑。

有人说这条街是"长虫的腰子深罐罐"，这话还真不假。因为这条街窄且深，细细的，弯弯曲曲的，在人群里望这条街，还真看不到尾，而这条街又很拥堵，顾客会不时地驻足观赏选择自己所需的商品，往往走得极慢，且商贩的叫卖声，行人的嘈杂声，空气中各种臭味的弥漫，琳琅满目商品的耀眼，让人昏昏沉沉、晕晕乎乎的，来到这条街上，你既能感受到赏心悦目的惊喜，也能体会到在人堆里四处突围的颇烦，有阵儿觉得这条街总也走不到头，像被人诱进一只黑瓷深罐里了，再也出不来了，而待走到尽头时，才发觉口袋里的银子已被这条长虫似的小街吞咽得差不多了。

但人们还是喜欢这条街。

二

B街原来是由一条巷道改造而成的街市。

这里距城市中心位置和长途客站较近，地理位置优越。先前，本分老实的巷子人还不懂啥叫资源优势，看不到商机，住在这条罐子似的巷子里，他们感到像被封闭起来似的，顿觉前途暗淡，人也没了信心和底气。年轻人整天喝上二两劣质酒，便在巷子里折腾。先是长头发、蛤蟆镜、喇叭裤、白高跟鞋这种不男不女的怪物，在巷子里亮刀子，单挑，或是在路中央摆个卡拉OK，唱流行歌曲，驴声马叫地吼上个通夜，吵得四邻不得安宁，有老人被刺激得心肌梗死了，翻了白眼，家人向那帮人索赔未果，还遭了打。后来，这帮小子混得大了，从巷子混到了大街，在众目睽睽之下给人放血、袭警、调戏妇女、抢钱、倒"包包"……一时声名鹊起，成了本市黑道上的头面人物。这条巷子缘于出了几个流氓、闻人，反而有了名气，再后来，这帮红极一时的小子，被严打了，纷纷进了牢子，被注销了城镇户口，送往了遥远的新疆、青海摘棉花、垦荒去了。

可狡黠、聪明的南方人见到了商机，他们蜂拥而至，住进了小巷，廉价租下临路门面，稍加装潢，竖起招牌，从温州、义乌等地运来了无数成衣、小百货，填充了店面，开起了商铺。起初，他们的生意倒还冷清，不久，便红火起来。原因是他们的小百货、成衣售价较低，城里的没钱人和乡下的农村人都能接受，加之这地方距城市的繁华地带近，农村人上城逛了闹市后，几步路便可到B街，到了B街选购了自己可心的货物后，再走几步路，就到了长途客站，便可乘车回家，极方便。城里的底层人，空闲了，也会到B街淘宝。他们只要花上几十元钱，便可买一套中意的成衣或用上好几个月的日用品，对他们而言，也很划算。

B街对城里的部分人和农村人来说都是个皆大欢喜的好去处，B街对这些南方小商贩来说也绝对是个没事偷着乐的福地。

别看B街的店面不起眼，货物价钱也低，商贩们可是知道多中取利的道理，和那些大街上豪华的店面比起来，他们这些小店不值一提，既没有大店那样气派、风光，也没有大店老板那样舒适、潇洒，一天忙下来，这些小老板们个个都累得猫头狗脸的不像个人样，可一压计算器便让他们喜出望外眉开眼笑了，原来，他们的付出得到了意想不到的回报。

这一切因为 B 街占领了一部分城里人和农村人的市场，B 街每天的销售额出奇的高。几年下来，这些南方人完成了原始积累，赚的钱多了，他们便雇了店员，有了店员他们便闲了下来，闲了下来，他们便有时间想一些生意之外的事了。

三

南方人租的房子都属于这条巷子的老住户所有，有几户的房子恰好是这条街上几个混混的祖上留下的，不过，他们在严打中落网，被送往异地劳改了。这样，他们的媳妇成了房子的实际所有人，也就是说成了这些南方人目前的真正房主。

这几个留守妇女均有几分姿色，打扮得颇为时尚风流，很为惹眼。她们以前当姑娘时在这个城市便芳名远播，后来，不知怎么随着这条巷子这几个混混名声日隆，她们竟嫁到了这条连野狗也不愿意光顾的小巷子，成了这条巷子的几朵巷花，让老小男人眼馋。

很多人都纳闷：这几个猪狗不如的小子是怎么将这几个靓妹弄到手的？为什么好花都叫狗毁啦？有身份有地位正儿八经的人咋就轮不上呢？有人说好人行事讲道义，按规矩来，黑道上的人反其道而行之，不择手段，往往会达到意想不到的效果。说来也是，世上的事就是这样：好汉子引的瞎婆娘，懒汉子领的乖媳妇。

这几个留守熟女打从自己的丈夫进去以后，她们便不安分了，蠢蠢欲动，想与这几个一辈子也不会给她们带来希望和幸福的男人解除婚姻，从而自由飞翔，优哉游哉。不料，她们还没有给这几个男人捎进口话，里边已带出信来：谁要敢和老子离婚，老子出来就杀谁全家，并且那信儿是用血滴子蘸着写成的。

她们才明白，她们心里的小九九，牢子里的那几个老江湖早猜到了。回想以前，他们采用卑鄙下流的手段对她们这几朵鲜嫩的花蕊先开苞后娶的痛史，她们就知道她们斗不过他们，于是，她们就放弃了，认命了。她们知道也许单方面能解除婚约，但他们出来后对她们的家人会带来无数令人头痛的麻烦，也许她们能承受，但他们的家人没有必要再承受这样的麻烦，他们是无辜的。

退一步海阔天空，这几个留守熟女想通后，就将房子租给了南方人，房租每月下来，还能勉强维持家庭的开销。这样的结果，对她们而言还是于心不甘的。她们年轻，春心萌动，如今却都成了独守空房的怨妇，这与她们的做派性格是不合适的。她们本来就没有职业，没有受过良好的教育，丈夫在时，就是一群小鸟依人的花骨朵，时常要经受阳光雨露的润泽，受不了半点儿委屈，整天娇滴滴的，养尊处优惯了，风流潇洒惯了，一时要她们过乏味单调的居家生活，她们是忍受不了的。

某一天，她们几个聚在一起，咬了一阵耳朵，达成了共识：青春半点耽搁不得浪费不得，耽搁了浪费了容易衰老留下遗憾。以后，她们就经常单飞或双飞了，不太着家，反正房子租出去了，在家也无事可干。她们出入于酒店、宾馆、洗浴中心、热舞会所等娱乐欢场，一个个骤然变得光鲜起来，抖搂起来，穿金戴银，欢声笑语，招摇过市，令人侧目。她们还算良心未泯，定期看望自己的狱中老公，给他们送去令狱友眼红的日用品、高级香烟、数目不菲的生活费，她们的丈夫感激涕零，一再感谢自己的妻子，说梅开二度鲜，妻是原配的好。

起初，她们探监时，还遮遮掩掩，穿戴不敢过露过艳，后来，她们就不管不顾了，怎么穿得能咋招惹人就咋么穿。因为她们发现她们的丈夫对她们的穿着打扮并不在意，他们在意的只是她们手中的物品和票子。

又一次探监时，她们中的白露，穿的小背心领子太低，露出了大半个白晃晃的乳房和乳沟，白露意识到了，想用手将领子向上提一提，遮一下，不料，她的丈夫黑牛隔着探视玻璃，在电话那头说，老婆啊，你今天打扮得好时尚，看起来真亮豁！白露一下感动得真想哭。其实，她们的丈夫都懂得要让这些水漉漉的美人儿守贞是不可能的事，他们也掌控不了她们，那还不如给个顺水人情。

实际上，她们的事，他们道上的朋友也给他们透露过一些，他们也恼火过，可恼火又有何用？虎落平川，英雄末路，自身都难保呢，还管得了屁股底下的事？话说回来，大丈夫娶的娼门之妻，萝卜拔了坑还在，这种事里不伤骨头外不伤肉，能少点儿啥？老婆还是自己的嘛！这么一化解，曾经的血性汉子便沉默了，除了对她们说些体贴的话、鼓励的话以外，别的话一句不提。她们都对自己的丈夫对自己的理解非常感激，她们除了对他们看望得更勤了些外，给他们的生活费更多了。

如此一来，男人和女人们都相安无事，都有了自由的空间，都有了舒心的日子。男人们都盼着早点出狱，女人们却不这样想，她们甚至幻想，就让自己的男人一直坐下去，不出来，将牢底坐穿多好！她们愿用一生给自己的男人挣生活费，养活他们，也不希望他们有朝一日出来干预她们的生活。

可她们的梦想被击碎了，他们很快就出来了。按照刑期，他们还得三四年才能出来，可他们在狱中蹲得烦躁，忍受不了长期的牢笼之苦，想尽早出狱，表现尚好，立功受奖，被减刑，提前出狱了。

当他们突然出现在她们面前时，这些花枝招展的女人一时被惊得目瞪口呆，难过得欲哭无泪，不过她们还要强装笑脸，将这些凶神恶煞般的人物迎进房子，让他们感受到家的温暖、妻子的柔顺。她们像一群恪尽职守的主妇似的，开始清理好久不住人的房子，打电话告诉住校的孩子们爸爸回来的消息，在套间换去那很露肉的衣裙，然后递上热茶，开始在厨房做饭。经验告诉她们，以前她们天不管地不收，想怎样就怎样，那对她们的生活是毫无妨碍的，给她们带来的只有愉悦、快活。现在，他们回来了，她们有人管了，她们想过自由不羁的生活已经不可能了，从现在起，她们只有收敛。尽管她们还是向往他们未回来之前的生活，但那只有可想不可求了，如果执迷不悟，一条道走到黑，这帮从号子里出来的野兽般的人物，会对她们很快出手的。

现在，她们要做的是，尽量伪装起来。装扮得朴素一些，像那些百依百顺、温文尔雅的小媳妇似的，对他们极尽温柔贤惠之能事，让他们对她们心存的嫌隙能化解一些，让他们感觉她们还是他们的老婆，有老婆的总比没有老婆好。对于她们的表演和做作，这些狡猾的自由获得者心知肚明，他们对她们的表演不发表任何意见，有的只是赞许和鼓励，他们要尽量给她们提供一些表演的空间，让他们多感受一些她们的表演给他们带来的家和妻子的味道。这种表演，往往是虚假的不情愿的不得而为之的，正像一个年轻的少妇，为了某种利益，不得不对一个老者投怀送抱、奉献玉体一样，尽管不是自愿的，却要强颜欢笑，忍辱负重，可作为那个老者，他还是得到了他想要的东西，他才不管她的感受呢！

实际上，那些留守的怨妇，在自己丈夫面前大可不必这样做作，她们还是多虑了，她们的这些男人可不想那么多呢。老婆嘛，自己在家的时候，就是自己的，自己不在家的时候，就是别人的，只要自己回来了，她们还是自己的，这就够了。说一千道一万，那时候鞭长莫及，至于她们干了些什么，大可不必追究，问得太清了，只能给自己带来烦恼，知道得越少越好，家在、妻在、儿子在，一个家全人齐的家依然存在，作为男人，这就是硬道理。

四

黑牛回来后的第一天晚上，妻子白露给黑牛热水沐浴后，他们早早更衣相拥而眠。十年了，他们夫妻还没有肌肤相亲过。久违了的黑牛就有些激动，不断说着在狱中朝思暮想白露的话，不断抚摸着白露身上每个部位和洁白绵软的肉身，不断发誓后半生要多么多么爱她，不断说着你如果不信我用刀子将心剜出来你看……他真有一把匕首，就要掏出来刺胸，白露赶紧阻止了，搂住他的脖颈说：我咋能不信？便将香舌探进黑牛的口腔里，搅动起来，于是他们二人不再说话，彼此进入了一种无比美妙的无语交流之中。忽然，白露将香舌缩了回去，脸贴在黑牛的胸腔上嘤嘤哭了起来。

黑牛摩挲着白露的柔发，吻着她被泪水打湿的眼睫毛，说：哭啥哩么！咱两口子好不容易团聚了，你却哭，多不吉利！

白露抹了一把眼泪，说：哥啊，你不知道，我对不住你，我有话对你讲！不知为什么，白露在黑牛热情似火、柔情似水的感情攻势下，竟下意识地感动了，她强烈地想向黑牛坦白点什么，说点什么，只有这样，她的心里才好受些，良心才安妥些！

黑牛赶快用手捂住了白露的嘴巴：你别说了，有啥事还有比咱们团聚更重要的呢？只要咱俩关系好别的都不重要了。说完，他用有力的双臂箍住了像只小兔有些惊讶不安的白露，在她的脸上狂咬乱啃起来。白露听了黑牛男子汉有所担当的豪言壮语，一下释然了，身心放松地迎合起黑牛暴风骤雨般的一波又一波的冲击。

这天晚上，他们夫妇都达到了身心完全的愉悦。白露从黑牛疯狂的歇斯底里的性爱中感到黑牛还是爱她的，是珍惜她的；黑牛从白露美妙的躯体上感受到了这女人还是那样可人，那样的让人爱不释手，她以前的所有一切一点也没有让她的身体失去什么，反而让她有了一种成熟的撩人心魄的魅力。是啊，女人就是让男人释放的载体，人何必苛求呢？何必让她就困在一棵树下？有了先前男人们的滋润，她不是更鲜嫩了吗？黑牛这样想。

五

在旺多镇的Ｂ街，拉胡琴的哈二也算这条街的老客了，他有一个习惯，一个地方熟了之后会蹲上个二年至三年，然后就去了另一条街或另一个城市。

他当初来到这条街上的时候还是个精瘦的老头儿，他的头小，脸小，下巴小，让人觉得他生了一张娃娃脸，乍一看，还不像个老头儿，待细看那脸就像褪了青皮的核桃，让人有点儿惊讶：一张本不应属于老头似的脸，怎么就变成如此一张老得难看而沟渠纵横的脸呢？他的一口牙掉了，没有再补，他的嘴唇完全凹了进去，就像平地里突然塌陷了一个坑，那些顽童总爱指着他流涎水的瘪嘴唇笑闹。为此，他预备了一条手帕，掖在旧中山装的上衣口袋里，以便不时地擦涎水，他好像一直不说话，也许是说话怕漏气或是流涎水或其它什么别的原因，总之就没见他在人前张过嘴。偶尔见他的嘴像肠胃一般蠕动，好似喇嘛念经似的在咕哝什么，谁也听不懂，只有他跟前的"小白"竖起了耳朵，听得蛮有滋味。

他的脸是柔和慈眉善目的，总笑眯眯的，一笑那眉更窄更细了，一点儿也看不出岁月的攻略给他带来的不快和自卑。他沉静地迎接着人们不同的目光，左手五指指拇娴熟地弹压着胡琴弦，右手拉着琴弓，卖力地为观众演奏着二胡曲或流行曲，在人们好奇地观赏他的演奏的同时，他也津津有味地观赏着Ｂ街和Ｂ街上形形色色、忙忙碌碌的人影，此刻他觉得自己也成了这条街上一名特殊的观众。

他整个人头小、脸小、身子小、什么都小，就连陪伴他的母犬"小白"也小，在这个人潮涌动的闹市，他像被浪头挤上岸的一颗小石子，毫不起眼，可人们愿意瞩目他，观赏他，没有了他，这条街就像丢失了什么，人们顿觉心里空落落的。

他的面前放了一个纸篓，在他演奏时，人们会扔进一张张纸币，这时候"小白"乖乖地爬着，浑身绸缎似的体毛极柔顺，它的两只前爪向前撑着，头蹭在两只前爪中间，眼睛眯缝着，脸上堆满了极友善的表情，像极了慈眉善目的哈二，这种姿势和表情它会向观众从早晨呈现到天黑，给人的感觉是它也像被哈二的琴声陶醉了，处于一种迷迷糊糊的享乐之中。

只有到了晚上，借着路灯，哈二数那纸篓里的纸币时，它才抬起头，望着哈二蘸着唾沫星子用手指数钱的动作，它的脸上才充满了丰富的表情或者在哈二嘴唇翕动、咕咕哝哝的自言自语什么的时候，"小白"才会认真地聆听着，像个翻译，明白了什么似的，不住地向哈二摇着尾巴或者蹭着哈二的头脸。

六

白露的姐妹品如在老公鳖子回来的当天晚上，被捉奸在床，让鳖子揍了个鼻青脸肿，浑身没一块好地方。

这是白露在第二天晚上，她和黑牛亲热后，她告诉他的。她说，那个瘦小的南方人在鳖子抓打时，从鳖子的胯下金蝉脱壳溜了，连那身名牌都不要了，鳖子追逐时，那人光着身子却像只兔子跑得奇快，三拐两拐就不见了。鳖子很扫兴，第二天怀里揣了把尖刀，去找那个南方人，那个南方人始终没有露面。

那鳖子咋办呢？黑牛自言自语地嘟囔。

白露说，还能咋办？这种事，只有作罢吧！闹下去，还不是丢人现眼！品如咋活人呢？鳖子咋见人呢？

黑牛问白露：品如咋这么傻呢！兔都不吃窝边草，充其量品如算只懒兔！

嗨，别提了！白露本不想对黑牛说姐妹们那些烂事，但经不住黑牛一再追问，她就竹筒倒豆子似的，刷啦啦倒了出来。

品如的老公和黑牛一前一后进去后，水似的品如一遇风吹就不安分了，漾起了波澜。她将门面房租给那个南方人后，就把自己包装了一番，开始游走于街头巷尾、夜店酒肆，她那丰满而苗条的身段是很能吸引男人的目光的，加之，她那不俗的脸蛋，妩媚而性感的回眸一笑，让那些打野食的男人浑身散了架似的魂飞魄散，她俨然成了欢场的尤物，那些新来的客人总爱向领班打听品如的情况，可她对那些客人只微微一笑，毫无轻贱之意，让那些男人心猿意马，更加欲罢不能。每天晚上找她陪酒，她坐在那些男人的大腿上，搂着他们的脖子，你一口，我一口互相喂酒，当那些客人酒精高度反应、兴奋异常、动手动脚、胡抓乱摸有所需求时，她赶紧用手堵住那人的嘴巴：嘘！我看见有个人影很像我老公，这样吧，我先回避一下，明晚我在这地方等你！明眼人都懂得这是小姐们惯常的小把戏，可这位醉醺醺心猿意马的花痴却迷途难醒，还怜香惜玉，信任地让她去了，并说，明晚等我哦！等酒吧打烊，那客人结账时，发现单子上显示的是 2800 元，他一下惊得目瞪口呆，摸遍了全身口袋，才凑了 2600 元，领班一看这种情况，说，算了，不给小票了，就优惠你 200 吧，欢迎您下次再来！那客人灰头土脸灰溜溜地走了。

那帮陪酒女指着那人的背影吃吃窃笑：嗨，真是个老土，还品"人头马"呢！

当然，品如每晚的提成也直线上升。

有个人却例外，对品如来说。这人四十岁左右，高个儿，长得笔直，穿一身亚麻色皮尔卡丹西服，长了一张秀气而清爽的脸，戴一副博士伦眼镜，看起来成熟而又飘逸，温雅而又洒脱。

他每晚都来，来了后，就挑一个角落的位子坐下，他要一杯红酒，慢慢品咂。他竖起耳朵，聆听爵士乐，有时候还眯着眼睛，两手摆动，打起拍子，好像沉醉在其中了一样，让人感觉这人挺有文化挺绅士的，是个有品位的人。

伯爵酒吧也就是这些人——男人和女人，在酒精的刺激下，寻欢作乐，可这人不。有几次，几个吧女踱到这人的位子跟前，问：先生，要陪酒吗？这人均阻止了，他优雅地站起来向这些吧女鞠个躬，礼貌地答道：谢谢！本人不需要服务！对不起！吧女们尴尬地走了，这人坐了下去。吧女们都说，这人是个怪人，神经病。可在心里对这人很好奇，觉得这人与众不同，不是个到酒吧来厮混的人。

这个人的出现，品如早瞧见了，她甚至对这人有了一种心花怒放的感觉。随着这人与众不同的做派在"伯爵"的连续上演，她对这人产生了浓厚的兴趣和莫名的冥想。她对男人的欣赏，是要求男人既要有钱还要有品位和气质，知道怜香惜玉，懂风情，而这个男人也许正是她欣赏的那一类。说到有钱，这人肯定不是个没钱的主儿，单就他的外包装来看，和伯爵酒吧这些男人相比，他就胜出一筹，让他们相形见绌。再看他每晚都到伯爵酒吧来消遣，即使不要吧女陪酒，每晚也得消费个五六百元，这是一个没钱人绝难做到的。说到品味和气质，他既像一个绅士又像法国影星阿兰·德隆或者是周润发式那样的人物，怎么说呢？他应该是女人们梦中情人那一类的，渐渐地，品如竟迷恋上了这人。

品如其实是个对感情专一的女人，以前，她对鳖子也很上心。结婚后，鳖子身上的劣习逐渐暴露出来，除了偷鸡摸狗，打骂女人，还有变态倾向。他一喝酒就会带回来女人当着她的面和那女人做爱，还要品如用家用摄像机录下来，她不干就会被鳖子用烟头烫得浑身是伤，还要她赤身裸体跪在地板上朗诵毛主席语录。

这次鳖子进去了，于她来说无疑是天大的喜事。她既要充分利用鳖子进去的这段时间，享受脱离牢笼的自由生活，也要在自由中找到自己的真爱，来治疗她曾经备受踩躏的感情创伤。现在，机会就在眼前，稍纵即逝。

品如注意这人的时候，其实这人也早就注意到她了。在这个酒吧，品如绝对是鹤立鸡群，星光耀眼，这不单是她的美丽、清纯，主要是她的高傲、自重。这人发现，品如只陪酒不卖身，他知道，这种女人在酒吧属凤毛麟角，只可遇不可求，像摘星星月亮一样难。可这种女人一旦成了你的俘虏，她会死心塌地爱你成为你的女人，对你百依百顺，不离不弃，这种女人和水性杨花的女人相比有天壤之别，可这种女人实在是很难征服，征服她们的办法最好是等待时机，等待她们自投罗网，再进行捕捉，加以驯服，据为己有，慢慢享用，可这种成功的概率实在是太稀少太渺茫了。

只要她能来酒吧，当吧女，说明就有机会。这女人肯定是遇到了什么难事，或者是感情受了伤害，才来酒吧的，只要这些缘故存在，便有机缘。当然，如果这女人已经注意到了自己，或对自己有了侧目，那就更妙了。这人这么想着，哂着"拿破仑"，享受着音乐，却发觉品如端了一杯盛了红酒的高脚杯，踩着丁字步，竟朝他袅袅婷婷走来。

他一阵子狂喜，心脏像被人用鼓槌猛烈地敲击起来，蹦个不停。他不知道，他在伯爵酒吧故作姿态的表演，早让品如按捺不住了，品如想如果自己再不出手，也许这人会像影子般的消失，到那时天塌地陷的是她，而不是别人，她向来对人对感情是苛求的，而这个人也许就是自己命中的冤家，那个能给她精神以慰藉的白马王子。

这人见品如走来，缓缓站了起来，他向品如彬彬有礼地鞠了一躬，微笑着说：对不起，小姐，我不需要陪酒！这种伎俩，他以前对别的吧女使过，今天，对品如使上了。他虽故伎重演，却完全是有意的！他知道对付这种女人，你越是欲擒故纵，她越是心急如焚，如果你火烧火燎，急不可耐，她也许认为你是个花痴，是个不成熟、不可靠、不可以托付的人！品如说，你先不要急，我不是来陪酒的，我只是和你聊聊天儿，认识认识！到了此时，这人再不能推辞了，他知道到了该把握机会，慢慢收网、慢慢捕捉的时候了。

品如做了自我介绍，这人也做了介绍：我叫林梦达，是宏达科技公司的董事长，之所以到酒吧来是因为工作压力大，品品酒，听听音乐，放松放松！之后，他举起手中的高脚杯与品如的酒杯碰了一下：来，小姐，为我们相识干杯！

故事的发展和情感剧一样，一切都向着他们两人期冀的方向运行。

正如品如想象的那样，林梦达的谈吐非凡，上至天文，下至地理，大到国计民生，小到居家过日子，他无所不通，无所不知，在谈笑中还不失幽默与诙谐，正是品如喜欢的那种智性男人。品如虽然文化程度不高，可从小对有知识的人羡慕，觉得有知识的人都很儒雅，通情达理，不会蛮不讲理，凶人！

林梦达也暗自庆幸，这女人单纯、天真，又风情万种，还不是那种随便的女人，这是他梦寐以求的。

几轮碰杯过后，他们都有些一见如故相见恨晚的感觉。这时候，伯爵酒吧即将打烊，林梦达提议送品如回家，品如欣然同意。走出酒吧的时候，品如的手臂很自然地挽在了林梦达的臂弯上。那些躲在昏暗灯光隐蔽处的吧女，都很吃惊：这么一个怪人，怎么就让品如不费吹灰之力搞定啦？她用了什么魔法呢？不过，她们很快就释然了：别看这两个男女都貌似清高，一本正经的样子，其实，骨子里还不是和她们一样脏，他们最终的结果还不是上床！当初品如还忸怩作态，故作清高呢！真会装啊，来吧，姐妹们，干！她们纷纷端起酒杯碰了起来，沉迷在灯红酒绿之中。

七

出了伯爵酒吧，林梦达打开了"大奔"车门，将品如让进了副驾驶座，他上了驾驶座，车一打火向前驶去。

林梦达问品如将她送到哪里？品如说，就送到B街街口吧。林梦达想把品如直接送到家，品如推脱了，说我们那条街人多嘴杂，说三道四，算了吧！其实，晚上有多少人呢？品如是害怕林梦达见了她家那般寒酸，会看不起她，就推辞了。到了巷子口，林梦达停了车，替品如打开车门，牵着品如的手让她下了车，他突然双手抱着品如的脸很自然地吻了一下说，拜拜，明晚见，就上了车。品如感到有点唐突，随后回了句：拜拜！目送着"大奔"一道烟儿似地开走了，她既甜蜜又怅然若失。

这个晚上，品如失眠了，这一生她还没遇到过这般英俊、潇洒、彬彬有礼、很绅士的男人，她想象着这个男人的富有，这个男人的睿智、幽默，这个男人的温良体贴，这个男人的倜傥浪漫……这不就是自己心中想要的吗？品如为自己终于找到了心目中的那个人激动地哭了起来，她决定，要不惜一切代价将林梦达拴住，让他成为自己的真爱，成为自己寂寞岁月里的慰藉。

翌日晚上，品如早早来到伯爵酒吧，坐在吧台上，焦急地等待着林梦达的出现。已过了林梦达每天晚上莅临"伯爵"的时间，可还未见林梦达的影子，品如有些失望，也有些心情抑郁。几个客人邀请她去陪酒，她恼火地拒绝了，客人们奇怪：这娘们，不陪酒，来"伯爵"干吗？她往日不是都陪得好好的吗？他们不解地摇摇头，都纷纷蹀回自己的位子。就在品如望眼欲穿的间隙，一个火红色的影子出现了，这个影子的出现，使整个"伯爵"昏暗暧昧的气氛顿时鲜艳活跃了，吧女们都睁开醉眼蒙眬的眼帘，张望着这个火红色的影子。

原来林梦达今晚穿了一身血液似鲜红的西装，手里捧了一束血液似鲜艳的红玫瑰，这使他这团火红色的影子与"伯爵"暧昧的黄色形成了鲜明的对比，晃得客人与吧女们眼花缭乱，一时分辨不清这团影子的真实面目。而他打的领带却是纯白色的，这又似鲜红的血液上面突然开出了一朵白色的花，显得夸张而刺激。

林梦达到了品如面前，品如才认出林梦达，她先是惊讶，后来就激动了，因为林梦达单膝跪地，将这束玫瑰献给了她。

当着这么多的客人，林梦达给了她这么高的礼遇和惊喜，这是品如始料不及的，也是她无比骄傲和自豪的。这个晚上，品如是将面子挣足了。

品如的那些姐妹在嫉妒的同时，说这人肯定是个骗子，他耍了小把戏就将品如这个冷美人弄到手了，品如真傻啊！这年头有什么真情啊，只有票子是真的！

可一切并不像品如这些姐妹说的，林梦达此后每晚必来，每晚必送一束玫瑰给品如，品如心安理得地接受着林梦达的馈赠，她每晚陪着林梦达喝酒聊天，林梦达送品如回家，他们的感情日浓。

时间一长，姐妹们没话说了，她们均认为品如这回遇到真爱了。难道这个世上还有真爱吗？这次，这些风尘女子纳闷了：可她们遇到的客人尽是一些企图占有她们肉体的人，她们瞄准的可是他们的钱，只要给钱，她们均来者不拒，她们可从没遇到一个像品如遇到的这样的男人——这个对品如好得有些虚假的男人，这个让她们费解的男人。

没过几天，伯爵酒吧里的品如和林梦达双双失踪了，开始，姐妹们都有点儿吃惊，这么快就筑爱巢去了，他们的发展也许太快了些，快的都让人有点儿莫名其妙、难以理喻了。不久，就乏人问津了，感情这东西谁能说得清，反正伯爵酒吧多一个品如林梦达不多，少一个品如林梦达不少，旧人走了，新人来了，"伯爵"照样迎来送往、热闹非凡。

八

可是，过了半个月时间，品如回到了伯爵酒吧，她是一个人回来的。回来后，她什么也没说，她穿了一身白色的素裙，是齐脚踝的，浑身被裹得严严的，像个修女似的，除了面部，没有透气的地方。她呆呆地坐在一个角落里，独自慢慢品着红酒，若有所思，遇到有客人要陪酒，她便跟了过去，她问那客人：想不想尽兴？那客人见这么一个玉美人能亲启红唇，一时受宠若惊，忙一叠声地回答：想！想！品如双指弹出一声脆响：好嘞！招一个服务生。服务生过来了，拿张水酒单，品如说：要一瓶"人头马"，一瓶"拿破仑"，要1975年的，外加一包古巴雪茄！好的！服务生走了。一会儿服务生用托盘送来了洋酒和洋烟，品如打开瓶盖，给两只高脚杯斟上洋酒，又启开雪茄封皮，抽出两支，噙到嘴上，点燃，递给客人一支，自己嘴上留一支，再举起高脚杯，与客人碰了一下，他们便喝了起来。不久，两人都喝得有些醉意头扎到一块儿，窃窃私语开了，那客人的手还不安分，隔着品如的素裙乱摸，品如也不阻挡，反正有素裙裹着。

客人进入不了实质，急得脸上有些潮红，品如只是格格地笑着，笑得花枝乱颤，惹得那客人更加急火攻心，掏出钱夹，二指夹出一沓纸币，诱惑着品如：只要你遂了我的愿，爷们有的是钱！

品如说，你不是想尽兴吗？咱先喝个痛快，再玩别的花样！客人说，行！就招来了服务生又上了两瓶洋酒，等这两瓶酒喝完，那客人已烂醉如泥了，想再玩别的花样，已是力不从心，而品如心满意足地拿了提成，打"的"回家了。

重回伯爵酒吧的品如，时间不长，像脱胎换骨了似的，她不再是以前的她了，她变得放荡不羁，打情骂俏，投怀送抱，让客人们尽兴，不再属于某一个人了，而是成了大众情人，只要客人们舍得票子，她会满足客人们的任何需求。

她的那些姐妹们都说，一切都是假的，先前还装清纯呢，现在和她们还不一个样？她肯定是被那小白脸儿骗了，这样也好，只有撞了南墙，才肯回头，这不，她不是回头了吗？吧女们议论着，可究竟品如是怎么被骗的，谁也不得而知，有几个吧女，曾想从她口里套出点儿什么，可一提她与那客人私奔的事，品如就缄默了，若再追问，品如会说，关你们屁事，咸吃萝卜淡操心！欠扁！那些吧女就没趣地走了。

这事品如只对白露提起过。

那是林梦达突然人间蒸发了的日子，品如痛不欲生，几乎要割腕自杀。一日，她忽然想到了最好的闺蜜白露，就将他们之间的事向白露坦白了，最后，在白露的劝导下，品如才放弃了自杀的念头，不过，她已被感情伤得支离破碎，她再不相信什么感情了，她要游戏人生，人玩我，我玩人，在红尘中随波逐流，自生自灭。

九

品如和林梦达从"伯爵"消失后他们不是去了别的地方，而是在旺多镇一个最豪华的宾馆"奇力"筑了爱巢。品如几次问林梦达的家在哪儿，林梦达说就在本镇的"康馨园"，他说他和老婆早没感情了，他和她已分居多年，他最近要和她离婚，这次不是他提出来的，而是她提出来的，因为她和她多年前偷情的人重逢了，他们重温鸳梦，就商议着要组成家庭了。

品如问林梦达：像你这么出色的男人，妻子为啥要背叛你？林梦达说，我那时还在艰难的创业期间，起早贪黑，忙于事业，根本没时间照顾妻子，往往忽视了妻子的感情生活，妻子耐不住寂寞，就红杏出墙了。品如听了说，噢，是这样！真难为你了，人都不容易啊！

他们在"奇力"宾馆一连几天，足不出户，都沐浴在爱河之中。品如完全被征服了，林梦达不论谈吐学识，体格风情都让她达到了身心的完全满足。她抱住林梦达的裸身说，我愿意永远就这样抱着你，永不分开！

林梦达说，是呀，我和你一样，就让我们这样下去多好！

十

　　有一天，搂着品如裸睡的林梦达，接了一个什么电话，他是在卫生间接的，回来后，大惊失色，对品如说，我老婆正式提出要和我离婚，已上诉到了法院，法院调解让我出 10 万元的生活费，这事可咋办呢？

　　品如说，都到这份上了，你就出了吧，人长钱短，感情这东西是强求不得的！

　　林梦达说，我哪有 10 万元现钱呢？我的钱都压在货物上了，一时半会儿腾不出来，法院又逼得急，如果钱拿不出来，就要硬判，将公司的股份划 30% 归我老婆，我和她都要离婚了，还和她搅和个啥！可这钱又从哪里来呢？林梦达看起来愁肠寸断，双手抱住头，蹲在品如的脚下，连一点男人的尊严都没了。

　　品如想起林梦达以前说过要娶她的话，再看看这个男人被这事压得抬不起头来的可怜样，她的心软了，她要在关键时刻帮这个男人一把，将他救出苦海，让他们两个将来走到一块，一起渡向幸福彼岸。

　　品如沉默了一会儿，终于发话了：梦达，不要发愁，没有过不去的火焰山，我可以给你凑钱，明天你去把你的事情了了，我们就可以无忧无虑地在一起了！

　　林梦达一听，喜出望外，一下子蹦了起来，在品如的脸上亲了一口：真不愧是我的知己！先前的愁云风扫而过！

　　品如在床上匆匆套上衣裙，画了个淡妆，背了坤包，就出门了。

　　晚上回到"奇力"宾馆，她拿回了两个存折，一个上面是存有她家房子租费的存折，一个是存有她这几年卖笑钱的存折，一共是 10.5 万元，她一并交给了林梦达，并说了密码。

　　林梦达欣喜地抱住她亲了又亲，说，我明天一早就把这事办了，然后回来接你，将你接到我的公司，让你名正言顺做我的夫人，我的副总。品如听了无比的幸福，她用她的红唇也不断回吻着林梦达。

　　晚上，林梦达对品如极尽温柔抚爱之能事，让品如感受到了从未有过的美妙，早晨起床，林梦达悄悄吻了一下还在熟睡中的品如，喃喃道：乖乖，等着我，我很快就回来接你！就依依不舍地出了门。

　　品如醒来时，已经上午十点多了，发现林梦达不见了。她知道他办那事去了，但还是有点失落。她冲了个热水澡，开始化妆，随后吃了个热狗，喝了一杯牛奶，便边看电视边等林梦达。到了十二点，还不见林梦达回来，便拨打林梦达的手机，那边的反应是：你所拨打的电话无法接通。品如有些急了，转而一想，这离婚之事比较麻烦，也许林梦达正焦头烂额处理这事，顾不上给她打电话呢。品如自己安慰着自己没吃饭就睡着了。

一觉醒来，已是下午三点，品如赶快给林梦达打电话，那边依然是无法接通，这下品如着实有些急了，可一时半会儿，也没有好的办法，这时，她的肚子也有些饿了，咕咕叫着，她想先吃了再说。她打电话叫了外卖，匆匆吃了，躺在床上傻等，可等到六点，也没见林梦达回来，这会儿品如就六神无主了，她不知道这下一步该怎么办。

她在房间来回走着，连看电视的心情都没了，一直等到晚上十点，也没见林梦达回来。品如知道晚上林梦达不会回来了，继续打他手机，还是无法接通，到哪里去找又没有方向。但品如还存有一点幻想，她记得有一次林梦达拉着她兜风，到了旺多镇的中心地段，指着一座四层高的黄楼说那就是他公司的总部，品如记下了那栋楼，她决定第二天一早到宏达公司去找林梦达。

一夜没合眼的品如早晨刚起来，就匆匆洗了脸化了妆，背个坤包，出了宾馆，打了"的"到宏达公司去找林梦达。到了那幢黄楼，品如下了车到了门房，打问林梦达。

年轻的保安说，我们单位没有叫林梦达的人！

品如问，那你们单位是宏达科技有限公司吗？

保安说，不是！我们是镇人民武装部！

品如顿感天旋地转，有些站不稳了。

那保安一见，惊问，小姐，你怎么啦？过来就要搀扶品如。

品如微微调理了一下情绪，说，没什么！就走上了街头。

她漫无目的地在旺多镇转悠着，头脑里像塞了一团乱麻，怎么也理不清头绪，在这么一种混乱的思维中，她隐隐约约觉得自己被骗了，林梦达是个劫财劫色的骗子。

她嘴里念叨着：林梦达，林梦达，你是个骗子，骗子！惹得路人对她注目观看，有人把她当成了精神病患者，想打110。

她不知什么时间回到"奇力"宾馆的，回到宾馆，她就昏昏沉沉蒙头便睡，一直睡了三天三夜，直到第四天上午十二点，服务员开门叫醒了她，说：小姐，要续房费了！她才浑身像瘫痪了似的起了床。

下了床，她洗了把脸，收拾好自身的行囊，下楼退了房，带着自己的行囊回家了。

回到位于 B 街的家，品如情绪极不稳定，几次想寻短见，却看到了女儿苗苗的照片。苗苗上寄宿学校，这孩子还算懂事，节假日回来还能对她说些体己话，如果自己去了，这孩子尚小，咋办？而她的父亲鳖子不知何年何月才能出来，这么想着，想服安眠药的品如就权且放弃自杀的念头。

有一日，异常颇烦的品如打电话约了她最亲密的姐妹白露，就想将心里话对白露倾诉，倾诉了好让自己畅快一点，自己这次吃了这么大的亏，丢了这么大的人，这口气窝在心里，憋得她心里难受，她想白露听了不会嘲笑她，也不会泄密的。

当白露听了品如的倾诉后，颇为吃惊，她没想到品如竟是这般痴情这般傻，结果吃了这么大的亏。

在欢场厮混，如果你多情善感，玩真情，那就趁早别在那场合混了，卖红薯去吧。她将品如狠狠批了一顿又安慰了一番，就离开了品如过自己的夜生活去了。

过了几天，白露跑过来告诉品如一个消息，她在网上看到公安正在通缉一个专门骗财骗色的诈骗犯，那人有几个化名，其中一个名字叫林梦达，还有他的照片，白露描述了一番，问是不是那个林梦达？品如听了白露的描述，说肯定是这个人，她当场就要去公安局报案，白露说今天不早了，明天我陪你去。

第二天，白露陪品如到了公安局报案，干警做了笔录，对品如说，这人是个惯犯，已流窜到了南方，我们正在追捕，一有消息我们就通知你！白露与品如回去了。

在家里伤心了一段时间后，品如为了挣钱，弥补自己的损失又回到了伯爵酒吧。

十一

在品如绝对伤心的日子里，有一个人在默默地关注着她，这个人就是品如的房客，叫丁冬白，他是浙江温州人，是和那批南方人一起进入 B 街的。这几年，他们在B街淘得了第一桶金后，逐渐发达起来，有了钱后，他们便雇了店员，再不用干那些招徕顾客的粗活了，他们每天只是打打电话，联系联系，或在网上选货，在QQ上留个言，货就发过来了，很省心，这样一来，他们就有了很多时间消遣。

刚租房时，他对年轻的房东品如印象是漂亮、温雅、很有女人味，他曾动过心，但刹那打住了，他只是个创业者，身份地位还不允许他有这样的杂念。后来，他完成了原始资金积累，事业扩大，一切按部就班，自然向前发展，收入趋于稳定，吃喝不愁，他对品如的念头复萌了。

他发现品如虽有老公，但老公却在号子里，年轻轻的等于在守活寡。他曾多次想，只要品如愿意，他愿照顾品如，直到他的老公回来，他甚至愿在经济上给品如极大地满足。反正自己的老婆孩子都在老家，他只需定期将生活费打过去就行了，自己一个人，品如一个人，凑上一对临时夫妻多美。他多次对品如进行过试探，比如送品如一套化妆品，送一套新款的裙子，送好吃的……可品如却没有接受，而是友善地将他打发了。

他弄不懂是什么原因促使品如对他毫不动心？与此同时丁冬白看到的是品如越来越光鲜，愈来愈吸引男人的目光了。她早出晚归，或早出晚不归，一回来，就让B街光亮了不少，鲜活了不少。她时尚得体的打扮，漂亮精致的脸蛋，白皙圆润的肌肤，苗条丰满的曲线，金银首饰的耀眼，都让人们啧啧叹羡。实际上，对于房客丁冬白的示爱，品如早已看在眼里，记在心上，只是她懂兔子不吃窝边草的道理，和自己的房客搞在一起，会惹得一身臊，遭街坊邻里的唾骂，也容易传进鳖子耳中，再者，她对这个南方人确实不感兴趣，他生得瘦小精明，一嘴娘娘腔，没有阳刚之气，不是她喜欢的那种高大英俊、男子汉气十足的男人，三来，她每天在欢场厮混，票子挣得嘎嘣响，并不缺钱，每天也会遇到不同类型的男人，她也并不寂寞，所以，她就拒绝了这个南方人。

可是丁冬白并没有放弃，他暗中观察着品如的一举一动，想在她遇到困难的时候，给她示恩、拯救，感化她，让她心甘情愿投入自己的怀抱。

如此一来，丁冬白暗恋品如已三年了。三年里，他没有在外面乱找过女人。他是个怪人，一旦对某个女人动了真心，别的女人在他心里就装不下了。

机会终于来了，一直观察品如的丁冬白发现这一段时间品如猫头狗脸的，也不洗脸，也不打扮自己，神情恍惚，心神不定，像是遇到了什么麻烦。

他知道，他该出手了，他每天早晚都去探望品如，带去了女人爱吃的零食、爱看的鲜花、爱穿的衣裳、爱玩的玩具……起初，品如挡了回去，不要，慢慢地丁冬白带来的东西，品如经过推脱后，还是留下了，品如也没有再让他拿走。

品如逐渐从痛苦中摆脱出来了。

某一天晚上，她吃着丁冬白亲自为她剥了皮的香蕉时，在丁冬白的一再追问下，她说了自己这一段痛苦的原因。她说她的钱被骗子全部骗走了，女儿苗苗的生活费都没了，该咋活哩？

丁冬白听了，慷慨地拍了拍胸脯：我一定让你们娘俩儿好好活下去。这样吧，我明天先给你五万元，以后你有啥困难我再帮你！丁冬白说这话时完全不像个小男人，倒像个伟丈夫似的，让品如有了好感。

第二天，丁冬白果然拿来了五万元，塞给了品如，品如推脱不要，在两人推来推去的时候，丁冬白抓住了品如玉笋似的小手，抱住她，在她脸上不顾命地吻了起来，品如并没有拒绝。

之后，他俩便顺理成章地搅在了一起，只是品如提出，丁冬白不能干涉她的生活。丁冬白并不介意，反正不是自己的老婆，咋能管那么多呢？只要她隔三岔五属于自己就行了。

为了品如与丁冬白的事，白露曾提醒过品如多次：兔子不吃窝边草，街坊邻里会嚼舌根！

品如却不管，说这个小男人总比那骗子强，管他别人说三道四呢！

白露说那你就不要太张扬，鳖子知道了可不好！

品如说，管那死鬼咋哩！说不定他这辈子要死在监狱里呢！

没想到，品如不听白露的话，果然出事了，鳖子一出来，就将他们逮在了床上。

十二

在温柔乡里做了三天美梦的黑牛，已完全释放了。第四天一早醒来，他轻轻挪开裸身搂着他的白露，穿起了衣服。

没想到白露醒了，问，早早地干吗去？

黑牛说，爷们总不能叫老婆养着，得出去挖点儿光阴去！

白露说，那你早点回来！

黑牛说，嗯！

黑牛出了门，就去找鳖子，鳖子还在被窝里酣睡，却不见了品如，黑牛捣醒了他，问，品如呢？

鳖子揉了揉惺忪的眼睛：你干吗呢？催命鬼！那婆娘被我打回了娘家！

黑牛说，快穿衣服，我有话对你讲！鳖子穿好了衣服，递给黑牛一根烟，自己点燃了一支，他们坐在了沙发上，黑牛细细问起了鳖子出来后的这段情况。

鳖子说别提了，兔子都吃到我的窝边了，真晦气！

黑牛说，别说这些，咱们现在出来了，你有什么打算？

还能有什么打算？混呗！混一天算一天！鳖子说。

黑牛道，我们现在不是混的岁数了，我们得挖些光阴，为后半辈子着想，你没看到，咱们坐了十年牢，咱们这条巷子变化多大，在这条巷子求财的人都发了，我们是这里的老户，却守着个老屋，坐吃山空，我们不能在这上面做些文章吗？

鳖子说，做啥文章？门面都租给了南方人，合同又没到期，况且，开店又没有资金，这事咋弄？

黑牛说，这好说，你去把栓子、大炮、秃子几个找来，咱们议一议。

行！鳖子去了。

不一会儿，栓子、大炮、秃子几个就来了。他们几个也是一前一后从里面出来的，闲着没事，正在一块儿"斗地主"，一听黑牛唤他们，就过来了。

黑牛说，我今天把大家叫过来，是商议咱们以后出路的问题，咱们都属于同一类人，是有劣迹的人，别人肯定瞧不起咱们，可我们自己要瞧得起自己，要让人瞧得起咱们，就要干个正事挣钱！现在不是打打杀杀的年头了，那样混是没有出路的！黑牛说了这番话，鳖子他们几个都觉得黑牛说得有道理！他们几个没文化，初中都没毕业，黑牛高中毕业，在他们中算有文化的，加上脑子活络，点子多，他们都听他的，是他们的老大。

黑牛接着说，别人能在这条街上发财，我们为啥不能？我们是这条街上的老户，祖上还给我们留下了老屋，我们就不能利用这些优势搞经济吗？

栓子、大炮、秃子几个说，嗨，别提了，咱们的老屋让那几个娘们儿便宜租给南方佬了，现在合同没到期，又收不回！

黑牛说，哦，就不能想想办法？

想什么办法呢？栓子几个说，强行终止合同是违法的！

黑牛说：你们几个回去给房客讲，你们要将房子收回维修装潢，看他们是啥态度？

栓子几个说，行！就回去了。

剩下了黑牛和鳖子。

黑牛说，你那房客他不是躲了吗？你就将他的店面封了，看他露不露面！

鳖子说，封了门，那是违法的，他会告的！

黑牛说，看你那个怂样，他和品如的事还没了呢！他敢告？

噢……鳖子似乎明白了似的，就按照黑牛的嘱咐做去了。

十三

在B街，有几个黑牛他们一伙的同类，在这条街上混腾。自从黑牛一伙进去后，就给这些人腾出了地盘，他们很快入住了B街。以前，他们是不敢在这条街上露面的，他们知道黑牛一伙的威名，不敢"黄鼠狼吃过界畔"到B街来。黑牛一伙一进去，他们就占领了这条街，成了这条街上的临时统治者。

随着B街商业的兴旺发达，小百货和码头货物的吞进吐出，人流的熙熙攘攘，热闹非凡，他们一伙在B街如鱼得水，生龙活虎，混得有滋有味。顾客们钱多了，包鼓了，他们用镊子夹得更勤了，有人看见了，也不敢声张。

有一次，他们中的慕三娃在人堆中掏一个女人的腰包，后面的一个老太发现了，惊得啊啊啊的怪叫起来，并指着三娃向游人喊，贼娃子偷人哩！还没等她喊完，屁股上就被望风的蛮牛扎了一刀，她疼得在地上妈妈老子的乱叫唤，翻滚着，挣扎着，无人理睬。而三娃、蛮牛等早已不见踪影。

B街上的老客都认识这伙人，谁也都睁只眼闭只眼只要他们不惹到自己的头上就行，做生意的讲究和气生财嘛！蛮牛、三娃一伙折腾得大了，流窜的绺娃子到B街行窃也要来拜码头，每天的进项也要给他们进贡，他们一伙还偶尔收些保护费，或在纠纷中收取双方的调解费。如此一来，他们的收入相当可观，他们吃喝嫖赌抽的费用绰绰有余。时间长了，他们再也离不开B街了，他们觉得B街就是块风水宝地，能让他们财源滚滚。

不过最近他们听说黑牛一伙回来了，他们就有些恐慌，他们知道黑牛一伙是因械斗伤害进去的，被他们伤害的人至今还躺在床上，生活不能自理。若要他们一伙惹黑牛肯定惹不起，他们中的头儿蛮牛就说，咱们改天去拜见一下黑牛，不行了给他们上贡，总之，这B街不能离开。

过了几天，栓子、大炮、秃子几个过来对黑牛说，那些南方人不同意提前解除合同，还说现在是法治社会，得按合同法来办！

黑牛听了，说，栓子，你将蛮牛找来，我有话对他讲。

蛮牛与黑牛接洽过，只是黑牛没有吐口。怎么分配利益，黑牛说等和弟兄们商量了再给蛮牛信儿！蛮牛这几天也在等黑牛的回复。

栓子见过蛮牛，也摸清了蛮牛他们藏身的窝点，就拐弯抹角去找了，不到半个小时，他找来了蛮牛。

黑牛让座后，对蛮牛说，兄弟，咱们都是道上混的，出来混都是为了求财，最近，我们要做一笔生意，你们配合一下，成了，我们做我们的生意，你们在B街做你们的买卖，咱们井水不犯河水，各求各的财！各蹚各的水！

蛮牛拍着胸脯说：大哥，嘛事？只要用得着兄弟的地方，弟兄们万死不辞。

黑牛见蛮牛表了态，就如此这般地交代了一番。

过了不到三天，那些房客主动找上门来，要求与栓子、大炮、秃子几个解除合同。这下，栓子、大炮、秃子都不干了，他们听了黑牛的吩咐，对南方人说，我们当初为了装修房子，要与你们解除合约，目的是等房子装修好了，再租给你们，你们不给我们方便，现在，过了这个村就没那个店了，咱就等合同到期了再解除！

那帮南方人急了，诉苦说，我们几个家里出事了，家人催着我们回去，再不回去家里要出人命的！如果你们肯解除合约，我们的货低价盘给你们，就算是对你们的补偿。

栓子几个听了这话，说，我们哪有钱收购你们的货呢？你们那些破货，白送也没人要！

也不能这么说嘛，那些南方人辩解，我们只是急着回家，要不，我们的货怎么会这样贱送呢？南方人八八九九诉着难肠，请求解除合同，栓子几个，只是不肯。

正在这时，黑牛来了，黑牛进了栓子家的门，一见这么多人，说，你们在这干吗？

栓子就向黑牛说了这些南方人要解除合同的事，黑牛听了说，不是我说你们几个南方人，当初人家提出和你们解除合同，你们死活不同意，现在又要解除合同，这不是要笑人吗？难道弟兄们的脸面就这般不值钱？我说栓子几个，你们也不对，人家话都说到这份上了，你们也该让一让了，与人方便自己方便，不是么？栓子，你们几个说，该咋办？

栓子说，我们听大哥的。

黑牛对南方人说，这样吧，你们的货按20%的价钱处理给自己的房东，也算是提前解除合同的赔偿，你们看咋样？

他们三个中的两个有些不情愿，因为他们的货按20%处理给这些人，等于白送人家了，连本钱都收不回。另一个捅了捅这两人的腰眼，努努嘴，意思是答应，不答应又能怎样？这几天他们被折腾得提心吊胆，失魂落魄，如履薄冰，夜不能寐，都快精神失常了。

自从那天他们不同意解除合约后，第二天他们的店面就不安稳了，不是店里丢失货物，就是两个酒疯子在店面里斗殴、砸东西，顾客一进店，见这阵势，都吓得溜了。或者有不三不四的人老在店面门前转悠，向店里张望、指点、窃窃私语，弄得他们提心吊胆的，店里天天都没营业额。

更为可怕的是，一到晚上一点至两点，有人在店外砸门、卸窗，窗玻璃被砸碎了，店里被扔进了带血的羊头、狗头、死蛇、癞蛤蟆，吓得这些南方人的妻女失声尖叫，战战兢兢的，只好睁眼撑到天明。

起初，南方人报过案。110来了，这伙人瞬间作鸟兽散；110走了，这伙人又席卷而来，其行为更加疯狂。

报了案又能怎样？抓不住不说，抓住了又能如何？这种大法不犯、小法不断的无赖，关几天就出来了，他们会变本加厉的寻衅滋事，谁能奈何得了他们？况且，他们也知道背后有人指使。

他们打听过了，知道是黑牛这帮人指使的，而这帮人又刚出狱，谁也惹不起，因此，他们经过商量之后，决定退了房子，回南方去，强龙压不过地头蛇嘛。

这两个南方人见他们的同伴暗示他们，也就不情愿地同意了。

双方很快解除了合同，很快交接了货物、货款，那几个南方人的货款刚够他们回南方的路费，他们在这场交易中输尽了老本，但也别无他法，所幸的是，他们在B街十余年的时间，早赚足了本地人的钱，这些陈货烂底对他们来说，也无关痛痒了。

这场退房风波发生不久，别的南方人也找到他们的房主退房了，这其中包括黑牛的房客。原来南方人出门在外是很抱团的，他们一见他们的老乡都在B街不干了，他们也无心留守，他们在B街奋斗了多年，也该到了收手回家的时候了。

奇怪的是，那个品如家的房客再没见到人影。回了娘家的品如也没再露头。鳖子到品如娘家接人，也没见到品如。

鳖子问品如的父母，品如到哪里去啦？

品如的父母说，我们也不知道！品如回来的第二天，我们就将品如训斥了一顿，指回去了。我们劝品如说，两口子淘气，狗皮袜子没反正，没有隔夜仇，你快回去待候鳖子去吧！品如就回去了。

鳖子不信，向岳丈、岳母要人，岳丈、岳母反过来向鳖子要人，说鳖子是不是将品如害啦？却来讹人！

双方争持不下，闹到了派出所，干警录了笔录，说我们发个协查，有了消息，通知你们，双方才散了。

品如失踪，鳖子伤心了好一段时间，一时不能解脱。黑牛劝慰说，天下四条腿的人没有，两条腿的女人多的是，哥完了给你再续一门媳妇，有哥在，不会让你打光棍！

南方人走了，B街黑牛他们经营的公司和店面陆续开张。

黑牛注册了一家龙腾商贸有限责任公司。开张那天，来了许多人。高矮胖瘦、少叟妇孺、牛头马面、鱼鳖海怪般的三教九流各色人等都来了。放了二十四响礼炮，唱了三天大戏，开了二百桌宴席，收了一百多万礼金，客来客往，异常热闹。

黑牛他们的公司和店面比南方人当初开的还要大。

政府鼓励社会闲散、两劳人员自主创业，并在政策上给予优惠。他们用房地产作抵押贷了一笔款，道上的朋友帮了一把，他们将这些钱投在了公司的注册与店面的装潢上。他们雇了店员，都是十七八岁的靓妹，其中有一个靓妹叫燕燕的，通过黑牛牵线，说死活要跟鳖子呢。她说，鳖子将来有一定出息，肯定能当大老板。

开业那天，白露出奇的靓丽，一款簇新的俄罗斯裘皮大衣，白金项链，黄金耳坠，使她高贵大方，举止不凡，俨然成了一个真正的老板娘。她来回招呼客人，在弟兄们的嫂子长嫂子短的呼唤声中，她非常惬意、受用。

她同时收到了一个陌生电话号码，她没有接听，可那电话老是嘟嘟嘟地拨个不停，让她心烦，她就接了，准备呛对方一通。一听，却是品如。白露问你现在在哪里？品如说她在南方C市，那个丁冬白和她生活了一段时间，突然失踪了，她无依无靠，她想苗苗了，她想回来。白露说，黑牛和鳖子一伙搞大了，开了公司铺面，你回来了，我给你和鳖子撮合撮合。品如说，不了，我没脸见鳖子了，你把苗苗联系一下，让我见一面，我想女儿啊！品如啜泣起来。白露劝慰，放心，我给你办这事！你就快点回来吧。品如说好。

拉胡琴的哈二和他的小狗小白，又看到了蛮牛、三娃一伙，他们肆无忌惮地从B街的西头向东头窜过来，一路上都有女人的尖叫声和老人捶胸顿足的哭嚎声。

他们来到了观看哈二拉胡琴的人堆里，三娃用手握着镊子向一名中年妇女的口袋里伸去。哈二看见了，胡琴曲疾风骤雨般的变奏起来，让听众听得莫名其妙，不明就里。小白也破例随着那凌乱的胡琴曲汪汪地狂叫起来，像得了霍乱。

人们不知何故，互相用目光询问着，都觉得今天这小老头犯疯了，这小狗神经也错乱了，这胡琴也让小老头拉得怪极了，人们听不出老头究竟拉的什么调子。

只有附近的商铺像蛇一般，将顾客纳进吐出，忙碌异常。

光脚丫

一

罗锅谭四近些天脑子里满是米露的光脚丫，这光脚丫弄得他神情恍恍惚惚的，以至于他持着钉锤给人家钉铁掌时，常常心不在焉，旁驰博骛，思绪也不知飞到哪里去了，那钉锤的落点总是不准，总是错位，铁钉不是被砸歪了，就是碰扭了，钉子总是不能准确的楔进铁掌的孔里，致使月牙形的铁掌与椭圆形的鞋跟很难吻合。这一点，连干了多年鞋匠的谭四也搞不明白，啼笑皆非。

谭四的反常举动，显然使鞋摊上这个油头粉面、流里流气的浪荡哥儿生气了。本来在谭四给他钉鞋的当儿，他挺逍遥的，那只脱了皮鞋的脚正挑着谭四递给他的一只拖鞋随意地晃荡着，嘴里叼着一支烟卷在口中吐出吸进变着戏法，两颗不安分的眼睛来回瞟着巷子里进出的男女，怪怪的。他偶一低头，看见谭四费了好大一阵工夫，那鞋掌也钉不好，而且越钉越别扭，就气不打一处来，特想甩掉拖鞋，吐掉烟屁股，踹一脚，啐一口这个罗锅，出口气。可他正要踹、正要啐的时候，却有点好奇，仔细瞧起这个罗锅来。瞧来瞧去，得出的结论是：这罗锅不经踹不经啐。

从前面看，头低腰圈背了个锅，从后面看，弯腰屈背还是背了个锅，也应了那句：前背锅后罗锅，看来看去还是个罗锅的俗语。要是真的那么一踹，这罗锅也许会像稻草人被疾风扫了一下，猝然倒地，半天爬不起来，在原地蠕动，好不窝囊；那么，就更没有必要啐一口了。啐一口，他或许会用手抹掉或者就那么任由口水在脸上挂着，左一道右一道，好不滑稽。这个罗锅，你将他提起来是一串子，放下去是一堆子，他在乎什么呢？

油头粉面的顾客思谋了片刻，就放弃了自己准备惩戒谭四的想法。他喝了一声："罗锅，你发啥呆哩？爷今儿没时间了，鞋不钉了！"

谭四正无精打采地给这个顾客修鞋，兀地被这声断喝惊醒，才意识到今天这鞋翻来覆去钉不好，还耽误了顾客的时间，就有些不好意思，很歉疚，对顾客说："对不起，乡党，今儿让你久等了，活儿也做得不好，这钱就不收了！"

那顾客不情愿地穿上铁掌钉得歪歪扭扭的鞋，站起来对谭四讥讽："还乡党呢，乡党个屁！是乡党就这个服务态度！你这屄样子还不如早早将摊子折倒了回家种红薯去！"骂完，鞋掌踩着坚硬的柏油路面，嗒嗒嗒地扬长而去。

谭四被油头粉面呛得愣怔了好一会儿，才缓过气来，继续招揽顾客。

二

谭四租住的是胡老五家的房子。

胡老五是城中村的一个农民，他家的地皮是祖上留下来的，足有二亩大。随着城市扩展，这地儿便成了寸土寸金。他看到了商机，连借再贷，筹足资金，五年前楼房厦房同时向上蹿，将这块地盖了个严实，算起来大小房间有百余间。一年下来，房租也能收个三四十万，两年后，胡老五还清了借款、贷款。第三年开初，胡老五每天端个紫砂壶，摇个蒲扇，在院子里晃来晃去，收取房租，已是稳收渔翁之利了。

院子的建筑分三类，东北一排为转角单面楼，属一类；西面一排为砖混结构平房，属二类；南面一排为砖木结构厦房，属三类。当然，房子的属性不同，房租也有区别。

随着大杂院房子属性的不同，无形中也将住在这个院子里的人分了等级，虽然各住户嘴上不说，但彼此心照不宣，清楚自己的经济地位。

单面楼住的多是单身男女，也有未婚同居或婚外恋者。职业很杂，有娱乐场所的服务生、小姐、贩吸白面者、盗窃犯或老千等。别看这些人游手好闲，好像永远没个正事似的，但却出手阔绰、一掷千金。谭四这样的人怎么都想不明白：这些人哪来的这么多钱！

平房住的多是生意人，或者是孩子在城区上学，家人从农村上来给孩子做饭的陪读者。

厦房里住的就是谭四这类人了，有侏儒、瞎子、小儿麻痹患者、缺胳膊少腿的上访者、流浪汉……他们多数是自谋职业者，有鞋匠、算命的、拉二胡吹唢呐卖唱的、给人摸骨的、摆摊的。

所有房客，不管高低贵贱、妇孺少叟，住在这里，多数是来淘金的，个别人图个方便。

胡老五的这个大杂院地处闹市区，蹀出院门三五步便是民丰巷。向巷子迈出三五十步便是旺多镇的人气中心小什子。

小什子有许多标志性建筑物，是旺多镇繁华的象征。乡下人进城别的地方可以不去，小什子却是非去不可。如果没有到过小什子也就等于没有到过旺多镇。

在小什子周边地标性建筑物的顶层上，隐匿着七八处档次较高的娱乐场所。每当夜幕降临，这里成了女人们的"用武"之地，她们在灯红酒绿掩映下，醉眼迷离、投怀送抱、极尽殷勤、疲惫不堪。到翌日太阳升起时，却也赚个盆满钵满，不亦乐乎。

夜幕降临，大杂院里那些白天睡觉，吊儿郎当的白粉客、老千、飞贼们纷纷出动了。小什子周边的高楼大厦、娱乐场所、民宅成了他们大肆放纵的乐园，每至天明，他们一个个筋疲力尽，却也满载而归。

小什子周边也有几所院校。这些院校，给租住在胡老五大杂院陪读的家长提供了极大方便。大杂院距学校不远，学生可以走读。这样可以节省生活费，也能使学生感受到父母的关怀。

当然，住在大杂院，对于谭四这类人和做生意者也相当受益，因为出了大门便是民丰巷。

别看这民丰巷小，像个长虫，弯弯曲曲的，只有一百多米长。可它处于闹市辐射区，这里的许多小商贩看到了商机。早年从温州、义乌进回服装、小百货，摆摊设点儿做起了生意。赚了钱的，竟开起了铺面。几年下来，民丰巷形成了气候，成了旺多镇最著名的服装百货一条街，农民进了城，都要到民丰巷选购自己中意的廉价货物。到了夜间，各种特色小吃上市了，民丰巷锅碗瓢盆交响，各色人等吆五喝六猜拳行令，喝得面红耳赤，好不热闹。

夜深了，玩累了，透个风、寻个小吃的小姐们特别喜欢这个地方，她们往往爱带着她们的金主来消遣。

民丰巷的昌盛给谭四这类人提供了极为广阔的生存土壤。在商家们大赚特赚的时候，他们这些小摊主也分得了一杯羹。

大杂院的区位优势，使住在大杂院里的房客心知肚明，暗暗称庆。他们各取所需，各讨方便，互不打问，互不干涉，倒也相安无事。胡老五的房费一涨再涨，可谁都不愿搬出去，大杂院永远是人满为患。兼之大门二十四小时不上锁，可以自由出入，这于那些心怀叵测的人来说，真是一个逍遥的天地，谁还愿意另择巢窠呢！

三

米露是春天刚过、春夏之交来到旺多镇的。她是她的姐们王爽约她过来的，说真的，米露心里根本不想过来。

旺多镇是个什么地方呢？米露之前从来没有听说过，也没什么印象。她只听王爽说那地方属于西北偏远的一个省份，而且具体位置在这个省最东端的死角地带。如此看来，那一定是一个条件比较恶劣、经济也不怎么发达的地方，是一个被大多数追求文明生活的人遗忘的角落，不适宜生存和居住，那么就更不适宜她们这类人了。

米露没有到西北那个省份去过，可她认识一个来自那个省份的姐妹蓝蓝。

蓝蓝告诉她，说她们那儿一年四季烈日高照、黄沙漫天，巴掌大的一块云，一见风，早没了影子。每天看到的是没有一点儿色彩的黄茫茫塬峁，喝的是一闻便想吐的夹杂着驴粪羊粪味的窖水。姑娘少妇的脸被晒得红突突的，左右脸颊像被贴了两枚初升的小太阳，粉底霜抹得再厚皮肤也是终年粗糙皴裂。小伙子三十几还打光棍，娶一个媳妇光彩礼就得二十几万元。

蓝蓝还说，她的一个哥哥三十八了，还没娶上媳妇，父母急了，就把她许配给邻村的一个老光棍，用她给哥哥换媳妇。她说她实在受不了那里的风沙苦焦，又不愿意给既老又跛的光棍当媳妇。有一天黎明，她乘着看管她很紧的父母不留神，就借出门倒尿盆的机会，扔了尿盆爬上圪梁梁，沿着圪梁梁的羊肠小道跑了几十里山路，一直跑到了山外通向县城的公路，拦了一辆农用车到了县城。此后，乘汽车，倒火车，才来到了外面的世界。她知道她出走后父母、哥哥都要急疯了，可她说她也很无奈，她说她只有等挣够钱了才能回去，才能用钱赎回自己的身子，给哥哥讨回个媳妇，求得父母的宽谅。

米露当时听得云里雾里，发根直竖：怎么还有这么落后的地方？还出这么愚昧的事情？她疑惑地望着憨憨的蓝蓝，似乎在问：这是真的吗？蓝蓝肯定地点了点头，米露这才勉强相信。

毕竟，米露对蓝蓝说的话还存有疑窦。干她们这行的经验是不能动辄相信人。这女孩把她的家乡说得那么可怕，好像不跑出来根本就没有活路，做这一行纯粹是出于无奈，是被逼的，压根不是她的本意。这是不是编的？是自己甘愿步入红尘的一种托词？

就像蓝蓝这个名，姐妹们平日都这样称呼她，可谁都不知道这女孩的真实姓名，也不知道她老家的具体地址，只知道她除了这个小名，另外还有一个艺名叫贝贝。

这跟米露自己一样，平时姐妹们叫她露露，艺名称米露，至于米露姓甚名谁，老家具体在哪个县哪个乡哪个村，这些蓝蓝包括姐妹谁也不清楚，也懒得问。

姐妹们知道彼此间的称谓都是假的，但乐意这样去叫，谁也没有必要也不允许去打问，这是行走江湖吃这一碗饭的忌讳也是规矩。

单就江湖中的这种潜规则，米露凭直觉认为蓝蓝的话有水分。

蓝蓝将她的故乡说得穷山恶水，女人都是"红二团"，皮肤粗糙得像老树皮似的不敢看，可这蓝蓝怎么皮肤却像桃花样的白杏花样的红，而且是粉白色、粉红色的、嫩嘟嘟的水漉漉的那种，似春雨润过的芍药，这么水色亮的妹子，那个穷山恶水的地方能养出来吗？

蓝蓝坐台时，你就甭和她争，争是争不过的，客人们总是爱点她的台，像米露这种玲珑精致的南方小女人，客人确乎厌了似的，爱理不理，反而蓝蓝这种身条高挑、凹凸有致、脸型棱角分明的北方妹子，客人们确是兴趣大增，爱不释手，频频伸出橄榄枝向蓝蓝示好，这让米露一帮姐妹们大为忌恨，说瞅准机会一定要毁了这讨厌的小脸蛋。

那个黄沙漫天、贫瘠干旱的土地上能出落得出这么身材端正、亭亭玉立的妹子吗？或许，深山里能飞出金凤凰，可真正的山沟里又飞出过几只金凤凰呢？在以后的许多时日，米露对蓝蓝的话还是将信将疑：她们那个地方真像她说的那样苦焦吗？

当王爽微信上一遍一遍催米露到旺多镇上来时，米露犹疑不定，她想到了蓝蓝向她描述的她们那个地方的恶劣可怕，她有点担忧；可王爽在电话上说旺多镇一点也不落后，非常现代，外地人称这里为小香港，这地儿钻出了油，油老板一拨一拨，出手非常阔绰，你再不来，赚钱的机会就没了，还顺便说来时再带两个妹子，给米露提成。

王爽说的这番话又使米露有点儿动心。她们这号人不管走到天南地北，都是为了一个字：钱。当她细看蓝蓝行为举止一点儿也不土气、一点儿也不傻帽的样子，她给自己宽心：或许那地方没有蓝蓝说的那么可怕，那么可怕的地方能出蓝蓝这么利落的人么？加之，去年米露到了浙东一个小城，没料想，那小地方生意好得不得了，K厅老板需要增加小姐人手，就托米露联系。米露想来想去，就想到了最好的姐妹王爽。她就约她来，可王爽那边也正缺人，走不开。米露就撂下狠话说反正你看吧，不来的话咱们就断姊妹情。后来，王爽几番斟酌后，来了，并带来三个小姐。为了米露，她连她新交的小白脸都摔了。老板眉开眼笑，对米露的表现大加赞赏，提升她为领班，每晚挣的头份钱。为这事，王爽算是给米露挣足了面子，米露很感激。

那么，这次她得还王爽一个人情。再说了，那钱还是挺诱人的。她叫上了她的两个好姐妹红红和燕燕，从K城启程了。她还从没去过西北这个省，更没去过旺多镇，她要冒险去一趟，不管是祸是福，她要亲眼见证一下，王爽和蓝蓝说的话谁的更为可信。

她们坐了一天一夜火车，一路向西。到了西北的古城，又倒成大客车，八个小时后进了旺多镇。

王爽租了一辆"的士"，早早在旺多镇的汽车南站站口接站，见米露一行出了站，她迎了上去，抱住米露，在她脸蛋上亲了一口，说："我爱死你了！"米露并没过分亲热，只是礼节性地回抱了一下。

王爽将她们让进了出租车，她坐到了副驾驶座上，车向目的地驶去。

出租车行驶在旺多镇的大街上，米露才相信王爽没有诳她。旺多镇宽街两边的高楼大厦，鳞次栉比，装潢得富丽堂皇，证明着这个镇的富有，商号酒肆、发廊茶社、热舞会所、洗浴中心，星罗棋布，它的繁华绝不亚于南方的任何一个小镇，甚至其豪华侈靡远远超过它们。这就让米露有些想不通了：蓝蓝为什么要将她们那里说得那么可怕呢？或许蓝蓝说的是乡下。可之前坐在装有空调的大客车上，一路经过乡村，都是一排排的新农村建筑，整齐划一的良田沃野，成片成片的果树林，鸡鸣狗吠的田园景象……根本看不到黄沙漫天贫瘠干旱的荒凉。这一路走来，米露感觉到，北方的发展已和南方差距不大了。她认为蓝蓝给她讲的那些话，故弄玄虚，子虚乌有。

出租车驶完大街，进了巷子，拐弯抹角后，到了胡老五大杂院的门口停下。姐妹们下了车，从后备厢卸下拉杆箱，跟着王爽进了大杂院，上了北首二楼。

王爽从坤包里掏出钥匙开了门，米露一行进了房。这是一套三室一厅楼房。客厅里摆了一套真皮转角沙发和一个大理石茶几。沙发对面墙壁上挂了一台29英寸大液晶电视。门的左右对角线各立着一台冰柜和一台饮水机，客厅装有空调，王爽啪的一声打开空调，房子马上送来了凉丝丝的冷风。

王爽挨个儿推开各居室的门，领她们参观。室内都安放一张席梦思大床和一些简单的生活用品。

王爽领米露参观完房子后说："从今往后，这儿就是姐妹们的家了！"然后，她从冰柜取出几筒罐装雪花啤酒，分别递给米露一行。

从上了出租车就绷着小脸的米露，接过王爽递给她的罐装啤酒，猛一拽拉扣，液体泡沫喷了出来，溅了王爽一脸。米露咯咯地笑了起来说："王爽，你还真行！这窝儿不错，看来，我们从此要在这里好好的开辟新天地了！姐妹们，乐乐！"她用开了口的啤酒罐与王爽、红红、燕燕手中开了扣的啤酒罐分别相碰，酒沫发酵开来，姐妹们口中发出了兴奋的"耶！耶！"的尖叫，那酒液也被她们咕嘟咕嘟吞下了肚。

四

罗锅谭四刚一落地，随着接生婆吴妈提起他的细腿，将他倒立空中，朝着他的屁股上拍了一掌，他哇的一声哭出了腔，便大事不妙了。

一直在屋外不安地走来走去竖起耳朵倾听屋内动静的谭四父亲谭木匠，听到谭四的哭声，一把掀开门，暴风骤雨般的闯进屋，奔向婴儿。

谭四母亲梅花，在吴妈的指挥下，经过有节奏的一波又一波的挣扎后，几乎用完力气，已是大汗淋漓，累得像死过去了一般，一动不动。当听到哇的一声婴儿的啼哭时，却像活过来似的睁开眼睛，头努力地倾向吴妈，脸上绽出了一丝喜悦而扭曲的笑靥。

吴妈赶快向两人报喜：是个男婴。

谭四的父亲谭木匠闻讯后，双手抱头圪蹴下去，竟哇的一声嚎了起来。不过他的哭声和谭四的那一腔少气无力、低微而尖细的哭声有区别，像一头老牛发出的嗡嗡声，低沉而沧桑。

谭四的母亲梅花也哭了。她的哭声是妇道人家的那种抽泣声。好像在用哭声诉说着过往岁月的种种压抑与委屈，又似一个学子终于完成了学业，校方准予其毕业的那种激动和喜悦。

吴妈开始用碎布缠裹婴儿，她弄不懂，俩人为的就是生个男婴，咋还如此伤心？

在谭四母亲梅花诞下谭四之前，谭四的身前还有五个姐姐，其中有两个送了人，剩余三个均已出嫁。谭四降生时，谭四母亲属高龄产妇。本来已逾天命之年的她，受孕实属不易，能够产下婴儿，那简直成了奇迹，而"带把儿"的谭四更成了奇迹中的奇迹，这于谭四的父亲母亲来说怎能不欣喜若狂，喜极而泣！

谭四父亲祖上三代单传，人丁不旺，这使他的祖上至死都成了心病，耿耿于怀。到了谭木匠这一代，受祖上的遗训，续香火的重任，毫无例外地落在了他的肩上。

谭四老家远在距旺多镇二百多公里的北部山区，位临毛素乌沙漠的南缘，环境几乎与蓝蓝向米露描述的她的那个家乡的状况相同。虽然米露总怀疑蓝蓝讲的话有水分，可如果她将这些话对谭四讲，谭四一定相信蓝蓝讲的是实话。因为他从小就生活在那种环境中，感受过黄沙漫天干旱缺水的滋味。

这样恶劣的环境生存下来，就需要与天斗，与地斗，与人斗，而这些离不开人，特别是离不开男人。谭四的祖上吃尽了没有劳力的苦头，他们想尽了办法壮大血脉，到头来还是一脉相承，并且这脉系细细弱弱，像一根手中的丝线似的，随时都有断的可能，这让谭四的父亲谭木匠很苦恼，肩上的担子陡然加重。

他在艰苦的劳作之余，费尽心机地努力，甚至吃了无数牲畜的器具用来滋补，谭四的母亲也积极配合，无奈天不作美事与愿违，在一连生了五胎女婴之后，谭四的父母几乎绝望了，谭四的父亲打算背一个不孝有三无后为大的罪名，待清明时在祠堂里向祖上请罪。

可是有一天晚上，他在村上的庙会看戏，正观至《周仁回府》看得兴起时，下午饭羊汤喝得多了，尿憋得难受。他急忙收起鼓得起劲的巴掌，向那个扮演周仁的演员不舍地扫了一眼，挤出人群，便向庙后跑去。

月亮躲在云层的缝隙里，水银般泻下来的微光照在大地上朦朦胧胧、影影绰绰，他缓了口气，平静下来，面对墙根，解开裤带待要撒泡尿，却听到距他三五米处"刷"的一声，一股白水像决堤的洪水滋漉漉撒了出来。他惊了一下，循声望去，两瓣儿女人肥硕圆润的屁股，像两坨凉粉，在朦朦胧胧、影影绰绰的月光下闪着耀眼的白光。他意识到了这里还有一个人在小便，而且是个女人。他不敢在这里小便了，可不小便，他憋得难受，他便借着朦胧的光影跑向稍远的另一边，匆匆撒了尿，系了裤带预备返回剧场。可刚才那一幕定格了，怎么也赶不走驱不散。

那白水落地奇妙的滋滋响声，那饱满而殷实的屁股闪烁起暧昧而诱惑的白光，总在脑际回放，让他心里有了一种想象和心跳。

自从五个女婴落地之后，他对传宗接代已没了信心，他们夫妻间的房事活动近年来处于空白。不知为什么，今晚他却有了一种特别的冲动，这是他这些年来所没有的。也许那白水那屁股太诱人了，成了一粒催情剂，使他躁动不安，欲火难耐。他进了剧场，折子戏《周仁回府》已近尾声，下一出《斩单通》即将上演。他再也无心看戏了，心急火燎地出了剧场，踏着若隐若现的月影急急匆匆回了家。

妻子梅花借着煤油灯光在缝补衣裳。她上体贴身裹了件红肚兜，为了防寒，她肩上披了件黑纱坎肩。这使她上体近乎半裸的躯体在黑色的衬托下愈加亮白，两个乳房的下部被肚兜裹得紧紧的，剩下了上半部，露在外面，呈半球形，有些松塌稀软，已失去了弹性饱满。但今晚在谭木匠的眼里，像熟透了的露在石榴皮外面成熟的红瓤，让他急不可耐馋涎欲滴。其实在平时，梅花的这种装扮太常态化了。她每晚在灯下缝缝补补，刺刺绣绣，都爱这个样子。这一是为了凉快；二是为了方便，针线活做完了，累了，将坎肩一摘放在炕头，吹熄煤油灯，钻进被窝，即甜然入梦，省掉了穿得多受那宽衣解带的麻烦。

梅花的装束，谭木匠每晚司空见惯，到了后来，他都不愿多瞅一眼或瞥一眼了。在他看来，生了五个女婴的她已耗尽了水分，皮干肉裂，再也唤不起他的欲望。他每晚干完农活后，倒头便睡，而梅花则要将一些针线活做完后才入睡。

今晚，在谭木匠的眼中，梅花所有女性的性征在瞬间都突然复活了。

悄然入门的谭木匠，跨腿上了土炕，拦腰抱紧了盘腿坐在炕席上的梅花。被双臂箍紧了的梅花，吓了一跳，她丢下缝补的衣裳，双臂用力筛了起来，试图挣脱搂抱，可越筛越紧，对方有力的搂抱竟将她箍得喘不过气来。她一时还没弄清这人是谁，她继续用力筛着，只听谭木匠急切而乞求的声音："梅花，梅花，我要，给我！"

　　梅花这才弄明白原来是自己的夫君。彼时，她从对方沉重的喘息声中也嗅出了谭木匠熟稔的气息。她有点儿纳闷：自己的老汉今晚这是怎么啦？他的哪根弦出了毛病？这么急于求成！他很长时间都没有沾过她的边了，即使沾也是蜻蜓点水，草草了事，毫无兴致可言。而今晚却这般反常，梅花嗔道："你咋啦？你是撞了叫驴发骚？还是见了母猪'跑槽'哩？把你癫狂的！快松开，老娘有点儿受不了了！"可她越说谭木匠箍得越紧，并喘着气继续央求："梅花，给我，给我！"梅花终不情愿，还是筛着。谭木匠并没有松开，他一只手箍着梅花，腾出另外一只手几下撕断了梅花肚兜的绳扣，肚兜掉了，两个乳房充分裸露了，他的两只大手贪婪地捏摸着。那乳房被捏摸得有了生气，不断地膨胀不断地活泛。渐渐地，梅花不再挣扎了，她转过身子机械地迎合谭木匠。

　　煤油灯灯芯一明一灭，最后，终于在两人的喘息中熄灭了。

　　自从那夜后，几年不怀的梅花竟然受孕了。这让谭木匠大喜过望，重又燃起了延续香火的念想。

　　吴妈在灯下细心地包裹男婴谭四，突然有了一个惊人的发现：谭四的背部隆起了一块小碗大的肉瘤，这让吴妈失魂落魄。

　　在谭四家乡的这个山区，医疗条件极差，去一趟乡卫生院得翻山越岭走几十公里，耗时一天。因此，村妇分娩大多靠接生婆。几十年下来，吴妈接生过无数婴儿，根据所见所闻，她断定谭四是个先天性罗锅。这种婴儿一般很难存活，即使活了，也不健全，将来定是一个侏儒加罗锅的废人。

　　要不要告诉哭泣的谭木匠两口呢？吴妈犯了难。此刻，谭木匠，双手松开了抱着的头，倏忽立了起来，一把抢过吴妈手中的婴儿，举在空中狂喊："我有后了，我有后了！"那声音在沉寂的夜晚余音绕梁，有些吓人。婴儿被惊了，又"哇"地哭出了声，此后便没了声息。

　　梅花嗔怒地剜了一眼丈夫："你发啥神经哩。瞧，吓着孩子了。"谭木匠并没理睬，紧搂着婴儿，幸福的泪水又滚出了眼眶，打在了谭四的毛毛头上。

吴妈瞧见谭四两口如此幸福便不忍心多说了，她收拾好接生工具，从谭木匠怀中接过婴儿，递给土炕上的梅花，嘱咐："你是老产妇了，懂得咋抓养娃儿，精心抓养吧！"便拎了接生工具，退出了土屋。

谭木匠将吴妈送出大门外，折回屋内，一屁股上了炕，在灯下与梅花仔细瞧起自己的儿子来。

五

翌日中午，吴妈在门前的自留地里割韭菜，谭木匠急慌慌的喘着粗气跑过来，老远对吴妈喊："不得了了，我儿子背上有个大疙瘩。吴妈，这是咋回事呢？"

吴妈扔下镰刀，迎了上去，问："是吗？"

谭木匠说："是的！"他又询问："吴妈，你一定发现了，你咋不给我说呢？这婴儿是不是怪物投胎？你看他背上生个疙瘩，脸上也奇形怪状的，怪眉怪眼的，是不是妖魔附了身，来惩罚我老谭来了？我这是做了什么孽了，亏了啥人了？老天要这样罚我！吴妈，你倒是说呀！这是咋回事？我该咋办呢？"说着说着，谭木匠竟呜呜哭起来。

吴妈上前劝慰："老谭，你先养着，这背上的疙瘩也不是啥大病，待孩子大点了，你到大一点的医院给他做个手术，这疙瘩也就消了。"

谭木匠说："我不相信。早上左邻右舍听我有了儿子，纷纷赶过来祝贺，可他们看了婴儿后，说这娃背上长个疙瘩不吉利，肯定活不了。即便活了，将来也是个妖魔鬼怪！有的乡邻还背着我挤眉弄眼说，这老谭上辈子把人亏了，生了这么个孽障，报应呐！"

吴妈说："你不要听他们讲，他们是煽风点火，见你得了个儿子，眼红哩！你是个男人，你要有主张嘛！"

谭木匠说："我也不相信他们的话，待他们走后，我越瞧越觉得这娃儿难看，那脸上的表情也是死眉瞪眼的，一点也不活泛。我的祖上包括我个个都生得端正俊气，可到了我这一辈咋生了这么个五形不正的怪物！到底是我做了孽还是祖上做了孽？报应啊报应！"谭木匠的悲泣声加大了。

181

吴妈宽慰："老谭，你就顺其自然吧。兴许，娃儿大点了，会好点儿的。"

谭木匠止住哭声呛道："我才不相信你的鬼话呢！你们合着欺骗我！羞辱我！吴妈，你说，你当时是不是看见了婴儿背上的那个疙瘩？你明知道这是个怪胎却不告诉我，你啥目的？你这是故意整我嘛！你当时给我说了，我出门就地在沟壕挖个坑将这孽障埋了，谁也见不到，以后乡亲们问起，我就说是个死婴，省得他们日后对我嚼舌根，说我老谭把人亏了，才生了这么个怪物，让我一辈子抬不起头！"

吴妈反驳："你咋这么说话呢！血口喷人，胡赖人！昨夜黑灯瞎火的我咋看得清？你快回吧！不要在老娘家门前撒野！"

谭木匠回敬："你个老巫婆，我总有一天会和你算账的！你等着，我现在就回去，掐死你亲手接生的这个孽障，我要让方左二圆的人都知道，你是个老妖孽，害人精，谁找你接生谁就倒霉，不吉利！"谭木匠咒毕吴妈，转过身，向来路奔回。

谭木匠跑了十几里山路，回到谭家嵝岘村，愤愤地进了自家院门，拽了把铁锨，向土屋闯去。

进了土屋，梅花正在给谭四喂奶，他一把揪过吃奶的谭四，倒提起向屋外奔去。梅花知道不妙，她拖着刚坐了月子虚弱的身子，跳下炕，顾不得穿鞋，光着脚片去追谭四。

谭木匠已到了院门外，再跨几步就到了沟边。梅花疯了似的扑上去抱住了谭木匠的双腿，不让谭木匠下沟。她说："娃他爹，就养几天吧，养不活了再说！"

谭木匠用力筛着梅花，他说："养下去也没用，这孽障迟早是个祸害，早死早脱孽！"

梅花提醒："我们生了个怪物，本来就作孽了，你再将他活活弄死，更是作孽，那上天就更不容了。"

谭木匠抢白："娘们儿懂个屁，妇人见识，不处理掉，早晚是个累赘。"见梅花死死抱住他的腿不放，他恼怒了，用锨把重重地在梅花手腕上磕了一下，梅花疼得哎呦了一声，本能地松开了手，谭木匠向沟边大步跨去。

梅花情急之下向院门外的辘轳井奔去，她揭开井盖，爬在井沿上，头吊向井口，大喊："娃他爹，你今儿弄死娃儿我也不活了！"

几步跨到沟边准备下沟的谭木匠，听到梅花的呼声，回头一看，梅花衣衫不整，半个身子已倾倒了井口。

谭木匠清醒，这婆娘平日里柔顺，可惹急了也是外柔内刚，跳崖奔井抹脖子上吊的事绝对干得出来，这婆娘一出事自己当个鳏夫不打紧，可这怪物加上婆娘跳井的丑事一起扣到他头上，使他更加无脸做人。想来想去，他妥协了，权且留下了谭四的性命。

梅花每天精心喂养谭四，谭四奇迹般的活了下来，没有半路夭折。这使谭木匠心有不甘，总想设法弄死这个越来越长得像个罗锅的侏儒。谭四一天天在变化，在梅花的教养下，已能叫爹娘了。这让他不忍下手也不好下手，平时梅花对谭四看得很紧。时间长了，谭木匠看着这个年龄在长却不长个儿的丑物，已是意冷，就让他顺其自然，自生自灭吧，反正自己的命就这样了，该遭天谴！

看见儿子已三岁了，梅花让谭木匠起个名字。谭木匠虚与委蛇，推来推去，说随便吧。梅花说你是娃的爹，这名字你不起谁起？见梅花揪住不放，谭木匠没法，就想了想说："这娃儿在谭族男性这一辈儿应算老四，就叫四儿，大名称谭四吧。"梅花听了没再言语。

一晃几年过去了，梅花因坐月子多，受了风寒，风湿性心脏病的病根犯了，久治不愈，撒手人寰。这下谭木匠成了一个真正的鳏夫。而谭四也八岁了，到了入学的年龄，还宅在家中。谭木匠稍有零碎钱，便在村头的小卖部掫上半斤劣质烧酒，把自己灌得烂醉如泥，回家倒头便睡。谭四没人照顾了，一逢饭时便迈着短腿在庄前屋后，晃来晃去，有人见了，看这小罗锅可怜，便将他牵进去，接济一顿。见到这种场景，村主任谭光荣将谭木匠叫到村委会狠狠训斥一顿，末了，责令谭木匠要对谭四的生活起居负责，否则，将追究他的遗弃罪。谭主任顿了顿，补充说："鉴于你家特殊情况，村上决定免了谭四的学费，让他上村小。"

谭木匠头啄米似连连答应："好，好，好。"谭木匠清醒时，谭四还能吃顿饱饭；酒醉时，谭四饥肠辘辘，饿得发慌。在饥一顿饱一顿的状态下谭四勉强读完了小学。

在一次酒醉后，谭木匠在村头的水渠边转悠，一脚踩空，竟掉到了废机井里，结束了自己半醉半醒的人生。

谭四成了孤儿，村上准备将他送到乡上福利院。有人说谭四有个舅舅，在旺多镇做生意，家境还不错，不如与他联系，征求他的意见。谭光荣与谭四的舅舅衔接。他了解情况后表示愿意收留这个外甥。

第二天，谭四的舅舅开着"普桑"接走了谭四。

谭四的舅舅没有让谭四再上学。他认为凭谭四的身体条件，上学是件艰难而无益的事情，不如趁年纪小，学门手艺合算。

谭四的舅舅注意到旺多镇民丰巷有一帮浙江鞋匠，大多是残疾人，可生意做得红红火火，钱挣得咯巴响，有的残疾人还娶妻生子，日子过得有滋有味。隔天，他领谭四到了民丰巷，给谭四拜师傅。

他想：给谭四拜个残疾人当师傅，他不会歧视谭四，因为他们都是同类，会惺惺相惜。没想到拜的这个小二麻痹患者师傅并不愿收谭四做徒弟，在他看来，谭四罗锅加侏儒比自己还残疾，教起来一定费事，便摆了摆手："你们另请高明吧！"

谭四的舅舅不解，向这个挥着钉锤预备钉鞋的小矮人央求："你就收下我这外甥吧，他的父母双亡，是孤儿，没个营生，今后可难活呢！"

跟在舅舅屁股后面的谭四，这人不愿收他，费劲地跪下去，头着地，面向残疾人师傅，纹丝不动。

鞋匠不予理睬，继续挥着钉锤干自己的活儿。

见状，谭四的舅舅对鞋匠说："这样吧，我将学徒费再加三百，你看行吗？"他原先出的学徒费是每月三百，再加三百每月就成了六百。

听到这话，鞋匠抬起了头，瞅了瞅谭四的舅舅说："那就试试吧！"又对跪在地上的谭四说："起来吧，师傅收下你了。"

谭四听了，连磕了三个响头说谢谢师傅，方才爬起来。

谭四跟着这个叫杨乐的浙江师傅学艺。他心灵、手巧、尊师、勤学，很得师傅赏识。不到一年，将师傅的手艺全部学到了手。不久，浙江鞋匠离开民丰巷，迁徙到了另外的城市，旺多镇留下了谭四一帮本地鞋匠。谭四的手艺好，做的活儿精，生意好得让同行嫉妒。三四年后，他租了胡老五的房子，买了简单的家电用品，生活开始有了起色，存折上有了存款，他的舅舅再不用过多担心这个外甥了。

六

米露和她的姐妹燕燕、红红在胡老五的大杂院安营扎寨后，稍作休整便开始蠢蠢欲动了。对于她们来说时间就是金钱，机遇就是财富。她们知晓好花不常开，好景不常在，每个地方的繁华热闹景象不会永远持续下去，不会经久不衰。所以，她们要抓住这有限的时光，尽可能地利用自身的本钱赚个盆满钵满，不留遗憾。然后，寻找下一个理想的目的地，再短暂停留。她们这类人就像一群候鸟，永远在迁徙，永远在路上。

这天傍晚，她们做了精心梳妆打扮后，高跟鞋踩着楼梯的板砖，嗒嗒嗒的下了楼。

大杂院的院心挺大。胡老五在建房时没有将院子的空间占完，他在院心留了一块空地，在空地周围砌了一圈矮墙，里面栽了塔松、侧柏等风景树，也栽了银杏、柿子、酥梨等结果树，还压了葡萄藤，撒了花籽。几年后，院心花园已是枝繁叶茂，硕果累累，鸟语花香，景色宜人。胡老五的这一举措使院内的住户均对他另眼相看，都夸他与一般的土财主有区别，是个有品位和有情趣的人。

米露和她的两个姐妹看到院心这一难得的景致，都哇地惊呼了一声。燕燕仰头指着枝头上的一只鸟，对她俩说："瞧，还有一只黄鹂在给咱们唱歌呢！"

米露和红红顺着燕燕的手势望去，果然，一只轻盈的黄鹂在银杏枝头跳来跳去，叽叽喳喳地叫唤。她们仨一下乐了，说真是吉祥鸟啊，给咱仨定能带来吉利。她们打趣着，互相在身上挠来挠去，笑得花枝乱颤，开心得闪来躲去。

她们昨天经过长途奔波，到了旺多镇，拐到大杂院，在王爽的引导下，即匆匆上了楼，根本没有留意大院的一切，她们更在意的是王爽给她们租的房子室内的氛围和舒适度。现在，院子里突然冒出了这么一处田园般的幽境，这无疑是个意外的惊喜，这使她们对目前的临时栖息地多了几分好感，都在心里叫好：这个王爽选的这个地儿还真不错。其实，她们之前对这个大杂院不甚看好，缘由是这个院子的住户身份复杂，她们只是想先扎下营，慢慢瞅机会再换地儿。

姐妹们笑毕了笑累了，便牵着手挽着臂弯迈向大门洞子。

胡老五家院子的大门洞子比较宽，约有四米宽六米深，大门一开那轿车都能开进来，住户的出入极方便。平时饭后，谭四手中端杯酽茶，摇把蒲扇，拎个马扎，摇摇晃晃踱到大门洞子的右手侧旁，放下马扎，撑开，坐了上去，从上衣口袋掏出微型收音机，调准频道。

他一边抿着酽茶，一边摇着蒲扇，一边听着"秦之风"，颇为受用。

谭四之所以选择大门洞子休闲，这一是大门洞子通风凉快；二是能与院子出入的房客互相打招呼，聊上几句，亲热亲热。白天大家都忙自己的事儿难得碰面，只有晚上才有机会遇到。

旺多镇的夏夜格外闷热，这主要是干旱缺雨所致。为了驱热，逢每个夏天，谭四都会在大门洞子坐很久，听很久，直至整个夏天过完，进入秋凉，他才挪回屋内。

谭四这种特殊的休闲方式，并没有影响到院子里其他人的生活起居。这个院子里的住户，有人白天出去，有人晚上出去，人们出出进进，整个一个晚上院子都有人在走动。

谭四黏在大门洞子听秦腔，摇蒲扇，偶尔还哼哼唧唧几句，谁也没有过多的厌烦过他。反正这个院子里的人昼夜都在走动，都在喧闹，谁也没有资格说谁。时间久了，房客们晚间回来，如果在大门洞子见不到这个罗锅，还多少有些不是滋味。

他们发现这个罗锅虽丑陋不堪但待人热情，每晚和他们打招呼，拉个家长里短还挺有意思。况且，有这么个罗锅，每晚在大门洞子坐着，那些对院子有所觊觎的外来人，他们不明就里也会收敛一些。

有人甚至盼望这罗锅一年四季坐在这个门洞子里，他们看见了，会有种安全感。

米露脚刚踩进门洞子，突然哎哟一声，像被蛇咬了一下夸张地叫了起来。红红和燕燕不知何故，以为米露的脚崴了，赶紧弯下腰去查看米露的脚踝。

米露俯下身子说："我也不知咋了，只觉得小腿肚子处刮过一股冷风，寒森森，凉丝丝的，像刚出污泥的泥鳅黏在腿肚子上，吓死人了。"

"哦，是这么回事！"红红和燕燕应声。

她们查了查，并没有米露说的泥鳅、蚯蚓之类吓人的东西，却见一个身形矮小的罗锅坐在马扎上，使劲地扇着蒲扇。

米露也刨了刨腿肚子，没发现什么。

原来她们三个的身条都较高，只顾说说笑笑、打打闹闹地相挽着向大门外走，却没发现脚下还有一个人。

既然腿上没有什么异物来袭，那么米露腿上的怕人感觉来自哪里，三人有些怪异。

三人待要探究仔细，米露发现了谭四的蒲扇。

谭四的蒲扇呈八角形，像铁扇公主手中的那把放大了的八蕉扇，大得有点夸张，和谭四的矮小身形相比不成比例。他使劲地扇着，好像没看见米露三人似的，并不理会她们。

米露那种像泥鳅又像蚯蚓黏在腿肚子上的凉丝丝、寒森森的不适感又来了，她弄清了，这种感觉来自那把蒲扇。

这把蒲扇营造的风像风箱、像风车吹出的风大得惊人，冷的阴森，对于米露来说。

她们三人的腿都生的修长而匀称，晚上到夜场工作，她们穿了超短裙，只不过红红穿了一双透明的肉色丝袜，燕燕穿了一双透明的黑色丝袜，而米露没有穿丝袜。她的腿修长丰腴而且滑腻白嫩，这使她不穿丝袜更为性感，展现了一种天体的美，会使男人们更为着迷。

米露的光腿多少有些光处不胜寒，谭四扇来的风使她受不了，而红红和燕燕有丝袜的遮挡倒没感到什么异样。

米露一把夺下了谭四手中的蒲扇，扔在地上踩了一脚："发啥神经呢？黑天暗夜的扇啥妖风？"

正扇得起劲的谭四被人突然夺了扇子有点儿诧异：我扇凉哩，碍你什么事？他仰起头不解地望着夺他扇子的人。

她太高了，他仰起头才勉强看得清。

他看见这女子衣领很低，露出了半个乳房，小背心也很低，露出了肚脐眼，还有两个女子和米露装扮几乎一样，正手挽着手，做着亲昵的动作，还指着他嘻嘻哈哈，有点轻浮。

谭四今晚有点怪，就是感觉特别的闷，特别的热，是要下暴雨了还是要入伏？他不知道。尽管他喝着冰糖酽茶，还是不解暑，他拼命扇着蒲扇，扇来的风还是降不了闷热，对于今天这个坏天气，他近乎无所适从了。

只听高个子女人说："没事歇着去，出什么牛力马力乱扇，扇得姐姐的腿肚子特不舒服的！真是个怪物。"

谭四这才低下头看女人的小腿。他很矮，女人很高，他坐着平视，刚够到这女人的一节莲藕似的白腿肚子上。他才明白，自己只顾扇扇子，扇出的风恰好落在这女人的腿肚子上。

他觉得这事与自己有责任，便向这高个子女人道歉。这女人不愿听他啰啰唆唆的道歉，说："以后多长点儿心眼，看不来脚前眼后，笨死了！"

那两个女人也说："不是吗？看他那小样，就缺心眼！"

"哈哈哈！"这三个女人嬉戏着出了大门，噔噔噔地扬长而去。

谭四不知道这三个女人是干啥的，他以前也没有见过，她们的放肆，让他怔了好一阵子。

七

在三年前，有人给谭四介绍过一个对象。那时他已三十六岁了，不过他和这个女人同居了近一年，这事却砸了。

对象是巷子里卖凉皮的双梅介绍的。双梅也是乡下来的，儿子宝对在旺多镇上高中，她在胡老五的院子里租了房，一边做小生意一边陪读，平时钉个鞋换个拉链修个包这类活她爱找谭四。

都在一个院子里，熟了，对双梅的这些小活谭四有时少收有时甚至不收，这让过日子极节俭的双梅颇为感激。为了报答，她有时会给谭四送一碗凉皮。谭四推三阻四不愿吃，双梅放下碗便走了，谭四只得吃了，吃得津津有味。

谭四的年龄不小了，为了谭四的婚事他的舅舅张成非常着急。他担心自己过世了，这个外甥没人照顾将来受罪，自己愧对地下的姐姐，他便到处托人给谭四说媒。

这消息让双梅听到了，她开始留意这事。双梅觉得谭四人不错，身体虽残疾，可脑子活络，勤快，心眼好，手艺精，会做生意。这个巷子里在鞋匠这个行道，他的收入是挂头牌的，给他找个老实本分的女人，他是完全能养得起的。

有一天，已临近黄昏，她的摊位来了一位女人，像有三十出头的样子。她并没有坐在双梅给顾客准备的条凳上，而是立着，定定地瞅着橱柜里面白亮亮的凉皮犯痴。

此时，一个顾客刚吃完凉皮，掏出一张十元纸币递给双梅。双梅找了五块零钱，顾客离去她才有工夫注意这女人。

女人穿了一身蓝色华达呢套装，显然着身时间长了，有些陈旧脏污，个子不高不低还算匀称，脸蛋还算周正，只是齐耳短发有些凌乱，好像有好些天没有梳理过似的，那眼神也有点飘忽不定，扑朔迷离。双梅弄不清这女人是干啥的，就赶快招呼她坐下，可这女人并不理会，只是瞅着双梅橱柜里的凉皮不错眼珠。双梅明白了，她是要吃凉皮，她就盛了一碗凉皮拌匀了调料，取了一双筷子递给这女人。

这女人也没客气，端过碗便狼吞虎咽刨了起来。双梅嘱咐她坐下吃，她并没坐，就这么立着。很快一碗凉皮下了肚，她用手抹了抹嘴唇，又盯着橱柜里的凉皮好似还想吃的样子。

见女人还盯着凉皮，双梅又调了一碗递给女人。女人像先前的吃相，一碗凉皮几分钟便下了肚。这次，她连双梅递给她的纸巾都没要，用双手手背左右抹了一下嘴，转身就要走。

双梅提醒："还没给钱呢！"

这女人听说要钱惊讶得转过了身，面对双梅："要啥钱哩，吃饭还付钱哩嘛！"

这下，让双梅惊了：她还没遇到过吃凉皮不给钱的顾客呢！她睁大了眼睛仔细瞅着这个耍赖但还不算蛮横的女人，只见她怪怪地盯着自己，那眼里的光，散乱不堪，游移不定，让人有些捉摸不透。

双梅猜想，这该不是一个智力有障碍或者精神有问题的女人吧？想到这儿，她不愿跟这女人有过多的纠缠了，她摆了摆手让这女人走，待这女人嘟嘟囔囔转身要离去时，双梅主意忽然变了，唤住了她："妹子，大姐有话跟你说。"

双梅在唤住这女人之前，脑子瞬间闪现了一个人，这就是整天在巷子里摇来晃去的谭四。她突兀间有了一个奇怪的想法：何不将这女人说给谭四？以前这巷子里有过先例，几个残疾鞋匠经人说合，都娶到了同样到处流浪的智障女人或体残女人，有人还生了健康的子女，若要他们这些人娶到健康正常女人显然是很难的，即使娶到了谁保证以后就不后院起火呢？因此，还是猪找猪伴狗找狗类的好。

其实，女人的细心使双梅对这女人短暂的观察已得出了几分结论：这是个智力有问题的女人，可这女人的智障也没有严重到了不可救药的地步，这是从这女人看人的眼神、穿着打扮、走路的姿态、言谈之间得出的。一个精神严重有问题的女人绝对是掌控不了自己的，她的头发定是像蒿草似的乱蓬蓬的拧着结，蓄满了污垢，她的脸定是脏兮兮的，像是涂了锅底的黑煤粉左一道右一道让人不敢正视，她的穿着也定是衣衫不整凌乱不堪，可是这女人没有以上的迹象。

双梅认为，这女人即是个智障或精神病人，也属于轻度或中度病人，如果环境良好做些调理，假以时日，这女人的病会有转机的，这样的例子以前是有过的。

双梅老家的村子，过去有个未婚的姑娘得了癔症，恍恍惚惚神志不清胡言乱语疯疯癫癫，父母找了方圆最好的郎中治疗也不见效。无奈请来了阴阳先生看是不是"外交"上的问题，阴阳说也许是撞了鬼中了邪，你们给她冲个喜，让阳气冲一冲兴许还能好呢！

这姑娘父母问："咋冲喜呢？"

阴阳说："结婚圆房。"

这倒让姑娘的父母为难了，哪里去找姑爷呢？自己家姑娘的病在乡里传得沸沸扬扬，哪个还敢娶？没法了，就托媒婆找。媒婆拿了这姑娘父母的赏钱后不敢怠慢，迈着一双小脚，四处打问。一连打问了十几天，才打问到距这姑娘家60里外，有个拐子王二，三十八了还没媳妇，媒婆前去撮合这事。

王二的父母听了，权衡来权衡去，说：行，但不掏礼钱。

媒婆转回去将这话对姑娘的父母传了。考虑了好一会儿，姑娘的父亲摆了摆手："罢了，罢了，由着他们吧！"又说："王妈，你快点选日子吧！"

媒婆掐着指头算定了日子。不久，姑娘出嫁了。没想到一年后，姑娘的病经奇迹般的好了。这让姑娘的父母大喜过望，但也有点儿后悔：长得这么端正的姑娘一辈子跟个拐子不亏负了女儿！他们就想瞅机会让姑娘悔婚，可还没等姑娘的父母向女儿偷偷说这事，姑娘的肚子大了，十月怀胎，一朝分娩，姑娘生下了一个活泼可爱的外孙。

外孙一天天长大，长得越来越可爱，为了外孙有个健全的家庭，姑娘的父母没敢再向姑娘提这事，将离婚两字烂在了肚子里。现在，姑娘的儿子都娶妻生子了，她和那个拐子王二还过得好好的。

双梅思忖：将这姑娘与谭四撮合成了，这是一件再好不过的事了。谭四不用掏彩礼钱，等于是白捡了一个老婆；这女人也不用再到处飘荡遭坏人暗算有个人照应，这真是两全其美的好事何乐而不为呢？

女人听双梅唤她，便别转过身来。

双梅问："你是哪里人？家里都有啥人？孩子几岁啦？"

这女人含混不清语无伦次，一会儿说她是湫沟人，一会儿又说是七郎铺子人，等一会儿又说是毛河人。她说的这些地名双梅都听说过，但确定不了这女人到底是哪里人。双梅想她一定到这几个地方去过，或者说她就是这几个地方其中的一个地方的人。问起她的父母和家里情况时，她同样是表述不清，只是听她隐隐约约说她结过婚，她的丈夫跟坏女人跑了不要她了。

根据经验判断，这女人是受了刺激才疯的，是后天的，不是先天性的，这就好办，有治好的希望。

双梅收了摊子领着女人回家，这女人倒还顺从，没有拒绝。

进了租房，双梅丈夫双喜已从工地上回来，正生火做饭。双梅便向他说了这事，双喜也很赞成。罗锅每天在院子里摇来晃去行动不便，双喜也为这罗锅身边没个女人相伴发急。

双梅对双喜说："你先将这女人照看着不要她乱走，我去给谭四说。"

双梅进了谭四的租屋，谭四正拎着马扎端个茶杯，摇个蒲扇预备出门，却被双梅拦住了。双梅说："你先等等，大姐给你说个事。"

谭四便收住了迈向门槛的短腿，退回了屋内。

双梅说："你已不小了，腿脚不灵便，身边得有个人照顾。你舅张成也给我托说过。这些天大姐一直也在操心你这事，这不，今天大姐就给你找了一个。"

谭四不相信地摇着和身子相比不成比例显得奇大的头："不可能，不可能！"

双梅说："怎么不可能呢？你想想，和你紧邻摆摊的那个'螃蟹'赵门不是都有娃儿了吗？那个矮巴子王强不是上一个礼拜结的婚吗？他们可和你都是一样的残疾人哪！"

谭四说："我和他们不一样，他们都是有能耐的人。"

双梅说："怎么不一样了？你比他们老吗，还是钱比他们赚的少？真没出息！"

听双梅这么说，谭四没话说了，便听双梅介绍女人的情况。

谭四听了，头又拨浪鼓似地摇开了："不行，不行。"

他说："我们结了，两个废人谁照顾谁呢？"

双梅说："你真是个傻瓜，不开窍。这么俊的女人，你不要惹她，先好好照顾她，待她，等她调理好了，还不从心里感激你？到那时她会真心真意的跟你，侍候你，你娃就享她的福了。"

谭四经不住双梅的再三撺掇，便答应见一面这个女人。双梅起身对谭四说："你等着。"便出了谭四的租屋。

不一会儿，她领来了这个女人。谭四仰起头在灯下瞧了瞧这个女人，对女人的年龄长相谭四没啥意见。他只是不放心地问："这女人神经不太正常，我每天出去摆摊，她怎么办？"

双梅说："你每天出摊之前给她吃饱，将药给她服上，把门锁了，让她一个人在屋内待着，晚上你回来了，领她出去，给她治疗。再说，平时还有大姐我哩，你怕啥？"

谭四听了，有点放心，他又问："那我以后咋称呼这女人呢？"

双梅想起了她在了解这女人的情况时听她含混不清一个劲地念叨"香香，香香的"，她就对谭四胡说："你就叫她香香吧。"

事情定下了，双梅对谭四安顿："香香今晚就住我那边。明天你叫上你平时处得好的几个朋友，在巨胖子的小饭馆里大伙儿乐和乐和，也算对你们的事是个见证，完了后香香再到你这边。待香香病好了，再通知你们的亲戚，正式举办个像样的成亲仪式。"

谭四听了，说："行。"

第二日，谭四破例没有出摊，他摇着短腿分别通知了他的几个修鞋朋友，又在临街巨胖子的饭馆提前定了座，还另外打电话让家具店老板范栋给他送来一张床。

双梅也没有出摊。她早早起来，给香香洗了头梳了妆，将衣服拾掇整齐，又过到了谭四这边，把谭四给香香买的床铺好，将谭四的租屋清扫一遍。

到了中午十二时，谭四的朋友陆续到齐，聚在了巨胖子的小饭馆。等菜肴上齐，双梅给大伙儿一一斟上酒，提议大家举杯，在碰杯之前双梅公开了谭四的事。谭四的朋友多是残疾人，对这事自然赞同，谭四的健全人朋友姚奇，听了双梅的介绍，也表示非常支持。他说："谭哥，你的事就是我的事，以后电路、家用电器之类有什么毛病就给我吱声。"

大家吃饱喝足后，有人提议见见谭四的女朋友，双梅说："你们先到谭四的租屋，我这就去领人。"众人听了，便簇拥着谭四向他的租屋而去。

双梅在这之前已给香香端了饭菜让她吃了，把她关在自己的租屋，才去帮忙应酬谭四的朋友。

双梅开了自家的们，牵出了香香，将她送到了谭四的租屋。说来也怪，香香自从被双梅领回来一直到现在都很听话老实，一点也看不出是个病人。

大家观赏香香，都说不错不错，一再嘱咐谭四，你可要好好待人家呀。谭四连连点头，香香好奇地打量着这些人，眼神有些疑惑。

见在谭四的租屋逗留的时间不短了，大家纷纷起身告辞。双梅向谭四又叮咛了几句，也起身告辞。

谭四将大伙送出屋外，还要送出院门，众人阻止了，让其留步，谭四才没再送。

谭四折回了屋，见香香坐到他新买的床上，对他说："真好玩，真好玩。"

谭四觉得莫名其妙：这女人自进门还没说过一句话，这会儿怎么说起话来？他便问："香香，你说啥好玩？"

香香弯下腰，指了指刚够到她腰部的罗锅谭四，又指了指比谭四高了半截的自己，手指点了一下地，又点了一下天，说："真好玩，真好玩！"谭四明白了，香香是在逗弄耍笑自己。

谭四被香香的恶作剧搞得哭笑不得，坐立不安，在屋内待了一会儿，见香香还在不断指着自己嬉闹，他想了想还是得请王大夫给香香瞧瞧病，便起身出了门，将门拴了。

香香进门后，谭四早出晚归，照顾香香的生活起居，定期领她到王大夫的诊疗所治疗。香香用了王大夫的药后病情竟稳定了。谭四出门时也不用上锁，香香一个人乖乖待在家里也不打不闹，也不随便乱走，只是耐心等着谭四回家。到了谭四每天该回家里的时间，谭四要是还没回来她会一个人跑出来站在大门外，张望着谭四。

心有灵犀一点通。时间长了，谭四看得出香香对他有了依赖，他便在出摊时带上香香。他在摊位上忙乎时，给香香递个马扎，香香坐在马扎上，手托双腮看他修鞋，他感到心里暖暖的。

生活就这么延续着，他们谁也离不开谁。双梅对谭四讲，照这么下去，香香的病会很快就好的，谭四信了。

谭四的舅舅也知道了这事，拎了礼物跑过去专门感谢了双梅，并给谭四送了一些生活用品，嘱咐谭四好好待香香。

忽一日，谭四在鞋摊上钉鞋，香香坐在马扎上痴痴地傻瞅，突然，奔过来一个六十多岁的老者，一把揪住香香拖着就走，香香拼命筛着身子并叫了起来。

香香的叫声惊动了埋头干活的谭四，他抬眼一看，一个老者要拖走香香。谭四大怒，站起了身，用手去摘拖住香香的那只大手。老者见一个低矮的罗锅和自己争抢香香，便用空着的一只手将谭四掀了一把，谭四没站稳摔了个仰八叉，半天爬不起来。

老者又去拖香香，眼看弱小的香香要被拖走。此时，人高马大的电工姚奇恰好经过，见此情景他一把掀开老者夺下香香，护在身后，说："你干啥呢？光天化日之下还敢抢人！你知道她是谁吗？她是这个罗锅的媳妇。"

"啊？——"被姚奇一把掀得差点倒地的老者惊得目瞪口呆。他瞅了瞅倒地的谭四，又瞅了瞅姚奇身后的香香，惊疑地说："不可能，不可能！你诈我呢。"

姚奇说："怎么不可能！这女人跟了这罗锅快一年了，左邻右舍都可以作证，谁说不是呢？"随后，他问围观的观众："是不是？"

大家都证明："是的，是的！"这女子每天跟着谭四出摊，街坊邻里都见惯了。

听围观的人都这样说，老者扑通一下跪了地，大呼冤屈："苍天啊白日，还有公理没有！明明是我的儿媳妇，怎么就成了这罗锅的媳妇？哎呀！天哪！我不活了！"他的头接连向水泥地捣去。

见老者如此，大家也弄糊涂了。

不知道谁报了警，民丰巷派出所的民警来了。他们向围观的人问了一些简单情况后，便将老者、香香、谭四及几个知情群众带到了派出所，询问情况。

民警首先询问了老者。

老者说这女人叫李香香，是他的儿媳。

民警问："你拿什么能证明她是你的儿媳？"

老者拿出了户口本。民警看了户口本，上面有他、妻子、儿子、儿媳的户籍。他又拿出了一本结婚证递给民警，民警看了看结婚证，将结婚证上的女人照片与这老者称为李香香的女人比较了一下，果真照片与本人一样，民警有些信了。

民警又问，你儿媳好端端的不过日子为啥跑出来？

老者说："一年前她脑子受了刺激精神出了问题，失踪了，我已找了一年多了。"

民警继续问："精神怎么出了问题的？你要如实回答，说假话是要负法律责任的！"

老者欲言又止，民警觉察到了，说："你不说真话，这事一时半会儿也处理了不了。"

老者听了这话，咬了咬牙，向民警诉说原委。

老者说，都怪我那不争气的儿子，他刚结婚不久就和村里一帮年轻人到东莞去打工。临走，还对我儿媳说让她在家好好伺候老人，等他赚了钱，便接她到大城市生活。我那儿媳香香倒也听话，每天在家忙里忙外孝敬老人。起初，我那儿子每月还寄钱回来，也打电话发信息问候香香。半年后也不寄钱了，也不打电话发信息了。我急了，对儿媳说你打电话问问，香香说不急，也许他太忙了，等等再看。直到一年后，不见我儿子的音信，香香也急了，她安顿好家里的事后，对我说她要到东莞去找我儿子。我说去吧，姑娘！没曾想我儿媳到东莞找到我儿子时，她已和同样是打工的一个南方女人同居在一起，已生活了半年多，而且那女人还有了身孕。我儿媳接受不了这个打击精神受了严重刺激就疯了，从此失踪。我儿媳失踪后不久，那南方女人坠了胎，也离开了我儿子。我儿子被骗后，也无心打工了，回了老家。我舍不下我那孝顺的儿媳，从此踏上了寻找儿媳的路。

讲到此处，老者情绪有些激动，拉着泪腔请求："民警同志，你们可要给我做主啊，我要告那驼子，告他拐骗妇女的罪！"

派出所民警将他扶到座椅上给他倒了一杯水，安慰他："你先冷静，我们会公正处理的。"

民警又到另外一间房子询问谭四。谭四将情况做了陈述。这事牵扯到双梅，民警传唤了双梅。双梅将实际情况做了说明。末了又说："要不是谭四收留香香，香香也许早被坏人害了或者出了车祸，早没命了。你们可不能定谭四的罪啊！"

知情人也纷纷作证：多亏谭四照料香香，给她治病，要不这女人早疯实了，活不到今天！

到了此时，一切昭然若揭，案情明朗了。于法、于德，谭四与香香同居显然不妥；于情却是情有可原，谭四与香香的同居确实形成了拯救香香的事实。怎么办呢？民警与香香的公公商量这事，让他放弃起诉谭四，接儿媳回家。

起初，老者很倔，铁了心要到法院起诉谭四。后来，听了香香与谭四的故事，老者心软了，说这驼子也是个善良的人哪，要不是他我这儿媳还不知命在何处呢！便放弃了起诉。

为了慎重起见，民丰巷派出所与老者所在乡派出所做了衔接，那边派出所证实老者说的是事实，他们所在一年前曾对香香失踪备过案。

得到证实后，民警将香香交给老者，要求老者监护好香香，回去后尽快安排她住院治疗。老者连连答应。

老者去拖香香，香香不愿意跟老者走，老者无奈地看着民警。看见老者可怜巴巴的样子，有邻里提示说她听谭四的话呢，你们让谭四发话吧！

民警从另一间房子叫出谭四，说明情况，要求他配合一下。又说，这事你想开一点，人家和丈夫是合法夫妻，又没离，你就不要再留恋了。

谭四泪兮兮地说：“我懂，我懂！”

谭四摇到香香面前，仰头望着香香，香香也低头凝视着谭四，一时无语。过了一会儿，谭四指了指老者，又指了指香香说：“香香，你跟你公公去吧！”

香香听清了。平日里谭四唤香香唤得久了，香香会本能地答应，今天谭四唤她，她哎地应了一声却没动。

谭四见香香没动又叫了一声香香，说你跟你公公回家去吧！他向香香又指了指老者。

这次香香明白了，谭四不要她了。她的眼眶流出了一颗泪，她转过身去，不情愿地面向了老者。

老者回头感激地向谭四点了点头，拖着香香走了。

谭四看不见老者和香香了，伤心地摇出了派出所。

事过后，一连几天，街坊邻里也没见到谭四在巷子里摆摊。

八

米露和她的姐妹们在旺多镇小什子建业大厦17层帝郡壹号会所陪侍。

这个会所来的客人大多持有会员卡。据称办一张会员卡得 10 万元，这个数目从某种意义上来说，限制了低层次人士的介入。因此，这个会所在旺多镇档次是最高的。出入的客人都是有头有脸的商界精英或者政界要人，都较有修养，风度翩翩。这于米露的一帮姐妹们来说，无疑是一种福音。

王爽负责招募小姐。

她初来时带了两个姐妹。她也是同在欢场混的姐妹琪琪邀她前来助阵的。开初，她和米露一样也不想过来，可碍于姊妹情她过来了。她们这些人常年在江湖上奔波重的就是一个情一个义，谁有个急事还是会两肋插刀的。

过来后还真的像琪琪说的，生意好得都让她有点儿不敢相信，这里也不是她想象的黄沙漫天、贫瘠干旱的荒凉之地。

待得久了，她才知道了这个地方繁华是旺多镇周边发现了大油气田，吸引各路诸侯前来淘金，而他们淘得第一桶金的庆贺之地，就选在了旺多镇，而帝郡壹号会所正是他们放松和狂欢的理想场所。

老板胡来成看到了商机。他早年靠盗油贩油发迹，赚了钱后觉得涉油生意风险大，风餐露宿挺辛苦，何不撒一个渔网稳坐钓鱼台，将各路冒险家们的"冒险"所得收入囊中，赚坐收渔翁之利的轻松钱。有了这个想法，一年前他紧锣密鼓马不停蹄地很快装修成一座高级会所，叫帝郡壹号。会所开业后，正如他所料生意很火爆，各路诸侯都前来聚会，乖乖地将钞票扔在了会所，而且是心甘情愿，称帝郡壹号物有所值。

生意很火，缺的是小姐，客人们需求量日益增大，这让胡来成犯愁。

王爽靓丽，人聪明伶俐，很快赢得胡来成的青睐信任。他升王爽为领班，工资加了一成，让她招募她的姐妹们过来助阵，王爽应承了。她除邀请来了米露一行，还请来了东北的好姊妹"大洋马"马诺一行，这样，加上原有的小姐帝郡壹号阵容强大美女如云，客人云涌夜夜笙歌，通宵达旦。胡来成乐得偷着笑，笑得合不拢嘴。

米露们被换上了公主服，她们也就成了公主。公主服很有特点，既有古典的保守，又有现代的开放。该紧裹的紧裹，该外泄的毫不保留地外泄，这让客人们能体味到传统的羞赧之美，也能唤起他们骨子里原始欲望的蠢动。总体的感觉是：犹抱琵琶半遮面。这种显山隐水的服饰让客人们很着迷。

他们点一名公主，让其坐在自己的腿上真像抱了一名宫廷的公主，自己成为一个名副其实的驸马了一样，有点儿得意忘形，忘乎所以。

自然，他们得给公主们发赏金，要不他们很没面子很没修养，公主们会嗤之以鼻的。

米露们除了坐台，不时地还会出台，这是为了增加收入。她们取悦于客人目的就是金钱。

按照规矩，她们一般是不会将客人带回自己的住处的。这一是为了保密；二是为了安全。狡兔还有三窟，她们不想早早地将巢穴暴露在光天化日之下让警察连窝端，自己最后山穷水尽没有出路。以前曾有小姐被杀被奸被抢，这都是将陌生人带回住处的恶果。须知，她们来钱快但黄雀在后，那些白粉客、惯偷、劫匪主要目标就是她们这帮艳女，他们知道她们被劫了会忍气吞声不敢去告。

可米露、红红、燕燕会错开时间分头将客人带回住处。

她们已摸透了，这个会所出入的都是持有贵宾卡的客人，都是有身份的人，他们不会为一个小姐的钱财、色相去干一些有悖人伦撞法律红线的事，这于他们来说是不划算的，他们不缺钱，有钱他们会得到他们所想要的一切，而不会再去为了某种欲望冒哪怕是一点点险。

这就是她们频频带客人回住处的缘由。

自从遭了米露们奚落之后，谭四在她们进出门洞时，没敢再扇蒲扇，却刻意注意起这几个妖艳的女人来。

他发现她们不时地在晚间带回男人来，有些男人半夜走，有些直到第二天早晨才走。谭四搞不清这些男女们都是干什么营生的，他们出出进进，神神秘秘，让他非常费解。

九

有一天晚上，夜都很深了，谭四还在大门洞子纳凉。他几乎每晚一点以后才睡觉，主要原因是旺多镇的夏天特干燥特闷热，一般一点过后热气闷气才会逐渐退去；另一方面，自从香香被她的公公带走后他就患了失眠症，睡得早了一晚上翻来覆去睡不着，他只好等夜深了，特别困了、乏了，才踱回租屋。

门洞子按了盏顶灯，那光朦朦胧胧的，洒在谭四丑态百出的脸上，支离破碎滑稽可笑。他并没在意这些，他在意的是这点微光，这点微光也像个守夜人，它会守夜到天明。有阵儿他想这顶灯和自己一样，有点孤独，可自己和顶灯相守就成了两个人，就不再那么孤寂了。所以，每逢夜晚，他对这盏顶灯充满感激，感激的同时他对啬啬的胡老五有了些许好感：他怎么舍得在门洞子装一盏顶灯呢？是不是专为我谭四装的？是不是对我格外的恩赐？要知道这个院子除了门洞装了灯，其他部位都没装灯。他除了每个月头惦记房租好像再没有惦记的事了。

一到夜晚，整个院子黑魆魆的，只有住户房子发出的光给大杂院带来一些有限的光亮。

可住户各有各的心思，谁也没有向啬啬的胡老五提议给院心装盏大瓦数的日光灯。像双梅这类陪读的住户，白天做生意、打工、照顾孩子已是很累，晚上回来倒头便睡，谁管那院子里亮不亮的事呢。而米露这类过夜生活的人，她们倒愿意院子黑灯瞎火的，她们的行踪都挺神秘，不愿有更多的人知道她们的来往痕迹。至于其他的住户，门一关就是一个独立的王国，想干什么就干什么，哪管他窗外的事呢？这便是大杂院至今没有照明灯的缘故。

米露曾私下对红红和燕燕说，王爽给咱租的这房子方便倒挺方便的，就是门洞子蹲个驼子挺碍眼的，让人不舒服。红红和燕燕应和：可不是嘛，这个死驼子，像个密探似的，让人心理上受不了。

说归说，其实她们将谭四根本没放在眼里，这驼子充其量也就是个驼子，他连自己的生活都难自理，还有啥能耐管别人的事。

她们照常带着客人回住处，到了大门洞子故意将客人搂得紧紧的，客人将她们掐一把拧一下，打情骂俏，她们放肆地笑着，一点儿也不顾忌谭四的存在。

谭四明白了，她们是在他面前演戏，他就见怪不怪了。他听着秦腔，抿着酽茶，眼睛眯缝着，手指随着腔调的节奏打着节拍，好似很沉醉，对她们的表演爱理不理，只是当着她们的面他没再敢狠劲的扇蒲扇。等她们噔噔噔地挽着男人的臂弯上了北首的二楼，他才使劲地扇起扇子来。

这个晚上，谭四不知怎么了，凌晨一点半了他还没有睡，这是他有史以来的第一次。他看了看手机，时间已指向1:40。这时，气温已降了下来，门洞子吹进来的风已有了凉意。他站直了，拎了马扎预备回屋。却听北首二楼某个房间发出了"哎哟，救命呀——"的呼救声，接着是踢里咚隆下楼的奔跑声。

这声"哎哟，救命啊——"的呼救声在静寂的夜晚听来非常瘆人。过后一切仿佛窒息了、凝固了，只有咚咚急促的下楼声，提示着不祥的发生。

大杂院里的人早都沉沉地睡去，那尖细而微弱的呼救声并没有惊动睡乡里的人们。只有谭四听来非常刺耳，异常惊惧，那是一种柔弱的女声，里面裹杂着无奈的求助。

北首二楼住的大多是一些油头粉面的男人和一些打扮张扬的女人。他们一般是昼伏夜出，到了晚间，二楼的房间多数成了空巢。

谭四记得晚上约莫12时50分，米露挽着一个男人的臂弯从外面回来了。米露照旧趾高气扬笑靥如花，和那男的调笑着，快乐得骨软筋酥，连瞅都不瞅他一眼，那男人第一次发现了他，惊讶地瞅着丑陋的谭四，脸上满是疑惑，直到米露轻轻地在这男的脸蛋上拍了一把，说："笨蛋，发啥呆？不就是个怪物嘛！把你惊的！"他才回过神来，随着米露嗒嗒嗒的高跟鞋声上了楼。

潜意识中，谭四预测到米露出事了，并且与这男的有关。

果然，那男的踢里咚隆跑下了楼，疯了似的直向大门洞子狂奔而来。

谭四顾不上多想了，情急之中，他摇摇摆摆迈向两扇敞开的大门，用肩头抵住大门向一起推，待两扇大门闭合，他再用力一掀，"砰"的一声锁舌弹出，大门锁紧了。

这大门装的是弹锁，平日里黑明昼夜不上锁。为了防止有人不小心锁了大门，房客进不来，胡老五给每个住户配了一把钥匙，自己开。

那男的奔向大门洞子见罗锅将大门锁了，气急败坏之下一脚踢翻谭四，拼命拧锁把，但那门锁纹丝不动，仿佛锁死了一般。

疼得在地上打滚的谭四，声嘶力竭的大喊："抓贼啊，抓贼！"

这喊声在静寂的夜里回声特别响亮，格外刺耳，骇得这男的心惊肉跳，如履薄冰。大门出不去，他折回身奔向院内，看有没有出路。

"啪"的一声，院内住户的灯突然亮了，那男的暴露在了众人的视线之内。

院内住户听到了谭四一声接一声抓贼的喊声，已从酣睡中惊醒，他们的第一反应是开灯，之后是开门。

平时住户们夫妻之间、邻里之间有个吵闹、争执，彼此都漠不关心，无动于衷，可院子里出现了盗贼，伤害了大家的共同利益，他们还是心齐的，同仇敌忾。

有人拿起棍棒、自卫工具走出了室内，有人用手机拨通了110。

那男的畏惧得像过街的老鼠等着挨打，又像慌不择路的无头苍蝇，到处乱窜。

　　谭四费了好几分钟光景，才从大门洞子的水泥地上翻了起来，他顾不上疼，摇摇摆摆地向北首二楼亮着灯的那个房间挪去。

　　从米露那一腔救命啊的呼救声过后，再没了声息开始，谭四就觉察到了米露的危险。在大院里的人们吆喝着捉拿那男人时，谭四首先想到了米露。

　　他好不容易上了二楼，急慌慌地向亮着灯的房间奔去。

　　房间的门敞开着，他进了门向开了半扇门的一个居室奔去。

　　室内的床头灯开着，发出暧昧的粉红色的光，释放出诱人的魅惑。大席梦思软床上呈大字形躺着赤裸的米露，她的手脚被胶带纸缠着不能动弹，鼻孔和嘴唇也被胶带纸封得死死的不透气。

　　谭四这才明白，米露只喊了一腔没再出声是这男人听到她喊便封了她的口。

　　谭四顾不上米露不雅的裸体，他晃到床头爬到床上，几把撕开了封住米露口鼻的胶带，手指搭在米露的鼻孔看有没有气儿，试了几秒光景也没有试出气来。他不敢确定米露是死了还是活着，只见她的脸憋得青紫。

　　他一扫视，又看见了米露的裸体，他赶快扯了一条毛巾被苫住了米露的腹部和胸部。

　　他开始双手解缠在米露手脚上的胶带。他先解米露手腕上的胶带，那胶带纸缠得极紧，缠了几层，就是一个壮实男人双手被缠住也无法挣脱开。

　　他慢慢地小心地沿着胶带纸黏合的缝隙，将胶带纸撕开，一层层剥离，等最后一层剥完后，米露的双手脱离了束缚。

　　谭四分别将米露的两条胳膊伸展，搁在大床两边，让其充分放松，使其血液流通。之后去解脚腕上的胶带。

　　谭四溜下床头，晃到床尾，爬上了床。他待要去解米露脚腕上的胶带，却无意间看到了这双异常精致的小脚，他的手停住了。

　　这双脚大小适中，肥瘦皆宜，玲珑剔透，滑腻细嫩，无可挑剔，这让谭四勾起了香香的小脚。

　　自从香香进了门后，他每晚都要给香香洗脚，这是民丰巷开诊所的王大夫安顿的。

　　谭四领香香到王大夫诊所瞧了病后，王大夫除开了一些内服的药外，又给香香开了几味中药，让谭四将这几味中药每次放少许至木盆内，再将煎沸的开水倾倒至盆内，待水稍凉后给其浴足。每晚一次，效果最佳。他说足底穴位丰富，尤其足心的涌泉穴尤为重要。长期药浴药性浸至穴位，可舒筋活络，打通穴道，直达病灶，病可除矣。

谭四信了。

他回去后特意在巷子里的杂货铺买了一只木盆端回去。晚上，他用烧水器将水烧开，将几味中药抓了少许撒在盆内，倒上开水，待药泡上一刻钟光景，水稍凉后，他端个机凳，让香香坐上去伸开腿，他坐在马扎上帮香香脱了鞋袜。

第一次见到女人光脚丫的谭四，有些不敢相信自己的眼睛。他没想到香香的脚长得如此精致、小巧，如此美，让他不可思议。

平心而论，香香是个极普通的女人，除了身材还算匀称，脸面还算周正以外，实在没有什么吸引人的地方，是个平常得看一眼下次再不会记起的女人。

可她的脚这么美，这让谭四有些意外。

他小心翼翼地慢慢地将香香的脚浸入水中，问："烫不烫？"香香并没有回答，只是咯咯笑着，双脚搅动水花，觉得好玩。

谭四轻轻地搓洗着，按摩着，手感极其舒服。

香香快活得两只脚像小白鱼一样，在水中摆得更欢了。

洗完后他双手将香香的脚捧出木盆，用羊肚手巾擦干。

他帮香香脱了外衣，让她躺在床上，给她拉开被子。他将污水倒了，木盆放好，一切安顿就绪，见香香躺在床上安静了，才上了自己的小床。

此后，每晚给香香洗脚，成了谭四的必修课。这与其说是一种劳累，不如说是一种享受。抚摸着香香那滑腻柔软的小脚，他的身心得到了极大的愉悦。他想，照这样下去香香的病会好的。到那时，他再和香香成婚圆房，让她心甘情愿地做自己的老婆，那才是一种美事呢。

谭四并不急，他认为人心都是肉长的，总有一天他的虔诚会感动香香的。

也怪，自从香香进了谭四的门，在谭四精心照料下，她的病很少犯了，人也平静了许多，随着时间的推移，她对谭四有了依赖，谁的话也不听，谭四的话却听。

谭四将米露的脚观察了好一阵子，这双脚与香香的脚多么相似啊。只是米露的脚趾甲修得极圆润，上面涂成紫红色，紫红色上面又撒了星星点点的金粉，这使脚指甲始终闪着光芒。

脚趾甲不同有什么关系呢？这脚像极了啊！

他又想起了给香香洗脚，自己的手在她的脚上来回揉搓抚摸的快感，那种感觉只可体味不可言传，他宁愿在这种感觉中沉醉，倒不愿有别的想法。

想到这些，谭四极想偷偷摸一摸米露的光脚丫，这是他瞬间一个不由自主的想法。他侧过脸扫了一眼这个曾经奚落过他又漂亮妖媚得像个鬼魅的女人。

不料，米露身子动了一下，喘了一口气，那气虽微弱，竟把谭四吓了一跳：哦，这女人还活着。

谭四不敢胡思乱想了，匆匆去解米露脚腕上的胶带。

胶带解完了，谭四将米露的脚分开，让她放松一下。他下意识瞅了一眼，这女人眼睛闭着又没了声息。

谭四没了主意，转过头来，傻了似的，又定定地瞅着米露这双脚犯痴。

就听这女人说："要摸就摸嘛！瞅什么瞅！姐姐今儿不会对你这个驼子收费的！"

谭四听了大惊，原来这个女人早醒过来了，自己的龌龊早已在这个女人的掌控之中。

他急急溜下床，向门外摇去。

既然这个女人活过来了，自己没有什么理由也不敢赖在这里了。

刚晃出门外，楼上上来几个警察，还押着那个男人。其中一个领头模样的警察对他说："你叫谭四吧？先等一下，等会儿要到派出所做笔录。"谭四就停在了楼道。

那个男人给警察指认了现场，法医勘验完，照了相，见米露没什么大碍，便让她一同回所里配合调查。

折腾了半晚上，院里的人各回各屋，那个男人、米露、谭四被带回了所里。

十

谭四翌晨回来了。米露没有回来。

询问谭四的叫李明的民警问得颇详细。谭四为这事已折腾了半宿，疲惫不

白房子

堪。本想敷衍搪塞一番，早点回去休息。不料这民警对细节问得特细，他如果说不清，一时半会儿走不了。没法，他便将米露搂着那男人的腰嬉闹着进大门洞子、后来听到米露的一声求救声、那男的踢里咚隆跑下楼、冲向大门洞子逃跑、他锁大门被男的踢倒、他大喊抓贼、房客们起来抓贼、他到二楼去救米露这些情节如实做了陈述。那叫李明的民警才放了他。

谭四没想到他这些不经意的陈述，对受害人米露一点不利。

那个男的起初供述他和米露是男女朋友关系，之所以将米露绑了，那是学录像里闹着玩哩，这点误会纯粹是两个人之间的小插曲。

可民警在他身上搜出了金项链，宝石戒指，问："这是哪里来的？"

那男的说："米露赠送的！"

民警又去问米露。米露哭哭啼啼的陈述了她被劫色劫财的经过，末了说："你们可要严惩这个色魔啊！"

民警过去了，对那男的说："你不要再抵赖了，如实交代你的犯罪事实。"那男的却一言不发。

此时，过来一个年轻民警，在这个老民警的身边耳语了几句，走开了。老民警脸色一变，手一拍："刘希我！"那男的本能地应了一声："到！"

老民警说："这下该交代了吧！"

原来这男人给民警编了个假名，老民警觉得这人很面熟，名字有异，便吩咐年轻民警在全国网上协查通报中查一查，看能否查出端倪。结果网上一调，这男人的头像出来了，他叫刘希我，是邻县的一个惯偷，已作案多起，越狱潜逃，网上正在通缉。

这男人见露了馅，只得如实交代。

他说他窜至旺多镇，在某豪华车内盗得帝郡壹号贵宾卡一张，他知道帝郡壹号是高档会所，那里的小姐生意好，劫了她们，她们不敢告，便将目标锁定了帝郡壹号的小姐。他持着贵宾卡，西装革履，冒充有钱人，进了帝郡壹号。他叫了米露的台，付了她500元台费，又以1000元说好到米露住处过夜，米露将他带到了她的住处。之后就发生了以上事件。

这个男人的供词于米露来说就麻烦了，她牵扯肉体交易嫌疑，这是要罚款和行政拘留的，还要被驱逐出境。

民警再去询问米露，米露说她一个人正在看电视，突然悄悄进来一个蒙面人袭击了她，她根本没出过门。

而谭四最后的陈述完全推翻了米露的掩饰。米露便没从所里回来。

十一

第二天，谭四出摊，院子里的房客们纷纷埋怨他："你这死驼子发啥神经，没事找事！我们还以为是个贼呢，却是一对野鸳鸯，害得咱熬了半夜，管那屁股下面的事，真扫兴，不值！"

有人接着说："嗨！那不学好的女人就该坏男人整，整整也让她们长长记性！这死驼子，自己的女人都守不住，还充好人，英雄救美，真是奇了怪了……"

谭四被说得好不自在，里外不是人。他背了挎包，拎了钉鞋机，匆匆向大门外晃去。

一连多日，谭四在摊位上修鞋，都是心不在焉。已好几天了，他在大门洞子没再见到米露，若有所失。

他不知米露去了哪里，可米露那双精致的小脚老在他的脑海里晃荡。

他在想：那晚米露说让他想摸就摸，这话是真的还是假的？她会像香香那样慷慨吗？任他随意的揣摸那双脚？如果真是那样的话，自己为什么就没有顺势摸摸呢？说真的，他太想揣摸那双脚丫了，摸摸他会重新感受到来自香香光脚丫的那种快感、那种无与伦比的幸福！可这是米露哇，不是香香。

谭四反过来倒过去思索，还是弄不明白米露对他说这话的意思。

十二

到了第七天，谭四摊位上少有顾客，他正在迷糊，听见了女人一阵嬉笑的咯咯声。他睁开了半闭的眼睛，瞅见米露、红红、燕燕一路笑逐颜开向他走来，他低下了眼睛，没再瞅米露一眼。

米露坐在了谭四给顾客闲放的一个马扎上，面对谭四。红红和燕燕在一旁立着。

谭四看见，米露两条白裸的小腿在艳阳下特别光亮，精致玲珑的脚上穿着一

205

双高跟凉鞋，那凉鞋没有鞋帮只有两根皮线交叉绕在脚面上。这使米露光裸的双脚白得更为显眼。

谭四有意无意地瞅着米露的脚丫，没敢抬眼。

红红指指谭四对燕燕说："嗬，不知露露姐怎么对这罗锅有了兴趣，她是不是变态哩！"

"可不是嘛！也许这罗锅还真的好玩呢！"燕燕接了红红话茬。

"嘿嘿嘿"两人嬉笑开了。

米露说："别贫了，今儿有正事哩。"她又对谭四说："你这个驼子，本来我要好好谢谢你呢！你救了我，知恩图报嘛！可你又害了我，让我坐了七天局子，这地儿也不能待了，你这是断了我的财路哇！"说着她从坤包里掏出了一张卡递给谭四，说："喏，这卡里有 5000 元，密码是 123456，你拿着。原打算给你一张 10000 元的卡重赏你，你把事搞砸了，只能减半呢。"

谭四并没有听清米露在说什么也没有接过米露手中的卡，只是瞅着米露的脚恍如隔世。

米露见谭四犯傻的样子，一把将卡塞到谭四的上衣口袋里，站了起来。对红红和燕燕说："真是个死驼子，不开窍！"

红红和燕燕附和着说："不是吗？要是开窍不是把你的脚丫早都摸了嘛！哈哈。"

米露捶打着两人说："我们都要挥泪告别旺多镇了，你们俩还这么贫，该掌嘴！"

红红和燕燕躲闪着米露挥来的裸臂，三人追逐嬉闹着离开了谭四的摊位。

尾

谭四再没见到米露。

大杂院的房客在大门洞子里也再没见到谭四。

远去的童谣

这是一个难眠之夜，对于赵七爷来说。

天刚擦黑的时候，村主任赵学智给七爷传递了一个信息：石油鬼佬要进村了，这次来他们要在沟底河湾处打一口油井，据说这块黄土层下面储油量非常丰富，这口井打成后，如果试油成功了，他们还要打第二口、第三口……以至于最终打成七口，连成一线，成为七姊妹井。因此，他们对这事特别重视，明天上午就要火速进村，清理井场了……对于赵学智的信息，七爷深信不疑。

赵学智是他的一个本家，按辈分应是侄辈，已届天命，读过高中，在村里算是个有文化的人。人头脑聪明活络，信息灵通，点子多，村里的公事私事他总有本事摆平，大伙儿服他，就让他当了这个村主任。七爷认为，他这个侄儿在赵氏家族后生中应算有出息的一个，是个人物，为此，对于这个侄儿嘴里吐出来的话，他向来是信服的。如此看来，这石油鬼佬是真的要来了，赵七爷想。

关于石油佬们要来的事，七爷本来是一点也不惊讶的，他已隐隐感觉，随着塬上井架的林立、机械的整夜轰鸣、石油佬们是迟早要占领这块地方的，只不过来得这么快，这是七爷没有想到的，也使七爷有些猝不及防。

自从搬到塬上后，七爷的心境一刻也没有安宁过、清静过，甚至说有些恐慌紧张。他所看到的听到的使他心绪不宁，烦恼透顶，他弄不懂为什么那么多的井架要立在这块平展展的塬面上？为什么那么多的土地被圈了起来？为什么修了那么多的路，金黄的土地上被铺了柏油？他弄不懂这么多的机械彻夜嘶鸣，这么多的车辆在这片土塬碾压、奔驰，究竟是为了什么？单不说这种热闹、嘈杂使他接受不了，单就这么金贵的土地被践踏、蚕食，也使他心疼不已，思绪万千，他担心这么下去，这片塬上再也看不到金黄色滚滚的麦浪了，再也听不到鸟雀的啾啾声与蛐蛐儿的鸣叫了，如果田园失去，后辈儿孙将来吃什么？看什么？听什么？至于自己，他才不怕呢，我再能活几天？

民以食为天。1960年闹饥荒，他的母亲和姑姑被活活饿死，他深知粮食的重要，而没有土地，粮食又从何而来？想到这些，七爷在烦恼的同时，在心里不断地埋怨赵学智这个侄儿，就是这个自以为是聪明到家的赵学智，是他说这沟里住上多危险多不安全，说塬上千般好万般好，还答应说只要他一上塬，他即刻把他的低保办下来，让他每月拿着新崭崭的"老人头"过安逸日子，才把他哄上塬的。"新农村"却是住进去了，低保倒是办了，"老人头"是最终拿到了，可赵学智为这事也像是给七爷做了一件功德无量的大善事，在七爷面前说话也变得理直气壮的，好像七爷只有为他焚香跪拜才能还他情似的，这让七爷后来心里总不是滋味。早知这样，七爷想：打死也不该听赵学智的，那塬本该就不能上的。不是说眼不见心不烦吗，如果不上塬，就看不到听不到这些烦心事了。

2008年，"五·一二"汶川大地震的一刻，也波及了这个远在八百公里之外的黄土沟塬区，历来以凿穴而居的高原人也感到了震撼。当地政府充分考虑到了以人为本的重要，出于安全隐患的因素，从拮据的地方财政中拨出专款，建设了整齐划一的新农村，让一部分尚在沟底窑洞里居住的村民，搬进红砖瓦房的新农村居民点居住，过安全舒适的日子。而世代在窑洞里居住惯了的老年人，觉得窑洞防风防寒，冬暖夏凉，起居方便，行动自由，简直是老祖先馈赠给他们的一宝，既然是宝，他们怎能轻易舍得丢弃呢？况且这沟里空气好，景色好，清静、清闲、省心，哪有塬上那般热闹、吵嚷、烦心？据说这塬上近几年还来了好多外乡人，运来了机械在塬上整夜地折腾，闹得一刻也不得安宁，这些着实让老人们惧怕，而乡上干部们做思想工作时所说的窑洞住着危险，一遇地震就猝然塌了，那也近乎危言耸听，他们的上辈从来没有说过窑洞住着有什么危险，而地震，即使地震，这黄土层这么厚，能摇得动吗？因此，说什么这些老人也不肯搬上塬去。老人们的这种态度，可给颇有能耐的赵学智增加了不少麻烦。

这进新农村的事，可是一项政治任务，是乡上给村上签订的年度目标管理责任书中工作任务落实中最重要的一项，如果完不成，年终考核要扣大分，扣了分，排个末位，这可大不好，势必会动摇他这个村主任的位置。

这个村主任，论官，连个芝麻大的官都靠不上，可就是有人头削尖脑袋往里钻，觊觎这个位子。近年来，随着经济开发的拓展，用地面积不断扩大，惠农政策的逐步实施，在农村不起眼的村官越来越位低权重了，他们实际上成了掌管一方的"土地爷"。尽管土地属国有资源，但村民们认为土地是老祖先留下来的，既然他们种着，就是他们的，谁要拿去，得他们同意才行。这就意味着，要取得土地，还得靠这些村官们的支持。如此一来，想在这片土地上淘宝的各路人马，就得先拜祭这些"土地爷"了，他们知晓，要想在这片土地上站得住脚，外来人是离不开"地理鬼"的，这个"地理鬼"指的就是熟悉本地情况，在当地有一定势力、说话顶事、能摆平各种难缠事的能人，在当今，指的就是这些村官。至于村民，更是对村官们臣服，诚惶诚恐，惹不起。随着土地税的取消，中央对三农政策愈来愈优惠，惠农资金不断到位，投入不断增大，乡亲们就需讨好村官。谁家要办个贴息贷款，谁家要办个低保，谁家要申请个救济金，谁家要批个宅基，谁家要办一个二胎准生证……这些都要先过村上这一关。村民们可以惹天王老子、惹公家人、惹那些陌生的闯入者、必要时他们还可以集体抗法，而不允许外来者擅入，可是他们偏惹不起这些整天在他们眼皮子底下绕来绕去的和他们同饮一井水，甚至和他们需相处一辈子的、他们会时不时用得上的又不得不去巴结的村官们，因为他们知道，铁打的衙门流水的官，公家人惹了，衙门还是那个衙门，人终究是要走的，公家人换一茬又一茬，他们经常看见的是生面孔。而那些外来人，他们更敢惹了，他们知道他们不会住在这里不走而跟他们寻仇。当年的日本鬼子，扫荡完了，八年抗战完了，他们不就走了吗？像所有热爱故土的人一样，这里的村民们对想在这块土地上得到点什么而占有他们土地的人充满了敌对情绪，他们认为这些人来就是和他们争食，抢他们的饭碗。他们恨死了这些外来者，称他们为鬼子，土地是祖先留下来的，是用来喂养他们这些后代的，后代们连祖先的基业都守不住，还算什么后代？所以他们变着法儿、铆着劲儿与这些外来人抗衡、周旋，打这场土地保卫战。外来者即使最后赢得了这场战争，往往也是吃尽了苦头，耗尽了人力、财力、精力，弄得头破血流，体无完肤。现在讲和谐社会，如果按法规强制执行，弄不好酿成涉农事件或群访事件也不妙，会使当地政府脸上无光，影响政府形象。所以，政府对村民的抵触也没有更好的办法，只能采取中庸态度，给抵抗者多补点钱，使事态平息。鉴于这种特殊形势，介于村民与政府之间的村官这种边缘人，就一下变得尤为重要，身价顿时得到提升。

赵学智当然清楚自己身份的重要，那些外来人要求他，政府要靠他，群众还

要巴结他，这就使他陡然间成了乡村里的红人、能人，吃香的喝辣的，走到哪里
都是远接近送，前呼后拥，使他耍尽了人，撑足了面子。而时不时收进的手续
费、红包，使他的腰粗了，胆壮了，红光满面的，走起路来左摇右摆的，别人都
抢着给他让道儿；兴致来了，时不时地还敢和那些有钱有势的土豪叫板儿，而结
果大多使他未折腰。所有这些，让赵学智很受用，在受用的同时，他也吸着"黑
兰州"，品着"铁观音"，开大空调看电视，看电视的当儿，就发现了那些头戴
瓜皮帽，着长袍马褂，见了日本人低头哈腰，遇见村民们就吆三喝四的日伪时期
的维持会长。这些人往往嘴里噙着转珠，见啥人说啥话，分头上抹着油两面光，
占尽了天时、地利、人和，耍尽了威风，做足了人。赵学智这么注视着荧屏，竟
不知怎么联想到了自己，自己现时的角色与这些人何其相似啊，想到此，不禁大
吃一惊，这些人可是汉奸哪，汉奸是要杀头的。他赶紧止住想象，禁告自己，免
想、免想，同时，也嘀咕着宽慰自己，那都是过去的事儿了，现在是新社会，没
有这一说的。但不管怎么讲，赵学智还是非常看重这个位子，贪恋现时的风光，
不想因这些老人们不愿上塬拖了全村的后腿，挨乡上的批，继而牵绊了自己的美
好前程。

　　这个非常时期，赵学智就想到了赵七爷。赵七爷生于1921年。民国十八年
年馑，据说百分之八十的人都饿死了，赵七爷的父亲和爷爷也因饥饿和疟疾相继
辞世，他和母亲却奇迹般的活了下来。活下来的赵七爷，随着中华人民共和国的
诞生，随着土地改革，身为贫农的他分到了田产，他深知土地的重要。民以食为
天，食以地为本，他苦心经营着自己的田地，日子倒过得相对安逸。合作化时，
他的田地被集体化了。他狠劲地心疼了一阵儿，但也无可奈何。生产队那会儿，
好在他是庄稼地里的好把式，耕种收割，去壳剥粒，阉猪铲掌，喂养牲口，配种
赶车……样样精通。他出勤率高，挣的工分多，年终总能分个头份粮食，这期
间，他倒没有饿肚子。一九八三年，联产承包制推行后，他重又分到了承包地，
他欣喜若狂，他养了两匹高脚骡子，购了一副山地犁，起早贪黑地领着子孙们在
地里侍弄，几年下来，粮食囤儿尖了，肚子胀了，赵七爷笑呵呵的。他常漫步于
田间地头、沟湾河汊、桃红绿柳间，望着青山绿水，闻着瓜果的香味，心里充满
了幸福。可几年后，年轻人们不愿在地里刨了，说地里侍弄又苦又累，又刨不出
金砖银锭，不划算，他们早已厌倦了老婆孩子热炕头的传统农耕生活了，他们向
往的是城里人住洋楼开洋车的生活，纷纷加入了进城打拼的队伍。赵七爷多次予

以阻止，才发现年轻人们早已不听他这个赵姓族长的话了。他所能指使动的只有那些五十岁以上的老头老太了。看着肥沃的良田里只有一些老弱病残的留守老人侍弄，而没了青壮年的身影，赵七爷心里堆满了凄凉，他常常捧起一把把黄土，一次次地问：黄土啊，黄土，这么金贵的黄土，你怎么就留不住你的后代呢？

赵学智知道，赵七爷一生迷恋土地，是庄稼地里的好把式，又为人耿直，走得端，行得正，做事从不出格，堪称表率，在赵姓家族德高望重，大家尊他，说话老人们听。他由此推断，要把这批老人们搬上塬，首先须做通赵七爷的工作。可他也知道，要做通赵七爷的工作，又不是一件简单的事。

这些老人们在河湾处。这是在半圆形的河湾坡面上开凿的一溜窑洞，俗称罗圈庄。罗圈庄脚下是河岸，河岸上有一片柳树林，这是赵七爷的父亲亲手植的，后来赵七爷逐年栽植，担水浇灌，如今已形成了一片颇有气势的柳树林了。河岸下有条河，叫胡芦河，是泾河的一条支流。以前清澈的河水终年四季潺潺地流着，像一首美丽动听的歌，唱得这川里人心情畅亮难以忘怀。可现在，这条河成了一条季节河，只有雨季才能让人们看到河水的影子，平时，只有线似的一股水羸弱无力地向南流去，延续着河的生命。生产队那会儿，老人们东一家西一户的在沿沟开凿的窑洞里居住，那是老祖先开挖的，窑壁黑熏熏的，窑顶也有裂隙，看起来挺怕人的，像猿人居住的洞穴，这些住户分别处在几条沟里，非常零散，晚上开个会，负责打钟通知人的刘三，从下午七点开始敲打场院里槐树杈上悬挂的那口破铁钟，直敲到八点整，九点后开会的人才能从梁梁碱碱的羊肠小道上陆陆续续先后到达队部。社员们居住的分散，路途的不便，不断延误着上级下达的生产任务，让当时的队干部伤透了脑筋。农业学大寨期间，平田整地，大队干部们就特意在河湾处整出了一块平地，又沿沟洼开凿出了一溜几十孔窑洞，作为居民点，把在相隔比较远的几条沟里居住的社员，迁到了居民点。安置在新居民点的社员们，生产开会一下方便多了，都挺顺意的。赵七爷祖上就在这河湾住，当时，队上又给他另外分配了两孔新窑洞。赵七爷笑呵呵的，挺乐意，在心里不断感激政府，感激共产党。前多年，一部分在外打工的青壮年打工赚了钱，嫌这半沟里住着上山爬坡的极不方便，就纷纷在塬面建了砖瓦房，把家搬上了塬。没有上塬的就剩下一部分老人了，为了安全，身为村主任的赵学智利用民政部门给村上拨的救济款，对这些窑洞进行了加固，窑洞的外皮还用砖贴了面，窑洞看起来漂亮多了。在窑洞外的空地上置了草皮，安放了一些从体委争取来的健身器材，供老人们茶余饭后活动身骨。他又把沟底的泉水引到了居民点，老人们吃水再也不用下沟挑了，龙头一拧，就能吃到香甜甘冽的泉水，老人们心里美滋滋的。条件的改善、空气的清新，老人们说什么也不愿挪窝了，他们都想在这里度完自己的余生。

赵学智深知老人们上塬的难度，他显然也明白自己当上村主任后为村民办了一些实事，他的话大家一般还听，但在这件事上，他知道老人们是不会听他的，尤其是七叔。

前多年，赵七爷的儿孙们要往塬上搬，七爷就坚决不同意。后来儿孙们硬搬上了塬，他却和儿孙们决裂了，逢年过节有个团聚什么的，儿孙们怕他不上塬去，于是，他们只得带着礼物和做好的香美饭食下沟与七爷团聚。

留守的七爷在沟里侍弄着三亩水田，喂养着一条狗，十二只兔子，八只鸡，一头黑土猪，还管护着河岸边的柳树林子，逢春季还要续栽一些新的柳树。这么多活计，虽然忙了一些，可七爷心里是舒舒畅畅的。在这里，赵七爷呼吸着新鲜空气，干着自己爱干的事而不受任何干扰，他是自由自在的。基于这些，赵学智感到七爷的工作非常难做。该怎样做通赵七爷的思想工作呢？赵学智可没少动脑筋。

赵七爷这个人一辈子性格好强，干什么事都要干到人头前干到最好。生产队那时节，喂牲口他把牲口喂得膘肥体壮，毛色油光发亮；耕地那犁沟一线儿直，耱地把地耱得平展展的。扬麦那落地的麦粒不沾一丝麦衣，摇楼下种更是精到，种子都均匀地撒在了地里，出的苗齐茬茬的，一溜整齐……他年年是大队和公社的生产模范，年年都有奖状贴在窑壁上。那时，只有被奖状簇拥的日子，赵七爷的心里才会得到慰藉，人生价值才会得到提升。当时，队上有一个从抗美援朝战场上退伍还乡的革命伤残军人，每月能按时领到政府发放的十块八角钱的荣誉军人伤残补助，那人用这钱采购回了乡亲们眼馋的家用食物。但赵七爷对那人就颇不以为然，颇不服气。人前人后说那人是沾了运气的光，逢上了当志愿军的好时机。他说他那会儿就曾报了名，一心想上战场，只是征兵的在了解了他的历史后，说他是单传，是独子，就断然不收他。他当时年轻气盛，恨死了那个征兵的小锉子，半夜里怎么也睡不着，几次想溜进住在冯老栓家的那个小锉子睡的窑洞，整死那个小锉子……唉，什么都是时也命也，如果自己赴了朝，也许会英雄上一回，光荣上一回，人前人后会招来人们羡慕的目光，也能享受到政府的特殊待遇。这样一来，注定他就成了人前人，是驮队里的头骡，羊群里的骆驼。赵七爷不是眼馋那人每月的十块八角钱，他向来对钱物是不怎么看重的。尽管，十块八角钱在那个年代里是一个不小的概念，能买二百一十个鸡蛋，能吃十碗羊肉泡，能买一百二十斤麦子，能……赵七爷却看重的是这十块八角钱对那人所带来的一种荣耀；而对他来说，就是一种精神压力，压得他矮了半截。那人和他是从小耍大的，年龄不分伯仲，在生产队工分没有他挣的多，奖状没有他得的多，唯有一份革命伤残军人荣誉证，让赵七爷顿失优势，顿有劣势，顿感危机。为此，他和那人明带笑脸暗使绊子，整整较了半个世纪的劲儿，什么事都要强过那人，什么事儿都要占尽先机，出尽风头。直到那人前几年辞世，赵七爷还说：赵黑子不过是沾了抗美援朝的光，要不，他娃哪一点能比我强！这几年，惠农政策推行，村上开始给七十岁以上的老人办低保，办了低保的老人每月可领到七十元的生活保障金。领到保障金的老人们眉开眼笑，再也不用因缺零花钱伸手向儿子、孙子们讨要，看他们的眉高眼低了，老人们开始感受到了来自这种待遇的温暖。而在赵七爷看来，这种待遇与其说是缓解了老人们因无经济来源所造成的囊中羞涩，倒不如说是一种来自政府的关怀与荣耀。这种荣耀使他想起了那个已经离世的复退军人赵黑子。那些年，别的社员会为一角钱二角钱争得昏天黑地时，赵黑子总能如期从民政局每月领回十块八角钱，他用那些钱买回了粮食。当别人家在吃红芋干时，他家还隔三岔五能吃到白面馒头。看着乡亲们倾慕赵黑子的目光，赵七爷的心头总会掠过一丝疼痛。唉，这就是一种荣耀，是政府对臣民的一种特殊礼遇。就像当年乾隆爷给七十岁以上的耆宿们赐的御宴一样，那种礼遇往往成了他们后辈们所津津乐道的炫耀话题。遗憾的是，赵黑子在世时，赵七爷总归没有享受到这种待遇，而赵黑子的这种待遇直到入土时才停止，这多少让赵七爷心里不是滋味，心里结了半个世纪的梁子。现在，这低保证仿佛成了赵黑子当年揣的那个荣誉证，让赵七爷梦寐以求。拥有低保证就拥有了荣誉，这是政府赐给的荣耀，他就可以像当年的那个赵黑子一样让人们羡慕不已。这种荣耀比他当年所拥有的那些奖状强多了，这是另一种荣耀，是金钱不能代替的。他可和那些老头老太们不一样，希图政府每月的那几个钱，他才不图钱哩。赵七爷生性好强，虽年逾八十，但身板硬郎，从不看儿孙们的脸色，他宁愿自食其力，也不愿花儿孙们的钱，倒是孙子们装着笑脸常哄他的钱。他在沟里养着家畜，种着蔬菜，家畜喂养得肥胖，蔬菜种得鲜嫩，常有小贩上门和他谈生意，他不用出门钱就揣在兜里了。而他又是个节俭之人，不乱花钱，所以他是不缺钱的。他所看重的是这份荣耀，是政府颁给的这个"证"。

这种状况，鬼精灵的赵学智早看在眼里，只是他没有戳破，他要看赵七爷下一步的行动了。

可赵七爷是个好强的人，是个死要面子的人。虽然他对低保一事非常渴望，他甚至想，如果他有一天死了，还没有享受到这份待遇，那他死也不会瞑目的，他在九泉之下也要矮那个赵黑子一截哩！可他就是不愿就这件事向他这个内侄提起，他知道，要办低保按规定首先需本人申请，经政府调查合格、民主评议后才会办理。如果你不申请，政府是不会办理的，而由他申请，他觉得就是向政府讲困难提条件，即使办了，他认为也是要来的，这不符合他的性格。他一生光明磊落，为人正直，从没有向政府提过条件，讲过困难，如果这次破例了，他心里会不安的。最好的结果是，政府派人来和他衔接，由政府顺理成章把这个证颁给他，他才心安理得，他才会觉得，这荣誉不是要来的，而是他应该得到的，是政府亲自颁给他的，是当之无愧的。可过了好长时间，为这事，政府也没人来和他洽谈。赵七爷真有些焦灼不安了。

恰逢其时，赵学智在般迁上有了难处，他就想到了赵七爷，想到了赵七爷心中的这个心病。于是，一个秋天的翌晨，赵学智叫上乡干部小贺匆匆从塬上下到河湾，来到了赵七爷居住的窑洞，和他促膝交谈。赵学智说，七爷，我们这次是代表乡政府来的（赵学智知道是在撒谎，可他认为有时善意的谎言还是要撒的）。一听说赵学智是代表政府来的，赵七爷脸上有了喜色，一下来了精神，他坐得端正，嘴里噙着旱烟锅，仔细聆听赵学智的意思。

赵七爷是个传统意义上的农民，是个顺民，一辈子只知道听政府的话，把地种好，把小日子过好，别的什么乱七八糟的事他不愿听也不愿管。可对于政府所吩咐的事儿，他历来是重视的。赵学智一本正经地说，七爷，过去那阵儿你年年是大队、公社、县上的劳动模范，可以说为抓革命、促生产出了大力，流了大汗，立了大功，得到了各级政府肯定肯定，是社会主义建设的功臣。现在，你年经大了，身体弱了，政府考虑到你过去为国家所做的贡献，决定对你每月的生活保障予以补助。虽然每月只有七十元，但也体现了党和政府没有忘记你，体现了党和政府对你的关心和爱戴，话说回来，这是你应该得到的一份待遇和荣誉，希望你能不忘政府的恩德，为村上的事多操点的心，老有所为（赵学智说这番话的时候，是有把握的，他清楚赵七爷办低保的条件早够了，他只需代替赵七爷写个申请，盖个村上公章，到乡上填个表就批了，现在他之所以把话说在前头，无非是在赵七爷面前落个人情装个人罢了）。小贺也在旁边敲边鼓，说赵主任说得挺对。

赵七爷听了他这个侄儿的一番话，心里一阵窃喜，感激得老泪差点流出来。是哟，政府倒没有忘记他这个老孬障啊，他又想起了过去那个热火朝天的大革命大生产的日子，自己那会儿年轻，拳打脚踢，干什么事都挡不住，现在自己人老了，腿脚也不灵便了，正感叹自己成了废人时，政府倒还是没忘记他啊，想到这儿，他思量过去自己所拥有的那些奖状奖牌，觉得还是值！赵七爷从过去的忆忆中回过神来，不觉再次认真地端详着赵学智和小贺，郑重地问：侄儿，这事可是真的！赵学智说：真的，哪儿有假？我可是代表乡上来告诉你的，本来乡上李乡长要来对你宣布这事，无奈这几天计划生育紧张，抽不开人，就委托我和小贺来了。赵七爷这才完全相信了，他不住地感叹，还是共产党好，政府好啊！

见时机已到，赵学智就说，七爷，政府对你们这些过去的老功臣这么好，你也要帮政府一个忙啊！赵七爷问：什么忙？就是上塬的事，赵学智说，你看政府投资了那么多，盖起了那么漂亮的新农村居民点，目的就是让你们住得舒服安全，如今，你们不上塬，这不是难为政府嘛！一听说上塬，赵七爷一时沉默了。说实话，他压根就反对上塬，他原打算就老死在这沟里了。塬上的一切实在让他看不惯，也和他格格不入，可这上塬的事又是政府的指示，赵七爷就有些犹豫了。历史的经验告诉七爷，政府的条令是违抗不得的。违抗了只有你吃的亏没有你占的便宜，可他实在又贪恋这沟里的清静清闲日子，他害怕在塬上适应不了。

赵学智给他带来了政府的关怀和恩赐，实在让他感激，而赵学智提出让他上塬的事，又使他陷入了进退两难之中。后来，在赵学智说了无数次的塬上好处、赵七爷经过无数次的思想斗争之后，终于妥协了，答应上塬。

赵学智见赵七爷已答应，赶紧抓住时机，第二天雇了一辆"三马子"，将赵七爷立马搬上了塬。别的老人一看赵七爷上塬了，在赵学智的督促与劝说下，也陆续搬上了塬。为这事，在全乡大会上，乡党委书记田野还专门表扬了赵学智，说进新农村这事赵学智为全乡带了个好头。

上塬后不久，赵七爷就感到了后悔。居民点是一排一排整齐划一的红砖瓦房，独院独门独户。房子粉刷得雪白光亮，睡的是席梦思软床，坐的是沙发，看的是闭路电视，水龙头一拧水就来了。可赵七爷就是不习惯。总觉得没有土炕睡得踏实，没有木机凳坐上舒坦，没有那泉水喝上香甜。糟糕的是，睡在那席梦思软床上，他还老失眠，翻来覆去也睡不着，害得他半夜起来在房间来回转悠。还有那水据说是机井里抽上来的，却有股咸涩味，也喝不惯，有人说这是油井污染的后果。

赵七爷更不敢出门了，出门看见的是装载机，挖掘机，推土机以及各种车辆，乱哄哄的在黄土地上奔跑忙碌，还有那钻机整夜地轰鸣，都让赵七爷心惊胆战。他感到这些机械有一天会把他吞噬，他已看不到良田污野了，也看不到田畔林间小路了，听不到鸟雀的啾啾了。这种景象让七爷倍感寒心，与其说外来人打破了先前的宁静，倒不如说七爷看见他们在土地上折腾让他伤心难过。赵七爷弄不懂这些外来人究竟要在这块土地上折腾出什么名堂来？常言：眼不见心不烦，以前住在沟里，看不见倒还没有这么烦，现在上了塬，就得每天面对。赵七爷在烦恼的同时，也埋怨起赵学智来，可细一想，这上塬的事虽然是赵学智提议的，但最终还是自己经不住诱惑同意了的呀，要怪就只能怪自己立场不坚定，最后松了口。

赵七爷上塬时间不长就从赵学智手里接过了低保证，这让他得到了一份荣耀，但他自从上塬后，每天都不美气。

赵七爷怀念起在沟里的时光了。

每天天一放亮，他用一条扁担，挑两只塑料壶，就下沟了，到做早饭时，已挑回了泉水。他每天都是这样，坚持食用泉水。有时候，他中午也下沟，主要是在河湾处转转，看看小河，那河水已很细了，但他看一看也感觉舒服，这让他想起了小时候在河里捉王八的乐趣。更多的时候，他则是在河岸边的柳树林里转悠。这柳树林是他的父亲亲手栽植的，到现在，也有百余年了。童年时，每当春暖花开之时，这柳树林就是一片柳絮的世界，白绒绒的柳絮像一片片飘舞的雪花，染得整个林子成了一个纯白的世界，孩童们在林间鸣着柳笛，嬉戏、奔跑、捉迷藏，兴奋地尖叫；大人们也在茶余饭后聚在柳林里纳凉、唠嗑、谝闲传、其乐融融。

柳絮飞，柳絮飞，

谁家庭院蝴蝶飞。

柳絮飞，柳絮飞，

东西南北不许归。

柳丝依旧留不住，

团团丝絮飞满天。

赵七爷想起了私塾先生给他教的这首童谣《柳絮歌》，不觉老腔老调哼了起来。那时，柳树林就是孩童们的天堂，大人们的乐园。也就是从幼时起，他就下决心继承了父亲的衣钵，每年都要栽新柳，他要让柳林变得更加繁茂，更加壮大，给人们一片绿荫，给孩童们一片快乐，让后代的快乐延续下去。可现在，看到渺无人迹的柳树林，赵七爷常会陷入一种迷惘之中。

上塬后，赵七爷的这种心境赵学智是很清楚的。他知道在赵七爷的心里金窝银窝都不如他的那个土窝。因此，赵七爷断然是快乐不起来的。只不过，当时上塬是一项政治任务，再说了，上塬毕竟也是一件好事嘛，赵学智就做了七爷的工作，让他从沟里搬上了塬。自从那以后，赵学智在七爷面前再没有露面，他害怕赵七爷心情不好的时候，伤他一顿，他划不来。

这次，他决定在赵七爷跟前露面，是有苦衷的。

前两天，乡上开了一个各村村主任参加的紧急会议。乡党委书记田野讲，随着市上招商引资、经济开发工作的稳步推进，西北油田还要在我乡钻五十口油井。所以，企地要加强合作，共建模范油区，尤其地方上要配合好、服务好油田的项目建设，一切要围着油田开发工作转，谁要是设置障碍，拖了开发工作的后腿，就要追究谁的责任，撤谁的职。

会一散，他又把赵学智叫到了他的办公室，单独进行了叮嘱。他说，赵主任，油田在我乡搞开发，你们赵湾村可是重头戏，以前打的油井不算，这次还要另打三十眼。因此，你要做好群众工作，让井队顺利进入场地展开作业。

田野还透露，以前在征地问题上，地方政府不出面，由企业与农民谈地价，农民狮子大张口，漫天要价，企业嫌农民胃口太大，就离开了，到别的地方投资去了，一个好端端的招商引资项目就泡汤了。后来投资商也灵了奸了，到地方上来投资，关于地皮的事再也不与农民对话，他们知道农民难缠，农民的事说不清，他们直接与当地政府摊牌。他们说，要我们到你们这儿开发项目，你们把地征好了我们再来，我们每亩地包括附属物出五万元，如果这个条件能达到，我们就来，达不到我们就不来。

这几年招商引资成了热门，各地都在争，都害怕开发商兜里钱投到别处去，政府就义无反顾地答应了开发商的苛求。如此一来，政府从百姓手中征到土地，包括附属物赔偿每亩得花二十七八万元，这就是说政府要倒贴开发商每亩二十几万元。可政府考虑的是长远之计，说等开发商扎稳了根，我们再赚他们的钱，目前吃点亏算不了什么。有了这一层缘故，地方政府在征地时就得处处精打细算，能省则省。为此，政府对土地限了价，对地上的附属物都有明码标价，由不得你农民再狮子大张口。个别农民看到占不了更大的便宜，便用喝药、自燃、上吊、跳楼等方式威胁政府，以此获得更多的经济利益。政府当然不能妥协，一妥协，会有更多的人看样子也这样闹，用这样的方式诈取政府更多的钱。为了使征地工作取得主动，政府只能坚持原则，决不妥协。这样矛盾就有些激化，上访的事件多了，群访的事件多了，地方政府也是有口难言。

田野在向赵学智透露了这些情况后，拍了拍赵学智的肩膀，最后嘱咐说，赵主任啊，你可是村干部中挑头的，是你们村里的能人，群众都听你的，没有你玩不转的事哪！这次你一定要把群众的工作做扎实！不要让矛盾激化，井队明天就要进村了，乡上在看着你啊！

赵学智问，那土地征用赔偿什么时候兑现？

田野说，先让井队进村，随后按照规定给你们村兑现。赵学智听了田野的话，顿感肩上的担子加重了，他没敢贸然答应田书记，他只是敷衍地说，田书记，我尽力，我尽力。

赵学智回去后，思忖了好久。以前开发商用地，都是先找他这个"地理鬼"，为了能顺利拿到土地，用"宝马"接送，拉着他尝遍了"西洋景"，什么"桑拿"啊，"浴足"啊，"KTV量贩"啊，"艳舞"啊，让他这个"土包子"大开了眼界；也拉着他吃遍了山珍海味，让他久久回味那些美味，事办完了，他还能拿到手续费和回扣。这次看来，开发商们再也不会找他了，和他直接对话的只有乡政府或更高一级的政府，他由这些政府管，原则上只能服从和按上面的指示办，再也没有灵活性了，以前的那种好光景看来是要一去不复返了，想到这儿，赵学智不觉一阵失落，心里骂道：狗日的，这帮好商。但不管怎么说，他还是有些于心不甘，不是说"斗大的麦粒要从磨眼里下去嘛"，他们要在赵湾村这块土地上开发，就离不开我赵学智，我要整得他们踹鞋拾帽子，然后让他们恭恭敬敬地来拜访我这个土地爷。

赵学智已经想好了，先给油田上的人颜色看看，他再出面恢复局面，让他们出出血，村民们一闹得到了好处，会感谢他；在石油这一方，他也会落个企地联手、共建和谐油区地方好干部形象；对上级而言，他最终也保证了井队顺利进村施工，这是多好的结果呀。想到此，到了中午，他就开始通知村民，说石油上的人明天一早要来了，你们要做好迎接准备，拿出老区人民好客的本色来，欢迎石油兄弟进村。

赵学智这样一通知，村民们都知晓了，纷纷做好了拦截的准备。赵学智知道，这次先在沟底河湾处打的第一眼井，占用的主要是赵七爷家的几亩滩地，而且那片柳树林很大程度要毁掉，辟成井场，这对于赵七爷来说，无疑是一次沉重的打击，所以，他在天擦黑的时候，把这信息才特意传递给了赵七爷，他要让赵七爷这颗重磅炸弹最后炸响。

是真的吗？赵七爷颤抖着问赵学智，赵学智认真的回答：是真的，并且吞吞吐吐地说，可能那片柳树林子也要毁掉！

是吗？

是的！赵学智确切地回答。

赵七爷绝望了。他懂得，多年来，凡是政府决定的事儿是不能更改的，最后都实施了。自从上塬后，他渐渐感到，这些机械们在日夜蚕食着他的心，令他日感不安，但也无可奈何，到了后来，他唯一的愿望是，能保住河湾那块地，那片柳树林，他可以在心情不好的时候下到河湾，来到柳树林，走走，看看，这让他能回忆起儿时的情景，昔日的田园风光，过去安静祥和的耕作生活。可是，现在这点企望也要被打碎。

柳絮飞，柳絮飞，
谁家庭院蝴蝶飞。
柳絮飞，柳絮飞，
东西南北不许归。
柳丝依旧留不住，
团团丝絮满天飞。

得到赵学智肯定的回答后，赵七爷眼前恍惚间再也看不到丝絮飞满天的洁白纯真的世界了，那个撩人的调子也远去了，他的眼前被轰然倒下的柳树罩满，陷入了无比的凄凉之中。

　　赵学智说，七爷，明早你可要到河湾去看看呀！赵七爷此时已无心思答复赵学智的规劝了，他的眼前满是倒地的柳树。

饲养院

她是最后一个进来的。

之前进来的那些人，依次排列着，站立着，都定定地盯着自己的脚尖，目不斜视，不敢发出一丝儿声响。

只有牛棚外不远处的半截榆树桩上拴的一头晒太阳的花母牛哞哞的低叫声，才偶尔会引开他们的视线，惹他们偷瞟。

他们发现，一条毛色黑白相杂、活蹦乱跳的小牛犊煞是可爱。它调皮地逗弄着老母牛，一刻也不安生。

一会儿，它蹭蹭母牛的肌肤，嗅嗅她的鼻息，让它舔舔自己的体毛，它乖顺地像瞌睡了似的闭着眼睛幸福地迷醉；一会儿忽地睁开眼睛，尥个蹶子，用头狠劲地抵一下老母牛的肋骨，老母牛疼得咧一下嘴，它却迅速蹿开而去，站在稍远处，低垂着眼睛，像个犯了错误、不敢瞅大人的孩子似的，等待着老母牛的发落。

老母牛显然生气了，从胸腔里发出了瓦瓮被敲打时那种低沉而嗡嗡的吼声。

毛色黑白相杂并不漂亮却显得可爱的小牛犊，并没有让吼声受到丝毫影响，它先是怔了一下，而后便顽皮地甩打着那极短极细的尾巴，又慢慢向老母牛趋来。

低沉而嗡嗡地吼声，让民兵银虎受到了惊吓，他持枪的手抖了抖，眼光马上从女囚菊香脸上挪开，移到了那些男囚的脸上。

这五名男囚与女囚菊香是串联在一起的。

银虎是接到民兵连长张彪的命令，早早来到饲养院，等候接收这批被巡回批斗人员的。等工作队队长马参谋和公社贫协主席李占聪将这六名"黑五类"分子交给他时，已是接近中午时分。

军分区马参谋临走时嘱咐："一定要将这批阶级异己分子看管严，不要出任何差错。这伙人非常狡猾，稍有风吹草动就预备蠢蠢欲动，现在正逢农忙时节，我和李主席还要组织劳力抢收抢种，再派不出人手，你一个人责任重大，要保持清醒的头脑，提高警惕，必要时要对他们采取一些措施，严防他们脱逃。"

银虎说："是。"

送走了马参谋和贫协主席一行后，银虎不敢怠慢，端起枪，命令那五名男囚反剪了双手，不准动弹，然后将早已准备好的一盘麻绳，交给最后一个低头进了牛棚的菊香，让她逐一用麻绳将男囚们的手腕捆紧，再用剩余的绳头将他们串在一起。菊香遵照命令完成这项任务后，待要喘口气歇缓时，银虎却将枪挎在肩上，走了过来。菊香低垂着头有些吃惊，想要说什么，银虎制止了，命令她反剪双手，他用麻绳捆紧了她的双腕，将她也和那些人串联在一起。这样，菊香就和那些人成了一条绳上的蚂蚱了。

银虎这样做，是为了万无一失。

他观察到，这五名男囚的目光，均投向了饲养院里这一老一小两头牲口。他们饶有兴致地观赏着这母子俩有趣的嬉戏。那悲戚而又浑浊的眼神里，瞬间有了亮色，那死鱼般的眼珠也活泛了，滚动着，均好像忘记了自己的身份与处境，变得不安起来。

那时候，正是一个阳光灿烂的午后，院子里静悄悄的，除了两头牲口处于动态，一切都处于静态。

院子靠北首是一溜土坯房。房子的过道处蹲着一尊合了铡刃的铡刀，土坯房的里面堆满了铡碎的草料。一间小侧房，砌了一盘土炕。土炕上铺一页苇席，苇席上放了一床叠了的旧被子和一块砖枕，房梁上挂着主人烤干的烟叶。这间房子是饲养员住的。

房檐下，凌乱地挂着牲口用的马嚼子、缰绳、驴脖套、换下来的铁掌、笼头等。

院子中央搭了一座牛棚。牛棚是用六根木柱支撑的。柱子上面架了檩条木椽，檩椽上面苫了苇席，苇席上面抹一层草泥，草泥上面压了一层烧制的蓝瓦。牛棚的四周没有砌墙，是敞口的，为了通风。

牛棚的西口，依南北方向架设了一排食槽，供牲口进食。

牛棚的北口支了两口水槽，是用来饮牲口的，水槽里蓄满了清水。

食槽和水槽是黑水河畔的青石錾成的。

牛棚的粪便之上，临时苫了一层干土。透着泥香的黄土，短暂地遮盖了牲口粪便的味道，可不久粪便渐渐稀释了干土，那难闻的味道不断渗出来，扩散开来，在牛棚弥漫。囚犯们站立一排，强忍着难闻的气味，瑟缩着回避着，却不敢出声。

适逢夏收农忙时节，牛棚里的牛、驴、骡、马被社员们牵出去抢碾抢耕去了。只留下这头下了牛犊还要哺乳的母牛和它的牛崽。这样，牛棚便给囚犯们腾了出来，成了他们的临时集结地和落脚点。

他们是在前一天晚上在旺多公社胜利大队批斗完后，转押在此，在傍晚时，要被带去红旗大队队部接受批斗的。

牛棚的顶部，因年久失修，已出现了筛子眼似的多处漏洞。正午的阳光，通过屋漏，毫不客气地渗落下来，投在五个男囚一个女囚身上，显得支离斑驳，滑稽可笑。

支离破碎的阳光，并没有照在银虎的身上，他端了一条机凳，这时正坐在牛棚外不知什么时日什么人栽的一棵红杏树下，手握半自动步枪，监视着牛棚内的人。

这棵红杏树已长大了，枝繁叶茂，硕果累累。它既能给人荫凉，遮风避雨，也能给人解馋，消除口渴。

浓绿的杏叶掩映之中，多枚丰润鲜红的黄杏，跳上枝头，探出树叶，甚是惹眼，银虎看守这些囚犯的同时，也忘不了偷瞟一眼这些红杏，偷偷咽一口唾沫，舔一下嘴唇。只是，这些囚犯异常狡黠，不好对付。他如果在这时偷吃"禁果"，那么，弄不好会被反咬一口，倒打一耙，自己处于被动，将不好应对。

红杏树下的银虎，除了凉爽外，还能避开棚内刺鼻的臭味。

红旗大队下达了一名入党名额，除银虎外还有几名入党积极分子也在争取这一名额，他们的表现也相当出色。为这事，银虎苦恼过、纠结过。所以，在张彪号召大家积极报名执行这一艰巨任务时，别人还在犹豫彷徨，他毫不动摇地第一个站出来报名，主动要求接受组织的考验。

现在，这帮人显然有些放肆，根本没有将他放在眼里。按照银虎的想法，这些人如果想将视线移开，必须得到他的同意和批准才行。

男囚们的视线转移，使银虎清醒，这些人确实不好对付。正像马参谋说的，对这帮旧社会的"残渣余孽"，一定要高度警惕，始终保持清醒的头脑。如果稍一松懈，他们便不老实了，就变着法儿和你玩猫捉老鼠的游戏，钻空子挖社会主义墙脚，反攻倒算。

他接受押送任务时，民兵连长张彪也给他交代过，说对这帮人决不能心慈手软，要将他们踩在脚下，叫他们永世不得翻身。因此，在羁押期间，要采取高压态势，先杀杀他们的威风，以保证晚上的批斗会圆满完成。

银虎正在向党靠拢，民兵连长张彪暗示过这个党员名额可以考虑他。不过也提示他要好好表现。现在男囚们的视线转移显然是无组织无纪律的表现。假如再往深的剖析一下，这就是阶级斗争的新动向，想到这些，银虎不敢往下再想了。他从机凳上站了起来，双手端枪，大喝一声："都给我回过头来，放老实一点！"

正在观赏一老一小两头牲口嬉戏的五名男囚，被惊了一下，赶紧回过头，向发出喊声的方向望去，却见红杏树下，那个二十多岁的民兵娃朝着他们嘶吼，那半自动步枪的枪膛里，好像随时都会走火似的，让人惧怕，他们吓得吐舌挤眼，即刻低下头去，瞅着自己的脚尖，再也不敢动弹。

一只麻雀在食槽里啄食牲口吃剩下的草料，一只狸猫攀上食槽的支架，向正在聚精会神的麻雀扑去。这时，银虎的一声断喝麻雀被惊飞了，狸猫没有逮到猎物，丧气地溜走了。

镇住了男囚后，银虎算是松了一口气。他复又坐到机凳上，他的眼光重投在了还算老实的菊香脸上。

这是一个三十岁左右的年轻妇人，上身穿一件粗纹绛色大褂，下身着一条淡紫色的土布裤，她的脚没有缠，但显得极小，一双圆口布鞋使她的脚像两只小船，显得非常轻盈，她的上衣和裤子看起来很破旧，缀满了补丁，但洗得极干净，瞅着舒服。大褂穿在她身上，胸脯撑得紧紧的，到了腰部却显得肥大，空落落的，给人感觉这女人身上好像只有这大褂没有腰似的。

线织的土布裤套在她的两条长腿上有些宽大，甩来甩去，像风中的风筝，但臀部却被裹得严严实实，像碌碡。

在这些男囚视线移向牲口时，女囚的视线却没有移开，她的头颅吊在胸前，始终盯着自己的脚尖。

她的头发很长，很密，堆在一起像乱麻或者说像乱蓬蓬的柴禾披在头上，罩住了面部，谁也看不清她的真实面目。

这就是银虎的视线很久也没有离开女囚的原因，因为他想努力揭开女囚的真面目。

关于女囚菊香的传闻很多。有人说她是千年狐仙转生的，就是整个一妖孽；有人说她是潘金莲再世，只有西门庆那样的男人能驯服她，一般男人是奈何不了她的；还有人说她就是扫帚星，谁沾上谁倒霉，说她跟队长搞过，和支书搞过，和工作组长搞过……一个给她砍了三年柴，背了一个柴垛的痴情男人却没有打动她。

菊香的这些传闻银虎早都耳闻了。这确实是一个与众不同不简单的女人。可这女人究竟是怎样的一个女人呢？银虎努力想探个明白，但他的视线却怎么也透视不开这副面孔，这让他有点忧伤和遗憾，当看到这女人凸凹有致的身段时，银虎对那些传闻愈加深信不疑。

菊香的胸前和男囚们一样，挂了一张硬纸牌，硬纸牌上写了两个黑字，让银虎吃惊不小。银虎幼年凑凑合合上了三年学，对这两个字倒是认得。这两个字不知是谁胡乱用毛笔歪歪扭扭戳在上面的，甚是难看，但却显得分量很重，致使菊香的头始终抬不起来，吊在胸前。在硬纸牌的右下角，也不知是谁还画上了两只小鞋，那小鞋一只翻了帮，一只鞋底破了层儿。这两只破了的鞋儿好像不能穿了，被胡乱地扔在了角落。

银虎想："这两个字不就是这两只鞋嘛！"

在此之前，银虎还不知道这两个字的具体含义，他是一次被伙伴们拉去哄闹时，才知道这两个字不同寻常的含义的。这两个字的含义是褒是贬，他也不好定位。不过，这两个字让他的整个青少年时期都处于一种混混沌沌、迷乱而又暧昧的思维境地不能自拔。

银虎和伙伴们赶去的时候，事件的现场已围满了人，确切地说，他们去得有些迟了，错过了最精彩的丑陋场面。本来，他是不想去的。平时，他的心里很自闭、孤独，甚至有些自卑，对于一些露脸热闹的事儿，尽量回避，不去参与。无奈，小伙伴们硬拉，他不得不跟着去了。

他本姓蔡，父亲蔡丙申，却有个外号"蔡一枪"。缘由是他祖上几代都是财主，到了他父亲这一代，却沾染上了吃喝嫖赌抽的毛病，整天出入烟馆、窑子，抱个烟枪，有女人伺候，煞是舒心。临到解放，几百亩良田抽得只剩了几十亩。土改时，按照政策，刚沾上了地主的边儿，但那位姓申的土改队长突然发了善心，说："革命阵营嘛，该团结的分子还要团结。"一句话，银虎家侥幸划了个富裕中农成分。后来，这位民国丙申年出生的烟鬼，烟瘾犯了，鼻涕涎水一起流，把自己绑在柱子上，难受得厉鬼般嚎叫时，还忘不了那位申姓土改队长的好，说："要是当初划个地主成分，那劳役的苦，那批斗的罪，比这缺烟少泡儿的罪可大多了。老申哪，你可是活菩萨，哪天我撑不过了，到了地狱里我也要给你烧高香。"

可银虎并不这么想，他更多地还是怨恨父亲。幼年期，接受启蒙教育时，他已感受到了父亲对他的牵连。小学的授课老师，据说是个地主崽儿，却有文化，社会主义建设是需要文化的，这位地主崽儿便来了，身边却派了个学堂监听（后来，银虎发现这位根正苗红的监听竟是文盲），地主崽儿授课时，他坐在侧位监听。当初，在银虎的上学问题上，那位土改队长和贫协组长有过争执（因为他是富农的儿子），但土改队长最后的决定起了一言九鼎的作用（贫协主席心有不甘），他跟着贫下中农的儿子一起入了学。可他还是看得出，授课老师在授课和辅导作业时，还是有区别的，对他有意疏远对别的学童亲近，但他的期中期末考试总是班里的一二名。那位丁姓班主任从来没敢表扬过他，那位课堂监听也没当着众同学的面夸过他。就这样，硬挨了三年，他还是辍学了。原因是土改队长的土改使命完成了，工作队撤走了，贫协主席说生产队劳力紧张，正逢大生产阶段，不能误了工，他就被抽回去顶了一个刚死去的柳拐子的差，吆了一群生产队的绵羊下沟放了羊。

每天放羊，他坐在沟畔上，数着高塬上空的云朵，也数着飘移在山坡上的羊群，天上的云朵他每天数了无数次也数不清，山坡上的羊群他每天数一次就数清了。那是三十二只绵羊，十只羯羊，六只"抵虎"（用来繁殖的种羊）。每天吆了出去，傍晚又一个不落的吆回圈，他每天可以挣四个工分。每天放牧，他听到的是咩咩的叫声，闻到的是青草的青涩味。他有过幻想：何时再能听到那琅琅的读书声，闻到那透着油墨的书香。可他深知，这一切都不可能再有了。因为，生产队的劳力越来越缺了，很多青壮年被派去大羊河水利工地当了民作。村里留守的多是妇女、老弱病残了。而梦想有朝一日被替换的希望看来是越来越渺茫了，银虎的心情就越来越糟糕。

因此，羊一吪到了沟坡，坐在沟畔上拦羊的银虎，无事可做了，便又怨恨父亲。

银虎的父亲丙申，去年腊月烟瘾犯了，终于没有熬过腊八，过世了。银虎的母亲蔡白氏跑到集上花了两块钱，买了一领苇席，请来了阴阳八爷。八爷咕咕噜噜念了一段经文，将银虎父亲的裸身用酒精擦洗了一遍，用苇席卷个席筒，将银虎父亲裸身裹了，将席口用大针缝了。乡邻们帮助将席筒抬到牛车上。银虎走在牛车的前面，头上披个麻包片子，手中执个旗幡飘扬的阴魂杆，嘴里叫唤着父亲丙申的名字，一路向阳洼洼里的墓地而去。

葬了父亲后，银虎和母亲没有过多的痛苦，反而有了一种解脱的感觉。这孽障本来就不该活在世上的，活在世上只能给他娘俩带来羞辱和累赘。他们虽没有这样说，但银虎和娘都是心照不宣的。银虎看得出来，从他儿时就一直愁苦着的母亲，自从父亲下葬后，她的脸面倒展脱了，对他说话也和气多了。有时晚上收工回来，他还听到母亲在隔壁的窑里唱乡野小调《莲花落》哩。这欢快的曲调平时根本听不到，只有在正月庙会上耍社火时才能听到。

银虎时常傻傻地想，父亲怎么不早点儿去呢？沾上那东西本来就是一种罪孽，是老天该你倒霉，惩罚你了，少活一天，就少受一天罪。多活一天，多受一天罪，与其多受罪倒不如少受罪的好呢，还不如早点儿去呢！早走早托生嘛！

银虎有过这样的美好设想，假如自己的父亲"蔡一枪"整天泡在烟馆、窑子里，身体垮脱了，在解放前的某一个早晨、中午或者晚上就一命呜呼了，债主将那些晦气的土地盘去，自己和娘一无所有，靠乞讨或救济为生；假如自己的父亲不是"蔡一枪"，而是那个高大山——那个给财主拉了半辈子长工的贫协组长，假如……那他的命运将不会是现在这个样子——一个十三岁就顶半个劳力的放羊娃了。

怨恨归怨恨，父亲毕竟走了，种下的孽也报应了。每天傍晚吪着羊归圈，他会看见昔日的同学正背着书包结伙上晚自习去。他的内心就有些惆怅，他还看见，有几个同学指着羊群，指着他手里的羊鞭做着鬼脸。这些，越发使他自闭自卑了。

事件的主人公叫贺粉粉，是个二十多岁的年轻妇人，按辈分银虎还得叫她碎奶。粉粉的旁边还站着一个被绑着的男人。事件的地点就在粉粉家的崖庄院内，时间也就是太阳早晨刚爬上两个竹竿的光景。声嘶力竭地宣布这次捉奸成功的人正是张彪。当时，银虎知道他还是队上的一个民兵班长。

张彪的脸兴奋得像猪肝，也像早晨这枚刚升起不久的太阳。他颇有兴致地向众人大肆渲染着这次事件的始末。

他说，一向警惕性很高的他，为了光荣的革命事业，一刻也没放松警惕。这几天，他就觉得革命烈属粉粉不对劲。你们想，她的丈夫黑黑在抗美援朝的战场上为了保家卫国牺牲了，那么他的家属就是革命同志，就该得到社会主义大家庭的保护。如果，她被阶级敌人引诱做出了伤风败俗的事，那对整个红旗大队的社员，对黑黑来说是多大的耻辱啊。所以，他就更应该有责任保护粉粉，保护这个革命遗孀。昨天下午，他观察到，放了工，粉粉臂弯挎竹篮，像是到村外野地里铲猪草的样子，慌慌张张来到了村口的老榆钱树下东张西望。满腹生疑的他尾随而至。他躲在附近的玉米林后，静观其变。粉粉并没有铲猪草的意思，像是等人，因为她看起来烦乱、焦躁不安，这让他觉得这里面更有问题，他更加没有离开粉粉的意思，他要留下来监视神秘莫测的粉粉。果不其然，不久村道的飞尘处驶来一辆加重破飞鸽自行车。车子在粉粉面前停稳后，下来一个男人，因为玉米地距粉粉还有近四五十米的距离，他并没有看清这个男人的面孔。只见这男人匆匆和粉粉说了几句话，还向粉粉手里塞了一团什么东西，然后腿一翘，上了自行车，骑走了，粉粉随后也挎了空竹篮急匆匆回了家。他觉得这事儿有些蹊跷，那男人给粉粉手里塞了个啥？粉粉为啥急着回家？这可是个重要情报。他回到队部后，向大队支书张仁作了汇报。

张仁说："粉粉这女人为了咱大队的事业，表现还不错。这几年为了黑黑，守了多年节操，也算是我们红旗大队的光荣。之前听说她和邻队的青年谈恋爱，闹得沸沸扬扬，但队干部叫来进行了批评后，在男女问题上注意多了。话说回来，像粉粉这种特殊身份的女人，就是找对象，也得通过组织考察后，方显妥当嘛！她怎么能擅自行动呢？"

临了，张仁对他说："你晚上带两个基干民兵，密切注意粉粉的动向。"

张彪说，他听了张支书的吩咐，晚上在粉粉庄子的崖畔上，圪蹴着。

到了后半夜，他们实在支撑不住了，见没有什么异常，就收兵回营了。张彪说回家后，他迷糊了一阵，公鸡打第一次鸣的时候，半睡半醒间，他睁开了眼睛，越想越不对：白天粉粉明显神情怪异，怎么会不有所行动呢？想到这儿，他翻身下了床，出门分别叫上栓牢、栓锁两个民兵，赶到了粉粉家院外。

这时，东方已泛出了鱼肚白，曦光闪烁。他让栓锁蹲下去，栓牢骑在栓锁的肩头上，栓锁慢慢向上起立，立起后，栓牢双脚一撑，站在栓锁的肩头上，双手扒上粉粉家的院墙，翻过了墙头，从里面开了门，他们三人进了院子，猫腰来到了粉粉的住屋。

他们已看见了室内忽明忽暗的煤油灯花照在了窗格子的白纸上，映出了两个人抱在一起的剪影。这让银虎大喜过望：他的警觉应验了。他们蹑到窗下，屏声静气地窥视着室内的动静。只听粉粉嘤嘤地哭着，还向那男的诉说着什么，那男的劝慰着粉粉，抚摸着粉粉的剪发头，显得很无奈。他竖起耳朵，继续偷听。

只听粉粉说："这日子咋过呢？我们又不能明媒正娶到一块，这样偷偷摸摸的总不是个长法哪，唉……"

那男的说："嗨，嗨，这咋办呢？这人皮怎么这样难披呢？咱俩当初为啥要走到一起呢？真是孽缘啊！"说到这儿，那男的已泣不成声，悲痛欲绝，喉咙里发出了低沉的金属般的嗡嗡声，让人不寒而栗。

嘤嘤而哭的粉粉，看到男的这副模样，忽然将头抵在男的胸前，拧了一下男的脸蛋，说："嗬，你一个大男人家，都快变成个月娃儿了，真不害臊。啊，别哭了，我们好好的！"

那男的抱紧了粉粉的头说："咋能不哭呢？咋能不伤心呢？你说我们咋办呢？"说着，又哭了起来。粉粉听了，忍不住了，也哭了起来，两人又哭在了一起。

哭了一阵后，那男的捧起了粉粉俊俏而泪花乱闪的脸颊，对粉粉说："要不这样，咱们逃吧！逃得越远越好！"

"逃？逃到哪儿去呢？现在到处都一样，到哪儿还不都是一个样儿。"粉粉警告："你可别乱说，这话可不是随便说的！"

那男人说："也有不一样的地方呢，据说我们东面有一个叫野狐岭的地方，那里山高林密，黑户多着呢，他们躲在梢林深处，开荒种地，挖药材，打猎，谁也管不了，自在着呢。"

"还有这么一个地方，不可能吧！"粉粉有点疑惑地问。

"真的呢！不骗你，我的一个朋友说的。说有一对恋人，双方家里不同意，就双双逃到了那个地方。现在，他们的娃儿都三岁了。"

"是吗？还有这样的事，真个稀奇了。"

那男的说："你要是同意，这几天收拾一下，咱们带上根锁，马上离开。"

"这不妥当吧！不太好吧！"

见粉粉还在犹豫不决，那男的急了，说："咱们再不走的话，这辈子也就没有机会在一起了，你我的缘分也就尽了。"

听了这话，粉粉说："那……"

到了此时，张彪对听得津津有味的听众说他再也不敢大意了，你们想，一个革命烈属，不但要跟上野男人私奔，还要将革命烈士的后代带走，这能对得起烈士黑黑吗？我怎么向党和黑黑交代？

张彪说，想到这儿，他怒火顿生，吆喝栓牢、栓锁与他破门而入，即刻将这两个密谋的奸夫淫妇逮个正着。

银虎那时还小，大部分的思维还处于懵懂时期。大人们的事他确实弄不明白，也不想弄明白，多是出于好奇而已。他和小伙伴们跑到粉粉家时，只见崖庄院里黑压压的围满了人，庄子的崖顶也站满了人，崖上的从崖顶上俯视着院内，有几个小孩还攀在歪脖子柳树上起哄。

前面墙垛似的人群使银虎很难看清粉粉的表情，只能踮起脚尖从人缝里张望，但张彪这段关于事件真相的叙述，他却听得真切。这张彪生的五大三粗，嗓门特大，号称喇叭筒子，在全大队是出了名的。

只是，银虎当时弄不明白，这张彪将这事件的前后始末讲得这么细，这么唠唠叨叨，是为了啥？是为了炫耀？表功吗？这个他确实搞不懂，他心里的感觉只是啰唆，没有意义。抓住一对不学好的男女，宣布一下，该怎么处理就怎么处理嘛，何必像个女人似的婆婆妈妈。

后来，大一点银虎才知道这张彪是个特爱炫耀的人，芝麻大的事总能说成个西瓜大。为此，在学"毛选"的热潮中，他被县上派下来的一个在宣传部们任职的工作组长看上了，推选他为全县学"毛选"的积极分子，在全县厂矿、企业、学校、农村做过巡回演讲。

银虎终于和小伙伴们挤到前面时，才零距离地看到了粉粉。

在少年银虎的眼中，粉粉确实是个漂亮的碎媳妇，从身段、脸蛋、胖瘦，让人看起来非常协调、匀称、舒服。虽然粉粉的头一直勾在胸前，但那小脸儿、眉眼儿还是藏不住的，让他有了一种总想偷睬的欲望。当然，那个男的，他也看到了，这使他惊讶得吐了一下舌头，差点儿喊出来，他想不到，那竟是他曾经的班主任丁老师——那个有文化的地主崽。

他想唤一声丁老师，他没敢。那位丁老师似乎也看见了他，脸红了一下，头吊得更低了。男的和女的手腕都被麻绳绑着，栓牢和栓锁守在他们的身后，看管着。

张彪站在侧旁，喋喋不休地历数着这两人的罪状，煽动着群众的情绪。部分情绪激动的社员在某些人的纵容和唆使下，用脏话辱骂着两人，几个婆姨和儿童不知从哪里找出来穿烂的破鞋，向粉粉的身上乱扔。银虎旁边的一个小脚阿奶说："唉，真不守妇道，不要脸，我们那时没了夫君，要守一辈子呢！这才守了几天就守不住了，真是破鞋！"此刻，银虎幼小的心灵才明白了，乡间将不学好的女人叫破鞋。

热闹看完了，事件总算过去了。可过了几天，几个玩伴又要拉他去看热闹，说是地点还在粉粉家。银虎经过上次那件事后，对这种无聊的事说真的没有多大兴趣了。但经不住伙伴的一再撺掇，他还是去了。

银虎考虑更多的是，这几个玩伴都是贫农家庭的孩子，根正苗红，爱和自己这个富农的儿子来往，看来还并没有歧视他，疏远他，他就要努力获得他们的信任，加入他们的阵营，求得进步，摆脱成分的阴影。

这次去后和上次不同。

粉粉家的院子里用麻绳拉了警戒线，几个民兵端着半自动步枪警戒着，两个穿着蓝制服、带着白手套的公安窑里窑外忙碌着，站在警戒线外的人们根本看不到出事现场的蛛丝马迹。

银虎听旁边的一个大人说，粉粉昨晚寻了短见，是在自己家的窑掌橡梁上拴了一根麻绳吊死的。

粉粉怎么会死呢？怎么会吊死呢？在银虎这个懵懂少年的意识里，那可是一个活生生的人呢，是一条鲜活的生命，是一枚开得正艳的花朵，是生产队里那条口正嫩着的乳牛，拉犁碾场繁殖后代，正能派上用场的年龄，怎么就会死呢？要死，也是自己的父亲"蔡一枪"那类人，他活在世上时已是病入膏肓、骨瘦如柴、整天哼哼、无可救药，是这个世上的渣滓，他这种人有什么用处呢？他才该死，早死早清静。

在情窦初开的少年意识里，银虎曾在睡梦里梦见过粉粉，梦见过粉粉诱人的白嫩的裸体，梦见过她的奶子，那奶是甜津津的，香甜极了，让他兴奋不已……可她现在怎么就走了，怎么就没了呢？银虎的心一下乱了，心情非常的惆怅低落。

公安验完尸，提了勘验工具箱走了，民兵解除了警戒线，人们疯了似的扑向粉粉住的窑洞。八爷唤来两个年轻力壮的后生，正站在机凳上从窑梁上下尸身。

银虎想看到粉粉亡像的愿望太迫切了，不顾一切地从大人们的胯下钻了过去，挤到窑门口，两眼直勾勾地盯着窑内的一切。

站在机凳上的两个后生，解除着窑梁上的绳扣。粉粉暂时还被绳套吊着，脚下的凳子滚在一边。当他看到粉粉的脸时，吓了一大跳。这一吓，他想他会好多日子睡不着觉，即使睡着了也会被吓醒，并且这噩梦会缠绕他终生，令他悸动惶恐。

粉粉的眼珠突出了，粉白的脸变得青紫，可怕的是，那寸余的舌头被绳套挤压出了嘴巴，吐出了足有半尺长，失控的涎水濡湿了粉粉的胸襟……银虎不敢看了，他挤出了人群，奔出了粉粉家的崖庄院，奔了很远，奔到了村口的那棵榆钱树下，蹲坐在树根上，平复着自己的情绪。他没想到，人死了这么难看，而这个人竟是乖媳妇粉粉！啊，人原来就是一口气呀，这一口气过去了，原来就是一具丑陋的骨架，不管你生前是丑陋者还是英俊者。

过了很多日，银虎才知道，那次捉奸成功后，为了教育革命群众，树立新社会良好的道德风尚，张彪将粉粉与丁老师交给了公社革委会。公社认为这事比较典型，值得深思。他们分析的结果认为，丁老师是地主崽儿，粉粉是贫下中农子女，属于两个阶级两个阵营。丁老师拉拢、腐蚀、引诱粉粉，目的当然不纯，归根结底是想拉贫下中农下水，想倒算、想翻天，这是阶级斗争的新动向，必须引起高度重视。最后达成一致意见，对两人严肃处理，并在社员大会上开展批评教育。

粉粉和丁老师被公社组织巡回批斗多天后，完成了教育广大群众的目的。公社决定对两人进行处理。

对两人的处理还是有区别的。粉粉因为属革命阵营的同志，是团结的对象，经过多日的批评，已有所反省，有悔改之意，从轻发落，让其积极参加生产劳动，抓养好烈士的后代根锁，但需早请示晚汇报，待彻底悔改之后，再解除监管措施。丁老师属于阶级异己分子，是改造对象，却不思改造，求得进步，反而拉拢腐蚀革命烈属，罪行严重，即日解除代课资格，发配至沙沟子农场劳改十年。

丁老师被送走了，粉粉自杀了，这是工作组王组长始料不及的。为此，他被上级部门进行了通报批评。组织指出他在对待粉粉的问题上处理不当，丧失了一名团结对象的生命，这个教训是沉痛的，必须引以为戒。

黑黑的独子根锁是个三岁幼童，这给大队带来了麻烦。黑黑父母早逝，粉粉也没有妯娌，这孩子目前无人照料。当时，陇东还没有孤儿院，公社经过慎重考虑后，遣人与定西孤儿院联系并说明这一特殊情况，定西孤儿院闻信后破例收下孤儿根锁。

银杏树下的银虎已端详菊香很久了，却无法揭开菊香的真实面孔。

他不由得想象起来。菊香有粉粉俊吗？有粉粉轻盈吗？有粉粉温柔吗？而粉粉的温柔他只在少年时臆想过和睡梦中见过，真正感受过的或许只有黑黑和丁老师了，他猜。

当银虎进一步放大粉粉时，他着实吓了一大跳，他看见了粉粉狰狞的面孔，那吐出的长长的舌头，那僵硬的尸身……他不敢想了。粉粉的可爱被她死去的可怕掩盖了。

继而，他又转而想改改。

他猜测：菊香有改改俊俏吗？有改改那么有活力吗？

改改生个小圆脸，圆乎乎的，眼是圆的，鼻子是圆的，嘴是圆的，整个一个圆。脸蛋不怎么出众，但各个器官搭配的颇柔顺，看起来挺顺眼的，加上她人爱笑，脸上永远漾着笑窝，和她在一起，生活中的烦恼减少了许多。

改改家是贫农，改改的父亲是名党员，当着邻队的一个生产队长，他们是前年认识的。

前年秋后，在县上宣传部门任过职的工作组王组长，见收割打碾结束，秋播任务已完成，即将进入冬季，迈入农闲时节。王组长就想组织一支文艺宣传队，排练一批节目，巡回演出。这一来能鼓励群众社会主义建设的热情，二来能使贫乏的农村文化生活增加一些色彩。这想法一提出，便得到了公社革委会的支持。

很快，大队从各生产队抽掉了一部分文艺活动积极分子和有文化的年轻人，组建起了一支红旗大队文艺宣传队。这支文艺演出宣传队类似于乌兰牧场那样性质的，没有固定演出场所，很灵活机动。银虎原来没在抽调之列，后来却抽上了，纯属偶然。

他所在的生产队大队下达了三名指标，队上有两位是文艺爱好者，能唱秦腔、唱眉户、说快板，自然抽上了。还缺一名，队长三贵犯难了，不知抽谁好。队上有文化的年轻人算来算去就剩下银虎了，别的都是斗大的字不识一个的文盲。可银虎成分高，上面要求地富反坏右没在抽调之列，但不抽银虎这三个任务指标就完不成。三贵思来想去，就去找了王组长，说了银虎的许多好处。王组长经不住三贵的软缠硬磨，最后吐口了。不过，他说先试用考验一段，合格了留下，不合格退回。三贵说："好，好。"这样，银虎就入选了。

宣传队除了一些上了年纪能吼秦腔、唱眉户、哼碗碗调的老艺人们外，大都是一些充满朝气的年轻人。

改改也被抽上了。在学校她就是文艺活动积极分子，打竹板，说快板，唱现代戏，什么都会，嗓音特别甜，来到宣传队，她就成了队里的宠儿。大家都喜欢她的开朗、热情，大方。

银虎自到宣传队后，总是很自卑，沉默寡言，不善与人沟通。这一来是他成分高，总感到别人鄙视他，二来他认为自己文化程度低，和这些初中、高中生差了半截。虽然失学后，他每天有空都在偷偷自学，但按文凭来说，他和他们还是有很大距离的。出于这些原因，他一般是宣传队长分配他排什么节目他就配合排什么节目。他从不主动抢演一个热门节目或者主动争取一个比较重要的角色。他看得出来，那伙热火朝天、激情饱满的年轻人，在他面前趾高气扬，显得很有优越感。当然，年轻人整天还是愿意围着改改转，把改改宠得像个公主似的。改改并不特别漂亮，但她的青春气息、她的热情大方、她的善良开朗、她的伶牙俐齿、文艺才华，对男青年们来说，是有极大磁场的，银虎却在刻意躲避。

有一次，宣传队排一出《兄妹开荒》的戏，女主角当然是改改了。男主角却定不下来。因为要演男主角的青年太多，谁都觉得自己有优势，谁都不愿退出。宣传队长没辙了，就指定由改改定。改改眉头紧皱，抓耳挠腮，似在思考，末了说，那就让银虎来演吧！

啊！大家惊叹了一声，大为诧异：这怎么可能？这青年平时很少上角色，大多干一些调试灯光、舞台安装、搬运道具之类的粗活儿，怎么能让他上呢？大家频频地摇着头。

宣传队长征询改改："能不能再换个青年？"

改改说："不了，再换的话我就不演了。"

大家叽叽喳喳地责问："这丫头咋这般犟呢？怎么选了这么个猥琐的家伙和她搭档呢？真是不可思议。"

可宣传队长再三征询改改时，改改还是那个意见。最后，队长做了决定，由银虎试演。因此，他们俩就因节目的缘故整天泡在了一起。

银虎是个聪明人，肯钻研，他以前在县上也看过县剧团演的《夫妻开荒》这出小戏。他仔细揣摩、准确把握角色的尺度，不久，就将男主角演得别开生面、有滋有味，改改也将女主角儿演得情情切切，缠缠绵绵。他们俩演的《兄妹开荒》成了红旗大队文艺宣传队在全公社巡演时的保留节目。第二年，这出小戏在全县文艺调演中还获得了一个一等奖，这让王组长挣足了面子，在全大队社员会上表扬了改改和银虎。

与此同时，银虎和改改的相处越来越融洽了，他们在一起，总有说不完的话，总有相见恨晚的感觉。他看得出，改改对他有了好感。

一个月朗星稀的冬夜，月光洒在茂盛塬的大地上，给博厚的塬面镀了一层银光。冬夜显得安详、寂静、悄然无声，村道上只有他们俩。

他们演出完后，改改要求银虎送她一程。他们牵着手，沿着村道漫步，说着演出中的许多话题，颇为舒心。快到改改家的当儿，改改摘掉了银虎的手，从裤兜里掏出一双鞋垫塞给了他，便跑回了家门。

银虎回家后，在煤油灯下仔细观看，发现鞋垫绣的是戏水鸳鸯，纹样很清晰，绣得非常精致。银虎明白了，改改对他有了意思。

陇东乡俗，未婚姑娘送鞋垫，就意味着姑娘向小伙示爱，小伙择日便可向女方提亲。对于这从天而降突然而至的幸福，银虎欣喜若狂，泪流满面。可狂喜过后，冷静下来，他却犹豫了、退缩了。

从前丁老师和粉粉的事，他后来才知道得较为详细了。

原来，丁老师在大队村学代课时，大队调派粉粉去村学给学生烧开水，他们认识了。粉粉不识字，可对有文化的人比较羡慕。闲时常从教室后门进去，坐在后排听丁老师讲课，也主动到丁老师的宿舍请他帮助自己识字。一来二去，他们竟然好上了。丁老师没有嫌弃粉粉的寡妇身份，粉粉也没有嫌弃丁老师的地主成分，他们的地下恋情断断续续也快一年了。他们平时的约会都很谨慎，丁老师和粉粉知道大队民兵在监视他们，因为他们的身份比较特殊。所以，丁老师与粉粉约会时，先在村头的老榆树下约好时间，再到粉粉家。

丁老师去时都在下半夜，上半夜他们觉得不够安全。那次，丁老师塞给粉粉手里的是一封情书，这是栓牢向社员透露的。他说，他在清理粉粉遗物时，发现了那封信。

基于丁老师和粉粉的教训，银虎不敢轻易接受改改的爱。丁老师和粉粉偷偷摸摸地相爱，又不能光明正大地走到一起，最后的悲剧结局是沉痛的。所以，银虎对改改的态度一直处于不冷不热的不明朗状态。

时间一长，改改急了，找个机会主动向银虎表白心意。

银虎向改改坦白了自己的顾虑。

改改说："这有什么呢！你只不过是富农的儿子，咱们在舞台上歌颂的领袖人物，过去不都是地主资本家吗？你不要自卑，要有信心，只要你有信心，我爹的工作我去做。"

银虎听了改改的话异常感动，他第一次不由自主地搂住了改改，亲了一下说："我有信心。"

自此，他们便正式确立了恋爱关系。几个月后，改改觉得时机成熟了，便带上银虎去见她爹。

改改的父亲对银虎说："你们的事，改改说了，我不反对。我听王组长说，你这小伙子在宣传队表现不错，有前途。"不过，他又说："我解放前是个穷人，跟着共产党闹革命，才有了今天。土改、合作化、大跃进、公社，我都经历了，我是组织久经考验的合格党员。我只一个条件，你要积极向党靠拢，入了党，你们的事就办！"

银虎知道，在红旗大队，谁是一名党员，谁的威信就高，受人尊重，就有提干、被推荐上大学、招工、当兵的机会。可这党员名额全大队一年才有一名至二名，非常有限。况且入党，必须非常出色，如果有立功重大表现，才相对容易些。听到改改爹的这话，银虎犯难了，只管搔头。

改改看见银虎为难的样子，赶紧挤眼睛示意。

不能迟疑了，机会稍纵即逝，银虎打起精神说："叔，行！"

红杏树下的银虎注意菊香久了，还是弄不清她的本来面目，不禁有些失望。他想：她为啥不剪个剪发头呢？像粉粉，让人一目了然，或者像改改，剪个学生头也好，多清爽，多醒目。现在这一头乱蓬蓬披麻似的长发弄得这女人云遮雾罩、面目皆非，倒成了他的一块心病。可他还是有点感激这女人，菊香的淡定，视线没有转移，应该说是对他执行任务的一种配合。起码，她是听他话的，没有表现出不老实或骚动，比起那些男囚强多了。如果自己这次执行羁押任务成功了，他猜想马参谋一定会高兴的，会在全大队会议上表扬他，张彪会乘机推荐他，改改也会很有脸面，改改的父亲将会对他进一步有了好感。那么，入党的前景将会大放光明，他和改改大有希望喜结连理。

银虎一晃也二十八岁了，这在乡下已步入大龄青年之列。她的母亲蔡白氏，这些年已积劳成疾，丧失了劳动能力，家中只有银虎一人挣工分分口粮，生活极其困难，纯属贫寒之家。队上和他年一年二的青年纷纷娶妻生子、成家立业，唯有他独守空房，望月兴叹。这一是他家成分高，姑娘家不愿受牵连；二是他家贫寒，蔡白氏这个药罐子确实是个麻烦。自从改改出现后，银虎几乎绝望了的婚娶念头重又复活了。

在对菊香感激的同时，他不由厌恶起这些男囚来。

这都是些什么人呢？咋这么不老实！他再一次扫视起他们来。

这是五个高低不等、年龄不一、胖瘦不同的人，他们胸前纸牌上用毛笔写的黑字昭示着他们的身份。分别是地主刘登第，富农吉祥，反革命白啸天，坏分子胡成，右派秦梦。"嗬！真是生旦净丑一台戏，全都上齐了。"银虎惊叹了一声。

当他看到富农吉祥字样时，很敏感，怔了一下。自己不也是富农吗？真窝囊！可现在自己是个无产阶级专政者，这个老气横秋、弱不禁风的富农吉祥却是个被专政者、阶下囚，怎么能比呢，真是世事难料，不可同日而语呀。想到吉祥此时的境遇，银虎不觉对这个富农吉祥有了一丝同情。

这个想法刚一闪现，马上被他打消了。

他想起了这五个男囚刚才视线转移不安分的一幕，让他警觉：对这些人决不能心慈手软、存有幻想。"阶级斗争是你死我活的革命，是水火不相容的。"银虎想起了马参谋在批斗大会上讲的这句话。是的，这些人差点打乱了他保质保量将光荣羁押任务的顺利完成。自己懦弱，立场不坚定，还同情阶级敌人，几乎铸成大错。

自己虽说是个富农，可跟这个富农有着本质的不同。自己老爹，那个旧社会的残渣余孽，才真正算个实际意义上的富农，自己只是受了牵连。如今，那个孽障已撒手人寰，从此与自己毫无瓜葛，自己又在不断进步，改改和她爹也在召唤自己。银虎坚定地认为自己是革命阵营里的一员，自己怎么头脑一发热差点倒向反动阵营呢？银虎为自己的脆弱、立场不坚定、从根本上没有与地富反坏右彻底划清界限而纠结、自责。

午后的艳阳更加毒辣，牛棚的顶瓦被烤得发出了炸裂的声响。阳光从筛子似的屋漏射下来，投在男女囚犯们的头上、身上，烫得他们热汗淋漓，如坐针毡。牛棚外，小牛犊热燥地不断用头袭击着乳牛，老乳牛生气的哞哞地低吼着，小牛犊则躲在稍远处，像个知错的孩子，低着头等着大人的发落。那只麻雀又飞来了，停在食槽上，跳来跳去觅食。狸猫复又偷偷翻上食槽躲在槽心里，等待偷猎的机会。男囚们的视线这次再不敢转移了，均默默地看着自己的脚尖。

一枚熟透了的红杏让太阳烤得断了枝，落了下来，掉在了银虎的脚旁，他手一伸就能捡到，他没敢捡，害怕囚犯们看到向工作队马参谋检举，就咽了一口涎水，假装没看见继续监视囚犯。

啪、啪……接连几枚熟透的红杏又落了地。红杏被摔得裂了口，露出了金黄的水津津的杏肉，颇为显眼。小牛犊甩着短尾摇头晃脑地凑了过来。显然，树上啪啪不断掉落的红杏引起了它的觊觎。先前，小牛犊的顽皮不安分已让银虎不满，见牛犊又向红杏凑来，银虎怒吼了一声，挥了几下枪身，牛犊赶快返回老乳牛身边，依偎着。

银虎害怕牛犊的蹄尖踩碎了红杏。

小时候，他家有棵杏树。麦黄时节杏子也黄了。他攀上杏树梢头，双手抓住主枝，狠命地摇了起来。树冠抖动着，红杏像下雹子似的落了一地，他捡了两筐，挑了回去。他舍不得吃，只尝了几枚。他将熟透的杏子掰开，晒成杏干背到供销社卖掉，换回了书本。

现在，成熟了的红杏不愿待在枝头上，纷纷跳下了树。这让银虎有些为难，他粗略数了一下，落地的红杏已有十几枚，这在饥饿的岁月里能救活几条人命呢。

银虎是上午喝了一碗母亲熬的萝卜拌汤来执行任务的。现在，午时已过，他的肚子叽叽咕咕响了，极不安分，而他的嗓子也在冒烟，极想吞两枚红杏充充饥润润嗓子。可想来想去，他还是放弃了。这是集体财物呀，怎能吞食呢？再说了，他在监视那几名囚犯时，他们也在监视他。

银虎想了想，将枪倚在树干上，向饲养员的住屋走去。他取来了一个升子，将那十几枚红杏捡到升子里，放回了饲养员的屋子，他要等饲养员收工回来了问他这些杏子怎么处理。

放好了杏子，他提起枪复又坐到机凳上，仔细观察着囚犯。

他发现男囚们头勾着，均大汗淋漓。那汗珠不断顺着额头、脸颊滴落下去，砸在硬纸牌上，发出了嗒嗒的声响。地主刘登第和富农吉祥年龄偏大，估摸在七十以上。此时，腿颤巍巍有些站立不稳。反革命白啸天、坏分子胡成精壮些，但也受不了棚内的燠热，龇牙咧嘴，满面汗液，露出了痛苦的神色。右派秦梦最年轻，但身板最瘦弱，身上着个长布袍，似套在竹竿上。他的近视眼镜被汗水浸湿，镜片模糊，这使他愈发狼狈，浑身在筛糠。

看见男囚们这副模样，银虎想：菊香也定会被热汗蒸腾，痛苦不堪。可菊香的头发太长，他怎么也看不到汗水在她脸上不断渗出不断滴落，又不断渗出不断滴落的循环运动，只听到汗珠滴落在纸牌上的可怕声响。

有那么一刻，银虎有点心软：这样的惩罚是不是有点过分？有点不近人情？可想起张彪的交代：先杀杀他们的威风，以保证晚上批斗会的圆满完成，他就释然了。据说这些"黑五类"都很顽固，一个个都是茅坑里的石头又臭又硬，现在对他们的惩戒不正好是摧毁他们意志的一种很好方式吗？如果能完成这次羁押任务，无疑给他的入党条件加了分。想到这些，银虎不再多虑。

囚犯们挥发的汗水，使银虎突然有了焦渴的难耐。其实，他早就想喝水了，只是，这些囚犯不太老实，他要时刻警惕，还没有找到喝水的最佳时机。

他从机凳上站了起来，倚了枪向水槽走去。

水槽蓄满了水，是饲养员六叔早晨从水井里打上来的。井水很清，能映出银虎的影子，太阳将水晒得处于半温状态。银虎取了旁边的一个马勺，舀了一马勺水，咕咚咚灌下了肚，用袖口抹了一下嘴唇，预备回到红杏树下。

他眼一斜，看到了菊香。

马参谋一行将囚犯们交到他手上的时候，曾嘱咐过：菊香只是作风不好，属陪斗人员，在对她的态度上要和"黑五类"有所区别，但也不能有丝毫松懈。当他喝下整整一马勺清水后，才意识到了天气的可怕，水的可贵。

菊香肯定也干渴得七窍生烟，口无津液，如此下去也许会虚脱、休克，想到这些，他又舀了一马勺清水，向菊香走去，实际上也想乘此揭开菊香的面孔。

不知出于何种因素，他今天太想揭开这女人的真实面目了。

走到棚内，他被太阳晒得发了酵的牲口粪便味道呛得喘不过气来，他强忍住不吐出胃中的食物来。

他对菊香说："喝口水吧！"

可这女人并没有抬头，也没有发话，只是摇了摇头，被头发遮严的脸面，不露出丝毫庐山真面目。

这就奇了怪了，这女人这么怕羞怕臊吗？据说作风不好的女人、破鞋是不要脸的，见了男人就拉。听说这菊香就专和有头有脸的干部搞，一个也不放过，遇上非拉其下水不可！可今天怎么了？就这么顾脸面吗？就这么要尊严吗？银虎百思不得其解。

银虎心有不甘，将马勺亲自递到菊香的下颌，试图让她张开嘴巴喝下水。可菊香的嘴巴动也没动。

这让他大惑不解：她不渴吗？她不需要水吗？可啪嗒啪嗒砸到纸牌上的水珠声，已昭示着她身体里的水分将要枯竭。

银虎再次将马勺送到菊香额下，说："喝口水吧！"

这次，菊香没有摇头，也没有反对，却自进饲养院后第一次发话了："让他们先喝吧！"

啊，他们是谁呢？他们就是那五个男囚"五类分子"。他们先喝，他们有那个特权吗？有那个资格吗？就是给他们提供水源，也要马参谋这类领导发话才行，自己一个小民兵根本没有这么大的权力，贫协主席李占聪临走时也交代过：这伙人上午在胜利大队集体灶上用过餐，在羁押期暂时不要给他们提供水和饭。

这就暗示着，先从肉体上消磨他们的意志。

这个菊香不同，也就是贪图享乐，沾花惹事，风流成性，败坏道德乡俗，和他们有本质的区别，必要时可以考虑给她赏口水。

当银虎对她区别对待时，她却拒绝了，这让银虎很生气。他出了牛棚走向水槽，将马勺里的水倒进水槽，重又回到了红杏树下，气呼呼地坐到杌凳上去，端起步枪，坚定地履行起自己的职责来。

艳阳不知不觉已移到了西南方向，这时正斜射到了饲养院的地面上。地上腾着热浪，水槽里的水被晒得咕嘟咕嘟冒着气泡，小牛犊被晒乏了，再也没有力气顽皮的与老乳牛嬉戏了，乖乖地躺在卧倒的老乳牛旁，眯缝着眼睛迷糊。

红杏树下的银虎也有点乏了，打了个盹儿，差点从杌凳上栽倒。他赶快甩了甩头，揉了揉眼睛，使自己清醒一下。不久，他支撑不住，又打了个盹，竟迷糊过去了。

只听"咚"的一声，人们惊呼着："快救人哪！快救人哪！"把他从睡乡里拉了出来。银虎大惊，端起枪向四面张望着，发现声音是从牛棚里传出来的。他将枪倚在树身上，走向了牛棚。

原来，菊香站得久了，中暑了，虚脱了，站不稳，"咚"的一声栽倒了，失去了知觉。其他几名男因也差点被菊香栽倒时倾斜的麻绳拉倒。他们一看要出人命都惊呼起来。

菊香是仰面栽倒的，她的柴禾般散乱的长发离开了脸面，平铺在棚内的粪土上，使她的面目一览无余，硬纸牌扣在她的前胸。此时，纸牌上的两个黑字还有右下角涂的两只小鞋在银虎的意识里异常难看，非常晦气，已唤不起银虎丝毫的想象和好奇了。他只是心里暗骂谁这么恶作剧，缺德，给他带来这么大的麻烦。

银虎心里是清楚的，对批斗人员杀杀他们的威风可以，可他们中谁真要有个三长两短，他是担不起这个责任的。那就不是能否入党的问题，弄不好要被送去劳改。此刻，银虎有些怕了，面对倒地的菊香，他竟不知所措。

有经验的地主刘登第说："小伙子，快掐人中！"

"啊，掐人中！"他想起了母亲小时教他的在人猝死救人的方法。

银虎即刻屈下身子，用拇指死死地掐住菊香上唇的人中，不敢松手。

约莫有五六分钟光景，菊香醒过来了，眨着眼睛好奇地打量着棚内的人，好像不认识似的，她的知觉还完全没有恢复。

银虎将菊香扶起来，让她坐在棚内的干土上，稍事休息。

右派秦梦说："给她先喝一口水！"

银虎起身出了牛棚，舀了一马勺水端来，送到菊香口边，让她喝。这次，菊香向银虎仰起了头。

银虎第一次看清了，这让他大为吃惊，他还没见过这么俊的女人。

这是一个三十岁左右的女人，在她的脸上透着清秀、精致、玉润剔透，在银虎眼里，她简直像一件让人爱不释手的稀世珍宝，看一眼，使人难以释怀。

银虎暗想：她比粉粉还俊，当然，比改改就俊多了。

抬起头的菊香并没有喝下银虎手中马勺里的水，而是说："我不喝，你让他们先喝吧！"

银虎又一次听到了菊香的这句话，有些厌烦。他在心里暗骂：这女人真不知好歹，不识好人心。你都成这样了，还管得了别人？

可菊香的健康状况实在重要，而他又不能因为她而耽误了这次任务的完成，他忍着怒气，对菊香说："你就喝下水吧，恢复恢复！"

菊香说："我不喝，要我喝，除非将这些人松了绑，一起喝！"

银虎没有想到菊香给他提了这么一个条件，非常生气，警告说："你怎么能说这话呢？他们是啥人哪，给他们水喝谁担得了这责！"

菊香又道："我说你这娃怎么这么傻！你看，现在是啥天气，你给他们松松绑，让他们喝口水歇缓歇缓，喘口气，你再不松绑，不给他们水喝，要出人命的！"

银虎道："不至于吧！说得多吓人。"

菊香说："不信，你娃走着瞧！死一个不要紧，这些孽障都死了，我看你娃咋向上面交代！"菊香又叨唠："你娃还小，经的世事少，社教那年东仓库的张同志就是在批斗时，受不了折磨跳井自杀了的！"

已临近下午收工了，饲养院里异常寂静，除了人这时处于动态，其他都暂时处于静态。

银虎思忖了好一阵子，也想不出更好的办法，他觉得菊香的话有道理。这些人即使松了绑，他们又能惹出什么惊天动地的大事来？他们经过多次批斗和天气的折磨已丧失了斗志，没了锐气，还怕他们不成吗？

将他们松了绑，让他们喝口水，歇缓歇缓，再将他们绑起来，集结到牛棚内，等待马参谋一行提人，也不失为一种权宜之计。如果继续让他们苦撑，出了差错，将很难向上面交代。现在，竟菊香这一个女人都很难对付，不用说别的男囚了。假如他不答应，她拒不喝水，再晕死过去，那麻烦就大了。

权衡利弊，银虎决定给他们松绑。

他先解开菊香的手腕，再逐一解开了其他五名男囚的束缚。

解了束缚的男囚，像惊了似的扑向两口水槽，下巴抵在槽沿上，嘴巴呷吸着槽里的水，仿佛槽里的水顷刻就会没了似的，个个不顾命的呷吸着。

银虎没想到人惊了如此的可怕，他只见到过一次牛惊。

那次碾场，来福吆的一条黑犍牛正逢发情期，焦躁不安，拖着碌碡慢吞吞地无精打采。来福不满了，用牛皮鞭狠狠地抽打着黑犍牛促使它走快些。黑犍牛突然疯病犯了，惊了，拖着碌碡满场飞奔。碌碡碾过场院，扬起飞尘，发出轰隆隆的巨大声响，令人惊惧。来福在后面追着黑犍牛，惊呼着让人们躲开。大媳妇、小姑娘大呼小叫，纷纷躲开，栓牢妈腿脚不灵，躲闪不及，碌碡碾过腿腕，留下终身残疾。

解了束缚的菊香，这次接过了银虎递给她的马勺，慢慢地喝着马勺里的水。

太阳向西倾斜了，饲养院里有了阴影，生产队收工的钟声也响了。银虎知道，饲养员马上会回来的，马参谋他们一行也会很快来提人的。他就端起了枪，命令还在意犹未尽喝着水槽里水的囚犯们返回牛棚，接受束缚。

地主刘登第是第一个向牛棚走去的。

他在旧社会是半个举人，守规守距，对于银虎的命令，他没有半点敢怠慢。别的男囚嘴巴正从水槽沿上移开，准备步刘登第的后尘，进入牛棚，接受绑缚。看来男囚们还挺听话，银虎比较满意。他要待男囚们全部进了牛棚，按照原先的方法，让菊香将他们逐一捆了手腕。然后，他再将菊香手腕捆了，将他们统统连接在一起，看管起来，向马参谋交差。想到任务即将完成，银虎庆幸地吁了口气。

饲养院外乱糟糟的似有人声。

银虎有些意外，不敢大意，他嘶吼着男囚们赶紧向牛棚集结。

男囚们还没有进棚，就见老民兵栓锁急慌慌跑进来，对银虎说："马参谋提前提人了。县革委会的哈主任说旺多公社的阶级斗争教育搞得好，晚上要提前在红旗大队开现场批斗会，观摩学习。"

听了这话，银虎脑子里一片空白。他看见院子里乱了阵脚、到处逃窜的囚犯，暗叫一声：完了。

他没有想到马参谋会提前来，乱窜的囚犯他也不知所措了，他的一切处于一种机械状态。

　　恍惚间，他看见马参谋和贫协主席李占聪奔了进来，后面还跟着张彪和几个民兵。马参谋看见六神无主、混乱不堪，向牛棚狂奔的囚犯，雷霆大发，怒吼着："怎么能这样！怎么能这样！谁下的命令！谁有这么大的权力！"

　　张彪带着几个民兵将囚犯们聚拢到了牛棚，绑了，串在一起。

　　恍惚间，只见张彪带了一个民兵来到他面前，让那民兵下了他的枪。

　　"完了，完了！这次真的完了！"银虎绝望地叹了一声。

　　他想起了粉粉、改改、菊香，眼前一黑，竟轻飘飘地倒了。

幻　觉

人有时会出现幻觉的，这种幻觉说不清，道不明，但不定什么时候就会降临，这是不以人的意志为转移的。出租车司机李壮，近期以来，就经常出现这种幻觉。他的幻觉中，鄂小丽先是一盘散沙似的面粉，无形无状，无拘无束，被他掺了水，水把面粉稀释后，再和起来，和起来后面粉成了面团，他用粗壮的手掌揉啊揉，搓啊搓，伴随着手掌的不断加压，不断调整，这面团越来越柔顺，越来越听话，最终完全失去了面粉的本来面目，成了李壮想要的形状。李壮则是越揉越有劲，越搓越兴奋。是啊，这会儿，李壮能把这团揉倒揉顺的面团，有本事有能耐，随心所欲的处理成各种形状的面食，然后用水煮，用油炸，用烧锅烙，最终变成了异样的鲜美食物，供人们品尝。想到自己这不俗的手艺，为人类饮食文化所做的贡献，李壮近乎飘飘然了，一时竟觉得自己很有聪明才智，活得颇有价值。先前，人们总是瞧不起他，说他没本事，挣不来钱，三十出头了，才娶了一个小寡妇鄂小丽，还管束不住，真是活得窝囊。李壮此时思忖，自己还是极有潜质的，只是人们没有看出他的潜质而已，在此之前，他也没有把自己的潜质充分地发挥出来，以至于都失去了向世人展示自己才艺的机会，这才引起人们小瞧他。想起他常接送的老万、那个大腹便便麻子脸的款儿，李壮更有了一种优越感。

老万有车有房有公司，但出门偏偏爱乘"的士"，尤其李壮的车。这是因为老万觉得和李壮一来二去熟了，好使唤，二来李壮这人高大壮实人也实诚，有突发事件还能应个急，三来李壮嘴牢不爱打听事儿。基于这几点，老万就选择了李壮。一个月下来，老万送给李壮的佣金还是相当可观的，李壮也把老万接送得妥妥帖帖，两人可以说是皆大欢喜。时间长了，李壮还是从老万的言谈间知道了他爱乘"的士"的原因。老万说，现今社会繁荣了，治安倒是差了，他不开自己的车出门，是害怕有人跟踪他，绑架他，敲诈他，谋杀他。他乘的士出门，那些图谋不轨的人就摸不着他的行踪了，省去了许多麻烦，他说他除非出远门才开自己的私家车。李壮到此才明白了这个有钱人爱乘"的士"出门的缘由。李壮也想，这富人也有富人的难处哩，而富人还有比这更大的难处哩，这是他靠后一段时间才知道的。那次，李壮拉着老万到较远一点的城郊去谈业务。平日坐在副驾驶位置上的老万，自从和李壮熟了之后，总是爱主动拣些话头与李壮聊天，而这天一向爱絮叨的老万却言语很少，只是操着一款时新手机变着花样把玩，有时还会盯着屏幕上的一个女人头像定定出神，并唉声叹气，很难受的样儿。这是一个视觉冲击力极强的那种女人，李壮是一侧头的当儿看见屏幕上这女人的头像的，他当即就确定，这女人算是一个真正的美人，是看一眼让人一辈子都难忘记的人儿，也许是千里挑一的那种女人。李壮艳羡：这老万其貌不扬，还极有艳福哩。李壮这人天生骨子里喜欢漂亮女人，爱欣赏漂亮女人，爱把玩漂亮女人，他无时不在窥视着漂亮女人，同漂亮女人结缘，对他来说是再幸福不过的事了，为此，在有女人的地方，他的一对双眼皮儿的大眼会四处乱瞟，不久就会发现目标，兴奋得眼睛放光，激动得面红耳赤，不过这是瞬间的事儿，临了，只能看那狐仙似的妙人儿悄然逝去，而无奈地叹口气。他是不会再有行动的，也无资本再有行动的，也不敢再有进一步的行动的。虽然他觉得自己年轻、强壮、英俊，这是对自己一种原性的压抑，但他还是克制了，不敢释放，尤其是对漂亮的陌生女人。然而，他还是容易满足的，欣赏漂亮女人毕竟是一种赏心悦目的事儿，在某种意义上来说，也是一种福哩。他私下认为，这样偷着在漂亮女人脸上身上自由地瞟来瞟去，是一件划算的事情，既不犯法，也引不起没必要的麻烦，还不用掏腰包，并能满足自己的某种心理需求呢！从特殊角度看，让他自由地领略漂亮女人的丰采，也许是上天对自己的一种恩赐呢。漂亮女人欣赏多了，李壮练就了一手鉴赏女人的过硬本领，不管多漂亮的女人只要他扫一眼，他就能判断出这女人能给几分、何种层次、什么品位。但他还是认为，漂亮女人只能用眼睛欣赏和把玩，最终是不属于他的，与漂亮女人更深入地发展，迟早会给自己带来麻烦的！唉，如果早悟出了这样的真谛，他就不该犯有那样的错误了。

十年前，他还是部队的一名士官，精明干练，军事过硬，多次获团级军事比武标兵，可说是风光无限，前途无量。同时有消息传来，他就要转志愿兵了。他对这传言不太确定。为此，请了半天假，专门跑了一趟团部，向在团部任政治部干事的老乡小张打听耳风，小张说是真的。团里本年度给了两个志愿兵名额，其中一个内定了他，就等团长回来开团务会通过了。听了这话，李壮兴奋得情绪有些失控，握住小张的双手连声说："谢谢，谢谢！"不松开。文职人员小张被这名特种兵粗壮的大手捏得生疼，可甩也甩不开，生气地说："你这是咋哩吗？"此时，李壮才清醒过来，连忙说："对不起，对不起！"松开了小张的手，然后，出了团部的门烟似的向连部奔去。奔走在重峦叠嶂的山间便道上，李壮感觉这空气是如此的清新，大山是如此的壮丽，草地是如此的如画，生活是如此的美好。是啊，他就要成为一名志愿兵了，这对他来说是多么重要的事哪。

他家世代农民，他们那个小山村至今还没有一名吃皇粮的呢，而现在，他就要破这个例了，想起乡亲们羡慕的目光，山里妹子羞涩的依恋的眼神，父母挺起腰杆做人的硬气，李壮就觉得自己特能干，活得特有价值。回连部一个小时的路程，他不到半个小时就走完了。到了连部，他迫不及待地把这消息告诉他这个班的这帮哥们。哥们儿当然要祝贺他这个班长。他们买来了酒、买来了罐头，还特意吩咐炊事班长做几个菜，到时一同喝酒热闹。晚上，一轮如银的月光挂上树梢，战士们挪出了军营的帐篷外，把吃喝的酒菜都摆在草地上，然后开始畅饮。那晚，除了哨兵，全班的战友都喝得有了醉意，有几个还酩酊大醉，抱着白桦树叫亲爱的哩。这天晚上也是李壮有生以来最开心的一晚，他不但喝了许多酒，还用沙哑的公鸭嗓子唱了当地少数民族的情歌《姑娘追》，他不断跑调，不断忘了歌词，不断上曲不接下曲，不时地脸涨得通红，惹得战友们开怀大笑，弄得很别扭，但他唱得很投入，很有激情，于是，战友们就不断地为他鼓掌，为他喝彩，为他起哄，有人喊着再来一个，有人喊着愿班长早日追到心中的小可爱。月亮隐入了云层，闹了半夜的战友们累了，他们撤去了野炊，相继进入了梦乡。李壮这晚却难以入眠，想着自己今后的前程，他充满了信心，他彻夜为自己设计着各种各样的光明前景，心里不知偷着笑了几回，看来，一切都朝着美好的未来运行。

可是后来的发展却让李壮沮丧至极，背霉到家。那是狂欢之夜之后的不久，连部卫生所下派了一名实习小护士，叫白雪，这白雪真跟他们驻地远处银龙雪山达达峰顶的雪一样白一样纯。十八九岁年纪，扎两撮羊角小辫，走起路来一蹦一跳的，整天欢快地唱着"小呀嘛小二郎……"让人觉得她还是个学生娃，充满了孩子气。已是仲春了，百鸟复活了，在枝头上整天啾啾鸣叫，山洼草地绿了，有些莫名的花已开始绽放花蕾，他们驻地附近那条小河杰莱克也解冻了，唱着欢快的歌喧腾着向下游奔去。大自然的复苏也让蛰伏了一个冬天的李壮男子汉的雄性荷尔蒙蠢蠢欲动。李壮聆听着大自然的声音，吸吮着大自然的新鲜空气，瞭望山峦林莽间动物们亲昵的举动，不觉精神抖擞，心猿意马。白雪每天要到班、排巡诊，打防疫针，从连部到他们班有一段距离，还要过这个杰莱克小河，小河上只有一条独木桥，而河水相当湍急，男人们过桥时倒障碍不大，女人过桥时偶尔看见湍急的河水就会晕水，不小心掉下去就会被河水卷走。为此，李壮派了一名战士专门接送白雪，这样就保证了白雪过桥时的安全。这天，到了接送的时间，恰逢这名战士拉肚子，一会儿就得蹲几次茅坑，这样的现状确实不能接送白雪了。派别的战士，他们都参加排里组织的演练任务去了。这样，李壮只能临时承担接送白雪的任务。这天，李壮早早地过了河，站在铺满骆驼草的戈壁滩上等候白雪。不久，远处的戈壁滩上的小路上，出现了白雪的身影。白雪肩挎一个红十字药箱，很快一颠一闪地来到了李壮跟前，一看是李壮，诧异地问："怎么是你呀？小莫咋没来？"李壮回答："小莫今天拉肚子，来不了。"白雪再没说什么，倒是眼睛一亮，很自然地挎起李壮的胳膊，蹦蹦跳跳向独木桥走去。跃上了独木桥，白雪在前，李壮在后，李壮小心地扶携着白雪的腰胯向前移动，但白雪还是左右晃动，因为这独木桥实在太窄了，像条平衡木似的。见此，李壮就更不敢大意了，把白雪的腰胯扶得更紧凑更稳妥一些。随着白雪腰肢不断地晃动、扭曲，少女的曲线就不时地毕现出来。李壮没想到这个整天蹦蹦跳跳、天真烂漫的小姑娘的身段发育得如此成熟，如此的玲珑有致，如此的富有魅惑力，他不敢胡思乱想了，因为下面就是杰莱克湍急的河水，这白雪可是团部派来的重点保护对象呢，一点也不敢马虎。过了河，李壮把双手从白雪的腰胯部轻轻松开。松开后的两只手像让烤熟的山薯烫了似的，他不断搓着，尴尬得面红耳赤。一向大大咧咧的白雪，一时也有些羞涩，低头无语。此后，他们不再说话，默默地向班部走去。到了班部，白雪给那个拉肚子的小莫很快打了针，吃了药，就巡诊去了，李壮也去干了别的事情。到了下午，白雪一天的巡诊任务完成，要回连部。李壮让那个拉肚子轻了些的小莫去送，白雪却不让送，非要李壮去送。李壮说他还有别的事呢。白雪说，你不送，我就向连长告你的状，说你不关心女兵，漠视女兵的安全，看你还敢不送？李壮被这个耍孩子脾气的小姑娘搅得心烦意乱，无可奈何，就撇下班里的事务，去送了。没想到送了以后，白雪就告诉他说以后就由他接送自己，如果派别的人接送，她就不来了，到最后误了战士们的身体健康大事，看这事谁能担当得起？李壮被缠得没法，就依了白雪。接送了五六次之后，他发现白雪竟对他依恋起来，他也有些离不开白雪了。在没人的地方，他们竟心照不宣地牵起了手，像一对恋人似的，漫步在草地上。看见这只活泼的小鸟柔顺地依偎在自己身边，李壮感到了极大的满足。想到自己不久将转为志愿兵，而这位全团瞩目的丽人又被自己俘虏，李壮像一名打了胜仗的将军一样，无比自豪与自信。第七次送白雪的时候，已临近黄昏。这是那天白雪一连给两个排的战士发放了药物，检查了身体，医护任务特别繁重造成的。戈壁是空旷的，一到黄昏，这空旷的戈壁还真有些吓人。女人胆儿小，白雪提出李壮再把她送到连部，这里距离连部还有六七里地。李壮显然是没有理由拒绝一个弱女子提出的要求的，况且，她还是他心中一个特殊的女人呢。李壮陪着白雪向连部走去。一路上，白雪蹦跳着一会儿走到李壮的前面，一会儿又蹿到李壮的后面，又说又唱又笑的，显得非常的调皮活泼。李壮看得出来，这穿绿军装的丫头片子从心里是喜欢他的。到了连部，白雪把他径直领到了一排营房前，掏出钥匙，打开了其中的一间房子，将他引了进去，摁亮了灯。这是一间窄小的房子，靠墙角搁了一张小床，床上的被子叠得方方正正，墙围是印满卡通小人物的丝棉布，房子的上空悬挂着五颜六色的彩练和风铃，一张写字台上放了个小巧的台灯，还摆了一摞书，李壮一扫眼，发现有张爱玲、琼瑶、三毛的书，一副大支架上蹲了一只大花瓶，花瓶里插满了各种鲜花，李壮一看，就知道那是在附近山上采来的山花。白雪拿起一个香水瓶，给房子喷了雾状的香液，房子顿时有了一股李壮不太适应的香味。总之，这是一间属于女人的房子，充满了温馨与梦幻。和一帮哥们住惯了军营帐篷的李壮，突兀地置身于这种女性情调颇浓的环境，一时有些不知所措。少顷，他意识到，在军营里，与一个异性单独相处是不合适的。李壮就对白雪说，他要走了。白雪递给了他一杯热茶，拦住他恳求："再坐坐嘛！"李壮不好推辞就坐下来。不知为什么，李壮觉得今晚自己眼皮老在跳，心焦不安，他把那杯热茶还没有喝完，就要起身。白雪挡住他，孩子气地撒开了娇："再待一会儿，再待一会儿嘛！"李壮未受所动，向门外跨去。见此情景，白雪急了，拦腰抱住李壮，把头埋在他胸前，嘤嘤地啜泣起来。少女嘤嘤的哭声感染了他，李壮心软了，用手轻轻抚摸着白雪的秀发，将白雪抱得紧些。想起这些天与白雪相处的日子，少女天真纯洁的歌声与笑声，李壮发现自己从心底还是很喜欢白雪的，只是没有机会也还不敢向白雪表白。此刻见白雪如此纯情的样子，李壮心里一热，有点激动。此刻，只见白雪轻轻踮起了脚尖，泪眼迷离，把樱桃小口伸向自己。还能顾及什么呢？李壮脑子已是一片空白，眼前只有这个梦中的人儿了。他弯下腰，把嘴唇向白雪迎去，那久欲一尝的红唇终于与他的嘴巴吻合了。咳、咳两声，不知是谁沉重的两声咳嗽惊扰了两人的缠绵与不羁，他们赶紧松开了，都有些害怕与紧张，他们刚才的冲动竟忘了关灯。李壮大步冲出了门外，营房外已没了人影，李壮没来得及向白雪告别，就奔回了班部。第二天他失落地盼望着白雪，但再也没有见到那个活泼的白雪的影子了。过了几天，还不见白雪的影子，李壮有些心烦意乱，很落寞，就专程去了一趟连部。连部的人见了他都很冷漠，尤其是指导员还阴阳怪气地对他说："哟，你又来连部干啥？"李壮很尴尬，托词绕过了。他在连部营房转了一圈，也没见到小护士白雪的影子，就回了班里。过了一段时间，团政治部干事小张来了。他们两个走出帐篷，来到了杰莱克河边白桦林里，坐到了一棵倒下的云杉树身上，小张给他带来了一个不好的消息，说他有可能被提前复员回家，自然，那转志愿兵的事也就泡汤了。最后，小张埋怨道："你是怎么搞的嘛，和一个小护士咋染上了，让指导员都告到团长跟前了，团长大发其火，说对这种道德败坏、调戏妇女的士兵要严肃处理，决不姑息。"李壮觉得很冤屈，就讲了他和白雪之间来往的过程及那天晚上的事。小张说："也活该你倒霉，那小护士是团长的准儿媳，团长的儿子指挥学院毕业后在另一个团当见习上尉排长，听说他们两人谈对象已几个月了，只是两人见面的次数很少，白雪也对团长的儿子不怎么满意，但团长已把白雪当儿媳看待了，自那件事发生后，团长把白雪直接上调到了团卫生所，成了一名正式护士。"听了小张的叙述，李壮什么都明白了，他把小张送过了杰莱克河，一个人回了营帐，躺在钢丝床上，这天，他再也没有走出帐篷一步。过了一段时间后，他接到了团部的复员通知。被摘了帽徽肩章的李壮，提前复员了，回到了那个他既熟悉又陌生的小山村。这就意味着，李壮重新成了一个农民，他得继续留在黄土地上，他的远大理想和美好梦想也随之成了泡影。被严重挫伤了锐气的李壮，怎么也没有想到，在之后的岁月里，他竟然变得越来越庸俗，越来越堕落，越来越无耻，连他自己也觉得可怕、疑惑，有时候他怀疑自己心理上是否出了毛病，也就是人们所说的变态。他曾想努力调整心态，不再审视女人，不再用眼睛"过瘾"，但一到了有女人的地方，他的目光还是不由自主地聚焦到漂亮女人的身上。他那一副见了漂亮女人既爱怜又畏惧的暧昧样儿，着实让知道他这毛病的人又可笑又可怜又不齿。

这一刻，他偶一斜眼，看到老万手机屏幕上的那个女人头像，就断定这女人是漂亮女人中的上品。他不知道老万为什么面对这么漂亮的女人唉声叹气，满腹愁肠，但他又不便多问，只是紧握方向盘，透过风挡玻璃，盯着前面的路段，谨慎驾驶。这个当儿，老万却发话了。他说："唉，小李，女人这东西，他妈的就是猜不透，搞不懂，也许她就是一部天书，你一辈子也读不懂，等你读懂的时候，已经迟了。"李壮从老万的话音中已觉察出老万今天所有的不愉快与屏幕上的这个女人有关，他就故意逗老万："万老板，你有车有房，有这么漂亮的女朋友，还呻唤啥呢？还嫌活得不舒坦吗？如果你都觉得活得不如意，那我们这些给人抬轿的就更没活法了。"老万叹了口气说："唉，你不知道，这各家都有一本难念的经呢，我最近憋屈得很，憋屈得很哪，人都说，好汉子吃的哑巴亏，可这亏吃了憋在心里不吐出来肯定要把我憋死的。"李壮劝道："万哥，咱们都是男人，有啥委屈你就说出来，兴许心里还能宽活一点呢！"老万说："小李，那我就讲给你听，你可是第一个听众，你可要保密呀！"李壮说："我保密。"接下来，老万就把李壮视为他可以信任的倾诉对象，在李壮的出租车里，表述了他窝在心里的难肠事。

老万说，他原来有一个幸福的家，一儿一女，老婆长得丑了点，倒还贤惠，一儿一女也还争气，相继考上了大学，他的事业也如日中天，正处于理想的良性发展阶段。但一切随着另外一个女人地闯入发生了骤变。2006年年初，公司因为业务的扩展，需要一名业务谈判秘书，老万就在电视台登了招聘启事，招聘对象当然是女性。老万认为，这年头女人出马办事远比男人成功率高，尤其是漂亮女人，那简直就是一朵罂粟花，让对手总是处于迷幻状态，意识混乱。因为老万给出的薪酬高，广告登出后，应聘者络绎不绝，但一连三天，在那些花枝招展的女人中，老万没有选中一个合适的秘书，老万不觉有些焦虑。到了第四天下午下班之前，老万审视疲劳地打发走那些花朵似的美人儿，正准备离开经理办公室的空当，随着银铃般的一声万经理您好，一个年轻的女孩已出现在了他的平行视野里。本来不抱什么希望的老万，不得不瞪大眼珠，最后审视一下这位迟到者。这一审视，倒让老万一时出现了偏差，因为他的眼珠在眼眶里定格了足足有四五分钟，一动不动，连这女人也弄得莫名其妙，感到可怕，以为老万突发了什么病症。之后，在女孩万经理、万经理的呼唤声中，老万才缓过神来，眼珠才有了轻微转动。老万咳了一声，才开始了面试询问。从询问中，老万才知道这女孩叫毛娜，小名叫毛毛，本科财经专业，二十三岁。听到这儿，李壮疑惑地问："万哥，那阵儿你真是发病了吗？"老万说："咋能发病呢？是那女孩太吸引自己的眼球了，自己惊为天人才出了那样大的洋相。"当时，那女孩一袭黑色西装套裙，白色衬衣铁锈红领带，秀发挽一个高髻，高挑个儿往那儿一站，真是亭亭玉立，光彩照人，那是万里挑一的人哪！老万啧啧赞道。再加上他一提问一考查，发觉这女孩聪明过人，博学多才，谈吐不俗，是个人才，就当即聘用了她，让第二天就来上班。后来，果如老万所料，这女孩在场面上，举止得体，办事干练，语言犀利，有理有据，接连协助他谈成了几笔生意。老万乐滋滋的，觉得这女孩是公司的福星，对她越来越器重了，到外地谈业务总要带上毛娜。那次，到福州谈业务，他们下榻于本城最豪华的一家五星级酒店，两人一人住了一间豪套。每次外出，老万给毛娜订的房间和自己的一个标准，这也许出于他对毛娜资质的倾倒，也是对毛娜业务成绩显著的奖励。当天，老万谈了几笔业务，有点累了，不到十点，洗了澡，预备睡了。隔壁的毛娜打过来电话，叫他过来一下，说她有点害怕。老万弄不明白，这么大的酒店，治安措施这么健全，毛娜怕什么呢？想来想去，老万抱着一种说不清道不明的心理，还是决定过去一下。他穿了一件睡袍，趿着拖鞋敲开了毛娜的房门。毛娜只穿了一件睡衣，前来迎接他。那睡衣是丝质网状的，近乎透明，把毛娜浑身上下点缀得袅袅婷婷，凸凹有致，玲珑剔透，加上这房间的灯光是昏黄的隐晦的暧昧色调，老万有点适应不了。毛娜把有些发愣的老万招呼坐到了沙发上，她从酒柜里取出一瓶红酒，起了盖，斟满高脚杯自己端了一杯，递给老万一杯，两人碰了一下，一人先抿了一口。老万说："小毛哇，你怕什么嘛，这酒店里挺安全的。"坐在席梦思床边的毛娜说："我不知怎么就有点害怕，我自小就有个夜惊的毛病，所以，从小到大奶奶一直陪我睡，今晚，就有点心慌，害怕得很，就请你来陪陪我。"老万看见毛娜一副孤独无助，楚楚可怜的样子，着实有些心软，就答应陪陪毛娜。毛娜一听老万答应陪她，显得非常开心。她站起来为老万斟满酒，给自己也斟满酒，不断与老万碰杯，老万喝了点酒后，就不停地讲些轻松诙谐的话题宽慰毛娜，毛娜当然也很感激，就不停地给老万把酒斟上，不停地与老万干杯。老万酒喝得多了，醉眼蒙胧起来。他透过毛娜黑色近乎透明的睡衣，恍惚看到白色的诱人的光在不时闪烁，因为这黑白的对比太显眼了，他很长时间再没有捕捉到这种闪烁的白光了。他的老婆人老珠黄，进入绝经期后，已对那事完全失去了兴趣，他们实际上已分居多年了。老万被白光诱惑着，但他还是想，这白光是来自于一个年轻女孩的胴体，只能是可望而不可即，再有更多的想法，那将是一种犯罪。因此，老万只顾低头喝酒，尽量将目光从毛娜身上移开。可是之后的发展还是让老万触目惊心。毛娜也许醉了（因为不知不觉间，两人已喝掉了三瓶XO），情绪竟有些失控，突然扔掉了高脚杯，整个人一下扑进了老万的怀里，老万分明感觉到一双莲藕似修长的胳膊搂紧了他的脖颈，一双丰腴白皙的大腿就搭在他的腿上，一个声音在喃喃自语：请抱紧我，我害怕……后来老万的叙述和李壮的想象一样，他们顺理成章地睡在了一张大床上。只是，第二天早晨，老万问毛娜："毛毛，你喜欢我什么呀？"毛娜娇声道："我就喜欢年龄大一点的成熟男人！"这倒给了老万很大的鼓励与自信。从此，老万与毛娜成了秘密情人。白天，他们是上下级关系，晚上就非常放肆。几个月后，老万隐隐担心的事还是发生了，毛娜提出了要和老万结婚，说肚子已有了老万的骨肉。这可是老万最担心的事啊！说真的，毛娜让老万干什么都行，这结婚是断然不能的，他上下兄弟姊妹五个，父母还在，他是老大，从小就人缘好，孝顺老人，关心兄弟姊妹，是全家的榜样，如今再做这大逆不道的事，这不是贻笑大方、丢人现眼的事吗？况且，老婆并没有亏待过自己呀，子女又很争气，这是多么和谐温暖的一个家呀！于是，老万就苦口婆心地劝毛娜把孩子打掉，说什么事都好商量。可毛娜说什么也不。两人谈了好多次，总也谈不拢，谈来谈去最后就谈崩了。毛娜一看没戏了，也急了，在老万办公室当面理论了几次，恰好被员工偷听到了，一下传得沸沸扬扬，最后，不知怎么传到了老万老婆耳里，老万老婆黄秋菊一生气，竟住到了娘家。这就预示着老万连一顿热饭都吃不上了。老万说，他这一辈子娶了黄秋菊，什么也没沾着，就是没亏过他的嘴巴。黄秋菊可算农村的巧媳妇、茶饭能手，做的家常饭菜样样精美，非常可口，谁吃了谁称赞。因此，老万除了业务上的应酬外，从不在外面吃饭，往往赶几十里路，也要回家去吃黄秋菊做的那一顿家常饭。老万也隐隐觉得员工们在背后对他指指戳戳，他感到此时自己真是威信尽失，颜面扫地。鉴于此种情况，老万索性"死猪不怕滚水烫"不管了，让毛娜闹去吧。这样平静了一段时间，有一天，毛娜给老万打来电话说她想通了，念在过去的情分上，最后聚一次，将这事了结了。老万想，这事终归总得有个了结，加上想起和毛娜的甜蜜日子，他还真有些想见一见这个多日再未见到的毛毛了。老万提前打电话在本市最豪华的四星级凯悦大酒店订了一个豪套，然后通知毛娜晚上八时凯悦酒店218室见。老万不到八时就来到了凯悦大酒店，用房卡打开218室，坐在沙发上踌躇不安地吸着一支雪茄等着毛娜。八时刚过，叮铃一声门铃响了，老万前去开门，一看，果然是毛娜。毛娜下着女式丝袜、软靴，黑绒呢短裙，上着裘皮半氅貂毛围脖，这更使她显得性感而高贵。老万没有想到，这女人经过这些变故，没有变得憔悴反而更添风韵了，真是奇怪。随后，他们坐下来切入正题。毛娜说了许多作为一个女人未婚先孕的不利因素及对自己今后未来前途的严重影响，末了说你和我结不了婚，那总该补偿吧。老万说："多少？"毛娜说："60万，一分不少。"老万一下瓷住了，惊为天数。他想，刚刚睡了几个月，就60万元。这60万是个什么概念，嫖妓要嫖多少？要供多少个大学生读书？是农村人几辈子的收入……他胡思乱想着，心疼不已。但总得出血呀，自己造的孽理应自己受罚。老万便说："一句话20万。"毛娜说："60万。"两人不依不让，拉锯式的胶着起来。这时，门铃叮铃响了两下，毛娜起身开门，门一开，进来了一名高大健壮的青年小伙，随之锁了门。老万正惊讶纳闷：他和毛娜之间的事，怎么介入了一个第三者？只听那威猛的小伙说："你们嚷嚷啥呢？这么啰唆，万老板，你这个老流氓，睡了我的未婚妻，肚子都搞大了，你还嚷啥呢？快拿钱来，要不我就告你个强奸！"说罢，小伙从口袋里掏出一沓照片唰地一下，扔到老万面前："你看看吧，我不但要告你强奸，还要把这些照片贴到网上，让你臭名远扬，遗臭万年！"老万看一眼那些照片，大部分是他和毛娜做爱时的裸照，他怪异：这些照片是谁偷拍的呢？在此之前，老万也没听说过毛娜有男朋友嘛。不过，老万还是有些蔫了，想想自己毕竟是本市有头有脸的人物，是市政协委员哩，如果为这事闹腾出去，肯定会弄个灰头土脸，远比损失几十万的损失大呢。权衡利弊，他决定还是出血。老万是个商人，凡事爱盘算，他想，能挽回一点损失就挽回一点吧。因此便和这小伙讨价还价起来。小伙态度很强硬，一点也不松动。老万无奈，又把目光投向了小白兔一样乖顺地蜷缩在席梦思床一角的毛毛，看她能否替自己说一句话，他想，他们之间以前多少还有些床第关系嘛，可毛娜一句话也不说，像个受害者似的，很无助的样子，乖乖的任由自己的未婚夫演主角。老万绝望了，又转向小伙，和小伙继续谈判，老万哭了许多穷，说了许多冤屈。最后，小伙松动了，双方方才以五十万敲定。小伙拿出了纸笔，拟好了协议，老万在上面写了永不反悔的字，签了自己的名，摁上手印。为防止老万变卦，反告，小伙要求当晚提款。老万说，没有现金，要到第二天银行上班才能提现。小伙说："骗鬼的话，你办公室的保险柜里平时都存有几十万的周转资金哩！"老万一看被揭破了，只得答应开上车提款。这保险柜存放周转资金的事只有他和毛娜知道，他想，这秘密也许是毛娜告诉这小伙的。到了办公室，老万打开保险柜，取出了五十万元现金，在把钱交给这小伙之前，他让小伙打个收条，他说："你把钱拿了，再耍什么花花肠子，我也啥就不顾了，到政府告你！"小伙很爽快的写了收条，递给老万，把钱装进了随身携带的一个大皮包，对老万说："老哥，你够哥们，我也是个讲信用的人，决不会再找你的麻烦！拜拜！"然后，就扬长而去了，老万见这小伙走了，才松了一口气，瘫坐在老板椅中。老万怎么也想不通，这女人翻脸咋比翻书快啊！当初，可是毛娜主动找的我呀！想起和毛娜在一起的时光，老万认为这也许是他这一生最幸福的时光。虽然为此付出了五十万元的代价，想想钱是身外之物，他觉得还是值的，钱已经被人拿走了，还心疼钱干啥！只是，他弄不懂毛娜的心为什么变得这么快。为了解开这个谜，事后不久，他聘请了一名私人侦探，专门侦察这事。时间不久，侦探反馈来的信息说，这个小伙确实是毛娜大学期间就开始恋爱的男朋友，叫李飞。大学毕业后，毛娜提出要和李飞结婚，李飞说现在经济社会，没钱无法生存，他准备开公司挣钱，等有车有房后，由牧师在教堂主持婚礼，再把毛娜体体面面的娶进属于两个人的温馨爱巢。毛娜很感动，就默许了男友的请求，不再提结婚的事。毛娜的男友先是开了一家文化传媒公司，因不懂经营和运作，公司破产了，接着又炒股，遇上熊市，又赔了。又一天，心情不好的李飞喝醉了酒，被朋友拉去地下赌场赌钱，那天，李飞手气特好，不到半个小时就赢了八千元。李飞还要赌，李飞的朋友说，见好就收吧，再赌下去就要输，赌场没有不败的将军，就硬拉着李飞离开了赌场。回了家，李飞暗自一想，这赌钱还是来得快，兴许手气好了，就赢个几万几十万的，朋友们的钱也能还上，自己还有余头，这样想着，第二天又独自去赌了。以后的日子他经常出没赌场，起初是小钱总赢，后来，随着赌注的加大，李飞就每赌必输。几场下来，已输了现金十几万，还欠了高利贷十几万。到了还款期限，他没钱还，像个丧家犬似的失魂落魄、东躲西藏，马仔们提着砍刀到处追讨，见找不见李飞，就寻到李飞的家里赖着不走。毛娜这才知道李飞在外面的事，才知道李飞闯的祸大了。想想李飞再不好，也是为了自己为了这个家，毛娜就决定救李飞。他就对马仔们中的那个小头目说："你给我半年时间，我替李飞把欠你们的债连本带息还上，但有一个条件，不许你们动李飞一指头，伤一根毫毛，如果能答应，我给你们写个字据，如果不能答应，李飞的事我就不管了！"那小头目掏出手机，请示了一下他们老大，老大说：行。于是，毛娜写了字据。之后不久，毛娜就来到老万身边。至于怀孕的事，更是子虚乌有，据查毛娜在长期服用一种进口避孕药。到此，一切算是昭然若揭了。但老万还是想不通，就算这个世界五花八门的啥怪事都有，毛娜总不能对他那么无情嘛。想起和毛娜在一起的那阵儿，他觉得毛娜对他的好还是真情实意的，没有掺杂多少虚假的成分，况且，他认为毛娜是个好女孩，有些事也许出于无奈，就冲她舍身救男友这一点，就可看出她是个有情有义的女人。唉，早知道事情是这样一个结局，老万说，还不如当时就答应毛娜提出的条件，把钱给了毛娜，还能落个人情呢。老万最后对李壮阐述，自毛娜和其男友远走高飞之后，他的老婆也住在娘家不回来，他成了孤家寡人；他的公司也每况愈下，接连亏损，他也无心经营了，不断减员。可你说怪不怪，这女人拿走了他的五十万，让他触了这么大的霉头，但他的手机上还保存着这女人的照片，闲暇时他就翻来覆去地看，就回忆起过去的事，他对这女人恨不起来呀，咒不起来呀，有的只是无尽的思念。一想起毛娜离开自己，他觉得世上的啥事都没意思了。

听完了老万的故事，李壮想，这漂亮女人本来就是祸水嘛，弄不好会让你抱憾终生。十年前部队上的那个白雪事件就毁了他的一生，他早已悟透了，对于女人不能动真情，你只能抱着游戏的态度，和她们周旋，最终保护自己不受伤害。而这个老万还偏要沾，偏要认真，受了那么大的打击，至今还对那个毛娜念念不忘，真是傻呀。看看老万为了一个女人备受折磨唉声叹气可怜兮兮的样子，李壮觉得自己在老万面前一下高大起来，觉得自己对待漂亮女人的态度，还不失为一种经验之谈呢。以前，李壮接送老万，在这个富人面前，总有一种莫名的自卑与不甘心。在部队上的那会儿自己多风光，身份马上就要置换，只是……一眨眼之间，就凤凰落了架，如今天天还要侍候这脑满肠肥、庸俗至极的家仇，真是于心不甘哪。然而，这些念头也就是一闪之间，大部分的时间，他还是甘心干着自己的工作，对于每天能基本解决温饱问题的收入还较为满足。现在，老万为了一个女人，精神一下垮了，从趾高气扬的强者层面堕入精神上的弱势群体，出现这样的反差，这着实让李壮有点兴奋和幸灾乐祸。李壮想，你钱多有什么用，并换不来快乐呀！想想鄢小丽如今被自己调教得百依百顺，服服帖帖；哦，还有那个开发廊的李霞对自己爱得死去活来，海誓山盟，李壮男子汉的豪气一下提升了，单就在女人这一方面，老万和他是不能相提并论的，李壮是永远占据上风的。这样想着，李壮来了精神，狠踩了一脚油门。他要把老万赶快送到，业务一谈完，把老万再送回去，然后还要到李霞那里取她给自己买的一套雅戈尔西装呢。

李壮近期出现这种幻觉的时间，都是每天晚饭后六时左右这段时光。李壮有一个习惯，就是晚饭后吃饱了必须仰靠在沙发上享受一会儿光阴，然后才去出车。按他的说法，这样既可保存精力也可缓解一下自己的紧张情绪。此刻，李壮嘴角叼着一颗"哈德门"烟卷，任烟雾沿左脸颊向头顶上空盘旋，他整个人似乎也有了一种腾云驾雾的感觉，几乎要迷醉了。他吸烟有个习惯，就是不有意出力用气吸烟，而是利用口腔平时自然呼出吸进的气体让烟卷慢慢燃烧着缩短着，这样，他就可能尽量保持长一点的时间享用一支烟的香味，也可以使他的嘴巴里始终有一颗烟卷相伴的滋味，因为他有恋烟癖。就这样变着法儿抽，他每天至少还得三包烟的量。他的左手搭在沙发扶手上，右手端个盛满白酒的九龙夜光杯一小口一小口品咂着，还端详着杯底那游动的九条小龙，脸上乐开了花。那九龙夜光杯是他送一客人去酒泉时特意购买的。他的左腿架在右腿上，脚梢上挑一只拖鞋不断晃动着，像风中的风筝。在烟酒的刺激下，李壮确乎有些飘飘然了，惚惚间像上了天堂，觉得这种日子很惬意。这时，鄢小丽又不失时机地给他上了一盘油炸花生，沏了一杯热茶，双手给他递上。在醉眼蒙眬中，李壮看鄢小丽越看越像一堆揉倒揉顺的面团。这面团可以任由他处理成各种形状的面食，而鄢小丽是没有能力拒绝的。因为她现在太柔太顺了，简直是个软柿子。只是，李壮有些奇怪，这女人虽然长得瘦小，从前却是够烈的，像一匹没有驯服的小母马，总不听使唤。而现在，竟在自己的调教下，变得如此的听话了，这不能不说是个奇迹，李壮相信，这会儿自己如果提出任何要求，鄢小丽都会答应的。

鄢小丽是李壮在相了二十四个对象都没有成功之后，一咬牙才娶进门的。李壮被提前复员后，又得面对贫穷与苦难。老父亲瘫痪在床，母亲体弱多病，弟弟还在读书，这一切使李壮身上的担子陡然加重。而他是长子，为其成家成了父母的心病。而他们这个山区娶一个媳妇光彩礼一项就得六七万元。因为贫困，这个山区里三四十岁还打光棍的未婚青年居多。媒人为李壮介绍来的女子，都对李壮的外貌没有丝毫意见，可李壮家就是拿不出那高额的礼金。这样一晃，几年过去了，李壮三十出头了，还没成家，父母整天唉声叹气，头发都愁白了。有一天，媒人领来了一个女子，很瘦小，有二十八九岁年纪。李壮一看，这女子也就是一米五左右的样子，体重不会超过八十斤，这和他这个身高一米八二、体重八十公斤、曾经的特种兵相差甚远，李壮打心眼里看不上。后来，听媒人一介绍，还是个寡妇，有一子，男人去年车祸过世，婆家拽下了那个唯一的根苗，她就净身出户了。李壮连连摆手，让媒人将那女人领走。可媒人早已和李壮的父母串通好了。这个间隙，李壮的父亲出面了，他说："儿啊，你还要拖到啥时候去？我已时日不多了，总不能眼看着你打一辈子光棍哪！"说完，就不停地咳嗽起来。母亲也出面了，说："壮子，你这次再不同意，我就死在你面前！"不孝有三，无后为大，看着年老病弱的父母为自己婚事如此揪心，自己也三十出头了，李壮看了一眼眉眼还算周正的鄢小丽一眼，就一咬牙答应了。原来，李壮的父母听媒人说娶鄢小丽只需两万元的彩礼，他们合计了一下，如果卖掉家里的牛羊，还是能凑够这个数的，就说什么也不愿错过这个机会了。婚后不久，多年瘫痪在床的父亲就过世了。抬埋了老人，母亲说："壮子，你们出门去吧！我还能动弹，蹲在这山沟里会穷死的。"从此，李壮就带着鄢小丽进了城。李壮当过兵，会开车，先是给别人跑车，挣了一点钱后，再贷了一部分钱，就买了个二手"夏利"自己跑起了出租。随着时间的推移，李壮越来越对鄢小丽厌嫌了。他骨子里觉得和鄢小丽结婚亏了自己，先不说外形的差异有多悬殊，就是和鄢小丽成婚，自己起码是个"童男"，而鄢小丽却不是"处女"了，基于这一点，他都耿耿于怀。每逢夜晚，他把鄢小丽剥得像小松鸡似的，向床上一扔，扑上去连咬带掐，一次一次的冲锋陷阵，发泄……鄢小丽拼死抵抗，但都于事无补，他怎能是李壮的对手呢。每次她都像死了一回，很久才能恢复过来。李壮也不知道自己怎么变得如此兽性，自从白雪那事发生后，他对女人有了一种天然的憎恨心理。有一次，鄢小丽实在忍受不了李壮的摧残，就偷偷跑到外市打了一段工，人们传言说鄢小丽跟野男人跑了。李壮气愤不过，开着出租车找了很久，才找了回来。晚上他把鄢小丽吊在房梁上，脱光衣服，用军用皮带抽了两个小时，直到鄢小丽求饶保证不再外出才罢手。此后，瘦小的鄢小丽再不敢跑了，每天小心地侍候着李壮，她的身上时常青一块紫一块的，但她不愿给别人提起。2007年春季的一天，李壮喝得醉醺醺地提出要和鄢小丽离婚。这无异于晴天一个响雷，鄢小丽惊呆了，要知道她宁愿李壮怎么虐待她折磨她，她都肯承受，但她就是不愿离婚，因为她已经有了一次婚姻，再离婚在村里确实是很不光彩的事。况且，她想，她只要给李壮生个孩子，这个家庭或许还是有希望的，她期盼着默默忍受着，不料，李壮却突然提出要和她离婚，她当然一百个不同意。为此，李壮就打，鄢小丽还是不同意，李壮再打，鄢小丽依然不同意。李壮索性就不提离婚的事了，他信奉古训：打倒的媳妇揉倒的面，打下去，时间一长，鄢小丽总会答应的。

李壮向鄢小丽提出离婚，是认识李霞两个月以后的事。以前，他可没提过离婚的事。那天，他拉了一个客人，这是个女人，李壮早就有个爱在女人脸上瞟来瞟去的毛病，一般女人是很反感的，可这个女人不反感，撩拨地任凭他的目光扫来扫去在她浑身上下过眼瘾，她也熟视无睹，坦然处之。李壮已看透了，这是一个三十多岁的女人，脸蛋不算漂亮，但皮肤白皙，身段丰腴而苗条，凸凹有形，极富型女，是那种风骚而性感类的，是能煽起男人欲望又能满足男人欲望的那种女人，这种感觉他在鄢小丽身上似乎是永远找不到的。他载着这女人向目的地行进。坐在副驾驶座上的这个女人不时和他说着话儿，问这问那。本来，李壮是和漂亮一点的女人不愿有更深一层的交流的，只要在她们的脸上瞟来瞟去已足够了，他认为这样也安全。但这天，不知怎么了，他竟随着这女人的话头和她聊了起来，而且聊得很投缘，女人也很开心。不知不觉间，女人要去的地方到了。李壮把车停了下来，一看招牌是巴黎美容院，女人下了车，并没有把车门及时关上，而是很诚恳地邀请李壮进去坐坐，喝杯水再走。遇上这种情况，李壮一般是友好的谢绝了，但今天，李壮竟同意了这女人的邀请，竟鬼使神差由女人引导着进去了。这是一家规模不小的美容院，有四五个小姐正在给客人干洗按摩。女人把他径直带到了二楼一间密室，里面有沙发、按摩床、浴足的木盆，墙壁上贴着全裸仙女群浴的西洋油画，灯光也是暖色调的黄色……置身于这种环境，李壮有一种说不出的感觉，他想离开又舍不得，不离开又害怕是个陷阱，正犹豫间，女人已换了服装进来了，下身着牛仔短裙，上身只穿露出肚脐眼的丝绵背心，这就使她的腿显得修长而浑圆，腰身显得窈窕而富于弹性。女人说："师傅侍候了我半天，我也侍候侍候师傅吧！"女人让他进隔壁把衣服换了，她要给李壮浴足按摩，让李壮轻松轻松。到了这会儿，李壮已豁出去了，啥也不顾了，一切全听从这女人的摆布。李壮在隔壁套间把衣服换了，穿了睡袍出来，女人已兑好了药水，让李壮坐下来，亲自为李壮洗脚。李壮已看出这女人是这里的最高首领，由她亲自为自己洗脚，这真是莫大的荣耀。女人用绵软的小手为他轻柔地洗着脚，还不时地揉揉他的涌泉穴，他感到舒服极了，沉醉在晕晕乎乎的享受中。约有半个小时，女人说洗好了，让他躺下来，给他做全身按摩，李壮这才清醒过来，赶快爬上床俯卧下去。女人骑在他的腰部，双手使劲力道很准。李壮感觉随着这女人小手的不断摩挲，不断在背脊上轻按重揉，筋络不断被舒通，他的血脉开始愤张，再加上，他感觉这女人肥美结实的小屁股始终没有离开过自己的身体，就紧紧贴在自己的腰胯部，他觉得那简直就是一块肉质磁铁，把他快要吸附了，他几近失控。正在他如梦似幻之间，那女人让他翻过身，仰躺着，她要给他做胸腹部按摩。李壮像个陀螺似的任由女人翻动着，侍弄着。女人这时恰好和他处于面对面的角度。女人的眼睛下视着，他的眼睛上视着，女人的眼睛水汪汪的，不断涌出水汪汪的光，李壮努力躲避着这水汪汪的光，又迎合着这水汪汪的光。女人看起来对李壮的按摩很用功，使出了吃奶的力气用双掌挤压李壮的穴位，敷熨着他的血脉，李壮被按揉的异常受活，又感到异常的烦躁。女人因为用力过大，上身不断颤抖着晃动着，这就使她胸前那两团饱胀的尤物跳跃起来，向李壮骄傲地炫耀着，李壮被逗得面红耳赤，心痒难忍，他极想用两只大手抓住那两团尤物，然后捧在手里，用嘴吮咂，死命地吮咂……可他又竭力地抑制着自己的欲望。当这女人按摩到李壮腹部丹田以下三寸部位之间，不知她掐到了李壮的哪个穴位，李壮一时浑身燥热、烦躁至极，大腿之间也膨胀起来，此时，李壮已被这女人水汪汪的光淹没了理智，被女人的小手侍弄得完全失控了，他扬起身子，用粗壮的手臂一把抱住了这女人，让女人粘在了自己的身上。女人并没有躲避，而是柔顺地贴在李壮的胸前说："心急啥嘛，心急吃不了热豆腐！"他亲昵地帮助李壮脱掉睡袍，褪掉裤头，用手抚摩着……李壮感到从来没有过的舒畅……女人主动配合着，一会儿在上，一会儿在下，嘴里呻唤着，胡言乱语着，这让李壮很兴奋，很放松，也很自信，他们牵缠了很久，李壮才释放了。李壮感到这是自己平生第一次这样彻彻底底得到了满足。这些年，他像魔鬼似的一到夜晚摧残鄂小丽，鄂小丽被整得撕心裂肺地号叫，可他从来就没有获得过一次从肉体到心灵的真正满足。事毕，他感激地瞅着这女人说："你真好啊！真是个好货哩！"女人也欣赏地说："你也真棒，不但中看还中用哩！"他们互相赞赏着穿好了衣服，坐到了沙发上。女人从茶几上取了一包烟，抽出两支，递给李壮一支，自己叼了一支，然后用气体打火机给李壮点燃也给自己点燃，烟雾在密室开始升腾。因为有了床笫关系，他们的距离一下拉近了，两个人在密室里放肆地说着疯话，李壮还在这女人的胸前抓一下，屁股上拧一把，这女人并不阻挡，而是咯咯地笑着说："你这人真坏！"李壮说："男人不坏女人不爱嘛。"李壮见一支烟抽完了，想这事也办完了，自己也该走了，他站起来，从口袋里掏出五张百元大钞，递给这女人，很绅士地说："这点小意思，不成敬意，请收下！"没想到女人接过钱，唰地甩到了他脸上，变了脸。李壮以为这女人嫌少，赶快又在口袋里掏钱。李壮偶尔出入发廊、欢场，大概知道价码，像这种发廊的小姐办事，也就是三二百元，而今天是老板娘亲自为自己服务，无疑档次提高了理应价码提高，所以他就多给了二百，没想到，五百元还打发不了。而李壮又不想丢人，他就想咬咬牙再掏三百元了事。这工夫，变了脸色的女人指着李壮的鼻子怒道："你把老娘当成什么人了，老娘可不是干这生意的，老娘看不上的人就是摊上万儿八千也别想沾老娘的身，老娘是看上你人了，才和你有了这么一回事，你这个没良心的，就把老娘看得这么贱吗？……"李壮被这女人一顿数落弄得面红耳赤，羞臊无比，但也很感动，这女人可以说是给他给足了面子，让他装足了人，他赶紧向这女人道歉："哦，对不起，请谅解，你这人真义气，真是个女中豪杰，我把你交定了。以后你有什么事，我愿为你抛头颅、洒热血，赴汤蹈火都成！"这女人转怒为喜："我不要你为我抛头颅洒热血，也不要你赴汤蹈火，我真心喜欢你这个人，我孤单的时候只要你能过来陪陪我，我都心满意足了！"李壮说："行！一句话。"他们互留了电话。此后，这女人先是隔几天发个信息让李壮过来，没过几日，竟天天给李壮发信息，李壮也是一有空，就和这女人约会。俩人在一起非常和谐。和谐了，话也就多了，觉得能谈得来，处得快乐，时间一长，谁也离不开谁了，倒有一日不见如隔三秋的感觉。李壮也从女人的口中知道了她的一些底细。女人名叫李霞，比李壮还大两岁。前几年从纺织厂下岗了，她的丈夫因贩毒被判了无期徒刑，她就和丈夫离了婚。李霞有一个女儿，在上初中。前夫判刑后，李霞没有经济来源，就用前夫留给她的一些毒资开了美容院，因为李霞人干练、果断、活泛、会经营，美容院又带了小姐，生意非常红火，几年下来，李霞不但在本市买了商品楼，还盘下了美容院的这些房产。对于李霞从事的这个行当，李壮倒是一点也不介意，他想，现今也是笑贫不笑娼，外国的妓女还竞选市长呢？何况，李霞也不干卖身的事嘛！他只是心安理得地享用着李霞本人和李霞对他的花销，感到无比的自豪惬意。两个月后，又一次两人上床完事后，李霞提出要和他结婚，李壮也有这种念头。他想要是和李霞结了婚，那是一劳永逸的美事，经济问题不但解决了，从此，他就成了一个真正的城里人了。可他吃不准，这女人到底是真心诚意还是虚情假意。虽说这女人比他大两岁，但风韵风骚味道连那些小姑娘也自愧弗如，加上她又那么有钱，是多少人梦中追求的唯一。假如她是耍自己，那他岂不是一头桃担子一头抹担子？为此，他没有马上答应，而是试探了几次，他说："我是个穷光蛋，配不上你，与其让我陷进去，你最后甩了我，让我痛苦一生，还不如我现在离开你，痛苦一时！"没想到李霞气得疯了，拿起剃须刀就要割腕给他看，以后，李壮又试了几次，李霞还是这个态度。其中有一次，李霞还真割了腕，淌了许多血，李壮开车接来了魏大夫，为李霞包扎了伤口止了血。李壮到此才相信这女人还真是爱上他了，不是在耍弄他。于是，李壮最终答应了李霞提出的要求，只是，李壮对李霞说："你得给我一点时间，等我和鄢小丽把婚离了，咱们再谈结婚的事吧。"李霞说："但你要快，不能让我等得太久！"李壮清楚，别看鄢小丽长得瘦小，可这女人很倔，人很封建，思想一点也不开化，是个嫁鸡随鸡，嫁狗随狗的人，要和鄢小丽把婚离了，那肯定不是一件简单的事情。可一想到能和性感迷人又有钱的李霞早一点朝夕相处，李壮还是向鄢小丽提出了离婚的事，鄢小丽当然不答应。虽然李壮对鄢小丽不好，结婚后把鄢小丽摧残得愈加人不人鬼不鬼，但鄢小丽则想有男人总比没男人强，起码人还说她有个男人哩。因此，鄢小丽的态度很明确，打死也不离婚！李壮则想，打到的媳妇揉到的面，女人是核桃，要砸的吃哩！我就不信打下去，你鄢小丽不屈服？后来，鄢小丽不知怎么晓得了他和李霞的事，鄢小丽认为，李壮逼着自己离婚都是这女人挑起的，就去找了李霞。两人说着说着就说恼了，动起了手。鄢小丽当然战不过李霞，被李霞扇了几巴掌败下阵来，连羞带辱地冲出了人群。李霞还奚落她："你真没出息，也不怕丢人现眼，有本事把自己的男人管好！"这事过后，鄢小丽再没找过李霞，但她就是不离婚，她想，她不离婚，就等于他们两人结不了婚，他们两人结不了婚，就是对他们两人最好的惩罚。李壮没辙了，只有打，他相信，打下去就能换来他和李霞的比翼双飞。

这个下午异常的闷热，空气仿佛凝固成了一颗汽油弹，让人感觉会随时爆炸。李壮享受着烟享受着酒享受着奔进奔出的鄢小丽地侍候，也享受着下午这段美好时光，但他还是觉得郁闷，觉得心里堵得慌，想有把什么吐出来的妄想。他喊了一声刚给他沏了一杯热茶离开的鄢小丽，让她拿一把蒲扇出来，他要降降温。虽然穿着裤头，光着上身，趿着拖鞋，李壮还是感到热，感到烦躁，他决定这个下午破例不出车了，他要把这个下午奢侈了。鄢小丽出来了，拿了一把扇子低眉顺眼递给他。看见近来愈加瘦小的鄢小丽，李壮一激灵，他这个下午的所有烦躁和把什么想吐出来的妄想该不是和这个女人有关吧？是的，这一段时间来，在自己不断地调教下，鄢小丽与原先相比，表现好多了，不像原先总和他顶嘴换舌或者使性子甚至给他连饭也不做。她现在可是百依百顺，连说话也是柔声柔气，讨好的样子。只是，李壮还是没有敢提离婚这个敏感的话题，他弄不清鄢小丽是真正的屈服还是为博得他的同情而如此百依百顺的？总之，向鄢小丽再次提离婚的事，李壮觉得这个下午是最佳的时机，一来李霞那边催得紧，二来看鄢小丽这一段的表现，李壮还是有一定胜算相信鄢小丽会答应的。因此，等鄢小丽把蒲扇递给他，李壮就提起了这一段再没有提起的离婚这个话题。提出后，他焦虑不安地等待着鄢小丽地答复，没想到，像个木偶似的平时少言寡语的鄢小丽却蹦出了一句："我同意！"这突然的一句"我同意！"竟使李壮大骇，他怎么也没想到鄢小丽连考虑都没有考虑就给了他答复，他似信非信，像审视外星人一样惊愕地审视着鄢小丽。鄢小丽这次同意离婚确实是真的。以前，李壮打骂逼着她离婚，她都撑过去了，她想，你李壮打累了打疲了，我还是不吐口，看你有啥办法。时间长了，兴许李壮就不提了，这婚姻还有希望。可是，最后的这一次施暴，让鄢小丽魂飞魄散，七窍都吓出来了。鄢小丽看得出来，这李壮歹毒得很呢，有了杀人之心，如果再拖下去不吐口，他非毁于李壮之手不可。

那晚，李壮回来已很迟了，嘴里呼出的气有酒味，身上也有香水味，鄢小丽知道他是从李霞那里回来的。其实，对于李壮与李霞的事，鄢小丽已放弃了，她知道管不了，她只祈求李壮不要离婚就行。她上前把李壮扶了一下，想让他躺到床上。李壮却反戈一击，一掌将她推倒在床上，问："你到底离不离？"倒在床上吓得浑身战栗的鄢小丽闭口无言。李壮恼了，上前几下剥光了鄢小丽的衣服，用拳头捶了起来，鄢小丽被打得疼痛难忍，在床上翻来滚去，但就是不开口。李壮更气了，提起缩作一团的鄢小丽，扔在地板砖上，他取来了一条搓板，让鄢小丽跪上去，并绑住她的双手。李壮坐在沙发上，点燃一支烟，问鄢小丽离不离？

鄂小丽无语。李壮就把那支烟向鄂小丽胸部按去，哧的一声，烟头接触皮肤后冒了一丝青烟，鄂小丽疼得哎哟一声叫唤起来。李壮问，离不离？鄂小丽还是无语，李壮就把烟卷在嘴上咂了一口，用红红的烟头继续往鄂小丽身上按。鄂小丽痛苦不堪，但就是不开口。李壮就擒起烟在嘴上吸一口，按一下，他甚至将烟头按到了鄂小丽的私处。那晚，李壮整整折磨了鄂小丽两个多小时，直到鄂小丽被烟头烫烧得昏死过去。鄂小丽从昏死中醒过来，看见李壮躺在沙发上睡着了，手指之间还夹着一支马上快要燃完的烟卷，烟灰缸里堆满了烟屁股。鄂小丽想，要不是李壮累了，睡着了，今晚自己非死在李壮之手不可。看到自己浑身烫满的疤痕，鄂小丽感到了一阵刺心的疼痛，再一次昏了过去。经过这次严重创伤，鄂小丽身心俱疲，也着实怕了。她思来想去，决定李壮再提出离婚，就答应算了；如果再对抗下去，只有死路一条，离开这个魔鬼，兴许还能逃一条活命！为此，李壮这次再提离婚的事，她答应得很痛快。

见李壮还在惊愕地盯着鄂小丽，不解地观察，鄂小丽补充："但有个条件，如果你能答应，咱们明天就办手续。"李壮好奇地问："啥条件？"鄂小丽答："让我在你身上出口气！"看着羽毛一般轻飘的鄂小丽，李壮想都没想就应承："一句话，行！你咋出都行！"鄂小丽已想好了，这些年，面对高大健壮的李壮，她没有好活过一天人，享过一天福，所有的委屈怨气窝在心里，都快把她憋闷疯了。几年来，李壮用粗大的拳头不知在她身上留下了多少血腥的记忆，获得了多少肆虐的快感，她始终用自己瘦小的身躯忍受着，供李壮撒野、出气，而她从来没还过李壮一指头。现在，她已和李壮走到了婚姻的尽头，她想最后一次也是唯一一次用自己瘦弱的拳头也在李壮身上出上一回气，撒个一次野，让自己心里的怨气稍微吐出来一点。尽管她知道，自己的拳头落在李壮身上，是怎样的一种微不足道，但对于这个欺凌自己多年的恶人，她又能怎样呢？如此，她就有了这么一个既幼稚又可笑的做法来宽慰自己，之后，她打算离开这个城市，到南方去，隐姓埋名，打工度日。鄂小丽见李壮答应了，就说："李壮啊，我嫁你这么多年了，也不知你的拳头在我身上捶了多少次，打了多少遍！这些年来我心里堵得慌，冤屈啊！我们夫妻好坏一场，今天夫妻的情分走到了尽头，我也想通了，这就是命啊。你就让我的拳头最后一次在你身上捶上几下，让我心里多少好受一点，随后，我就离开你，走得远远的！"李壮说："那你就捶吧！"他把赤裸的上身向鄂小丽斜了斜。鄂小丽说："李壮哪，这些年你确实把我打怕了，一看到你粗壮的身子我就发瘆，我咋敢捶呀？我一捶，万一把你打燥了，你还起手来，我又要挨一顿皮肉之苦，我怕哩。"李壮说："那你说咋么个捶法？"鄢小丽说："要我捶你，得把你的手脚束缚起来，我才敢捶呀！"李壮端详着这个发育得像个娃娃似的鄢小丽，大方地说："行啊，反正我们以后就不是夫妻了，这些年我对你鄢小丽也不好，我就让你鄢小丽好好捶一顿吧，出口气，你说怎么个束缚法？"鄢小丽说："我得把你绑到床上，让你动弹不了，我才敢捶嘛。"李壮望着瘦小得让人不忍卒睹的鄢小丽，想起马上就要和这女人劳燕分飞了，自己即将和那千娇百媚的李霞结婚，思来想去，毕竟夫妻一场，自己多少还是有些亏负这女人的，那就让鄢小丽在自己身上出一口气吧。李壮说："这好办！"他走出门外，从出租车后备厢里取来了一盘用于拖车的尼龙绳，扔给了鄢小丽，仰躺在床上，让鄢小丽把他捆绑起来。鄢小丽先是缚住了李壮的双手，接着又傅住了李壮的双腿双脚，然后用尼龙绳来回在李壮身上缠了几道，将他固定在硬板床上，这就等于李壮完全被束缚了，动弹不得。鄢小丽这才放心，她想，李壮再怎么粗壮有力，此时，等于是废人一个，任凭我鄢小丽宰割了，想到此，鄢小丽暗自窃喜：想不到你李壮平日威风八面，把我鄢小丽想怎么拿捏就怎么拿捏，你也有当龟孙子的一天哪！看着被自己捆绑得牢牢实实毫无反抗能力的李壮，鄢小丽甚至觉得自己不是那个以前备受欺凌的鄢小丽了，而是成了能抬起头挺起胸做人的女人了。李壮则想：这女人今天发什么神经，把自己手脚缚住就行了嘛，还要用绳子固定在床上！也许这女人平日里被自己吓出了胆，心怯自己，才这么干的！管他的呢，反正鄢小丽就是一堆面团，她能硬到什么程度？由她折腾吧。鄢小丽自从完成了束缚李壮的程序后，她才松了一口气，她看了一眼这个四平八稳仰躺在床上的男人后，越看越生气，越看越恼怒，心里多年蓄积的仇恨慢慢被点燃，慢慢给烧旺。虽然这个五大三粗的汉子这阵儿被束缚了，像一只善良的小白兔一样听话，但不等于这个男人解缚后还像现在这么听话、仁慈。她要利用现在这点机会，尽快解一解自己的心头之恨，来慰藉自己备受伤害的心灵。鄢小丽一下扑了上去，用两只小拳头在李壮的胸腹部捶打开来。当拳头落在李壮那厚实而富有弹性的肉体上时，鄢小丽的眼泪一下多了起来，她边悲号边历数李壮这些年来的罪恶，对她的凌辱，那小拳头就雨点般的不断落了下去。那拳头落在李壮身上，李壮感觉是鄢小丽给他搔痒痒或者是给他按摩后的敲打，可鄢小丽的拳头远没有李霞的拳头肉感，并不能给他带来异样的舒适感。的确，鄢小丽的拳头落在李壮的肉体上，像落在了橡皮人上或者棉花团上，她觉得李壮一点反应都没有。她也感觉自己的拳头轻飘空虚，一点力道都没有。唉，谁要自己长得这么瘦小呢。这时候，李壮却嬉皮笑脸，冲她挤眉弄眼，还嚷嚷："打呀，再加把劲嘛，一点也不过瘾。"本来是一场雪耻之战，在李壮看来，却成了一场能给他带来快乐的好玩的游戏，鄢小丽气不打一处来，跳下床，找了一条拖把，挥起来，将把杆打下去。随着把杆的不断挥起落下，李壮逐渐有了反应，虽然鄢小丽砸下的力道不是很重，但这毕竟是截木棍。李壮说："哈，这下还有了点味道，哦，给我支烟，你再打，打完了，你气出了，我们就该去办手续了。"一听说李壮要烟，鄢小丽还是本能地停止了挥打，赶快从茶几上的烟盒里抽出了一支烟，噙在自己嘴里点燃，然后用手按在了李壮的嘴巴里。不知为什么，这会儿她虽说是在教训李壮，但一听到李壮的指令，她还是条件反射般的服从了，这种服从是多年形成的习惯使然。李壮的烟瘾特重，这会儿，烟卷噙在嘴里，他香美地吸着，烟雾升腾起来，透过朦胧的烟雾，他的幻觉又出现了。他看见擒着拖把的鄢小丽，再怎么看，还是一堆面团，始终任他揉，任他搓，他想揉成什么形状都成。就拿刚才鄢小丽给自己点烟这个举动，就是最好的例证：自己完全被束缚了，纯粹成了一只任人宰割的小鸡，但鄢小丽还是本能地听从他，服从他，这就说明他把鄢小丽彻彻底底地制服了。李壮烟瘾犯了，一口接一儿地吸着，烟雾很快弥漫了整个屋子。随着烟雾的漫卷，鄢小丽蓦然看到了李壮那狰狞的魔鬼面孔，她又想起了烟头烫在自己皮肤上滋滋的青烟和李壮要致自己于死地的残忍。她的愤怒再度被点燃，她挥起拖把杆如冰雹般地向李壮身上打去。李壮显然被打得有了感觉，叫嚷着说："打得好，打得好！鄢小丽，你再给我杯酒喝吧，完了，你再打，打快点，打完了，我们的账就结了。"一听说李壮又要喝酒，鄢小丽的愤怒又一次被激活了，超越了极限。那次，李壮就是醉醺醺从李霞那里回来，借助了酒精对她施暴的，一切都是酒精引起的。鄢小丽也不知道那女人施了什么魔法，让李壮神魂颠倒，李壮甘愿听从她的指使，对她施暴，逼她离婚。如今，这女人终于得逞了，他们就要双宿双飞，颠鸾倒凤了，而自己没有了男人，没有了家，就要在外飘零了，这对狗男女多如意呀，李壮竟然还要美滋滋地喝酒庆贺，让他喝去吧！鄢小丽倒了半玻璃杯白酒端到了李壮面前，拔掉了李壮噙在嘴里的烟屁股，扒开李壮的嘴巴，将玻璃杯按在李壮的双唇间将白酒向李壮的嘴里灌去，一边灌一边说："我让你喝，我让你喝个够！"李壮被白酒呛得喘不过气来，近乎窒息，等了好一会儿，才缓过气来。此刻，李壮真个被鄢小丽的举动激怒了，他根本没有想到鄢小丽敢这样整他。他说："鄢小丽，你胆子真大哟，你想整死我吗？"鄢小丽说："你不是平日总爱喝李霞的酒吗？今天我也让你尝尝我的酒！"李壮喊着："鄢小丽、鄢小丽，你真心狠哪！快解开我！解开我！"李壮边喊着边想挣扎着坐起来，但被束缚死了，根本起不了身。看到李壮无助的样子，终于有了痛苦的表情，鄢小丽心头才掠过一丝快感。她的心还沉浸在对过去悲惨的回忆之中，并没理睬李壮的呐喊，而是挥起那条拖把杆在李壮身上继续捶打。李壮见鄢小丽并不把他的话当回事，被完全激怒了，他歇斯底里咆哮着："鄢小丽啊鄢小丽，你以为你是谁？你就是一只蚂蚁任我踩！你就是一只软柿子任我捏！你就是一堆面，任我揉，任我搓！今天倒耍大了，不听老子的话了，我真后悔那次心软了没把你整死，这笔账我日后一定要和你算！"本来捶打着李壮的鄢小丽已想好了，只要李壮不要吼不要骂，最好的结果是只要能向她说两句软话，他就给李壮松绑，之后第二天她就去民政部门兑现自己的诺言，可没想到她的一番惩罚根本对李壮没有带来一丝一毫的威慑作用，反而激起了这个男人对自己更大的残害心理和蔑视的态度，鄢小丽完全昏了头，失去了理智，她的脑子满是李壮平时对自己的摧残和那一亮一灭的烟头按在身上滋滋的青烟，她扔掉了拖把，转身向厨房奔去，她提了一把不锈钢菜刀出来，奔到床头，举起菜刀向李壮身上砍去。她看见了李壮畏惧而乞求的目光，她的手抖了一下，她甚至想扔了菜刀。就是这个毁了她一生的男人，她最初还是爱这个男人的，但不知出于什么原因，她觉得她在这个男人面前从来没有抬起过头，从来没有过自信，从来没有舒舒展展的活过一天人，直到后来，她对这个男人就只有恨了，而这种恨只有埋在心里，从来没有显露出来，她有的只是忍让、忍让，她想忍让下去总能换来好的结局，可是……鄢小丽的怜悯念头只是一闪而过，她的思维又回到了过去。过去、过去那些惊心动魄的场面，唤起了鄢小丽心底潜藏已久，无法控制的仇恨心魔，她把菜刀狠命地挥了下去。

随着鄢小丽手中菜刀的不断挥起落下，李壮近期在烟雾的升腾中与酒精的迷醉中，出现的那种对鄢小丽的朦胧幻觉也随之消失了，永远地消失了。

第二天，本市的晚报登载了一条消息：昨日晚上八时左右，城乡接合部的一出租屋内，一弱女子将自己的丈夫用菜刀杀死后，已向当地公安机关投案自首，此案正在进一步审理中。

觅

　　说来也可笑，我决定要到一个叫断背山的地方去。断背山在什么地方，我确实不知道，据说那是个遥远的地方，沿途穷山恶水，道路崎岖，云环雾绕，荆棘丛生，大虫蟒蛇遍野，险象环生，令人毛骨悚然，凡人是很难到达的。哥们儿都劝我不要去了，说那地方有什么好去的，太远了，太险恶了，你也许根本到不了那地方，中途就会丧气折回；即便硬撑着勉强到了，也定是力尽汗干、精疲神衰，弄不好，再搭上一条小命，那就更不值了。但我还是坚持要去，我说我必须去，我这一生命里注定一定要到那个地方去的。为什么要去呢？我早就听说了，断背山可是个好地方，那地方山好、水好、人好，什么都好，怎么说呢？反正我也说不清。总之，是我梦寐中的那种好。另外，有位华人导演李安拍了部电影恰好也叫《断背山》，还很轰动，拿了国际大奖，电影中的语境正好与我想象中的断背山有些相似，较吻合，这就更坚定了我去断背山的想法。

　　然而，这个断背山究竟在什么地方呢？这山究竟有什么好呢？我真的不知道，也表述不清，但是我相信世上一定有这么一座山，也相信这座山有无与伦比的好，那种好肯定不是一般意义上的好，是现实与理想结合得相当完美的好。我对自己的这种感觉是不怀疑的。

　　怎么去呢？我开始犯了捉摸。我想起了《断背山》中的那个牛仔，他头戴好汉毡帽，足蹬镶有马刺的战靴，臀部挎一支连发的左轮火枪，驾一匹火红色的高头大洋马，呼啸着向断背山狂奔而去，像一道闪电倏忽间就融入了那个狂野的西部山中，而我怎么去呢？我不禁犹豫起来。

　　我叫来了画家皮特，让他给我出出主意看怎么去。皮特看来还沉浸在酒精的兴奋中，手舞足蹈地叫嚷着：阿玛妮，做一个、做一个……

我知道他是从碧霞山寨那个小竹楼上下来的。那个地方我去过，我也见过那个叫阿玛妮的姑娘，那是个皮肤很黑的姑娘，但浑身油光发亮，富有弹性。皮特说阿玛妮是他的"搭子"，令他很青睐。不过，那个地方我去了一次，就再也不想去了。我觉得那个地方实际上是个奢靡混浊的地方，那里的山寨都是人造的，那里的人都很假，都有些异化。比如，她们都着民族服装，都有个怪怪的名字，都住竹楼，但谁也搞不清她们究竟属于那一个民族，来自何方。我私下认为，碧霞山寨搞成这样，这是商家忽悠客人的一种把戏而已，倒弄得皮特这类人整天神魂颠倒，流连忘返。

那次，皮特非要我去，说你不去，这一生就枉活了。我最终还是去了，我不是因为皮特把那个地方夸得有多好就去了，而是冲着那个地方的名字才去的。"碧霞山寨"，多纯朴柔和的名字啊，这显然与那些赤裸裸的欢场名称是有所区别的呀。我似乎听到了从石缝里渗出的清泉的叮咚声，山寨里弥漫着的轻柔歌声，姑娘们孔雀开屏般妙曼的舞姿……我就迫不及待了，随着皮特去了。不到一刻钟光景，皮特就把我带到了碧霞山寨。这里的人看来和他混得很熟，也对他很尊重，门迎们低头哈腰不停礼让：画家先生，您好！欢迎您光临！皮特则不断地点着头，满脸矜持。皮特带着我沿鹅卵石铺的石径，左盘右旋，曲径通幽地行走着。峰回路转间，不时碰上身着民族服装的服务生和姑娘们，他们友好地向皮特打着招呼：画家先生，您好！这种温馨而礼让的气氛是有感染性的，好像我的虚荣心也得到了满足，我也跟着皮特向打招呼的少男少女们点头致意。不过，我也有些纳闷："画家先生"，这里的人是咋知道皮特是个画画的呢？看来皮特在这里混得蛮不错的，还是挺有知名度的呢！

其实，皮特是个很落魄的画家，一心想成名的他，却怎么也画不出好画来，他的画作总得不到圈内人士的认可，甭说在全国出名全省出名了，就是在本市也名列不了前茅。为此，他很苦恼，整天在酒肆茶馆出没，常常喝得手舞足蹈，嘴里还胡乱地念叨着：阿玛妮，做一个！同行们见了唯恐躲之不及，悄悄溜了。他还经常提着个破数码照相机，到处乱拍，他最大的愿望是要拍一群光着身子的绝世佳人，然后再移植到他的画作中去，这也许会成为他成功的契机哩。他就这样每天瞎折腾着，圈内人早已忘了他还是个画画的。但出乎意料的是，他却在这个地方混得很开，一下子成了人们尊崇的对象，他近乎飘飘然了。

269

这个碧霞山寨实际上是个人造热带植物园，所有西双版纳有名的植物都移植到这里了，这些植物就分布在石头堆积起来的假山上，在这个庞大的人工制造的假山上，点缀着竹木搭起来的各种形态的竹楼或吊脚楼，像棕榈、凤尾竹、木棉、橡树这些我们倾慕的树种竹楼的周边随处可见，吊脚楼里不时有姑娘探出头来，飘出：远方的客人请你留下来这样的歌声……皮特已激动得心跳加快，面红耳赤，他拽着我攀上九十九级台阶，跳过涧水，翻过空中索道，踱过廊桥，来到了一处竹楼。这是一个挺大的竹楼，附近的半山腰上还映衬着几座这样的小竹楼，相互之间的通道是用独木桥连接起来的，姑娘们迈过独木桥时左右摇晃，这使她们的腰身像蛇似的，充满了曲线，显得更为妖娆。这些竹楼里发出阵阵震耳欲聋的音乐声和客人姑娘放肆的戏笑声，让人遐想连连。

皮特其实是个很神经质的人，他敏感、脆弱，长得极为瘦削，一副可怜相，脸色憔悴泛黄，两侧黑黢黢的太阳穴上，一根根抽搐着的青筋，似无数条蚯蚓在皮下蠕动，那张脸瘦得两颊凹陷，透着凄凉孤独，因而愈显得阴沉，全无光泽，像废弃的荒沟。可他却有一头披肩长发，那头发浓密黑亮得令女人们都嫉妒。他用橡皮筋扎了个马尾巴，这看起来他特有艺术家的气质，他时常提一架数码照相机，着了魔似的想拍些女人的裸体照片，可是从未拍出过一张照片。说服裸体女人们摆各种姿势，这实在是桩不容易的事，不过皮特在这方面倒是颇有些诀窍。他喝大了的时候，常常给我们吹嘘他怎样取悦女人，女人对他是怎样服服帖帖的。

他说他见了山寨那些女人，给她们吹嘘说他可是个大名人、大画家，他的一幅六尺整章就买好几万元呢！说得那些女人耳朵支起，眼睛发亮，再一看他那脑后的小尾巴，一袭红色的唐装，手里提的那个数码照相机，竟然信了，纷纷把他往自己的小竹楼里拉，他又说，我得给你们拍照，把你们的芳影丽姿留下来，画到我的画中去，你们就出名了，就身价百倍了，那个巩俐不是上了美国的《时代周刊》后才红遍世界的嘛。而且，我还要给你们每人赠一幅画呢，我这画可是不轻易示人的。姑娘们起初还犹抱琵琶半遮面，羞羞答答的，不肯就范，后来，终于抵挡不住这种甜言蜜语的劝诱，纷纷一跃而起，几下就脱光了身上本身就很少的着装，按照皮特的吩咐，把姿势摆成很怪的样子，她们都全身心的投入配合皮特。

女人简直让皮特神魂颠倒，女性是他狂热崇拜的偶像。我常常看到他手头有各种画报，里面有各种赤裸的女人。他的 QQ 资料箱里也有世界不同肤色的光身子的女人。总之，女人于他来说，是人间奇迹，美丽动人，令人赏心悦目，心醉神迷，是取乐的工具，威力之巨实在难以估量，欲望之强令人难以招架，而上天造就得又是这般精美，在他看来，这些女人赤裸了玉体任他摆弄，真是上天对他的恩赐。因此，他总是不得不在别的客人把她们唤走之前，尽一切可能以极短的时间，充分利用她们的肉体，究竟是玩弄她们，还是给她们拍照，他一直举棋不定，因为她发觉这两件事情实在是不能同时进行。说真的，开始他就觉得这两件事情一桩也干不了，原因是，他自始至终摆脱不了敏感懦弱的习性，结果导致了他优柔寡断，办事能力低下，老是东一榔头西一棒子。照片是一张没拍成，到手的女人一个也没玩成。可奇怪的是，他还是老往那个地方跑，像抽大烟上了瘾似的，乐此不疲。皮特说，看来他这辈子对女人只有欣赏的份儿而没有享用的份了，说到这话时，他总会叹一口气，一脸的惘然。

在我和皮特跨进这间竹楼的一刹那间，竟看到竹楼的正面墙壁上悬挂着一幅画，那是一幅一个光着身子的女人骑着一只老虎奔驰的画，叫《美人骑虎图》。我知道是皮特的杰作。这种画在皮特那个杂乱无章的卧室兼画室里扔得到处都是，因为皮特老在复制，兴致来了，他每天可复制二十幅这种画，我们批评皮特说，这种低俗地摊上才摆的东西你再不要画了，要画就画点有品位的。皮特却不听，说这种东西叫雅俗共赏。因此，我们也就不管了，由他去吧。此刻，我看到了这幅画，没有想到这幅画在这个地方倒受到了青睐、追捧，我猜想，皮特的那些小妹妹房间里肯定都挂有这种画，要不，她们为啥总称呼皮特画家哥哥，为什么又心甘情愿地听他的摆布呢？我不知道这座竹楼的主人是谁，但我猜想这个主人对皮特来说是一个非常重要的人物，因为他带着我攀了那么多的山路，过了那么多的溪，转了那么多的弯，就为的是这个竹楼啊！

果不其然，一跨进竹楼，皮特就嚷着：阿玛妮，阿玛妮，你在干吗？哦，原来这竹楼的主人就是皮特酒醉后总在嚷嚷的：阿玛妮，再做一个的那个阿玛妮！这座竹楼的内置和我们想象中的民族风情的竹楼的陈设是一模一样，除了皮特的那幅画和现代化的音响设备之外，一切都氤氲着古朴原始的气息。这时候，竹楼的床榻上就立起了一个光裸着身子的年轻女人。我被这道突然闪现的白光惊得差点逃出竹门，皮特一把拉住我说：你干吗去？我说我得出去一下，皮特说你昨天不是还在谈论人体行为艺术吗？怎么刚一接触就蔫了？等一会儿还要叫阿玛妮给你做一个呢！待着。姑娘见还有陌生人，就坐下来不紧不慢地套着三角裤头，乳罩。她浑身肌肤光滑、紧绷，极富弹性，我估摸这就是那个阿玛妮了。皮特急着选择角度，调整镜头，要抓拍几张照片，啰唆了一阵子，一直到阿玛妮穿好了衣服，也没拍成，他叹了口气，无奈地摆了摆手。姑娘是一身傣族少女装束，看起来显得更为清纯、新奇，她摸出了一包香烟，弹出一支来，夹在细长的食指与中指之间，点燃，吸了一口，吐出一团烟圈，就满口脏话，奚落起皮特来。那些脏话极富杀伤性，诸如，老嫖客、色鬼、变态狂、性无能、花痴、洋鬼子……这些话从一个花季少女的嘴里吐出来，我感到自尊心受到了极大的伤害。皮特却嗯嗯的像小鸡啄米似的点着头，赔着笑脸，像犯了错误的孩子似的。姑娘奚落够了，一支烟也吸完了，就踱出了竹门，站在山涧边，大声喊着：姐妹们，皮特来了，画家来了，你们过来呀！俄顷，从周边几个山凹里的竹楼里涌出了一群身着不同民族服装的姑娘，她们像一群旋转着的花蝴蝶，晃得我眼花缭乱，此刻，她们一起向阿玛妮这座竹楼奔来，皮特兴奋得手舞足蹈：来了，来了，我的小妖精们来了！姑娘们聚拢后，他数了一下，总共有七个，加上阿玛妮，就是八个。阿玛妮说，今天我们尽兴的玩吧，皮特还带了一个客人，完了，皮特可要给我们画许多的画哩！好嘞！姑娘们答应着，一窝蜂似的钻进了阿玛妮这个竹楼。姑娘们打开了竹楼角落里的一个箱子，纷纷拿出道具。原来这是个道具箱，里面盛了许多面具，姑娘们挑自己喜欢的面具戴在脸上。皮特则帮助阿玛妮调试音箱。这些面具有各种凶猛动物的造型，像老虎、狮子、狼、鳄鱼等，也有温情一点的猫、白兔、天鹅等造型，更有魔鬼、骨骼等极恐怖的造型，此时，戴在这些身着鲜艳民族服装的少女脸上，显得有些不合时宜，怪里怪气的。皮特和阿玛妮已调试好了音乐，阿玛妮一按键，震耳欲聋的音乐弥漫了整个竹楼。悬挂式45英寸的液晶电视画面上，一群化装成魔鬼样的人狂呼乱叫，一起涌向了这个世间，妇女儿童们被吓得一阵阵战栗，杰克逊出现了，他张开了布满獠牙的嘴，用金属般的天籁之音，安慰着这些受惊吓的人。我看到了，画面上显示的是迈克尔·杰克逊的最经典唱片《颤栗》，随着音乐的震响姑娘们舞动起来。阿玛妮戴上了一个蜘蛛侠的面具，在前排领舞起来。皮特不断调大音乐的分贝，我感觉整个竹楼都在战栗，担心竹楼会霎时倾倒。姑娘们被强烈的音乐震响，刺激得狂躁不安，血脉偾张，全部沉浸在狂舞之中，这些动物，魔鬼造型面具的交替闪现，让人觉得整个世界都乱了。这个时候，皮特像一个导演，对进入激情状态的演员们非常满意，他似乎也被这种气氛所感染，不断的脚跺着、手挥着，好！好！忽然，他想起了什么似的，对已完全迷醉于音乐节奏中的阿玛妮喊：阿玛妮，做一个，做一个！阿玛妮听到了皮特的喊叫，像醒悟了似的，对像她一样已融入音乐狂舞的姑娘们说：来吧，姐妹们，做一个！同时，在狂舞的间隙，阿玛妮率先甩掉了上衣，甩掉上衣的她，上半身实际上就半裸了，只剩下了一副乳罩，别的姑娘们也边舞边纷纷甩掉了上衣。皮特亢奋地指挥着：姑娘们，甩吧，甩得光光的，明儿我再给你们每人赠一幅画！音乐更强势了，姑娘们舞动得更厉害了，随着他们胯部的扭动，那筒裙就纷纷脱落了，姑娘们再轻轻一跳，就跳出了筒裙，完全脱离了束缚。她们变得更无拘无束了，音乐的震动中，只看见白裸的光在闪烁。看来皮特还不尽兴，他将音乐又调高了一个分贝，大声对阿玛妮喊：阿玛妮，做一个，再做一个！姑娘不知是累了，还是别的什么原因，她们的动作没有原先那么强烈了，她们的眼神扑朔迷离，温情脉脉，但皮特的话她们还是听到了，她们开始摘起了乳罩，褪起了三角裤头……皮特似乎忘记了拍照的事，他的眼珠只管随着姑娘们的动作而转动。此刻，高分贝的音乐震撼着我的耳膜，但我还没有完全被震昏，我意识到，我该离开这里了，我知道春光尽泄的魅感，也知道那些鲜活的肉体的可怕，我不知道我看到的这一幕幕是不是使我在堕落，但我知道再继续下去，我肯定是会堕落的，我不害怕堕落，但我害怕环境。最终，我悄悄地逃出了竹楼，只剩下了如痴如醉的皮特和一群春光尽泄的姑娘。

事后，皮特来到我跟前，不停地埋怨我，说我失去了一次大饱眼福的机会，我说就留给你饱去吧！我问，你给人家把画赠了吗？皮特说：赠了，我说赠什么画？皮特说：就是我画室里的那些破画，我说你用破画把人家忽悠了。皮特说，这世道也谈不上谁忽悠谁？都是两厢情愿，也许我那画过几年还增值了呢！到这儿，我们的对话就结束了，我想，那些姑娘倒与弱智没什么区别，真让皮特给耍了，皮特临走说了句，有机会我再带你到那儿去。我说，我不去了，那个地方也许对我来说，不太适合，我的神经接受不了。后来，我就再没有去过那个地方。

尽管我和皮特的习性想法有些距离，但遇到什么难题时，我还是条件反射般的想到了这个皮特。皮特可是个妙人儿，他似乎什么都知道，什么都懂，娱体明星啊，大小布什啊，奥巴马啊，韩国的卢武铉啊，文艺界的腕儿，索马里海盗啊，舟山号护航舰，世界金融危机啊，扩大内需啊，中俄反恐军演啊……这些他都知道，而且他能从时事要闻中推测出国家近期将出台什么政策，将对某些行业采取什么措施呀，等等他都知道，他堪称一个百事通，能当时政评论员呢。他最大的好处是和你沟通时，什么都懂，凡是你能提到的，他都能说得头头是道，可他却是个窝囊废、熊包，干起事来可不像他说的那样利索，最终一事无成，只知道在画室无止境的复制他那些画，只知道往那个山寨跑，到头来一张裸体女人的照片也没拍成，我从未发现他那个数码照相机内存里有光屁股的女人。而我又偏偏爱让这样的人给我出主意，明知道他给我想不出什么好主意来。

等皮特酒稍醒止住了叫嚷，不再念叨，阿玛妮，做一个，做一个后，我开始向皮特诉说着我想离开这个城市，到断背山去的想法，并让他帮我出出主意，看怎么去，皮特醉眼蒙眬，两手向上伸着，像拼着要抓住什么似的说：你要到断背山去？断背山是个什么地方呀？哪里有碧霞山寨好吗？有阿玛妮、有那么多的好姑娘吗？我说我确实不知道，但我知道，在我的想象中，那可是个令向往的好地方，我必须去，一定要去！他说，那你就去吧，坐"神舟一号"去，赶着马车去，或者乘着兰波的那个"醉舟"去，反正我不去，我有我的碧霞山寨、阿玛妮就足矣，再没啥贪求了！总之，你不管采取什么方式，要去你就去吧！我为你即将起程的神秘之旅祝福！你说我不是在听驴放屁吗？皮特挥了挥手，又叫嚷开了，阿玛妮，做一个，做一个……妹妹呀，我的好妹妹……我简直要被这个醉鬼气死了，真后悔叫这个低俗的三流画家来，这才体会到了道不同不相为谋的无奈。然而，不管皮特态度如何，怎样贪恋当下，已无关紧要，我还得去，看来怎么去，还得我自己想办法了。

我想起了唐僧，他们师徒四人加上白龙马，一路跋山涉水，历尽千险万阻，向西、向西，最后终于觅得了真经；我又想起了那些朝圣者，他们一路叩拜，还是向西、向西……也许西部的佛塔、喇嘛庙、经幡、转经轮、雪域、苍茫的群山、澄澈的湖水……那里的湖光山色、蓝天净土，还真有故事发生、有奇迹再现呢！或许只有向西、向西，才会到达心中的圣地、梦中的断背山哩。

我是在一个清晨悄悄出发的。那个时辰，皮特还在他的碧霞山寨迷恋，欲望之城还未灵醒，一切都还处在混沌之中，我就骑着我的那匹拐腿的瞎马（它的一只眼睛是瞎的）哒哒地上路了。这是一匹不满六岁的年轻母马，浑身布满了杂毛，毛色分不清红黄白黑，也没有什么明显的特征，也就起不出什么好名字来，我只好叫它杂毛了。杂毛谈不上漂亮，更谈不上性感，它全身没有一处闪光点，没有一丝一毫的动人处，它似乎极平庸，平庸得就像它平时爬上爬下的山丘峁梁。为此，它常受到同类的歧视、侮辱。三岁半那年，丑陋的它无意间蹭到了一匹枣红色种公马的屁股，因为种公马的脚下有一片茂盛的青草，它饿了，极想啃那片青草才蹭到种公马的屁股的。这时候，那匹一直对种公马含情脉脉的年轻母马"白雪公主"把这一切早瞥在眼中，它悄悄溜到杂毛跟前，乘还在低头啃草的杂毛不注意的当儿，尥起蹶子，噗噗只两下，杂毛就疼得在草地上打起滚来。然后，它极潇洒地打了两个响鼻，向种马抛了个媚眼，种公马就凑拢来，和它相依相偎着向草地深处走去。后来，等我们发现疼得死去活来的杂毛时，它的一只眼睛的眼珠早已淌了黄水，它肯定是被那匹发情的"白雪公主"的铁蹄暗算了才遭此大难的。从此，杂毛的一只眼睛就瞎了，并且走起路来也一跛一拐的，这使本来就丑陋的它更难看了，而这一切也预示着它在它那个圈子里不能混下去了，于是，我就收留了它。我收留杂毛不是同情它，而是有些惺惺相惜。我主观上总认为，杂毛和我有些相似，譬如它的经历，它的处境，它在它那个群体里的格格不入、不合群，等等，与我何其相似！我就常常被我的同类歧视，瞧不起，被他们视为怪人。譬如，我不会划拳、"吹牛"、不会喝酒，他们就说扫了他们的兴；KTV 包厢里，那些穿着迷你裙、露出白皙大腿的姑娘往皮特一伙的大腿上一坐，我就惊得逃了，他们便对我恨得咬牙切齿，说这小子一定告密去了；我不会打麻将，抓起"炸弹"愣往"锅里"扔，他们说唉，这小子白披了一回人皮；我整天爬格子，结果弄得一贫如洗，也没弄出什么名堂来，他们就说这小子脑子进水了……所有这些，我觉得和杂毛的遭遇差不多，就对杂毛有了一种天然的亲近。"人以类聚，物以群分"，我是人，杂毛是动物，但我觉得我们的心灵是相通的，我们是有某种暗合的。

皮特对我收留杂毛非常不满，耿耿于怀。他说，你连你的生存都成了问题，还养了这么一匹瞎马。我说这个你不懂，时间长了你会明白的。皮特只得连连摇头，不置可否地摆着手。而我感觉与杂毛相处起来比与人相处起来容易多了，在杂毛面前，我确乎站得挺直的，不害怕趴下。

这次西行，杂毛成为我的交通工具，是受《断背山》中的那个骑高头大马的牛仔的启示。我发觉，凡是能够到达理想之地的人，大抵都骑了一匹马，而这匹马则暗含着某种隐喻，至于内藏着什么玄机，这个我说不上，可西征的英雄们都爱用马这种道具。所以，我没有听皮特胡诌，坐什么"神舟一号"呀，兰波的"醉舟"呀，我根本没有考虑这些现代化的交通设备，我也没有赶着马车去，因为那辆土得掉渣的破马车慢兮兮的，又显得你这人拖拖拉拉不爽利。于是，我征求了一下杂毛的意见，他愿意驮着我，西行，反正我俩的心是相通的，我们似乎时刻都准备逃离，想到达一个新的境界，这是我们的初衷。虽然杂毛并不英俊，也不精神，我也并不神采飞扬，有些卑琐，可我们对那个神秘的地方都充满了渴望，我们的心是真诚的。

骑着拐腿的瞎马杂毛，我在黎明前的黑暗中匆匆逃离了这个城市，我害怕迷恋于酒池肉林千金买笑中的皮特恍然醒悟过来，前来追随我，我才不要这污秽的人呢！害怕其玷污了我的神圣之旅。想到这儿，我赶紧用仿制的马靴上鞋匠齐拐子费了许多周折才钉上去的马刺，刺了一下年轻的母马，母马很配合地加快了步伐。

出了城以后，我们一路向西。这时辰，黎明前的黑暗即将过去，东方的曦光开始倾泻，路上有了行人和车辆，有人还用奇怪的眼光偷偷打量着我和拐腿的杂毛。每逢这个时候，杂毛就有些羞涩，显得很慌乱，它似乎心里认准了人们都在嘲笑它，奚落它，因为它不但拐里拐气的，那只瞎眼也是烂糟糟的，苍蝇总爱往那地方飞，颇龌龊。杂毛这会儿自卑伤心极了，垂头丧气的，连蹄板与地面接触也是无精打采的，声音微弱。我不禁发急了，杂毛这种状态能够驮我一路向西吗？能到达那个云环雾绕、苍茫神秘的断背山吗？此刻，我自己也怕了，我忧虑我的逃亡寻找计划要就此受挫。

不知从什么时候起，我就想逃离这个城市，我讨厌这个城市，我总认为这个城市与我作对，这个城市的芸芸众生像一箱炸了窝的蜂群，乱嗡嗡的，嘈杂得让人头皮欲爆。霓虹灯、商业广告、流行音乐、不断堵塞的车流、小摊小贩的嘶鸣、描眉画眼的妖艳女人、张开血盆大口的午夜，愈建愈高的大楼、没头没脑到处乱撞的"淘金者"、官场的灰色交易，权力之间的角斗……我发现这个城市庸碌低俗到了极点，堕落无耻到了不可救药。现实中切换的场景常唤起我的臆想，我想这世界上绝对有那么一座山，有那么一个好去处，有那么一个妙境。说起妙境，它可不是碧霞山寨那样的妙境，那里的山纯、水纯、人纯，那是"豳风·七月"，是采菊东篱下，悠然见南山，是《陌上桑》中的罗敷，是希腊众神中的雅典娜……哦，说起雅典娜，我想，这个圣洁的女神，在冥冥中时刻都在俯视着这个世界，庇护着这个世界。她营造的这个世界是纯然的，令人心动的。那如诗如画、美妙无穷的境界总让我们心想往之。雅典娜啊，我心中的神，你的出现，无时不在指引着我向那个理想之地迈进。我看了一眼垂头丧气的杂毛，这可怜的俗物这时正埋头看路，有一搭没一搭地向前迈着蹄板，甚至连斜视一下路人的勇气都没有。我沉不住气了，我说，杂毛啊杂毛，你怎么这么不争气呀，你在这个城市生活得好吗？你的同类爱戴你吗？你的善良忍让换来了什么？它们不是随时都要把你踢出它们那个圈子么，你不是和我一样，每天都念叨着逃离吗？此刻，你怎么了？杂毛啊杂毛，你可不要泄气啊！振作起来吧！只有逃离才能解脱，才能换来一片新天地。杂毛也许被我的话触动了，它的头挺了挺，尾巴甩了甩，猛不丁打了个响鼻，一个正对杂毛睥睨的晨练者，突然被吓了一跳，赶快背过脸去，再没敢瞅杂毛一眼，对着东方故做高深地吐故纳新起来。杂毛被这晨练者的怯懦鼓励，头扬得更高了些，蹄板迈得更快了些，蹄板与柏油马路的接触声随之变得响亮了。我更是被杂毛的瞬间变化激活，我用马靴狠刺了杂毛几下，杂毛竟破例地一拐一拐地飞奔起来。我摘下了头上的牛仔毡帽狠命地挥舞着，嘴里乌拉乌拉的叫个不停。公路两旁形形色色的人愕讶地看着我的举动，不解地摇摇头或者嗤之以鼻：神经病！我才不管呢，只要我的年轻母马、拐腿的瞎马，能够同我一心一意，向着我们的理想之地——那个无限美好的断背山狂奔，那才是一种快感呢！

我们就这样一路颠簸着傍晚时分到了西去途中的第一个关驿——阳关镇。这是一个不大的镇。它的四围被沙丘包围，阻挡沙丘的是白杨林。这些白杨林站得挺直，一排排一行行，像戍边的兵卒，沙丘再没敢前进一步。因此，在这个大漠的世界里，奇迹般地出现了一块绿洲，阳关镇的人就在这块绿洲里快乐地生活着。而更让我感到意外的是，这个古镇上还有一条潺潺流淌的小河，这条河穿镇而过，把街面分成了南北两半，连接南北两街的是小河上的青石桥。我不知道这条河从哪里来，又要到哪里去，而沙漠中河的出现让我的寻找希望大增。不久，我又看到了镇东的一座佛塔，这是一座藏传佛教的标志性建筑——白塔。白塔在夕阳的映照下闪着不同凡响的白光，格外耀眼。白塔啊白塔，你让我找到了返璞归真的感觉，看来冥冥之中神在昭示着我将一步一步迈向我的救赎之路。我就这样和杂毛边走边自言自语的叨唠着，心里颇为舒朗。

我牵着杂毛在街面上溜达，古镇上的人对我的怪里怪气的打扮和杂毛的丑态并未过多的注意，也未用诧异的眼光瞅我们，他们都忙着各自的事情。我们还在街上碰到了几个紫袍加身的喇嘛，他们嘻嘻哈哈的说笑着，有人还从紫袍里掏出手机，接听电话。不知不觉间，我们来到了青石桥，这是一座拱形桥，其建筑风格与赵州桥有些相似，所不同的是，桥栏杆上的图案，均为高鼻深眼的古波斯人或野骆驼的造型，从这些斑驳的浮雕痕迹上就隐约感觉出这桥有些年代了。走在这古朴典雅的青石桥上，我恍惚在廊桥上徜徉，那些如梦如幻凄美绝伦的爱情也随之而来，我又仿佛进入了中世纪，那个富有激情而少欲望的年代。那个年代人们都在平静而和谐的生活，相互之间是多么友好，那时候的天是多么的蓝，山是多么的青，水是多么的秀，森林是多么的茂盛，空气是多么的清新，世界是多么的静谧，多的是荷锄织布的牛郎织女，少的是现代重压下的精神病患者，多的是田园幽静的美感，少的是尔虞我诈的混浊。在那样一个环境里生活，让人感到无比的惬意美好。俄顷，我又回到了现实，我对还在青石桥上四处张望无限留恋的杂毛说：伙计，走吧，我将带你一步一步步入我们共同期望的乐园。过了桥，就到古镇的北街，北街的东西向是一溜古色古香的仿古建筑，有店面、茶楼、客栈、酒馆、发廊等，街面是青石铺的，一段一段还有青石镂刻的老虎、狮子、麒麟的造型蹲在当街，似乎在捍卫着这个古朴典雅小镇上的安宁。我留心注意了一下，各色店面里的老板、伙计、使女等都是一色的古人装束，或头戴瓜皮帽，身着长袍马褂，或半氅灯笼裤或一身拖地素裙，店面里的取光设备也全部是方形或莲花形灯罩，灯罩把黑夜照得亮堂堂的，显得温馨而安详。走在这样的街区上，让人倍感亲切，杂毛也像被感染了似的，不停地哝哝地低鸣着。我们走到了北街的西头，就见一排瓦房的门楼间竖了一支旗杆，旗杆的顶端插着一面小黄旗，小黄旗在风里战战兢兢地飘舞，小黄旗上的字是：悦来客栈。我知道，歇脚的地方到了。想起杂毛这样奔走了一天，它的腿脚又不好使，定是累极了，我就牵着杂毛进了那座客栈。这时候，就迎上来了一个头戴瓜皮帽、身着长袍马褂像个老板模样的人，看起来这人上了些年纪，颇为谦恭，友善地叫着：客官，一路辛苦了，快上楼歇息吧！又唤来了一名年轻的伙计，对其说，把这脚力牵到后槽去，把水给饮上，把草料给添上，侍候好！杂毛见要和我分别，有些不舍，不想离去，我就给杂毛使了个眼色，摆了摆手，杂毛这才不情愿的让那伙计给牵着走了，我随后也跟着这个人径直上了二楼。

这是一座回廊型的木质结构的转角楼，廊柱都是上好的松材，上面均雕龙镂凤，廊檐为拱形飞椽，雕有莲花。廊檐的下面悬着一组大红灯笼，把客栈照得灿如白昼。这人把我领到一间客房前，轻轻推开了镂花的紫檀木朱门，说了声：请！我就迈了进去。这是一间挺大的房子，迎面是一组八扇的屏风，上面是镶有唐仕女图的苏绣，墙壁上挂有文徵明的山水画，房子的四角竖立着四个青铜灯柱，灯柱上白色的方形灯笼把房子照得亮亮的，房子的北首是一副阁楼式的绣花床，床上的纱帘是悬起的，床上顺长摆着两床叠起的绣花被和一副鸳鸯枕，房中间摆着一张紫檀木的八仙桌，并配了四条八卦形红木机凳，桌上放了一套茶具和酒壶酒盅。房子的南首还摆放了一架古筝，临近的一张小圆桌上面放了一副围棋，更为称奇的是，还配了一副大画案，画案上备有文房四宝和印泥印章。房内的配置让我看得呆了，没想到小镇上的人如此崇尚古风，喜爱文化，这给我西去的寻找更增加了几分信心。这时，店老板拱了拱手说：客官，你定饿了，我给你备饭去，说完，就下了楼。

我在房内边徘徊边品味着里面的陈设和名人字画，我觉得这里的陈设无论是赝品还是真迹都是货真价实的，都是出自行家之手的，即便是赝品，它也有相当高的艺术价值，几近乱真，让人爱不释手，而屋内缘于紫檀木家具所散发出来的氤氲香气，更使这个环境有了一种古典的气氛和古朴的味道。置身于这样的环境，我的身心从来没有这么舒坦过放松过，我是慰我心了，可我不知道杂毛这会儿怎么样了，我不禁惦念起它来了。唉！杂毛这俗物，不知道犯了什么傻，这次竟义无反顾地随我来了，成了我西去的一个必不可少的道具，我知道这次西去路途的艰难，而那个断背山究竟在什么地方，到现在我也没底，这次的寻找是成功还是失败，到现在还是个未知数，而目前的一切，却在昭示着我的逃离是一束曙光，一片光明。哦，但愿吧！愿神保佑我们的怪异举动，在西去的路上能够达到预期效果，要不，害了我倒没什么，只是，杂毛，那可怜的俗物，可就惨了。我想，它和我一样，这次，真该下地狱了。

我就这样胡思乱想着，突兀地，一个娇滴滴脆嫩嫩的声音：客官，请用餐呗！像是从遥远的天边一下来到了世间，带着天籁般的妙音一下子钻进了我的耳膜，让我的耳膜从未有过如此的酥软舒适，我不觉循声望去，就见一个头发向后挽个发髻，一身素裙，面如桃花的姑娘，双手举个托盘，斜着身子单腿跪地，正对着我说话。说真的，我还没有见过这么清纯的姑娘，也没有听到过这么甜润的声音，这声音竟使我一时愣住了。姑娘又发话了，客官，你肯定饿了，请用餐呗！我这才从愣怔中清醒过来，不好意思地说，好，好！并坐了下来。姑娘把托盘上的小菜、一壶酒、两个酒盅、两双筷子全部摆在了八仙桌上，并给酒盅斟满了酒，然后，用兰花手托起酒盅，说了声：请，先干为敬！一仰脖，一盅酒便下了肚，还把酒盅亮了亮底，顿时，那张小脸也有了红晕。我再也坐不住了，我总不能在一个年轻的姑娘面前丢人呗，我一仰脖，也喝下了那盅酒。姑娘接过我喝干的酒盅，给我斟满，也给自己斟满，接着说，我们再干一杯，喝个双杯！我不好拒绝。我们的两只酒盅碰了一下，同时喝下了第二杯酒。两杯酒下肚，我有些晕晕乎乎了，血脉偾张，醉眼迷离，我本来就不会喝酒，平时滴酒不沾，今天在这仙女般的姑娘面前算是破例。不知怎么我的话也多了起来，我问姑娘叫什么名字，姑娘说她叫飞燕，我说你能像燕子一样飞起来吗？姑娘说能。于是，她就旋转起来了，轻盈的舞姿真像一只燕子在飞舞，又像飞天女神在腾云驾雾，飘逸潇洒极了。或许是酒精的作用，或许是飞燕姑娘的洒脱豪放，此时，竟解除了我的木讷羞涩，我也随着飞燕的舞姿扭动起来。幽兰的香气，朦胧的灯影，曼妙的舞姿，文徵明的山水，唐朝的仕女图，使我恍惚间进入了可人的唐诗宋词，而迷醉其间，忘记了烦忧。倏忽间，飞燕突然停止了飞舞，落在了古筝旁，一双玉手，又拨动了古筝的丝弦，古筝像叮咚的泉水，动人地流淌而来。我不懂音律，我不知飞燕弹奏的是什么曲子，是《高山流水》、是《春花江月夜》，是《二泉映月》……这些我确实不知晓，我只知道这旋律像细碎的月光，极温馨地一步一步向我走来，跌入我的耳际，让我格外受用。我的情绪不断的被挑动着，此前的压抑不快已在逐渐退去。骤然间仿佛晴空里一声霹雳，古筝戛然而止，我被吓了一跳，只见含羞带娇的飞燕轻移莲步挪了过来，又牵起我的手，来到了小圆桌旁，和我一同坐了下来，它铺开了围棋子，细长的玉指夹起一枚黑棋子，首先开棋，我也执起一枚白棋子，和她对弈起来。我不懂音律，却懂棋术。不一会儿，我的白子便把她的黑子围向了一个死角，她的黑子被逼得无处可退。娇喘吁吁、香汗直流的她，只好羞涩地认输，还说，客官，你真厉害！我像是受到鼓励，增添了勇气，在她面前没有当初那么自卑了。她起身又拉起我向画案走去，她铺开了宣纸，擒起画笔，只一刻钟光景，一幅石头兰草图就告成了，我不觉拍起了手，说妙，真妙啊！其实，这叫好声是我发自内心的，不是我的刻意奉迎，飞燕这简略的几笔，就把兰草石勾勒得惟妙惟肖，呼之欲活。飞燕姑娘听了我的赞美，有些害羞，红着脸，赶紧把笔递给我，让我也画一幅，我推辞着说我不会画。真的，我不懂丹青这玩意儿，但我爱画，就像爱自己的眼睛一样，我觉得画就是一个人的心声。飞燕说，客官，你真的不会画吗？那我就教你。她将笔先送到我的手中，让我握住笔管的下端，她的手握住笔管的上端，然后，她的手就开始动了起来，我的手则机械地随着她的手在宣纸上龙飞凤舞，我的手虽然有点僵硬，但被一只纤纤玉手引导着不断向美的境界探幽，我真的有些心花怒放，忘乎所以。不久，一幅素净淡雅的白梅傲雪图就跃然纸上。飞燕说，客官，你瞧这画咋样？我还能怎么说呢？这画就和眼前这吐气如兰的人一样，透着芬芳醉人的香气，也和这屋内的陈设一样，无不昭示着高古典雅与凌然的傲气，我说，这是我见到过的最妙的画。飞燕说，客官，其实，这就是你画的画哩，你想，虽然你的手由我引导着，不断寻幽，但到了后来，你却心到意到，成了一种自然而然的自觉行为，实际上这时我的手已不重要了，重要的是你已经到达了一种意境！所以说，这幅画应该算你的杰作。我说，是吗？飞燕说，怎么不是哩？你瞧，这白梅多像你，白梅尽管有一副凌然的傲骨，随时都在傲视着寒冬里的霜雪，但她无时无刻不在与霜雪亲近着缠绵着，其实，走得最近的还是梅花与霜雪！你说，此画难道不是你个人的写照吗？哦，哦，怎么说呢？我一时被飞燕姑娘噎住了，是的，这姑娘太厉害了，但我心里也涌起了无限的甜蜜。我想，这女子是个人精哩，什么都懂，什么都会，她该成精了。而人精难道不好吗？联想到这妙人儿与我的一切亲密接触，那些善解人意的畅心话儿，我想，即使这飞燕姑娘真的成了精怪，岂不是更好吗？想到此处，我的意识仿佛进入了古代的聊斋，屋内氤氲的香气，闪烁的灯影，亦真亦幻的飞燕姑娘，像那个屈原吟哦的山鬼，一步一步带我进入了一个太虚幻境的世界，我倒在了那个让我想往又让我堕落的诱床上。这时候，只见山鬼般狰狞又山鬼般诱人的飞燕姑娘，着一袭白裙，腾云驾雾，正从仙界飞来。她的裙裾荡起了莲漪，让云雾缭绕起来，云雾快要驮不住她了，她就要跌落下来了，我张开双臂想接住她又想拒绝，她一时没了主意。这时，诡异的罡风刮来了，屋内的灯突然被熄灭，我被一团白色的东西扑倒，被魇住了，我进入了一个混沌迷蒙的境界。

第二天一早，我见到了杂毛，杂毛正在草地上啃骆驼草，它啃得津津有味，连我的到来它都没发觉，看来，这里的环境让它非常满意，因为偌大一片草原，绿茵茵的青草整个都是属于它的，根本没有谁来和它争食。我偷偷来到杂毛的屁股后面，朝它的胯部就是两巴掌，杂毛被惊得激灵了一下，向后刨起了蹶子，我差点被它踢准。我说，咱们别逗了，我且问你，你昨晚过得咋样？杂毛回过头来，一见是我，害羞地埋下了头，像个大姑娘似的欲言又止。我说，杂毛，你说呀，你可知道吗，昨晚，我为你提心了半夜，多怕你出事！杂毛终于说话了，从它吞吞吐吐的叙述中，我知道了事情的大概。

昨晚，那伙计将它牵到牲口棚后，给它饮了清凉的雪山水，又把它拴到了食槽上，给它添足了上好的草料，它美美地吃了一顿。这个牲口棚约有五间大，棚口悬有一组白灯笼，因此，整个牲口棚亮如白昼，它的旁边还有一匹公马。这公马浑身雪白，个头高大，尤其称奇的是，它的额头正中有一团红毛，这团红毛像贴上去似的又圆又亮，在白毛的映衬下，格外显眼，听同伴们说，这公马叫雪里红。雪里红漂亮极了，更是母马们争宠的对象，那些母马有事没事总爱往雪里红身边蹭，雪里红却无动于衷，毫无情绪。借助于灯光的作用，杂毛把雪里红早已瞥得一清二楚，它知道这是一匹无与伦比的骏马，比"白雪公主"看准的那匹种公马强多了。但它却不敢奢望，一来自己既拐又瞎；二来这西去的途中绝对不能有一丝一毫的杂念产生。为此，它尽量离雪里红远点，尽量顾左右而言他，不与雪里红正面接触。但令它想不到的是，雪里红却一直往它这边蹭，而且把食槽里它那边的豌豆向杂毛这边拱，示意杂毛享用，杂毛只得别过头去，尽量不受这种糖衣炮弹的腐蚀。自己是什么东西，杂毛清楚得很，自己在自己那个群体里的遭遇，就说明了自己在这个世上的价值。对于雪里红的这种示爱，杂毛怎么也想不通，想不通就得提防点，或许这是一个温柔的陷阱哩。但事情发展的过程往往与预期的结果大相径庭，到后来，那匹骏马丝毫不管杂毛对自己的冷漠，它不停地咴咴地叫着，用蹄子轻轻刨着地面，用尾巴啪啪地甩打着自己的脊背，看起来非常伤心的样子。雪里红自己作践自己的行为，杂毛早已瞧在眼里，但它不能去慰藉，也不能去劝阻，它只有沉默，只有漠视，因为它到现在也没搞清这异常英俊的家伙对自己表现出超常的热情，究竟是出于什么目的。杂毛早就发现这个牲口棚里还圈着几匹相当年轻相当健壮、相当美丽的母马呢，那可是几匹非常吸引异性眼球的尤物哩。既然这个地方不缺少母系氏族，那就意味着雪里红不属于性饥渴一族，而雪里红此时对自己表现出极大的热情、极大的兴趣，这就更值得深思了。雪里红可怜的形态既然不能打动杂毛，它就该放弃了，但它不，它不断地向杂毛身边贴，不断地用嘴巴舔着杂毛的毛色，杂毛不断地躲闪着，它已退到了牲口圈的栏杆边，再无处躲藏了，只好定定地立着。雪里红则能贴近它，因为雪里红的缰绳似乎很长，它可以随意地走到任何一匹母马的身边。到了这会儿，杂毛只有无助地遭遇那可想而知的结果了。它仅有的一只眼也闭起了，它尾巴夹紧了，它的浑身紧缩着战栗着，等待着那即将到来的噩运。而随后，它感受到的不是威猛的肆虐、摧残，它感受到的除了温柔，还是温柔。它自始至终感觉到有一只温热的嘴巴吐出丝丝的兰气，在它全身上下轻柔地吻着，甚至吻遍了它浑身的每一根毛发，它感受到了来自春天般的温暖和出世以来从未有过的关怀，它几乎被感动了，迷醉了，它甚至主动向那匹骏马靠了靠。雪里红受了鼓励，将自己的脖颈搭在杂毛的脖颈上，亲密地盘绕着。杂毛乖乖地接受着来自雪里红的亲昵，那样儿柔顺极了。它们就这样相互依偎着，厮磨着，感到无比美妙。牲口棚里那几匹精力过剩的年轻母马用嫉妒而好奇的眼光瞅着这一对并不般配的恋伴，感到难以理喻，而实际上，就是徜徉在幸福中的杂毛也难以解答。它们的幸福时光不知过了多久，一声沉雷，跟着是难以预料的漠风，灯被吹熄，整个世界陷入了混沌与黑暗，杂毛也处于了无意识之中了。

到了此时，昨晚发生的一切都算是昭然若揭了，我们虽然感到蹊跷，但我们都还沉醉在无比的幸福中。杂毛不知道到了拂晓以后，它怎么就到了这块草地上，我也不知道我怎么就鬼使神差地也来到了这儿，竟见了我的杂毛、我异常精神焕发的杂毛，我说，杂毛，我们回去吧，别在哪儿啃那些谁也抢不走的草了，我们该让幸福延续，该让爱情保鲜，回到我们的客栈去，哪个古典见证下的"梁祝"与"西厢"中去，那儿才是我们的栖息之地呢。杂毛非常赞同我的想法，它停止了啃草，它在我面前略斜了斜身子，让我很轻松地骑上了它的脊背，然后就驮着我精神抖擞地向古镇进发。我手搭凉棚，目测了一下这里的地理位置，这儿应该属于古镇的郊外，至于在大漠中这片草原是怎么来的，谁也搞不清，但在这里的确有这么一片水草丰美的青青世界，而恰好就被我的杂毛占有了，这不得不说是我们西去途中的一个好兆头。杂毛驮着我走得非常迈力，它似乎被某种力量激励着，它挺头昂胸，雄赳赳气昂昂的样子，这多少给我带来了一些人气。而杂毛的这种良好表现，却无人喝彩，因为行走在燥热的大漠中，无一名观众。管他呢，只要我们感觉良好就成。经过杂毛的努力，我们还是回到了我们应该回去的地方，但独眼的杂毛和我都傻眼了。我们眼前的这座古镇，已不是昨天傍晚我们见到的那座古镇了。这座古镇和我居住的那座城市非常雷同，应该说麻雀虽小，五脏俱全。什么联通、移动、出租车、桑拿、刘一手火锅、流行曲、广告……应有尽有，满街时髦的男女们都沉浸在现代化的扰攘中，那些古装的人都到哪儿去了呢？哪些古典的建筑都到哪儿去了呢？那古朴的宁静到哪儿去了呢？这是目前我和杂毛苦苦思索的问题。或许我们希冀的景象还没有出现，我们心中的栖息之地还没有找到。杂毛和我在古镇的街面上，四处张望着，努力搜寻着，街上的人都奇怪地看着我们俩，那眼光与我们第一次上路时被人瞧的眼光像极了。试想，一匹拐腿的瞎马，驮着一个头戴牛仔毡帽、着一身牛仔服、足蹬一双仿制的马靴、臀部挎一支仿真左轮火枪的一个人物，走在 21 世纪的中国大街上，不吸引人的眼球那才怪哩。我和杂毛走完了小镇的整条街，也没有发现一名古代装束的人，也没有见到那个"悦来客栈"，我们还不死心，我们又来来回回在街上转了八趟，而这八趟里一点收获也没有，唯一的收获是我们这天在小镇上上镜率最高，回头率最高。见再也找不到那个客栈了，杂毛看起来很伤感，它也许在心里还惦念着它那个无限温情的雪里红哩，那只独眼里有那么一抹泪光在闪烁，像要掉下泪珠的样儿，让人看了，备感可怜。我也想起了那个客栈、二楼上那个木屋里的飞燕，一阵落寞，竟心酸得泪花乱转。此刻，我们俩谁也不知谁可怜谁了，都怀着各自的心思黯然神伤。我们哑然了好一会儿，小镇上的人也用奇怪的眼光瞄着我们。我说，杂毛啊，别找了，昨天晚上的那事儿我们就忘掉吧，我们所经历的也许就是人们所说的沙漠中的海市蜃楼，是一种幻景，幻景过去了就是现实，而现实是我们现在的处境和我们所在的那个城市的境遇一样，人们都用鄙夷的眼光看着我们，你也感受到了，这绝不是看宝马车、房车的眼光，也不是看超女，周杰伦的眼光，这眼光我们感到很可怕很无奈，所以啊杂毛，我们还得逃离，向西，向西。杂毛无动于衷，它对我的话并无反应，我想起了歌德的那句话：可怜的人，你受了多少委屈。是的，杂毛够委屈了，自从被它的同类挤出它那个圈子后，它就异常的孤独，虽说我收留了它，可一个人与一个动物交流起来毕竟有障碍，我能给它多少的宽慰呢？好不容易有了一匹雪里红，而转眼之间又消失了，杂毛岂不是倒霉至极？委屈至极？*我还是孩子的时候 / 每逢走投无路 / 就把眩迷的眼睛举向太阳 / 仿佛上面有耳朵倾听我的哀告 / 仿佛有颗和我一样的心灵 / 怜悯那遭受逼迫的人*。这阵儿，我看见杂毛把头扬起来，一只独眼举向太阳，它似在向上苍倾诉它的冤屈，抑或在祷告上帝拯救它，拯救它这遭受逼迫的俗物。我有些恼了，我说杂毛，你在干吗？上天连自己都拯救不了，还能拯救你吗？上天什么时候公平过？上天什么时候惩恶扬善过？不要相信什么神仙皇帝了，要拯救自己还得自己靠自己！杂毛好像被我的话惊醒了，它缓过神来，收拢了发呆。我说，杂毛，我们继续上路吧。杂毛这才扬起蹄子，踏上了路途。这一天，在西去的路上，我和杂毛都无精打采的，心里像缺了什么，我发现，杂毛的腿拐得更厉害了。

此后，我们晓行夜宿走过了许多地方，有的地方是住了一晚上就走，有的地方是不到天亮我们就悄悄溜了。我发现，我们走过的城市尽皆大同小异，到处都是人群，到处乱嚷嚷的，到处都是热闹非凡。我住过的旅店也各有特色，有的旅店还给客人备有安全套，壮阳药一类的东西，有的半夜打来电话，声音嗲嗲的，问要按摩吗？有的则有女人主动敲开门，袒胸露怀的，极尽逗引之能事……每逢这个时候，我会慌里慌张地穿起我的牛仔装，拎起我的行囊，跑下楼去唤醒我的杂毛，落荒而逃。我知道杂毛是被安排在楼下那些不起眼的角落里的，它随时都在眼巴巴地盼着我，因为把它放到那儿后，服务人员就再不理睬它了。每到住宿之地，接待人员宁要我而不要杂毛。他们认为这丑陋的东西又丑又脏，晚上拉屎撒尿，给他们造成了许多麻烦，与其接受它还不如不接受它。但我给出的宿费相当可观，他们动心了，他们答应给杂毛安排地方，但不管别的什么，这指的是草料。这就等于一个晚上杂毛都得挨饿，但也没有办法，我只有在第二天在路途中给它好好补充了。有时候我被那些无事生非的女人半夜逼得很窘时，就叫起杂毛，杂毛也很乐意和我一起出逃，反正它待在那个角落里，也不好受。

就这样，我和杂毛辗转着翻过了九九八十一座山，走过了九九八十一座城市，杂毛的腿愈加拐了，灰头土脸的，我也胡子拉碴的，人显得颇为憔悴，我们还是没有找到断背山——我们梦寐中向往的地方。可是有一天，我们看到了群山，在哪些群山的峰顶上，闪耀着雪域的光芒，圣洁纯净极了。如果继续前进的话，就进入无人区了，怎么办？我和杂毛的精力已透支到了极点。但如果折回的话，就等于我们一年多的西行毫无意义，我们又回到了我们当初的那个圈子。西行的周折，我和杂毛已体验到凡是有人类的地方，就有污秽，就有欲望，就有我们该面对的一切。正在我们犹豫不决的时候，一个朝圣者，从我们身边经过了。这是一个老年女性，她的头发乱蓬蓬的，她的皮肤粗糙黝黑，她走一步叩一个

白房子

头，额头叩破了结了痂，结成的痂又被叩破了又结成痂，她就这样一路前行着一路叩拜，也许她要死在朝圣的路上，但她在没死之前，还要继续叩拜，继续向心中的圣地前行。我和杂毛有所触动，比起这位沧桑的老者，我们所吃的苦所受的委屈又算得了什么呢！想起我们总是被人奚落、嘲笑、不耻，我和杂毛才一路逃到了这儿，逃到这儿，我们再回去，岂不可笑。杂毛也看到了那位朝圣者，这时，朝圣者已离我们远了，成了一团很小的影子，可还能看得清，她不断起伏着，向着她心中的圣地一路叩去。还是前行吧，只有坚持，或许能到达我们心中的理想之地，断背山就会展现容颜，那里或许是山好、水好、人好哩，那里的姑娘都很纯净，不像碧霞山寨的姑娘们，做作得让人不可理喻，轻浮得丑态百出，她们纯净得和女神一样，让人不敢存半点非分之想。只是要到达那样的圣境，还需千难万险，还需不断修炼。杂毛，不要怕，我们上路吧！

　　杂毛受了鼓励，驮起我，迈开蹄子，用一只瞎眼，望着那些苍茫神秘的群山，一路颠簸着战战兢兢地又向前探去。我则在心里不断地祈祷：啊，断背山，你快快出现吧！

一　天

八月十三这天，天刚破晓，媳妇李香兰在窗外异常轻柔地唤了一声："根成啊，醒了吗？"

"醒了，早醒了，胡吼球个啥哩！"

媳妇倒没有燥："那就起来吧，都八点了！"

"八点，八点咋啦？不去、不去！要去，你去！"

"哼，变卦啦？"

"变卦了又咋样？…你上诉去，诉下了我应诉！"

这时，媳妇就忍不住了，剥下了以前温柔装饰，咚的一声，踢开了房门："牛根成啊牛根成，原来你哄我哩，把老娘当猴儿耍！"她似乎疯了，先是摔砸本不值钱的破暖壶、破脸盆、破衣架、破台灯什么的，继而，张开留着长指甲、涂了绿指甲油的十指，挥舞着向牛根成抓挠而去。

穿戴整齐、焗了满头黄色毛发的李香兰，像一头失控的金毛母狮向牛根成进攻的同时，和衣躺在床上，一夜翻来覆去没有睡好的牛根成，此时却像一只在屎尿堆中爬来爬去的屎爬牛（即屎壳郎，陇东方言），爬累了，突地冬眠了，任李香兰怎样摔砸，撕扯，抓挠，诅咒，骂得昏天黑地，倒也无动于衷了。

被吵醒了的左邻右舍们，竖起耳朵听了一会儿，知道是这两口又为离婚的事儿吵闹，再没有捕捉到新的新奇事儿，也就没了兴趣，俄顷，都一个个先后进入了早困的梦乡。

本来，牛根成与李香兰昨天晚上商量好了，今天早起去街道办事处扯离婚证，女儿芳芳归李香兰，抚养费牛根成出。这意味着牛根成从此摆脱了家的樊篱，净身出户，成了一个自由的人儿。但不知怎么了，这晚，牛根成却失眠了。第二天一早，他变卦了，也就是说，他不愿离了。

这晚，他看见了很多东西，也想了很多。他看见一颗硕大的蜘蛛，在纤弱柔嫩的芳芳头顶盘丝结网，网越结越大，可怜的芳芳整个儿地被裹在里面了。娇嫩的花朵被吮砸，渐渐被汲干了养分，枯萎凋谢。他的心在滴血。他也看见，两只褪了毛的白乌克兰猪，就是在这个可恶的蛛网之下，在暧昧的灯光映衬之中，交缠争斗，闪着白光，肆无忌惮倾泻情欲，愈来愈滋润的李香兰，在满足的呻吟中嗷嗷直叫，彻夜不息，令他嫉妒难耐。虽然她已不爱他了，他也不爱她了，但一想到李香兰那一团白肉，那一对圆润的乳房，那水萝卜似的能掐出水来的俊俏脸蛋，从此，被另一个人揉搓、蹂躏，他就不是滋味。毕竟他们有十二年的夫妻关系了。

十二年前，牛根成与李香兰是在两个厂团组织举办的青工联谊活动中相识的。他是一家机械厂的锻工，她是一家毛纺厂的挡车工。舞会上，他邀请李香兰跳舞，在酥软的舞曲中，他嗅到了李香兰身上发出的水果汁的芬芳，仿佛置身于五彩斑斓的果园，梨子香、苹果香、桃子香、樱桃香、草莓香……一下子浸润到了他的肌肤，令他有些陶醉、晕眩，这是平时冰冷的锻造车间所没有的。他想，他该恋爱了。舞曲终了，他还抓住她的手不放，李香兰笑起来，说："你想绑架我是不是？"

牛根成清醒了，机敏地说："就看你愿不愿意？"下场后，他们就坐在了一起，互报姓名，在阳光明媚的春天，他们恋爱了。

后来，李香兰就真个被牛根成"绑架"了，上了牛根成的婚床。婚后的生活倒是挺浪漫温馨的。他们被安排在机械厂的两间平房里，就是说每月只掏个水电费。那时，两个人工资加起来也有一百多元，而物价又很低，这足以使他们在业余时间有多余的钱看看电影逛逛公园进进舞厅。而真正吸引对方迷恋对方的则是性。李香兰是个性感多情的女人，细腰肥臀丰乳削肩，典型的美人坯子，锻工出身的牛根成五大三粗，浑身的肌肉像锻铸过的铁疙瘩，有使不完的力。每晚，关于性爱，是他们的必修课，而他们总是配合得完美无缺，把这一人类除饮食之外的东西发挥到了极致，让他们彼此感动。有一次事后，无限满足的李香兰紧紧搂住牛根成激动地娇叫："我的皇上哥哥（她是看了《还珠格格》，受了启示），不管到啥时候，你可不能抛弃我这个妃子啊！"

牛根成也激动地回应："不、不，你就是上帝给我送来的尤物（虽然他不真正理解尤物的意思，只知道是好东西），我的妃子，我咋舍得抛弃你呢？"就是有了女儿芳芳之后，他们的生活也是有滋有味，充满激情，邻居羡慕地说，瞧这两口子像才结婚似的好！

真正影响他们夫妻关系的是结婚后第七个年头。不知怎么，工资涨了，物价也猛涨了，工厂纷纷倒闭、改制，工人开始下岗。先是李香兰所在的毛纺厂，厂长与骗子相互勾结，以厂子做抵押贷款 300 万元，然后，厂长与骗子携款潜逃，毛纺厂被银行封冻，李香兰随之下岗，成了一个无所事事的家庭妇女；牛根成所在的机械厂，厂长将新设备折旧卖给私人业主，从中牟取暴利；又倒卖厂子地皮，从中赚取差价。这样一折腾，机械厂也就瘫痪了。牛根成虽然没有下岗，每天只是到车间打扫打扫卫生，看护看护设备，先是发基本工资后来也就只发生活费了。最终，黑心厂长虽然被工人告下，赶走了，但厂子伤了的元气却再难恢复。而厂长倒无大碍，厂长不当了，整天搓麻、泡卡厅、洗桑拿、戏剧茶园品茶捧戏子，赚了几百万还当那个狗屁厂长干啥！不久，新任厂长韩二蛋来了。工人们说，走了一只豺，来了一只狼。可见，这韩二蛋口碑也不好。

此时，牛根成愈加捉襟见肘。芳芳上三年级了，假期要上雅马哈电子琴培训班，要培训费，牛根成没有，李香兰跟他吵；接着保险公司要芳芳的保险费，牛根成没有，李香兰跟他吵；天生爱打扮的李香兰，有一次跟牛根成逛街，看上了一袭苹果绿丝绒套裙，其实那身套裙价格不是过高，就是款式比较新颖，但牛根成从口袋里掏来掏去，就是掏不出，李香兰就跟他吵，骂他窝囊废，球本事都没有，说："嫁汉嫁汉，吃饭穿衣，我跟你牛根成图了个啥？"这极大地伤了牛根成的心。牛根成怎么也想不通，当初万般温柔的李香兰如今变得怎么这样泼！也想起李香兰当时叫他皇上哥哥时的情景，怎么现在一下就翻脸不认人啦？

有时，他也替自己后悔，既然自己是皇上哥哥，李香兰是皇妃，现在自己连皇妃的温饱都解决不了，李香兰能不燥吗？等牛根成与李香兰过性生活时，也索然无味了，虽然李香兰风韵有增无减，身材脸蛋更加迷人。从原来的每晚一次几次到现在的一月一二次，他感觉李香兰对他也减了热情。后来，装扮妖艳的李香兰白天晚上都爱出门了，偶尔还在外面过夜。

他也曾规劝过李香兰，却被李香兰反唇相讥："你连自己的老婆都养不活，还不允许我自谋职业？"

他问："李香兰，你谋的啥职业？"

李香兰抢白："反正没有干贩白面逼良为娼的事儿，你就甭管了！"

牛根成知道这女人管不住了，时间长了也懒得去管。

倒是李香兰越来越滋润了，胸脯两个奶包和两片屁股蛋儿疯长，腰却越来越细，这女人真是愈来愈性感迷人了。芳芳的学费有了，保险费有了，房租水电费有了。李香兰也是一天三换衣，常常挑逗得牛根成眼花缭乱，撩拨得牛根成彻夜难眠，有时候牛根成像乞丐似的勉强取得李香兰的同意，也像面条掉进水缸，败得一塌糊涂。李香兰却像橡皮人儿一样，麻木不仁，无动于衷。这更使牛根成觉得了自己的窝囊、猥琐。昔日，一个牛高马大的汉子，成了一个缩头乌龟。牛根成有时想，人穷了，连老婆都守不住了。你看那大款，大奶二奶三奶四奶的包，而且个个都争相献媚，生怕给大款甩了。想归想，牛根成目前还不想放弃李香兰，毕竟他还曾经是她的皇上哥哥哩！

有时候，牛根成也想直一直腰，管一管李香兰，李香兰一点也不服气，就要和他离婚。每次吵架，就扯离婚，吵过之后，就能平静一段时间。吵闹惯了，邻里就见怪不怪了，都想：哎，这一失业，好端端的一对夫妻怎么变成了这样？

然而，昨天晚上这次离婚，他们双方是经过深思熟虑之后郑重提出的。牛根成思来想去，最后同意离了，并且约好，第二天一早去街道办事处扯离婚手续。

促成牛根成这次能够爽快离婚，是他们之间的那张纸终于捅破了，牛根成残存的那点自尊也最终被粉碎得灰飞烟灭。

以前，牛根成也感觉到人们戳他的脊背说李香兰的不三不四、绯闻艳曲，牛根成听见当没听见，毕竟是自己的女人，不过打扮得花哨了一点，能怎么样？退一步讲，即使能怎么样，只要不做到脸面上，女人还是自己的女人，晚上还不是睡在自己的胳肢洼里！大丈夫娶的娼门之妻嘛。牛根成这样慰藉自己，倒觉得活得有点男人味了。但随后发生的一件事情，使刚有了点男人味的牛根成像遭了霜打的茄子，蔫不啦叽的，再也抬不起头了。

那天，牛根成对李香兰说，他要回一趟老家，看望一下乡下的双亲。因为前一天晚上，本县下了场前所未有的暴雨，据新闻报道，这场暴雨使许多人畜毙命，造成经济损失3000多万。这些年，牛根成在外面混得不好，对老人没有尽到孝道。但牛根成多少还是放心不下至今仍住在土箍窑里的双亲，他决定回老家探望一下。一向抠门的李香兰倒很同情，给两位老人买了许多营养品，并让牛根成替她代问两位老人好，牛根成很感激。一切收拾妥当，下午四时，他出发了。也合当有事，车刚出南门，就堵车了，原因是当天晚上那场罕见的暴雨将途经老家的这座石桥冲垮了，养路工人正在抓紧抢修。可一直等到下午六时，石桥还没有修复的迹象。车主没辙了，征求大家意见：是等还是返回。大家均决定返回，翌日晨还坐这辆车，再完成各自的旅程。

牛根成回到县城的时候，也只有六时半，本应他该回家，但他信步转着，没有急着回家（事后，他想：要是当时径直回家，那倒一切如常）。转到县城十字，被一幅大红海报吸引住了，原来是国家篮球二队与省队的比赛。这么高水准的比赛就注定了他必须看这场比赛。

他是一名铁杆球迷，也是县城的球星，篮球是他的唯一爱好。厂子景气的那些年，他们厂的篮球队在每年的全地区职工联赛中都拿冠军，他这个司职中锋的"野骡子"，自然也成了全县最耀眼的明星。记得，他的野劲、爆发力、茁壮的体魄，曾使许多大姑娘脸红心跳，一些胆子大一些的还给他递过条子呢！

现在，篮球队解散了，但他的爱好还在。牛根成一想到这样的赛事在小城确实稀罕，就决定看这场比赛。他心疼地掏出 10 元钱买了一张票，这也许是近些年他最奢侈的一次消费（后来牛根成想，要是不看这场比赛也啥事没有，偏鬼使神差着了魔似的看了这场比赛）。等牛根成看完这场比赛已经是晚上 11 时 20 分了。回家的路上，牛根成还很兴奋，回想那个 2.10 米的 8 号中锋那一招漂亮的空中接力灌篮，那才叫绝。雨后的夏夜有些许凉意，可牛根成一点也不感到冷，也许是这场赛事满足了牛根成一个凤愿，给牛根成带来了好心情，今夜牛根成对李香兰也没有那么憎恶了，李香兰平时的所作所为，牛根成从心底也有点谅解了，李香兰那丰腴凝滑的肉体在不知不觉间竟惹起了他体内久违的欲念。这会儿，他急切想见到这个女人。

他加快了脚步。

牛根成用了不到二十分钟，便到了机械厂家属院，径直迈向自家那间房子，他掏出钥匙开门。钥匙拧了几圈，门却开不开，他以为钥匙拿错了，便在附近厂区的路灯下辨认，钥匙没错，他便再次将钥匙插进锁孔，慢慢试着拧，门还是开不了，他这才明白，门从里面倒锁了。他便用一种轻柔的声调唤李香兰，里面并无回应。他便连续唤，里面还是没有回应。他便提高嗓门呼唤李香兰，并用脚踢门，里面依旧鸦雀无声。牛根成急了，牛脾气就犯了，跳起来，一顿飞脚便踹开了门，顺手拉了灯绳，100瓦日光灯强烈地光芒下，他看到了惊心动魄的一幕（对牛根成而言）。

李香兰和另一个男人像一对褪了毛的白乌克兰猪，在床上瑟瑟发抖。他们的形象是淫秽的、猥琐的，甚至是挑逗的，牛根成痛苦得不忍卒看，这比绞死自己还要难受。当一层纸隔着时，我们可以猜想里面在干什么，但我们看不清里面究竟在干什么，我们尽可以向好的方面想；但当我们捅破这层纸时，里面的一切就昭然若揭了，我们所有的襄改和宽心都是自欺欺人。牛根成就经历着这样的磨难，以前的所有传言都应验了，他这个缩头乌龟平时还遮遮掩掩，今晚却在这对狗男女面前暴露无遗。牛根成被痛苦和愤怒煎熬得一时愣在哪儿，李香兰发话了："根成，都是我的不对，你听我说……"李香兰知道牛根成的脾气，知道牛根成这种暂时"短路"，预示更大的风暴将要来临，她先要稳住他，要不，牛根成杀了他们这两只獾猪那是不成问题的。

那男人也颤颤巍巍发话了："牛哥，都是我不对，对不起……"这声音怎么这么熟，牛根成稍一抬眼，就看到了一张无比丑陋的脸，这不是"球毛吗"？

球毛本姓丘名卯，长得矮小猥琐，做事阴险奸诈，斗大字不识一个，自小在社会上混，常干些偷鸡摸狗的勾当，人们厌嫌他，就不叫他的本名，顺势叫他球毛。记得厂子正红火的那会儿，球毛常在厂里收些破铜烂铁倒卖倒卖，自然就要巴结他这个锻工车间的顶梁柱，牛根成压根就看不起这文盲加流氓等于地痞的社会下三烂，可这小子嘴巴甜，常牛哥长牛哥短的，还隔三差五的拎一瓶烧酒灌他个梦游周公。后来，他还把球毛带回家里喝过一回酒，自那次喝酒后，球毛就再没有来过。原因是李香兰扇了球毛两嘴巴，把球毛打得跌了马爬。

那次，他带球毛回家喝酒，李香兰就不高兴，她这个国营厂子的职工根本就瞧不起这个长得尖嘴猴腮、油腔滑调的社会闲人。加上这小子有时在厂门口碰见她时，总无话找话和她套近乎，还用一双鸡屁眼似的小眼睛老在她的胸脯大腿上瞄，弄得她非常反感。但牛根成喝人家的酒实在太多，说什么总得回请一次，就把球毛带回了家。两人还算喝得高兴，吃着李香兰做的几个小菜，不一会儿，一瓶泸州老窖就喝了个底朝天，酒喝完了，两人还没尽兴，球毛就要提酒，牛根成说什么也不让，在自己家里，总不能让人家提酒，牛根成就让李香兰先招呼住，自己出门打酒。等牛根成回来，球毛早没了踪影，李香兰还坐在那儿红着眼圈哭泣。牛根成问咋了，李香兰说你请的好人？牛根成急了，问，到底咋了，李香兰说啥也不愿说，最后，牛根成变着法儿，总算套出原委。

牛根成走后，球毛就不老实了，起先要李香兰过来陪她说话，李香兰不肯，球毛就说些下流的话，挑逗李香兰，李香兰不睬，球毛有些按捺不住了，就起身强行搂抱亲吻李香兰，还用双手乱摸李香兰的胸，李香兰本就对这猥琐的男人没好感，加上球毛对自己这样无礼，李香兰羞愤得无地自容，使足力气，啪啪对球毛就是两耳光。带了点酒的球毛没有防备，一下被打得跌了个大马爬，连小饭桌都砸翻了。球毛爬起来一看，李香兰愤怒得像红脸关公，手里还提着一条拖把，就再也不敢造次了，再加上害怕牛根成回来重揍他，就一溜烟地逃了。

牛根成没想到引狼入室，气得脸成了铁青色，拳头捏得嘎巴响，说抓住这小子非揍扁不可，同时，他对李香兰平添了莫名的敬佩。自那次以后，牛根成再也没有见到球毛。但令牛根成感到惊异的是，他做梦也没有想到，今晚，在这种场景见到球毛，这是他始料不及的。

机械厂红火那阵，球毛见了牛根成，像癞蛤蟆见了天鹅，点头哈腰；也像老鼠见了猫，畏畏缩缩，目光闪烁，游移不定，不太自然。可今晚，球毛那看似认罪道歉的眼光有一种挑衅、幸灾乐祸、优越感的成分，已不再卑微。牛根成突兀地想起来了，听人说，这小子这几年发迹了，从一个收破烂的成了一个私人企业的业主。

刺目的灯光下，牛根成就这样被命运捉弄得僵如石雕，不知所措。接下来，读者期待的精彩场面（牛根成怎样挥起老拳惩罚奸夫淫妇，李香兰、球毛怎样跪地向牛根成求饶，牛根成怎样将球毛捆绑后交于公安），并没有出现，这也许是亘古以来最让人捉摸不透的事情。最后是我们的主人公牛根成在经过了短暂的沉默之后，突然一溜烟地跑了，其情景倒像是球毛那次挨了李香兰的打，狼狈逃窜的样子一样，这一转折读者当然吃惊不小。

事后，牛根成怎么也弄不懂，自己在当时的场景下，面对以前令人不齿的球毛，就怎么做出了这样令人费解的抉择？不管事后牛根成觉得这抉择是千秋悔万代恨，牛根成还是做了。并且，自那晚跑走后，他一连几天都没有回家，等回来后，就和李香兰分居了，也没有再对李香兰大吵大闹（两口子如果吵闹不起来，也许是最可怕的），李香兰再提起离婚，牛根成以前紧闭的嘴就有些松动了，以至于昨天晚上他们俩商量好，今天早起就去街道办事处办离婚手续。

谁知，挨到天明，牛根成却变卦了，这让李香兰异常难堪，颜面尽失。本来兴高采烈的李香兰准备扯了离婚证，要几个小菜，提一小瓶千年老窖，和牛根成最后聚一次，没有个好聚还有个好散嘛，也不枉夫妻一场。这一下，觉得牛根成耍了自己，再也憋不住了，就爆发了一场火爆的家庭战争，此时，自知理亏的牛根成，只能装屎爬牛，任李香兰抓挠、撕扯。

突然，厂办的干事孙占乾在外面喊："根成，韩厂长叫你到办公室来一下。"牛根成像得了赦令似的一翻身就欲向外跑，却被李香兰揪住不放。

孙占乾进来，一看这阵势，就一把拉开李香兰说："嫂子，事有事在，先叫根成办了公事再说。"牛根成乘机跑了。

李香兰还在后面喊："跑了和尚跑不了庙，牛根成，你就永远不要回来！"

牛根成跌跌绊绊跑到厂长办公室时，厂长韩二蛋像一截烧秃了的黑木桩戳在老板椅里，手执磁化杯喝茶。韩厂长本名叫韩兴国，因为人文化低，没什么水平，当兵出身，长得又黑又粗，心情急躁，遇到难事不冷静，经常和工人动手动脚，用拳头解决问题，工人们没人尊敬他，背地里叫他韩二蛋。心情不好的牛根成，看见韩二蛋心里就上火。以前，前任厂长下台了，工人们巴望能来一位好厂长，使那些端面盆买面的工人能扛回整袋的面来，可这韩二蛋一来，比前任还残道。

这韩二蛋是机械厂原来的副厂长，因受到前任厂长排挤，坐轿车也没他的份儿。后来，实在蹲不下去了，韩二蛋就到分厂当了厂长。前任厂长一下台，韩二蛋不知走了什么路子，回来当了厂长。工人们说，韩二蛋整个一胡汉三回来了。果不其然，先是以前和他做对的副厂长、科长被他换了，接着，安排自己的人上岗，不是自己的人下岗，接着搞基建挣回扣，卖厂子地皮挣差价。就是这么一个厂长，牛根成能不上火？

此刻，韩二蛋直了直身子，放下磁化杯，咳了一声，说："是这样的，根成，你也知道咱厂都停产半年了，车间也不用看了。从明儿起，你先回家待着，啥时上岗，再等通知。"下岗，这是牛根成早已预料中的事，因为他不是韩厂长线上的人，但没想到来得这么快，这让他有些措手不及。他真想冲上去揍这韩二蛋一顿，揍得他生活不能自理，虽然拳头捏得巴巴响，还是使劲忍住了。现在打架也要钱哩，没钱人得受罚。一进班房，芳芳咋办？今生今世，他觉得自己只有芳芳这一位亲人了。

牛根成觉得今生的倒霉事都让他给摊上了。小时候，家里弟妹多，他得不到应有的家庭关爱，大些时，正赶上读书无用论，后来只能招工当个工人，临近中年又遇下岗。一向还算坚强的牛根成，感到自己的头皮都要炸了，心里有无数蚂蚁在爬，让他烦躁透顶，焦虑异常。他也不知怎么走出韩二蛋的办公室，下了楼的。

外面是个风和日丽，阳光灿烂的日子。牛根成却看到了一轮黑太阳，把他罩在里面了，使他看不到光明。他似乎看见厂里的人都对他指指戳戳，倒霉蛋，缩头乌龟的在嘲讽他。他昏昏沉沉地逃也似的出了厂子。厂外是一片市场，小摊贩都在喊他：根成，喝碗豆花；根成，来一碗饸饹面！根成……以前，牛根成上班时，中午喝一碗豆花，嚼两根麻花或吃一碗饸饹面，就算一顿午餐。因此，他和这些做小生意的人混得很熟。今天觉得这些人和厂长一样坏，变着法儿洗他的钱，他没有应声，就跑走了。这些人很不理解，都纷纷指点，你看这根成今天咋啦？身上像是有股霉气！

来到了街上，牛根成在人行道上一棵国槐树冠荫凉下稍微平稳了一下情绪，到哪里去呢？家是断然不能回了，那就到街上转转吧。

牛根成有好长时间没有上街了，他平时的活动路线是厂——家——学校三点一线。有一次星期天，芳芳缠着他让领她上街转转，他领着芳芳到公园门前少年宫等地方转了一圈，父女俩都有些热了，来到树荫下摆冰柜的老太太摊前，他给芳芳要了一支火炬，伸手掏钱时，掏了半天，掏出三毛钱，他一下闹了个大红脸，当然，三毛钱是不够买一支火炬的。他才想起这一个月的工资还没发哩！倒是芳芳很懂事地说："爸，我不要了，我不渴，咱们回家吧！"

慈善的老太太倒没有鄙夷他，说："让娃吃去吧。"芳芳不要，还是老太太硬塞到了芳芳手里。当时，牛根成恨不得扇自己几个耳光。牛根成眼里噙满了泪花，心酸得眼泪差点滚出，他想，自己一个大男人，被五角钱难住，他才相信一文钱难倒英雄汉的说法。从此，他发誓再也不上街了，他要拼命赚钱，等有了钱，领着芳芳逛公园、划船、坐山地车、买布娃娃、买电子琴、买冰山一样大的雪糕给芳芳解渴。

可是，现在他下岗了，命运总是这样捉弄人，偏在他不愿上街的时候，又一步一步他来到了街上。

城市愈来愈大了，街道愈来愈宽了，楼房愈来愈高了，出租车愈来愈多了，街面愈来愈洁净了，行人愈来愈光鲜了。到处是广告牌，到处是霓虹灯，到处熙熙攘攘，到处都在忙碌。走在五彩缤纷的大街上，牛根成觉得逼仄，愈来愈没有自己的空间了。他漫步来到公园门前的广场，一些退了休的老爷子老太太，踩着轻快的广场舞曲在跳健身舞，希望能在运动中延长自己的生命，瞧！他们活得多么乐观、向上！而倒霉透了的牛根成却满怀忧伤地想到：为什么我不突然得个猛症死了？或者出了车祸，成了植物人？我年轻，生命在我身上是强壮的，我等待什么？真是苦闷、苦闷。

牛根成那时和李香兰也逛公园，常在公园门前看见这群跳健身舞、打太极拳、练剑的老爷子老太太，当时他就羡慕得很，李香兰还对牛根成说："根成，等咱俩老了，每天也到这儿跳跳舞，锻炼锻炼身子，健康平安地度过余生！"

牛根成说："你想的咋和我想的一样？那个时候，咱俩都已退休了，也没负担了，咱俩的退休金也足够咱俩花了，还愁啥？"随后，又瞅了一眼无比妖艳幸福的李香兰，故意说："香兰，只怕你半路把我给甩了！"

李香兰娇嗔地说："哪能呢！只要你小子不当陈世美！"还乘人不注意，在牛根成的脸上用香舌亲了一口。可如今，牛根成听到这些曲子，看到这些跳得兴致勃勃的人群，感觉这曲子是那么难听，舞姿是那么难看，跳舞的人是那么的无事生非，他厌烦得需要有条地缝让他钻进去。

牛根成就这样百无聊赖，糊里糊涂地转悠着，时间不知不觉已到了正午。天空中那轮火球上班无比认真，不断地滚来滚去，不断地烫着这城市和城市里的人，履行着自己的职责。男人们被烫得缩在了屋子里，耐不住寂寞的女人们，打着花花绿绿的小阳伞，和这轮火球作对，倒成了这座城市里的一道风景。但这道风景，在牛根成眼里，和李香兰一样淫荡、贪婪，充满了诱惑、无耻，令人堕落、毁灭。

转出了步行街，牛根成恍恍惚惚来到临近车站的桥头。

说桥，但实际上不是什么真正意义上的桥，桥下也没有河流，只能最多算座旱桥。旱桥连接起南北街道，桥下也是一条东西走向道路，行人车辆从桥洞过。这桥东桥西是城郊接合部的农民家宅。改革开放后，桥两边的住户利用距车站近的优势，盖起了许多简易的房厦，开起旅馆，下车的旅客图这种旅馆省钱，都愿意住。再加上开旅馆的女人很会做生意，她们浓妆艳抹，主动到车站揽客、拉客，用各种条件诱惑客人，这样使桥东桥西的旅馆业非常兴隆，一时声名鹊起，竟使附近的国营旅馆生意萧条起来。桥东桥西的旅馆业的商机无限，一时也使这里成了藏污纳垢之地。贩白面的，抽大烟的，聚众赌博的，敲诈勒索的，卖淫嫖娼的，宰客的，等等各类黑道人物时常在这里出没。此地也成了小城案件的高发区域。桥东桥西繁华的同时，也使这地方臭名昭著，一段时间，正经人都不敢在这地方寻个人，办个事了，害怕坏了名声。

牛根成也记不清他是怎么到这桥头的，据说，这桥上也经常发生宰人的事。你是个不太坚强的人，就会被几个女人连拉带拽的绑架到桥下去，事后原先说好的价钱会几倍十倍的翻，你又不敢声张，不敢告，毕竟是见不得人的事情，只能忍气吞声地挨宰。想到这些，倒霉的牛根成加快了脚步，他要赶快迈过桥去，以免碰上晦气事。快到桥南端时，刚才还静悄毫无人声的桥面，不知从哪里钻出来几个妖魔鬼怪般的女人，挡住了他的去路，"大哥，玩玩嘛"，"大哥，我可是新鲜货，保你满意！""大哥，我的花样可多了，价钱也最低！"面对这几个厚颜无耻的女人，牛根成被搅得心烦意乱、羞辱难当。牛根成想怎么今天倒霉事都让我给撞上了，这真是穷鬼撵的杀叫鬼（叫鬼比喻拮据，陇东俗语）哩，秦香莲遇上了窦娥！想到这些，牛根成把一双老拳捏得紧绷楞圆，气得大叫一声："我没有钱！"几个争相献媚挑逗勾引的艳女，被这个粗壮汉子猝不及防的一声大叫吓得哇的一声尖叫，纷纷跑开了。还互相指点着说，"这人真是个老'土'，神仙般的好事也不愿消受！""说啥呢，肯定是一个神经病！"

如丧家之犬匆匆跑过桥头的牛根成，气还没喘定，就听有人大喊一声："根成！"惊乍的牛根成抬头一看，却是昔日篮球队的队友王峰。

在厂篮球队时，牛根成和王峰是一对最好的搭档，也是一对最好的朋友。牛根成司职中锋，王峰司职前卫，王峰总爱把球传给牛根成，牛根成一个篮下大力扣篮，咚的一声，篮球应声入框，那准确度力度真像锻锤砸向铁块。这精彩的表演能引来满场观众喝彩。场下，两人也很能谈得来，都是农家苦孩子出身，又都义气、憨厚，久而久之，也就成了无话不谈的好朋友。前几年，厂子开始走下坡路时，王峰脑瓜比牛根成活络，就摔了这个铁饭碗，下海了。开始给西安的一个做电器生意的老板干，以后看出了其中的门道，就自己干，当了老板。几年下来，听说这王峰也成了一个不大不小的款儿。

牛根成乍一看到王峰，先是惊讶，后是欣喜，再就自卑得抬不起头来。王峰却没有丝毫注意到牛根成这些微妙的变化，还像从前一样，海侃神吹着，临了说："哥，咱弟兄俩说啥今儿得好好飘一场！""飘"，是该飘一场了，牛根成今天被一系列的倒霉事弄得脑子浑浑噩噩，神经兮兮，早该需要酒精刺激，飘飘然一场了。于是，经王峰提议，他们就到了香都美食城。

已下午五时左右了，正是用餐的时候，美食城熙熙攘攘，人流如织。他们上了二楼的刘一手火锅店，拣了个座位，坐了下来。服务员递上了菜谱，王峰让牛根成点，牛根成让王峰点，说他点不来。牛根成真的点不来，近年来，他已没有来过这种地方了。推了一阵，王峰就点菜了。点的是主菜精品羊羔肉一大份，副菜各种海鲜，下酒菜凉菜热菜各四道，外配麻辣锅一个，在牛根成看来，这就叫气派。王峰问喝啥酒，牛根成说随便，王峰就要了两瓶市面上正流行的"铁人"。

不一会儿，火锅汤开了，菜也上齐了，酒也提上来了，王峰向火锅下了菜，向酒杯斟满酒，两人碰了一下，便吃喝起来。牛根成只顾吃着菜，喝着王峰斟的酒，并未多言。王峰几杯酒下肚，很兴奋，吹着这几年出门的得意事，吹得兴起，声音也大起来，惹得邻桌的几个食客有些不太高兴。

王峰吹的这些事，更让牛根成感到自卑，感到自己混得太惨，就只管吃菜、喝闷酒，一言不发。王峰讲了这么一大阵子"干传"（即拉家常、说闲话，陇东俗语），才发现牛根成自始至终没发一言，他有点纳闷、怪异：这哥们儿今天咋了？他从前不是这样啊！他这才开始和牛根成陶心窝子："根成，今天咋了，有啥不顺心的事儿吐出来，咱哥俩还分啥彼此哩！"

牛根成说啥也不愿说，家丑不可外扬，他牛根成本来就混得很背，再把这些丑事说出来，更让人耻笑。有多大的委屈，他牛根成宁愿装在心里，默默承受，也不愿外人知道，从而对他指指戳戳，让他更加没脸活人。

无奈王峰死缠硬磨："哥，你今天把心里话不说出来，老憋在心里，不畅快，这酒就没法喝了！弟大老远回来看你就不值了。"

一来王峰不是外人，是最好的朋友；二来牛根成也沾了些酒，就不太顾忌了。他就把近几年心里的委屈事儿统统给王峰吐了，包括李香兰变坏，球毛给他戴绿帽子，韩二蛋让他下岗等等。

没有想到王峰听后，哈哈大笑起来："哥，就这么点事儿，我还当什么大事呢？看把你愁眉苦脸的，来，先喝酒，"就满满的给牛根成斟了一杯"铁人"，把自己端的杯子和牛根成相个碰后一饮而尽："都什么年代了，这种事你还挂在心上。你弟媳银霞你知道吧，前几年对我温柔体贴，百依百顺，这几年我有了一点钱，就对我寻开事了。我有时生意上的应酬回来晚了她叨叨，招待客户有女的她盘根问底，以至于有女的打电话，她也说，又是你那个婊子妈打来的？你说气人不气人！这不，前年，我给了她 20 万，把她给休了。如今你那弟媳呀，还是个本科生呢。真是我的左膀右臂！"说得兴起的王峰给牛根成又斟了一杯"铁人"，继续说："依我说呀，那球毛不是有钱吗？改日咱哥俩收拾那小子一顿，然后，要几个精神赔偿费，再一脚蹬了李香兰那骚娘，让她拜拜！至于下岗嘛，人挪一步活，草挪一步死，早下为妙，我这几年没靠厂子，不是活的旺旺的吗？"

如听神话的牛根成，毕竟对李香兰还有些恋恋不舍，王峰就开导说："你留住人家的人，留不住人家的心，世上好女人多的是，比李香兰年轻漂亮的还有……不说了，喝酒、喝酒。"

牛根成经过王峰的一番开导，又加上酒精的作用，心里宽活多了。王峰建议划拳，牛根成就展开了指头，两人吆五喊六的划起拳来，不一会，第二瓶"铁人"就见了瓶底。两人的脸都红起来，牛根成的胆子也大了，话也多起来。

王峰让服务员提酒，服务员怎么也不愿提了，原因是她看这两人酒有些大了，害怕喝醉了赖饭钱。王峰却不依了，站起来，把酒桌拍得啪啪响："你害怕老子没有钱吗？老子有的是钱？"从口袋里掏出一沓老人头，"去，叫你们老板来，要不老子和你没完没了！"

"呦！很狂啊！冲一个丫头逞什么威风？有本事冲爷们儿耍来。"牛根成一看，是一个手拎啤酒瓶，头前染了一撮红毛的小青年。另两个青年一人手提椅子一人手握双拳，三个人呈三角形向他俩围拢过来。原来这三个小青年酒喝高了，把他俩当成了没文化的暴发户、土财主，早就想给他俩"抽风"，加上王峰酒后胡吹冒聊，声腔很高，早惹得这三人很恼火。

王峰一看三个小青年竟然向他俩挑衅，变得无比兴奋："想打架吗？今天可碰上好事了！"前几年在厂里时，王峰就是个刺儿头，打架斗殴、惹是生非，厂长都怕。王峰握紧双拳迎上去，红毛抡圆啤酒瓶向王峰头部砸来，王峰头一偏，啤酒瓶就砸到了王峰的肩部，力度还是够大的，酒瓶开了花。同时，王峰那千钧之力的直拳也捣向了红毛的鼻梁，红毛被捣得鼻血飞溅，飞了出去，砸翻了邻近的酒桌，跌倒在地板砖上，还没等红毛反应过来，王峰跳起来，用飞脚狠踩红毛的腹部，开始，红毛还嗷嗷直叫，后来就只有喘气的份儿了。同时，目标对准牛根成的青年抡欢椅子向牛根成砸来，不知出于什么原因，牛根成今晚胆子非常大，面对这把风车儿似的实木椅子，他丝毫没有躲避，起身迎了上去。喔的一声，木椅不知是砸到了他的头部还是肩部，四分五裂。提木椅的青年略一愣怔，被牛根成上前抓起举过了头顶，抡了两圈儿，就摔向一丈开外的地板砖上，那青年落地后，不知那个脏位被震坏了，一时竟口吐鲜血，一动不动。手握双拳的青年，一看今天遇上了两个毒家子，转身就跑，这青年的逃跑，使牛根成想起了自己那次撞上球毛和李香兰后自己莫名其妙地逃跑，就来了气，他大叫一声："哪里跑！"噌噌冲上去一手抓住青年的后衣领，一手抓住青年的长头发，抡圆了来回在水泥墙上撞。牛根成感觉撞的不是这青年而是球毛，撞的就越来越狠，青年被撞得头破血流，连连讨饶，牛根成就是不歇手。这当儿，上来了一群警察，给牛根成和王峰上了手铐。原来他们刚开打时，一群服务员被吓得哇一声跑开了，躲在吧台后面，同时，也打了 110 报警。

面对这一群警察和地上三个呻吟的青年，还有这打斗后的破桌破椅、烂碟烂碗，及颤颤抖抖指认他俩的服务员，牛根成酒也醒了，人也站直了，他变得无比的开心和英雄气，他觉得这些年他才算真正出了一口恶气，活了一次人样！

王峰在给他壮胆："哥，没啥，不就几个钱的事嘛，有我哩！"

牛根成想，怕啥，进了班房，还给碗饭吃呢！想着，就很豪气地坦然地跟着警察一起下了楼。

遍地乌鸦

在旺多镇的落凤坡村，有一天，突然来了许多乌鸦，刚临近天快黑的时候，它们就聚集在落凤坡垭口处的桐树林的上空，飞上飞下，盘旋不定，呱呱地叫个不停。

它们的队形零乱，衣衫不整。很像吃了败仗的散兵游勇；又似失却了头领的流寇，闪烁着惊慌的目光，到处乱闯；它们的叫声叽叽喳喳，呱呱啦啦，语无伦次，毫无音律感可言。像一群哑巴在吵架，又似一伙雄辩家在激烈争吵，它们一会儿落在桐树的梢头，稍作停留，一会儿又升上了天空，作俯冲状。总之，这叫声和举动让人们感觉它们仿佛是为了在这里落脚还是继续迁徙的事而喋喋不休。

在乌鸦们还没有最后拿定主意之前，它们的叫声已连成一片，像巫婆们口中混乱不堪、极其阴毒、念念有词的咒语；又似暴风雨来临之前，挟裹着雷电，纷纷聚拢的黑云，在落凤坡上空作游蛇状浮动喧器着，这让黄昏时的落凤坡人听来感到了空前的恐惧，也让他们惶惶然顿时无所适存。

本来夕阳比火烧还红，晴空比蓝草还蓝，这是落凤坡这天傍晚最为耀眼的景致。可是，这幅景致瞬间就被一团黑云笼罩了，这让村民们颇为扫兴。

碾子爷是天刚放亮赶着两只羯羊一只绵羊上坡的，这时，他正预备着下坡。他在坡洼上已逗留了一天了。他每天天刚放亮就上坡，天刚擦黑就下坡，这是他每天必修的功课。现在，他第一个从落凤坡上看到了这种晃动的黑云，使他一时大骇。

落凤坡是一条颇为狭长的黄土高坡。头西尾东，头圆颈细尾宽。约有一千多米长短，这形状乍看起来恰像一只卧巢的凤凰，也正应验了远古时代这里曾落过神鸟的传说。

传说在混沌初开之前，天地还是一片迷迷茫茫，宇宙还是一片混混沌沌。一切都混乱不堪，一切都毫无章法可言。自从女娲横空出世后，她开始整顿秩序。她首先用黄土泥巴按照她和伏羲的模样造人，于是便有了人类；她从昆仑采来石料，炼五色石补天，于是天不再缺漏，水不再注下，天地分明，混沌始开；她折断鳌足，支撑四极，治平洪水，杀死猛兽，使人民得以安居。

而这一切，离不开这只神鸟。

神鸟驮着女娲将五色石一次次运上天穹，女娲再用神手一块一块补天；神鸟驮着女娲与巨鳌、猛兽激战；巨鳌被制服，猛兽被斩杀，人类得以平静，而神鸟却受了重创。

在她完成任务返回仙巢凤凰谷的途中，她再也支撑不住了，就落在了这条坡上。这条坡原来是无名的，也不是凤凰的形状。自从这只大鸟落在这条坡上涅槃后，时间长了，这条坡就幻化成一只凤凰的形状了，人们就称这条坡为落凤坡。

所有这些，使这条坡显得神奇、神圣而又吉祥。落凤坡人把这条坡视为福祉，从心里崇敬。

村民们都住在落凤坡的脚下。落凤坡的两肋下沿是河水冲刷而成的平川，较平坦。原先人们是凿穴而居，近些年来，人们摈弃了先人们对窑洞冬暖夏凉的依赖，纷纷在川地上建起了砖瓦平房，并迁进了新居。川的边沿就是河岸。河岸的下方是一条平缓的小河，它的身段苗条，向南娉婷而去，只有在洪水季节，它才显得丰满一些。

这条河叫葫芦河。

在落凤坡西头垭口处，是一片桐树林，有上百亩大，这是落凤坡的先人们栽植的，如今年长的已两人合抱粗了，年小一点的也有桶粗了。每当春暖花开的时候，抽芽的桐树花絮纷纷飞舞，染满了整个桐树林，这给落凤坡人带来了无穷的快乐。起初，先人们想，这落凤坡古时落过凤凰，今天应该再来凤凰。而要引来凤凰，就得筑巢引凤，换句话说，广植梧桐。为此他们就广植了土质非常利于生长的桐树。

他们想，反正树多的地方，总会让那些好鸟们眼馋的。没想到，上百年过去了，小树已长成了参天大树，成了一片绿海，却再也没有飞来一只凤凰。落凤坡人并不气馁，他们认为终有一天，神鸟是会来的，因为这片林子确实太让人遐想了。

桐树林没引来凤凰却引来各种美丽的鸟儿，像黄鹂、紫雁、喜鹊、啄木鸟、黄雀，等等。它们在四时八节不知疲倦地歌唱，这让落凤坡人感到非常受听。他们思量着，这叫声就是一种好兆头，那种神鸟迟早会来的。

桐树林也引来了不少的外乡人，每逢节假日，他们搭伙叫什么驴友一起来到这里，先是沿葫芦河进入烂泥沟谷，玩上一天，傍晚折回，再在桐树林野炊野餐野宿，晚上竟不回去了。有人看到了这种商机，就开起了"农家乐"，没想到生意格外红火。不久，又开了几家，相互抢起了生意。

每日，落凤坡人除了田园耕作之外，就是赚这种送上门来的钱，他们的生活消闲、惬意、舒适、祥和、他们很满足。这一切都源于古代那只凤凰。

落凤坡，真是一处吉祥之地。

两年前，碾子爷瞄上了落凤坡，这让落凤坡人有些不可理喻。落凤坡顾名思议就是一条坡，说白了就是一条凤凰卧巢形状这么简单的一条土坡。虽说它有如此遥远而美丽的传说，落凤坡人也只能将它当一尊神一样的尊崇、膜拜，祈祷它保佑落凤坡人。在现实中，这条坡地势比较高，两翼呈仰角70°倾斜，聚不拢水，树木很难成活。从坡底看这坡时，光秃秃的，颇为单调。只有贴着地皮的各种不知名的小草，随着季节的变化，绿了黄了，黄了绿了，才给这条坡带来一些色彩。

如果选择了桐树林，落凤坡人才不会怪异碾子爷的举动哩。

桐林不仅外乡人青睐，落凤坡人也不时光顾。

每逢农闲时，落凤坡的中老年人就相约来到林子，讲传、唠磕、活动筋骨，外面是滚烫的火球，林子里那些巨大的叶片就是无数把遮阳的伞。百鸟的啾啾咕咕声，仿佛让他们感觉到连鸟也在和林中的人对话。

年轻人也会在某个早晨或某个傍晚来到林子里偷偷幽会。沐浴着梧桐雨的清凉，听林涛的阵阵絮语，一对对恋人已是心旷神怡，激动不已。

桐林对孩童们来说，简直就是乐园。他们在这里捉迷藏，玩家家，逮蜢蚱，捕蝴蝶，用弹弓射鸟雀……往往玩得忘乎所以。

落凤坡的老少爷们匀说，这桐林是他们最好的休闲去处，对于碾子爷这样的人来说，更为适宜。

而碾子爷偏偏选择了落凤坡。

两年前，一向勤快的碾子爷，在麦田锄草时，感觉肝部不适，他强撑着继续锄草。结果，随着肝部疼痛的加剧，他不得不终止了劳作，来到了田埂边，蹲下来，用拳头顶着肝部，以减缓痛苦。而随着时间的推移，这种办法最终失去效力。他疼得大汗淋漓，在田埂上打起滚来。这种状况，对于倔强的碾子爷而言还是从来没有过的。

在不远处也在锄草的挂子妈秋香，抬头擦汗的间隙，就看到了在田埂上翻滚的碾子爷，她大惊，扔下锄头就跑了过来。她发现抱着肝部翻滚的碾子爷，脸已成了青紫色，她明白了碾子爷病得不轻，可她一个妇道人家又毫无办法。她就掏出手机，问碾子爷儿子来福的电话号码。碾子爷断断继续地说了号码。秋香就给来福拨通了电话，告知了碾子爷的病情。来福正在镇上建筑工地上忙碌，听了秋香的话，他说，你先看着我爹，我马上就到。

不到二十分钟，一辆白色北京现代轿车开了过来，停在了田间小路上，胖墩墩中等个儿的来福急匆匆地奔向了碾子爷和秋香。

他和秋香轻轻扶起碾子爷，然后蹲下屈弯身子，让碾子爷爬在自己的脊背上，他慢慢立了起来，背起碾子爷，向轿车走去。

他将碾子爷放进车内后座上，点了火，车向镇上驶去。到了镇医院，值班医生给碾子爷做了检查后，对来福说，这病挺重的，你赶快向县医院送。

到了县医院，大夫诊断后，决定给碾子爷做个B超，从B超上看，碾子爷的肝部肿得很大，而且有积水的症状，大夫怀疑是肿瘤，就悄悄对来福说，你父亲这病比较麻烦，你要有思想准备，人先住下来，明天我们再做详细检查。

碾子爷住下来后，大夫开了药，护士给他打起了点滴，随着药效的发挥，碾子爷的疼痛有所减轻。

第二天一早，碾子爷在空腹的状态下，大夫给他做了更为详细的检查，还给他取样做了活检。检查的结果初步认定为肝癌。为了使结论下得更为准确，下午又组织几名专家进行了会诊。大家匀认为是肝癌，而且到了晚期，按权威专家的话，碾子爷的生命剩下不到三个月时间了。

当然不能告诉碾子爷。来福知道了这结果，心里颇为沉重。

来福的妈走得早，是碾子爷一手将他们姊妹拉扯大的。现在生活的艰难期已过去，儿女都安排到了地方，才只有六十五岁年纪的碾子爷，按现代人寿命普遍增高的趋势，正是享受的最佳年龄段，现在，他却得了绝症，这让来福伤心不已，在卫生间里抱头大哭。

来福是个孝顺的孩子，他本来打算这处工程干完，就给父亲在城里买套房子，把媳妇小翠也接到城里，给老爹做饭，让老人也过几天衣来伸手、饭来张口的舒心日子，可这一切打乱了来福的计划。如果父亲真这么早早走了，他连行孝的机会都没有了，这会给他留下了无尽的遗憾。

一连多日，来福让大夫把最好的药给碾子爷用，碾子爷疼极了时，护士不得不打几支哌替啶止痛。来福也把小翠接来侍候老爹，但碾子爷的病情并未好转，大夫和来福都心里清楚，这病是拖一天是天哩。

有一天，碾子爷点滴打完，尿有些憋，就提出要下床到卫生间方便。本来这重症病人是不允许下床的，撒尿时在被筒里支个尿壶方便。可时间长了，这碾子爷觉得这方式一点也不舒服，还尿不尽，就想到卫生间好好放松一下。儿媳妇小翠按照大夫的吩咐不让公公下床，但又经不住公公的一再要求，就答应了。她也不好意思跟着就由碾子爷去了。

碾子爷一手按着右侧肝部，一手扶着楼道墙壁，蹒跚着向卫生间摸索着而去。经过了几间病房，里面都是一些和他一样形容枯槁、满脸痛苦的病人，这让碾子爷联想到了自己，心里不觉一阵凄凉。

到了护士室门外，碾子爷有些累了，他想缓口气，歇一歇，再继续前行。不知怎么，得了这病，碾子爷总觉得困、乏、浑身像散了架，无力。

却听到两个护士在议论什么，他本不想听。一来这两个女人说话的声音比较大，直往他耳朵里钻；二来她们提到了206病房，这是他住的病房号（每天换药时，护士叫206的病人，他就知道是在叫他），而且提到了他，他就树起耳朵注意听了起来。

一个说，206病室那老汉的儿子可真舍得钱，把钱像雪一样的消哩！另一个说，可不是嘛，这一天要花几千哩！先前哪个说，唉，这得了绝症明知是治不好的，这拿钱出气也真没意思！另一个说，是呀，有这钱还不如把老汉接回去，想吃啥就吃啥，想穿啥就穿啥，想周游世界就周游世界，好好的活几天，反正老汉也活不了几天了……

听到这儿，碾子爷像一盆冰水从头浇到了脚，使他的心凉到底了，先前他对自己病情地猜疑应验了。而这阵要接受这个现实，这显然对他来说有些为时过早，他不觉眼前一黑扑咚一声，栽倒在楼道了。

两个在护士室议论的护士，听到门外咚的一声，紧忙赶了出来，一看是206病房的老汉，就上前去扶。

而碾子爷已是昏迷不醒。

最后她们叫来了年轻力壮的医院勤杂工，将碾子爷抬到了急救室抢救，并且打电话叫来了来福。经过几个小时的抢救，直到晚上七点，碾子爷才醒了过来。

醒过来的碾子爷目光呆滞，不吃不喝，神情悲观，看来，他正经受着一种从来没有过的精神折磨。

来福和小翠悲苦地劝慰着碾子爷，碾子爷不为所动。最后，碾子爷烦了，让他们两人出去，说他一个人静一会儿，来福和小翠无奈，就先后退出了病房。

病房剩下碾子爷一人了，他知道自己的大限即将来临，但没想到来得这么快，他陷入了极度复杂的忧思之中了。

碾子爷本姓胡，叫来成，碾子是他的绰号。他年轻时身材魁伟，体格健壮，性格耿直，又出身雇农，就被大队革委会领导看中了，当了民兵连长。在各种运动中，他首当其冲，各种阶级敌人、坏分子都挨过他暴风骤雨般的揪斗。有少数人受不了苦刑和凌辱，还"畏罪自杀"了。因为他在运动中的突出表现，大家给他送了个外号叫碾子。意即只要他这块碾子石滚过，各类阶级敌人就像石磙下的五谷杂粮，匀被碾得粉碎。

那个年代，他曾风光过，得意过，当过时代的宠儿。

然而，随着时过境迁，时移事易，人们不再用羡慕的眼光瞅他了，有些人甚至用鄙视憎恶的眼光瞅他，这让他不寒而栗。而此时，他也上了年纪，不再像年轻时那样冲动了，他反思自己年轻时做过的事，也感到荒唐和可笑，再想想那些死去的人，用现在人的眼光来看，大部分都是被冤死的，他们可能死时都不瞑目呢！而他又是这些死者的罪魁祸首之一。

每当想到这些死者，他心里就常常不安，良心受到一次次的谴责。最后他想明白了，他觉得自己这辈子还是亏了人了。为了悔过，一向脾气暴躁的碾子爷，变得温良慈祥多了。谁家有个大番小事，他都没黑没明地帮忙，谁家没了人，他就给那家人打墓抬棺材，谁家娃儿开不起学费，他就把钱先垫上。平时，人们看见碾子爷老在路上桥上折腾，原来他是在修桥补路。可这一切，并没有换来碾子爷的平安，却让他提前走向了罪孽的深渊。

碾子爷认为这都是报应。

这个晚上，碾子爷翻来覆去思绪了一夜，他决定认命了。第二天一早，他就叫来福办出院手续。来福还要坚持，碾子爷噌的一声下了床，向室外走去。

来福知道碾子爷的脾气，就赶快让小翠扶老爹下楼，他去办出院手续。

回了家的碾子爷，即吩咐来福给他买两只羯羊羔一只绵羊羔，来福说，爹你好好养病吧，想逛我拉着你去逛，还买什么羊？碾子爷说你甭管，照我的话去做！

碾子爷早已想好了，他的时日不多了，在他的有限的时日里，他要伴着这些非常温顺的畜生们度过。

而他和羊活动的地点他已选好了，那就是落凤坡。

他早就听过落凤坡的传说了，觉得落凤坡是个不错的去处，他想，那一天真的来临了，他就索性倒在这条坡上，让那只涅槃的凤凰能够超度他。

来福给他买回羊后，他就赶着羊上坡了。看着羊啃着坡洼上的草嚼得津津有味，碾子爷不仅想起一件事来。

一九六五年社教运动中，一位据说是被打成右派的知识分子，下放到落凤坡村接受改造。村里的一个年轻妇女刚死了丈夫，带了三个儿女，生活非常艰难。这位右派是光棍一人，没有什么拖累，有时间就帮这位寡妇干干活，从经济上接济接济，时间长了，两人有了感情。

有一次，他们两个正抱头互诉衷肠，就被碾子爷带领的民兵抓个正着。这还了得，一个阶级异己分子和一个贫下中农搞在了一起，这显然是上纲上线的问题，两人连夜挨了批斗。碾子爷给这位右派施行了各种刑罚，包括"土飞机"、"站桩"、"推磨"等，但这位右派一口咬定他和这个小寡妇没有发生过关系。碾子爷根本不相信，其实他心里很暧昧，他是想从右派的交代中闻到一些荤腥，以满足他的心理需求。可右派的交代没给他带来丝毫兴趣。他恼羞成怒，跑进牲口棚，从马槽里端来一筛子草料，抓了一把，就往右派口里塞。右派的嘴摆来摆去，不愿吞食。碾子爷就一手箍紧右派的腮帮子，一手将草料填进了右派的口中。

一连两个晚上，碾子爷都这样对付右派。第三天晚上将右派批斗完后，两个民兵向回押送，右派瞅中了路边一眼废机井，突然疯了似的跳了下去，等两个民兵反应过来，已经迟了。人们连夜将右派打捞上来，右派已成了一具僵尸。

现在想起来，人怎么能吃草呢？看羊们吃得津津有味的姿态，这是它们的天性使然。而那时碾子爷却把那位右派当牲畜对待了。

碾子爷每天早晨怀揣两块干粮，赶着羊上坡了，中午也不回家吃，一直到傍晚才回家。

起初，他揪那些羊吃的百草下着干粮吃，后来，他稍有饿意，就揪那些草吃。草的味道各种各样，有甜的、有苦的、有涩的，不管是什么味道，都很难吃，难以下咽。可他还是忍着巨大的难受吃下去了。想起他把右派当牲畜辱没了一回，他也要当一回牲口。

这么吃着，时间长了。吃草倒成了他的一种习惯，更为奇怪的是，三个月时间早过了，碾子爷不但没有死，反而觉得腹部没有那么疼了，他比原先精神了。

这倒没有给碾子爷带来多大的喜悦，经过医院那次剧烈的思想斗争后，碾子爷已把生死置之度外了，他只想的是继续吃草，好让他的良心得到安妥。

后来，来福对碾子爷的病不放心，动员了几次后，碾子爷才答应到县医院复查一次。大夫经过仪器观察后，发现肿瘤居然消了，肝恢复到了原先大小，都颇为惊疑，问碾子爷什么缘故。碾子爷经不住大夫的盘问，就说了这吃草的事，大夫先是诧异再是摇头后又点头，难道说羊吃百草不生百病，人吃百草也能治百病吗？大夫们一时都有些昏昏然。

碾子爷回去后，照样赶着羊，揣着干粮，每天上落凤坡。两年过去了，碾子爷还活得旺旺的，连碾子爷也感到惊奇，难道说这落凤凰坡真有神鸟相助啊！

眼看着这片"黑云"要在落凤坡着陆了，和羊为伴的碾子爷在惊骇的同时，他往日复活了的生命意识又跌入了无底的深渊。他没有想到，在他刚得到神鸟庇佑的转机时，这不详的黑鸦就不失时机地来了，一切征兆预示着，这些倒霉的红嘴乌鸦和自己做对来了，弄不好会给自己带来灭顶之灾。碾子爷一时陷入了无尽的苦恼之中。他甚至不敢抬头看那些飞上飞下、老在桐树林上空盘旋、毫无飞走意思的乌鸦们。

其实，在碾子爷第一个发现这群乌鸦的间隙，落凤坡人不久也发现了这群阵势零乱的乌鸦。因为这群黑鸦的叫声太刺耳了，已扩散到了方圆几公里的范围。当然，这叫声就完全覆盖了落凤坡，况且这些黑鸦们也太显眼了，虽说在桐树林上空盘旋，可给人的感觉是黑压压的一片，既龌龊又晦气又丑陋，这漆黑而浊浪翻滚的黑云像要把落凤坡整个笼罩了一样，让落凤坡人感到窒息而压抑，也让他们有了一种精神上的挫败感。

他们怎么也弄不明白，这落凤坡从古至今就是一处吉祥的圣地，在这里降落的应该是凤凰鸟或者是一些其他的鸟类啊，怎么忽然就来了一群不速之客？这里本来就不是它们栖息的家园啊！多少年以来，落凤坡人守望着这处圣地，企盼着他们梦中的神鸟降落。他们沿袭着先辈人的意旨，不断扩充着桐林，呵护着桐林，使这片桐林更加枝繁叶茂，精气神十足，能筑起无数个凤巢，引来无数只凤凰。而事实恰恰是，没有引来凤凰，却招来无数只晦气的乌鸦，这让落凤坡人匪夷所思。

闻声聚拢到村部广场上的人们，仰视着这些肆无忌惮、窜上窜下的乌鸦，却奇怪：这些鸟们从哪里来的？

村主任石柱也被这片不期而至的"乌云"弄蒙了，这种景象本不就是落凤坡所应有的。他一边大声喊着：乡亲们，不要紧张，这些乌鸦不会落户咱们村的，一会儿就会走的……来稳定大家的情绪，一边也在紧急地思考对策。

他想先打听清这些乌鸦的来路，看从什么地方来，经过什么地方，再做处置。这么想着，他就叫来平时与外界经常联系信息比较灵通的几个后生：海海、东东、宝宝，吩咐他们动用动用外界的关系，迅速查清这些乌鸦的来路。

这几个后生在县上、镇上，邻近的村落均有熟人，他们就打开手机，和这些熟人通话，问他们见没见过这群乌鸦。

经过了十几分钟的问询，从五六个人提供来的情况得出结论：这些乌鸦是从相距百十公里的老爷岭的一个国营林场逃出来的。

前不久，老爷岭地下勘探出储藏有丰富的石油资源，经过论证后，石油部门决定在这里打几十口油井，而要打井，就得毁掉这片林子。这几天，电锯的伐木声已彻底打碎了林子里鸟儿们的美梦。这群乌鸦也意识到再不逃离，将有灭种的危险，今天早晨，随着一棵棵大树轰然倒下的巨响，它们商量了一下，就结伴集体逃亡了。

它们一边迁徙着，一边观察着，看有没有适合它们的栖息之地。而所过之处，到处是光秃秃的山岇，贫瘠的旱原，喧闹的城镇，川流不息的车辆，显然，这些地方不是它们理想的家园。它们继续飞行着，到了中午，它们有些累了，却也看到了一片绿林，它们就降落到了这片树林上，稍事休息。

树林是张湾村的集体林，是近年才栽植的，大部分是柳树杨树，因为这两种树易成活，生长期快，几年时间，当初的树苗已成材了，长成了参天大树，形成了一片郁郁葱葱的树林。

这片树林由村上的五保户杨腐子承包，当天中午，他肩上扛了把铁锹一颠一颠的到湾头水渠引水灌溉他种的二亩水萝卜，就听到了呱呱啦啦一阵震耳欲聋的聒噪，一抬头的当儿，就见一团铺天盖地的乌云压了过来，落在了他承包的那片柳树林上，他大惊，他一生还没见过这么多的乌鸦哩，他霎时目瞪口呆，仿佛末日降临似的，撒腿就跑。

他边跑边吆喝着：乌鸦来了，黑瘟神来了，快去赶乌鸦，快去赶瘟神！在自家承包地里忙碌的村民们，听到了杨腐子的吆喝，他们也听到了乌鸦地聒噪，看到了那片不祥的黑云，纷纷撇下手头的活计，扛起铁锹、镢把，跟着杨腐子向树林跑去。

他们来到了树林，舞起铁锹、镢把驱赶，吆喝着轰喊，可这些乌鸦似乎把张湾村的这一帮人没放在眼里。当他们挥起工具吆喝轰赶时，它们升上了天空；当他们稍作停歇时，它们又落在树枝上，盯着张湾人。这样拉锯式的对峙，谁也奈何不了谁。

可以说是张湾人奈何不了乌鸦。张湾人被乌鸦挑逗得大动肝水，颜面尽失，虽说火急攻心，可也无可奈何，只能心里一遍遍诅咒着这群该死的乌鸦。

这事不知怎么惊动了村支书杨大炮。

杨大炮本名叫杨明昌，因性子急，炮筒子脾气，不管村民们有理没理，先发一通炮弹，雷倒你再说，所以大家送了个外号叫大炮。

杨大炮刚从旺多镇开会回来，就有村文书拴牢向他汇报了村里来了一群乌鸦的事，并说了村民驱赶不走乌鸦的窘态。杨大炮听了，不觉一惊，这乌鸦怎么来啦？别看当今的人们宠狗宠鸟宠花，可没听人说过这宠乌鸦。既然这不该来的来了，就该把它们驱赶走，起码不要给张湾人带来晦气。而他这个支书如果连这些乌鸦都没办法，那就显得他杨大炮太无能了。

甫看杨大炮五大三粗，炮筒子脾气，可是颇为狡黠、多谋，心细如麻。这时，他就想到了村里的一门土炮。

这门土炮是县上配发的，全县只有三门，是用来对付冰雹的，俗名叫震山炮。因为张湾地临两座山系的交界处，乌云容易在这里聚会，形成雨云，结成冰雹，所以，就给张湾配了一门，张湾人还专门在高坡处筑了一座炮台，那门土炮被抬了上去，放在了炮台上，平日里，显得威风凛凛。去年六月，两团乌云正要聚合，杨大炮就命令炮手张彪连打了三炮，乌云霎时被打散了，天空一片晴朗。

当时杨大炮想到土炮时，就想到了张彪。他让文书拴牢去叫张彪，张彪这时也在挥着铁锨驱赶乌鸦，见支书叫他，就赶了过来。在村部里，张彪莫名其妙支书叫他干啥？杨大炮说你给咱们今天放上一炮。张彪说，这天晴朗朗的，放什么炮？杨大炮说，你没看到乌云吗？张彪说没有啊！杨大炮说你刚才赶的是啥？张彪说乌鸦嘛！杨大炮说那不是乌云是啥？这乌云都快把咱们村子罩住了，要下雹子了！张彪似乎明白了，说，支书，那你说咋办？杨大炮说，我命令你向那树林上空的那片乌云开上一炮，送走那些瘟神！张彪说行！

张彪上了炮台，从炮房的炮箱里取了一枚炮弹，装到炮膛，用摇杆将炮筒降到对准树林上空那群乌鸦的角度，轰的一声，开了一炮。树林里的村民们被震得爬下了。

这片乌云显然是被击中了。弹头将乌云从中间撕开了一条口子。天空中飘舞着纷乱的黑色的羽毛，村林中还落下了数十只乌鸦的尸体。

那群让张湾人无可奈何的乌鸦惨叫着四散逃走了。

林中的张湾人欢呼雀跃着，齐声赞叹着他们的支书高明伟大。同时，他们纷纷捡起地上乌鸦的尸体，带回去，将其即刻成为狗猫的美食。

落凤坡村长石柱，在弄清了乌鸦们的来头后，就认真地思考起这事来。看来，大家不欢迎这群黑色的物种的到来，这是铁板钉钉的事实，而要赶走这群黑色的瘟神又是谈何容易！邻近二十多里的张湾村杨大炮还能用土炮解决问题，可他用什么方子来赶走它们呢？

这阵儿，碾子爷不知何时也来到了石柱的面前，他伤心地对石柱说，咱落凤坡怎么招来了这群乌鸦呢？咱这地方可是落凤凰的地方啊！看着这个病兮兮慈祥的老人，石柱也有些心酸。

人群中有人突然惊慌地喊起来，看，乌鸦落到田里了，它们不打算走了！众人循声望去，那群刚才还在桐林上空盘旋不定的乌鸦，猝然落到了田野里。

只见落凤坡的良田里顿时被密密麻麻的乌鸦遮蔽。

此时，在村长石柱的眼里，落凤坡的田野里已是遍地乌鸦，没有一点希望的绿色了。他一时意识到了问题的严重，再不能逗留了，天已经黑了，得赶快开会研究赶走乌鸦的事，务必让乌鸦们在落凤坡没有站稳脚跟之前赶走它们。否则，他将会犯一个严重的错误，造成失职。

想着，他大声吆喝着招呼大伙儿进村部开会。